地下鲍勃·迪伦与老美国

Greil Marcus

［美］格雷尔·马库斯 著 董楠 译

The Old, Weird America

上海译文出版社

图书在版编目(CIP)数据

地下鲍勃·迪伦与老美国 / (美) 马库斯(Greil Marcus) 著;董楠译.
—上海:上海译文出版社,2018.8
书名原文:The Old, Weird America: The World of
Bob Dylan's Basement Tapes
ISBN 978-7-5327-7594-1

Ⅰ.①地… Ⅱ.①马… ②董… Ⅲ.①随笔-作品集
—美国-现代 Ⅳ.①I712.65

中国版本图书馆 CIP 数据核字(2017)第 175495 号

图字:09-2018-069 号

地下鲍勃·迪伦与老美国
[美] 格雷尔·马库斯 著 董楠 译
策划/黄昱宁 责任编辑/顾真 装帧设计/张志全工作室

上海译文出版社有限公司出版、发行
网址:www.yiwen.com.cn
200001 上海福建中路 193 号 www.ewen.co
江阴金马印刷有限公司印刷

开本 850×1168 1/32 印张 14 插页 6 字数 225,000
2018 年 8 月第 1 版 2018 年 8 月第 1 次印刷
印数:0,001—6,000 册

ISBN 978-7-5327-7594-1/I·4650
定价:78.00 元

献给　波琳

新版作者序

　　四十多年的时间过去了，鲍勃·迪伦的地下室录音仍然没有官方发行①，但是其中的许多歌曲已经用华丽的字样把自己书写在海报之上，抑或悄悄潜入 20 世纪末到 21 世纪初的罅隙之中。这个故事包括朱莉·德里斯科尔（Julie Driscoll）翻唱的《火焰之轮》（This Wheel's on Fire），它成了精彩的英国电视喜剧《荒唐阿姨》（Absolutely Fabulous）的片尾曲，还有脸上涂着白粉的吉姆·詹姆斯（Jim James）在托德·海因斯（Todd Haynes）的电影《我不在那里》（I'm Not There）中如同舞台自杀般的一曲《去往阿卡普尔科》（Goin' to Acapulco），海因斯这部电影本身便是以地下室录音中最冷漠但又最诱人的歌曲之一为名，詹姆斯唱歌的那场戏则是源自这本书中的虚构故事。地下室录音是传奇，但同时也很平凡，它既是日常生活，也是只被记住了一半的梦境。这些歌曲所讲述的故事渐渐地积累起来。在本书的这一版里，"引用作品"部分和"唱片目录"部分做了彻底更新，收录了新的音乐、出版物，以及各种新的发现和巧合，但没有过多扩充篇幅。正文则保持不变——尽管如"引用作品"的新条目里肖恩·威伦茨（Sean Wilentz）指出的，迪伦中学毕业后第一次与摇滚乐队合作便是在新港，台下一片骚乱，时隔 37 年之后，2002 年，鲍勃·迪伦终于又回到新港民谣节的舞台上。

鲍勃·迪伦一直都非常上镜，但是就我所知，在录制地下室录音期间，在那些他与里克·丹科（Rick Danko）[②]、加斯·哈德森（Garth Hudson）、理查德·曼努埃尔（Richard Manuel）、罗比·罗伯逊（Robbie Robertson）以及后来加入的利文·赫尔姆（Levon Helm）共度的那些下午时光，他却一直设法置身镜头之外，只有新版封面上的这张照片保留下来——它由已故的霍华德·阿尔克（Howard Alk）拍摄，他曾与迪伦合作，拍摄了 1968 年迪伦为 ABC 电视台制作但未被采用的电影，以及他 1966 年

[①] 本书最新英文版于 2011 年出版，2014 年 11 月 3 日，地下室录音全集以 *The Bootleg Series Vol. 11: The Basement Tapes Complete* 之名正式发行。——译注
[②] The Band 鼓手，1999 年去世，后文提及的利文·赫尔姆于 2012 年逝世。

地下鲍勃·迪伦与老美国

的欧洲、爱尔兰与英国巡演，此外照片的提供者是亲切慷慨的阿瑞·德·雷乌斯（Arie de Reus）[1]。就我所知，这张照片此前从未公开过，连关于它存在的谣言都不曾有。我敢肯定，如果有人见过这样一张照片，上面是鲍勃·迪伦给丹科弹琴示意，还戴着浅色墨镜和大卫·克洛科特（Davy Crockett）式的浣熊皮帽子（1966年，迪伦说，如果他是总统，"我要做的第一件事就是把白宫搬走。不是搬到得克萨斯，而是搬到纽约东区，麦克乔治·邦迪[2]肯定得改名，麦克纳马拉将军必须画眼影，戴浣熊皮帽子"），相关消息早就会流传出去的。

这本书的初版于1997年发行时，名叫《看不见的共和国》（*Invisible Republic*）；迪伦在他2004年的回忆录《编年史：第一卷》（*Chronicles, Volume One*）中提到这本书时，用的也是这个名字。我原本给它起的名字就是《奇异的老美国》[3]，但是英国和美国的最早两家出版社都不喜欢，因为"奇异的老美国"已经是这本书中一个章节的名字了。我又想了大约15到20个书名，寄给两家出版社，

---

① 著名迪伦物品收藏家。——译注
② McGeorge Bundy，肯尼迪总统的国家安全顾问，后文的麦克纳马拉将军是当时的美国国防部长。——译注
③ 本书书名直译。——译注

两家都选了《看不见的共和国》。一直到书出版都没什么问题；后来事实证明，这个名字太模糊了，几乎没有什么寓意，也无法引人联想，更是根本没人记得住（看不见的国家？看不见的音乐？看得见的共和国?）。与此同时，几乎所有人给这本书写的书评都以"奇异的老美国"为标题——2000 年，美国皮卡多出版社（Picador USA）的弗朗西斯·科迪（Frances Coady）提议我给这本书的再版换一个名字，我也就欣然接受。不过这并不是新名字；它是这本书本来就有，也一直在渴望的名字，就像某人不得不经常纠正别人把他的名字拼错。

"奇异的老美国"这个书名的韵律最初是由诗人肯尼斯·雷克思罗斯隐约想到的，我想，都是由于这个韵律，"奇异的老美国"这个词渐渐有了它自己的生命。它成了醒目的广告语，被到处使用，没有人提到它的来源和出处，好像它本身就已经成为一首 19 世纪的民谣歌曲。2008 年，马尔科姆·琼斯（Malcolm Jones）在《新闻周刊》（Newsweek）上撰文评价格雷戈里·吉布森（Gregory Gibson）的书《休伯特的怪人》（Hubert's Freaks），这本书讲了时报广场上黛安·阿勃斯（Diane Arbus）经常光顾的一个大百货公司，琼斯准确地概括道：

让我恼怒的是，吉布森把文化评论家格雷尔·马库斯和他所说的"奇异的老美国"也拖了进来，马库斯的"奇异的老美国"包括了哈里·史密斯的民谣音乐选集内页中的所有东西，这么说吧，埃德蒙·威尔逊（Edmund Wilson）[1] 肯定不承认它们是文化。马库斯编造出这句话，指的是迪伦在他的地下室录音中注入的精神，听上去确实一点都不主流。在他的表述之中有一丝真相的萌芽，但是在过去十年里，这句话被那么多人用在那么多不同的地方，简直已经失去了它的意义。这只是因为它听上去挺好听，好像影射着一个朦胧而奇异的布里加东（Brigadoon）[2]，处于日常的美国文化范畴之外。但是，对于一种在 20 世纪下半叶之前一直受到忽略的文化事物来说，除了马戏团的怪人以及那些在巡回歌舞团表演里染着黑脸的非裔美国人（现在这种事已经很奇怪了）之外，或许没什么是特别奇异的，除非你想说，"盲眼"布莱克（Blind Blake）比查尔斯·艾夫斯（Charles Ives）更奇异，或者霍华德·芬斯特（Howard Finster）比罗伯特·劳森伯格（Robert Rauschenberg）更奇怪。

---

[1] 美国作家、评论家，关注弗洛伊德学说和马克思主义。——译注
[2] 美国著名同名音乐剧中杜撰出来的诡异苏格兰小镇。——译注

不过，要想改换调子已经太迟了。不管是好与坏、真与假，"奇异的老美国"是这本书所寻求的书名，也是这本书所带回的地图，不管这地图上是否布满破洞。有那么多读者从各种不同角度来讨论这个问题，真是我的幸运。

　　　　　　　　　　　　　　　　　地下鲍勃·迪伦与老美国

目　录

进入实验室

曾经有一个歌手矗立在世界的十字路口。在那一刻他曾拥有这样一个舞台，在他之后的人无非只是登上这个舞台而已——而这个舞台如今也已经不复存在。三十多年前，那个常常被如今的人们说成是一场历史错误的世界刚刚成型；与此同时，若干更久远的世界亦如幽灵般重现，尚未下定决心——1965 年，惨绝人寰的世界与人间天堂般的世界仿佛同时在大地上出现，又仿佛距离人们无限遥远——处于那个时刻的鲍勃·迪伦与其说是占据了文化时空上的一个转折点，倒不如说他就是那个转折点本身，仿佛文化会依照他的愿望甚至是兴致而改变自己的方向；而在很长的一段时间里，事实也的确如此。

作为公众人物，鲍勃·迪伦的故事只是在近年来才重返人们视野。迪伦原名罗伯特·艾伦·齐默曼（Robert Allen Zimmerman），1941 年出生于明尼苏达州的德卢斯市，明尼苏达在当时还是美国最北部的州，后来他又在这个州北部一个名叫希宾的小镇上成长。20 世纪 60 年代初，他的名字开始为少数人所知，在纽约，他自称是那位来自 30 年代的沙尘暴中的民谣歌手，伍迪·格瑟里（Woody Guthrie）① 的继承者。1962 年，他发行了首张专辑《鲍勃·迪伦》（*Bob Dylan*），这是一张关于欢乐与死亡的民谣合辑；1963 年，他唱出了《暴雨将至》（A Hard Rain's A-Gonna Fall）、《上帝在我们这边》（With God on Our Side）和《时代改变了》（The Times They Are A-Changin'），这时的他已经不仅仅是一个歌手或词曲作者，甚至也不仅仅是一个诗人，更不用说是民谣乐手。如同一种信号，他就是民谣本身，同时也是一个先知。当他歌唱和写作的时候，他就是拍卖会上的奴隶，他就是被锁在床上的妓女，他是那满怀疑问的青年，他是那满怀遗憾和悲哀回忆往事的老人。耳熟能详的民谣复兴标准曲渐渐从他的演唱曲目中远去，他成了炸弹落下之后的声音，民权运动中的声音；最终他成了自己时代的声音乃至同代人的良心。他那振聋发聩的木吉他与轰雷贯耳的口琴声成了一种自由自在的标志，正如和平符号（peace symbol）那样，在这个充斥着

① 美国民谣形成时期的传奇民谣歌手，生于 1912 年，卒于 1967 年，对鲍勃·迪伦产生了巨大影响。——译注

堕落与谎言的世界上象征着决心与诚实的力量。

　　然而所有这一切变成了悬在半空——对于成千上万追随鲍勃·迪伦脚步，以此确认自身价值的人们来说，则是被砸在地上——那是在1965年的7月，这位曾经只穿破旧棉布衣服的民谣歌手拿着电吉他，披着时髦的黑色皮夹克（"一件出卖自己的皮夹克"，一个名字如今已不可考的人这样形容）出现在新港民谣节（Newport Folk Festival）的舞台上，身后是一支事后很快就被他抛弃了的五人乐队，他竭尽全力造出最刺耳的声音，唱起那种对很多人而言正意味着堕落与谎言的电子噪音。尽管如今世界上可能没有人会承认自己当年曾在新港民谣节上对鲍勃·迪伦发出嘘声，然而在1965年的7月25日，迪伦的演出完全是一场骚动：听众中爆发出叫喊、诅咒、抗拒与咒骂，但更多的也许还要算是困惑。[①]

　　1965年年初，迪伦发行了《席卷而归》（*Bring It All Back Home*）这张专辑。唱片的一面是幻想风格的木吉他歌曲《手鼓先生》（Mr. Tambourine Man）、《伊甸园之门》

---

① 1965年迪伦参加了在美国罗得岛举办的第五届新港民谣节，伴奏乐队是保罗·巴塔菲尔德布鲁斯乐队，表演了《像一块滚石》等曲目，标志着迪伦的风格由纯粹的民谣向电声摇滚乐转变，但是在唱完第三首曲子后，便被观众猛烈的嘘声轰下台。原因是当时的民谣乐迷们一致认定摇滚是低俗、下等、幼稚的音乐。——译注

（Gates of Eden）、《现在一切都结束了，蓝宝贝》（It's All Over Now，Baby Blue）等，用来平衡另一面与电声乐队合作的诙谐曲调，并没引起什么争议。1965 年秋，新港民谣节之后，他发行了几乎全部由乐队伴奏的《重访 61 号公路》（*Highway 61 Revisited*），这张专辑登上了排行榜首位，也正是从那张专辑开始，许多人认为他走上了邪路。1966年，这个时髦小伙抛出一张《无数金发女郎》（*Blonde on Blonde*），把民谣运动中大萧条时代的幽魂彻底抹去。这些几乎是一下子就喷吐出来的专辑堪称 20 世纪现代主义最密集、最剧烈的大爆发之一；它们是贯穿美国自我意识的哥特—浪漫主义的一部分。然而，在这长长的一年里，迪伦的创作与发现所带来的，与其说是具有美学价值，用于可买卖、仓储和丢弃的物品，不如说是一系列公开表演——1965 年秋至 1966 年春的巡演，几乎每个夜晚都在狂热、戏剧化与接近斗争和冲突的状态中结束。那些夜晚并没有在历史上留下痕迹，如今只在谣诼、奇谈与记忆之中口耳相传。

巡演路上，迪伦先后更换了若干临时鼓手，最引人注目的一位是因为给特里尼·洛佩斯（Trini Lopez）① 担任

---

① 著名美国民谣歌手，代表作包括 "If I Had a Hammer"、"Lemon Tree" 等。——译注

鼓手而成名的米奇·琼斯（Mickey Jones），其他主要伴奏乐手包括贝斯手里克·丹科、风琴手加斯·哈德森、钢琴手理查德·曼努埃尔和吉他手罗比·罗伯逊。他们是多伦多的一支五人乡村酒吧乐队"雄鹰"（Hawks）中的四人，一度为来自阿肯色州的山地摇滚歌手罗尼·霍金斯（Ronnie Hawkins）担任伴奏；1968年乐队重组，更名为"乐队"（The Band），"雄鹰"原来的鼓手，来自阿肯色州的利文·赫尔姆也归队了，赫尔姆当年也曾经参加过迪伦的那次巡演，不过巡演开始两个月后就退出了。

迪伦1965年的巡演于9月在得克萨斯州的奥斯丁开始，他们四次横穿美国。在同琼斯合作期间又去了澳大利亚、斯堪的纳维亚、法国、爱尔兰以及英国，巡演结束之日似乎遥遥无期。

1966年6月，在短暂的巡演间隙，迪伦骑摩托车时在自己位于伍德斯托克附近的住宅不远处出了车祸，之后就一直处于隐居状态。位于纽约市北部的伍德斯托克早已成为艺术家的聚居之地，当时的丹科、哈德森、曼努埃尔和罗伯逊有时候把自己的乐队叫作"精神错乱"（Crackers），有时候叫做"白人小子"（Honkies），有时候干脆什么也不叫，后来他们也到伍德斯托克去重组乐队，并且开始和鲍勃·迪伦合作，制作关于他们那次巡演的电影。很快，在

1967 年的夏天之初，他们和迪伦开始每天见面，经常是在西沙泽地（West Saugerties）一栋房子的地下室里，这里是丹科、哈德森和曼努埃尔租下来的；他们把这里叫做"大粉"（Big Pink）。他们在这里或是其他地方随便玩玩音乐，后来也开始随便录录音，录制了大约 100 首老歌或是原创歌曲。他们把其中 14 首新歌制作成一张醋酸酯唱片（acetate disc），命名为《地下室录音带》（*The Basement Tape*），并且拿给其他音乐家们。其中一些歌曲很快就被"彼得、保罗和玛丽"（Peter，Paul & Mary）①、曼弗雷德·曼恩（Manfred Mann）② 和"飞鸟"③（Byrds）等个人或乐队唱红，比如《太多无所事事》（Too Much of Nothing）、《爱斯基摩人奎恩》和《你哪儿也不去》（You Ain't Goin' Nowhere）。而这张唱片的录音带也于 1968 年被泄露到公众之中。《滚石》（*Rolling Stone*）杂志呼吁唱片公司正式发行这张专辑无果；到了 1970 年，这张专辑被转录为乙烯

---

① 20 世纪 60 年代著名美国民谣乐队，由 Peter Yarrow，Noel Paul Stookey 和 Mary Travers 组成，曾唱红迪伦的 "Blowin' in the Wind"，1970 年解散。翻唱了《地下室录音带》中的 "Too Much of Nothing"。——译注

② 南非裔英国摇滚歌手，1968 年将《地下室录音带》中的 "Quinn the Eskimo" 翻唱为 "Mighty Quinn"。——译注

③ 60 年代成立于洛杉矶的著名民谣摇滚乐队，曾翻唱迪伦的 "Mr. Tambourine Man" 并取得巨大成功，翻唱了《地下室录音带》中的 "You Ain't Goin' Nowhere"。——译注

基黑胶唱片（vinyl），以私录（bootleg）① 形式广为传播。

"地下室录音带"——这个名字在私下违法交易的时候曾经有过些许改变——成了一个护身符、一个公开的秘密，最后成为一个传奇，一则关于避世与适应的寓言。1975年，16首地下室录音中的歌曲以及8首"乐队"的小样终于得以正式公开发行，并且登上了排行榜前10名的位置。迪伦对此表示惊讶："我还以为所有的人都已经有了这张专辑哩。"16首地下室录音里最令人震撼的好歌包括《我将获得解放》（I Shall Be Released）、《火焰之轮》、《愤怒之泪》（Tears of Rage）、《卷入洪流》（Down in the Flood）与《百万美元狂欢》（Million Dollar Bash）等，人们在它们当中认出了特殊的优雅与光彩，正如我在这张专辑1975年发行之际为它写下的内页评注所说，认出了一个位于忏悔室与妓院之间的灵魂。这音乐带来一种熟悉的光环，或者是某种口头相传、不见经传的传统；以及一种深刻的自我认识，既是有关历史的，也是具有独特个性的——究竟是歌手的自我认识，抑或是听者的自我认识呢？这音乐是有趣而令

---

① 指唱片的一种非法复制并从中获取利益的行为，"bootleg"一词原指走私者把走私的物品藏在长筒靴中逃避检查，后指专门收集一些从未公开发表的素材，如现场演出的录音录像、录音棚录音片断、录音小样和广播、电视录音录像节目等，制成各种载体进行交易、传播。——译注

人感到安慰的；与此同时又显得有些奇异，有种未完成的感觉。它们仿佛出自艺术与时间上奇异的错位，显得既透彻明晰又令人费解。

随着时间的流逝，愈来愈多的地下室录音开始浮出水面——有的是买来的，有的是被偷出来的，之后就是磁带互换，再接下来就是私制的 LP 唱片和私制 CD，不时也见于迪伦的各种官方选集之中——渐渐的，人们开始不仅仅把它们当作是一些有趣的歌曲，或是迪伦在那段事业特殊时期当中的一个片断。如果把它们作为一个整体、一个故事来聆听的话，尽管（甚至正是因为）它有着那么多遗失的片断和只完成一半的录音，曲目创作和演奏的时间顺序更是混乱不堪，但是这些地下室录音带听上去愈来愈像是一张地图——但如果它们是地图的话，它们所描绘的又是一个什么样的国度，或是一个什么样的废弃矿藏呢？它们听上去愈来愈像是一种本能的实验，抑或一个神秘的实验室：在那么几个月的时间里，这个实验室曾经返回美国文化语言的根基，并对其进行了再创造。1993 年，这个念头突然闯入我的脑海，当时我正开车从加利福尼亚赶往蒙大拿，然后再返回，一路上除了天气预报，就只听着一套五CD 的地下室录音带私录合辑。当时距离这些音乐被录制下来已经有 26 年了，在这二十多年的时间里，鲍勃·迪伦似乎早已失去了所有指示十字路口的地图，他艺术生涯的疆域也在不断缩小，然而，这些地下室录音仿佛就在这些日子里，从它们的实验室中慢慢地爬出来，仿佛是刚刚被创作出来一般。当时我对自己脑海中"实验室"这个概念还不完全明晰，于是就和罗比·罗伯逊进行探讨——我们的友谊可以追溯到70年代之初。"不，"他说，"那是一个阴谋，有点像水门事件的录音带。对于其中的很多东西，鲍勃会说：'我们当初本该**毁掉**这个玩意儿。'"

"我们在创作的时候有一种幽默感，"他说，"这完全是一次胡闹。我们玩音乐的时候是完全自由随意的；我们做这些东西的时候根本就没有想着我们有生之年会有别人听。但是在那个地下室里开始与随后诞生的一切——以及'乐队'所创作的一切，那些颂歌、全世界的人们拉起手来，摇晃身体，歌唱着《我将获得解放》，所有这一切的影响力，其实都来自这个小小的阴谋，来自我们的自娱自乐。只是消磨时间而已。"

用来消磨时间的音乐最终仿佛令时间消散其中。在听这些歌曲的时候，会感到这些地下室录音与时代完全无关，不要忘记，就在这些地下室录音带录制期间，发生了越南战争，纽瓦克与底特律的黑人骚乱造成多人死亡，"披头士"的《佩珀军士的孤独之心俱乐部乐队》（*Sgt. Pepper's*

Lonely Hearts Club Band）发行以及"爱之夏"（Summer of Love)[①] 运动，它们以各自不同的方式，把 1967 年变成了千年盛世或天启末日，抑或是二者皆有之。在那一年里，"美国分裂了，"纽特·金里奇（Newt Gingrich)[②] 说；而在 1994 年，一个怀疑论者这样评价地下室录音带："这是逃亡者的歌。"他的话在若干躲起来等待世界末日的人们当中引起了赞同的反响。然而，如果把这些地下室录音带标上 1932 年发行的日期，也同样能够令听者信服，就算被标上 1967，1881，1954，1992，1993……诸如此类，随便一个什么年代，结果也是一样。就是在 1992 年和 1993 年，年过半百的鲍勃·迪伦突然带回两张老布鲁斯与民谣的专辑——《对你—如既往的好》（*Good as I Been to You*）与《世界乱套了》（*World Gone Wrong*），从而重塑了自己那似乎已在无情地腐朽的公众形象。专辑中的歌曲从 16 世纪的儿歌《青蛙献殷勤》（Froggie Went A-Courtin'）到 19 世纪 80 年代的谋杀案《猛汉老李》（Stack A Lee）；从古老的童谣《爱人亨利》（Love Henry）到盲眼威利·麦克代尔

---

① 1967 年在旧金山 Haight-Ashbury 地区发生的青年反主流文化的嬉皮运动。——译注
② 美国前众议院长。——译注

（Blind Willie McTell）① 1931 年的《坏掉的发动机》
（Broke Down Engine），这些歌曲都是用木吉他和口琴伴奏
的，其他伴奏乐器一概没有；这些歌曲都是迪伦在 30 年前
发行第一张专辑之前的保留曲目。和他在近四分之一个世
纪以来演唱的歌曲不同，它们把迪伦从之前的演艺生涯的
监牢中解放出来，使他，乃至他的声音（这是一件神秘的
事），得以回归到一个自由的广阔天地。

"几乎令人难以置信，正是这个男人曾经把摇滚乐这种
艺术形式乃至这种体验模式截然分裂为两半，"几年前，评
论家霍华德·汉普顿（Howard Hampton）曾经这样评价
迪伦的某张专辑，"如今他成了一个尽职尽责的修补师。
'一切都破碎了。'他唱道，但他许诺这些碎片肯定能在他
的艺术中被恢复原样，正如它们在现实世界之中再也无法
复原那样确凿无疑。这颠覆了他以前那些作品的意义，但
也是近 20 年来政治世界状况的一种延续。迪伦的音乐中曾
经提出种种要求，而社会对自身的构建依然建立在对那些
要求的基础上，想要重复迪伦这样的声音变得难以想象。"
但是迪伦在这些古老的歌曲中所找到的，或者说是他为这

----

① 20 世纪中叶伟大的布鲁斯吉他手之一，生平富于神秘色彩，卒于
1959 年，影响了很多美国摇滚乐手。——译注

些歌曲所贡献的，似乎正是这种难以想象的声音——一种一度平凡、如今仍旧不为人知的语言。"前所未有的奇异事情在发生，"这就是《世界乱套了》的标题曲的第一句，这大萧条时代的词句来自"密西西比·谢克斯"乐队（Mississippi Sheiks）①，在原唱里，他们的声音微弱而毫不惊讶；迪伦在自己写的内页文案中写道，这首歌"与文化政策相悖"。正如地下室录音带逃脱了它们被创作的那一年里流行文化庞大的即时性——那一年是如此沉重，在当时显得像是一个巨大的真空，把一切事物都吸进去，毫不费力地在它自身的临时范畴之外存在——这些古老的唱片也被剥夺了所有怀旧的感觉。如果它们是对过去的追溯，那么也是一场原地打转的追溯，最终又回到这个歌手，或是随便哪个听者最初站立的地方。

比起在中间的岁月里创作的那些东西，鲍勃·迪伦在90年代的新专辑更像是对地下室录音带所讲述的故事的一种延续，或者说，是在打开它们实验室门上的那些锁。1994年，艾尔维斯·科斯特洛（Elvis Costello）②曾经这样评价"地下室录音带"："它们听上去就像在纸板箱里做出来的一样。"他说，听到这些歌会令他想到《对你一如既

———————————

① 20世纪30年代美国流行的吉他-小提琴乐队。——译注
② 英国摇滚歌手兼词曲作者。——译注

往的好》和《世界乱套了》中的声音："我想他肯定想试着写那种好像在一块石头底下发现的歌。它们听上去就像真正的民谣——因为如果你回到民谣的传统中去，就会发现许多与迪伦这些歌一样黑暗深沉的歌曲。"

"排练时他会突然凭空拿出这些歌来，"罗比·罗伯逊说，"我们都不知道这些歌是他自己写出来的，还是他从什么地方记下来的。当他唱起那些歌的时候，你确实说不清。"发生在"地下室录音带"这个实验室里的是一种炼金术，在这炼金术里面有一个未被发现的国家，如同日常的视野里隐藏着偷窃而来的密函。

另一个国度

在伦敦的更衣室里，吉他手正在弦上摸索一段旋律，他弹奏出微弱的音符，直到它们在指下逐渐流畅起来，活泼地跃入空气之中。歌手回过头来，捕捉到了这段旋律，它的名字呼之欲出，是的，就是那首《奇怪的事每天都在发生》（Strange Things Happening Every Day），罗塞塔·萨普姊妹（Sister Rosetta Tharpe）① 的歌，哪年创作的？1945 年吗？吉他手揣摩着萨普的吉他旋律，摸索着节奏中的切分，唤醒了这首歌曲在歌手脑海中的回忆。

在那伟大的最后审判日

他们把人们都驱散

奇怪的事每天都在发生

罗塞塔·萨普姊妹，歌手还记得她是个厚颜无耻的人，她母亲在世的时候，她好像纯洁得不能再纯洁了，可是母亲一死她就走上了堕落的道路。她身穿貂皮大衣登上属于上帝的舞台；她弹吉他很有一套，男人根本不能碰她的吉他。她是"大奥普里"节目（Grand Ole Opry）②里的黑人派——她甚至和帕特·布恩（Pat Boone）③ 的岳父，唱《老谢普》（Old Shep）的雷德·弗利（Red Foley）④ 本人一起录音。另外，雷德·弗利好像还唱过《平静的山谷》（Peace in the Valley），这首歌是高尚的托马斯·A. 杜塞（Thomas A. Dorsey）牧师大人在二战伊始的时候创作的。杜塞，这圣洁的福音作曲家，早年以佐治亚·汤姆（Georgia Tom）的名字为人所知，是谁把他的名字放进了肮脏的布鲁斯音乐里？歌手摇了摇头，他为什么会想起这些呢？他的记忆超越了他自己。出于某种原因，他甚至记得《奇怪的事每天都在发生》是在希特勒自杀的同一个星

---

① 早期布鲁斯女歌手，吉他手，生平富于争议色彩。——译注
② 美国于 1924 年开始了一种广播节目形态，电台转播农村百姓在自家谷仓办的舞会、音乐会，其中以田纳西州纳许维尔 WSN 电台 1925 年的 Grand Ole Opry 节目最为轰动，后来在这节目演出的乡村音乐艺人、类型数不胜数。——译注
③ 1934 年生于佛罗里达州杰克逊维尔。20 世纪 50 年代后期成为非常受欢迎的唱片明星，唱片销售量以数百万计。他主演了几部音乐片，并在一些剧情片中扮演角色。——译注
④ 美国著名乡村歌手，"Old Shep"是 1933 年他自己写的歌，描写了他视为亲子一般的一条爱犬不幸被邻居毒死。这支歌曲后来有多位艺人翻唱过，成为一支乡村经典名曲。——译注

期里登上了黑人歌曲排行榜，那是 1945 年 4 月 30 日的事情。当时他本人还差一个月才满 4 岁，而罗塞塔·萨普姊妹 30 岁了。"福音布鲁斯之中有一些深沉的东西，"几年后，萨普这样说道，"深沉到整个世界都无法负载。"如今，他倾听着这首歌，仿佛那场大战昨天才刚刚结束，仿佛这是他第一次听到这个旋律，不管他第一次听到这首歌究竟是在什么时候——是在哪一次旅途之中吗，那段旅行中的其他事情已经被他彻底忘记了，就像一个人从梦中醒来，还得从床上爬起，继续生活下去。

如果你想亲眼看到罪恶

就得学着放弃自己的谎言

奇怪的事每天都在发生

吉他手开始哼唱出歌词，随口瞎编，只有"奇怪的事每天都在发生"这句是对的。歌手在推门走出去的时候脸上露出笑容。"奇怪的事每天都在发生，"他说，"她是对的。"

鲍勃·迪伦走出皇家艾伯特大厅（Royal Albert Hall）的更衣室。那是 1966 年的 5 月 26 日；两个星期以来，他一直都在英格兰、苏格兰、爱尔兰、威尔士跑来跑去。两天前，他越过英吉利海峡，在巴黎的舞台上庆祝了自己的生日，在演出的第二节，大幕刚刚拉开的时候台上挂出一面巨大的美国国旗，群众愤怒得快要发狂，就好像他把美国对越南发动的战争抛到他们脸上一样——嘿，难道不是美国人发动了越战吗？——第二天《费加罗报》发表了针对他的报道，题目就叫《一个偶像的堕落》。但是和那些日子比起来，那天还算是个安静的夜晚呢……他能够控制局面。这个月的事已经没什么了不起的了，上一个年头就像被整个塞进一个爆炸起来没完没了的炸弹。许多个夜晚，辱骂声像雨点一样落下来，如影随形地跟随着他；憎恨如同狂风一样吹打着他的后背，所过之处总会有一场风暴在等待着他。

他走出自己的化妆室。他唱起他那些民谣歌曲——这些歌大多数已经不是什么民谣歌曲了，就像美泰克牌洗衣机不是民谣歌曲一样，当然美泰克洗衣机还需要电力的驱动，那些歌曲则不需要电力——他唱了几首这样的老歌取悦听众们；他也戏弄他们，不过主要是用那些冗长古怪、再也无法令任何人发笑的歌曲，像《乔安娜的幻影》（Visions of Johnna）、《手鼓先生》、《荒凉小巷》（Desolation Row），他静静地矗立在那里，弹拨琴弦，像之前的那些年乃至之前的那些世纪的无数歌手那样唱着，他知道这样人们会对他表示尊敬乃至赞许。他知道，一旦结束了这一节的表演，他走下台去，再同"雄鹰"乐队一起——钢琴手站在舞台一侧，风琴手在另一侧，贝斯手和吉他手在他身边，鼓手在他身后的台子上——这时麻烦就开始了。问题是，他不知道这一切是从什么时候开始的。"你最近是怎么找刺激的？"几个月前一个采访记者问道。"我让人们直视我的眼睛，然后让他们踢我，"迪伦说，"难道你就是这样找刺激的？""不，"迪伦说，"然后我就**原谅**他们，这样我就得到了刺激。"然而这并不是这么容易的，当第二节的演出开始的时候，大厅里仿佛已经壁垒分明——舞台上的六个人与听众席上那些反对他们的人——双方都在竭尽全力试图压倒对方的声音。

"迪伦质疑那种把诸如'现场援助'（Live Aid），'美国帮助非洲'（USA for Africa）这样的摇滚慈善活动同过去的学生运动相提并论的那种看法，"1985 年，一个记者这样写道，之后引用了迪伦的话，"现在和 60 年代最大的区别就是，在那个时候想搞这种活动要危险得多。那时总是有人千方百计想要阻挠演出……你不知道什么样的麻烦会从天而降，而且这些麻烦随时都有可能到来。"在这个记者所限定的狭窄范围之内，他说的可能是政治；他说的可

能是 1966 年的那种政治，每当他张口唱歌就会发生的那种
政治。那种政治多么愚蠢啊。几乎在每个夜晚，音乐在舞
台上响起，强悍得仿佛具备实体，有那么一些时刻，他简
直不敢相信，自己竟然迷上了那把芬达的斯特拉托卡斯特
（Stratocaster）吉他，并且弹起了它。什么都难以听见，也
难以相信事态会好转。就在那一刻，就在节奏对于一个乐
队里的乐手们来说无比重要的那一刻，在那个时刻哪怕最
小的错误，最不可能发生的偏差都足以让整个世界偏离轨
道，这是没有任何科学家能够解释的物理学——然而就在
这个时刻，一群什么都不懂的听众仿佛突然明白了一件事：
伏击！一个音符、一个和弦、节奏开始了，接着就是一声
喊叫："**傻逼。**"

　　1966 年 5 月 26 日，在皇家艾伯特大厅，他们准备开始
演唱《豹皮药箱帽子》（Leopard-skin Pill-box Hat），这是
即将发行的《无数金发女郎》当中的一首歌，巡演开始后
大约一个月的时间里，这首歌发展为一首庞大、喧闹、粗
俗的芝加哥布鲁斯，此外还有着欢闹讥嘲的歌词，上来就
唱道："我看见你和他做爱/你忘了关车库大门。"现存的关
于那个晚上的录音并没把观众的声音录进去，你没法听到
鲍勃·迪伦当时都听到什么，但你可以感觉到，当时他的

感官已经如此紧张地绷在一根弦上，任何嘈杂对于他来说都是很痛苦的。就算你可能想象过他面对人群，站得笔直的样子，三十多年之后，你仿佛能够听出他的消沉。"啊，上帝。"他说，好像早已经见怪不怪；他从更衣室中走出来时听到的那些动听的歌、那了不起的节奏，现在好像已经遥不可及。他听到人群中有个喊声越来越大，先是胆小畏缩，渐渐变成吼叫：**叛徒！背叛！你妈逼！你不是鲍勃·迪伦！**之后传来笑声。"你是在说我吗?"迪伦戏剧化地问道；你简直可以感觉到他摆了个姿势。更多的呼喊声；从现场录音里是无法分辨的，但当时的迪伦可以。"你不如上台来说吧。"他说，之后那巨大的音乐厅仿佛消失不见了，我们仿佛置身一个小镇酒吧当中，开车来到这个小镇上时，你不会注意它的名字，离开的时候也不会去刻意记住，在这个酒吧里，只有《瘦子之歌》(Ballad of a Thin Man)①的旋律久久回荡。

《瘦子之歌》是 1965 年秋《重访 61 号公路》专辑第一面中的最后一首歌曲，专辑中的这首歌几乎是简洁的。先是迪伦流畅的钢琴，做了混响，有一种渐渐迫近的倦怠之

---

① 歌曲描述一位"琼斯先生"在一个奇异的、无意义的、恍如幻觉的酒吧里的遭遇，这位"琼斯先生"仿佛对眼前的一切都无能为力，不知所措，详见下文。——译注

感，接下来是尖锐缥缈的风琴声，但是整个音乐听起来显得疏远、冷酷而冷漠。与专辑中的其他歌曲相比，迪伦的声音里多了一种中西部色彩，更多的沙尘气息。这位歌手早就预料到了眼前的一切，什么也不能使他惊讶。他只在唱到副歌时略用了一点力，一再重复着这样的歌词——"你知道有些事情正在发生，但你不知道是什么样的事情"——在专辑中迪伦以这句歌词精确地把握了当时美国在道德、两代人与种族上的分裂，人们不是以"自己是什么"来定义自己，而是以"自己不是什么"来定义自身，同时这句歌词也可以成为商业上的卖点。"你**知道有些事情正在发生，但你**"——专辑发行不久后就传遍了街头巷尾，被传唱一时。这么说吧，如果你知道这首歌，你就该知道当时到底在发生什么了。如果你想知道当时在发生什么，或者想装出自己知道的样子，就得去买那张专辑才行。还没等1965年结束，《重访61号公路》就已经占据排行榜第三的位置。

但在1966年5月的巡演路上，在英伦三岛辗转的演出之中，《瘦子之歌》并不是一首对听众提出更高标准的歌曲。现在它成了一首最痛苦、最不稳定的歌；当迪伦转向钢琴弹出这首歌的前奏时，对于某些特定的观众，这首歌也可以成为最活泼的歌曲，这可能取决于时机，天气，演出场所的格局，观众的情绪，它把这一切吸收进来，就像一个借力打力的空手道武者一样利用这一切。在这一节演出里迪伦和"雄鹰"一起演的一些歌——《告诉我，妈妈》(Tell Me Momma)，《宝贝让我一直跟着你》(Baby Let Me Follow You Down)，《一个平凡的早上》(One Too Many Mornings)，《我不相信你》(I Don't Believe You)——有所变化，但它们在形式上一直都是不变的。《瘦子之歌》每次演唱的时候都有所不同，总是会随着观众而改变，然后又向前行进，仿佛要反过来改变观众。

这首歌的开头和结尾都是最老、最俗套的垮掉派的老一套：与环境格格不入的人。那种可怜的蠢家伙，穿着好衣服，有钱。总之，如果你是观众当中的一员，你一开始可能会觉得他描述的并不是你。这首歌把这个家伙置于一种严峻苦恼的境地。他一直都舒服自在地生活在家乡的街道上，突然发现自己被困在一个风月场所，一个夜总会里，他在这里不受欢迎，也不被允许离开。他以前也曾经听说过这些盘踞在这种场所的家伙们：瘾君子、同性恋、黑鬼、知识分子、同性恋黑鬼知识分子……诸如此类，就像面前这个头戴贝雷帽、眼睛凸起、长相滑稽的男人。这个格格不入的人曾经在报纸上见过这男人的照片；他也曾经见过这样的人，他们有男有女，有黑有白，街上到处都是。他们本是习惯于在阴影中生活，如今却在公众场所招摇过市，仿佛整个市镇都掌握在他们手里。

这个格格不入的人看着一个穿高跟鞋的男人跪倒在自己脚边，仰起头来对他微笑，就像一条蛇一样。他被带进一个房间，在那里人人都在呼喊口号，这个格格不入的人曾经在游行队伍里的抗议牌子上见识过这些口号，但是在这里，这些口号仿佛是以不同的语言被叫喊出来——假如它还能称得上是一种语言的话："**现在。**"这些人平静地说；"**你是一头母牛。**"① 这个格格不入的人想赶快逃跑，但他根本就不知道自己正待在什么地方——唱到这里，所有听歌的人都会开始在歌曲中发现自己模糊的形象。任何听到这首歌的人都会开始感到畏惧。

艾伯特大厅的大墙又回来了，来自人群的噪声持续不断地传来，但是坐在钢琴边的迪伦开始了他的音乐。这其实是一支布鲁斯歌曲，在有些晚上甚至会成为人们所听过的最布鲁斯的歌曲，加斯·哈德森的风琴形成了一种嘲弄的风格，简直有点像虐待狂，如同一个敞开的漩涡，嘲笑你的恐惧，之后又紧紧关闭，罗比·罗伯逊的吉他会轰鸣而出，带来哥斯拉怪兽一般的音符，如此巨大，简直要把

---

① 《瘦子之歌》中的歌词。——译注

观众们向后推去，倒要看看谁敢率先开口——不过今晚它并不是布鲁斯歌曲。

他们在英国待了几周，今晚是倒数第二个晚上，他们要倒数第二次唱起这首歌，没有人被推得向后退却。只是伤口被暴露出来，那丑陋的场面使得人群安静下来。"你确定吗？"迪伦问罗比·罗伯逊，罗伯逊三个星期前刚刚过完22岁生日；迪伦却已经是个老人，一个25岁零两天的老人。人群无法听到歌手对身边吉他手的耳语，他的语气仿佛对任何事情都无法确定，但是人们能够感觉到他的迟疑与动摇，面前的这一幕是一种暴力，一种恐怖，一种否定与虚无。

是的，虚无，你们在这里，你们所有人都在这里。要有四千个黑洞才能填满艾伯特大厅，四千次的虚无仍然是虚无。

迪伦在1965年的《席卷而归》和《重访61号公路》里的歌曲大都有摇滚乐伴奏，尽管这些歌曲都非常优秀出色，但在那个时候，它们仅仅是隐约成型的藏宝图，其中记载的宝物在当时还只是一些未被发现的声音。直到1966年的春天，这些歌曲才真正成为珍宝本身。这样的转变是怎样发生的呢？这个转变的故事与这种音乐被接受的故事是密不可分的。从 1965 年到 1966 年，鲍勃·迪伦的音乐形成了一部社会戏剧，这部戏剧经得起任何距离的审视。

一切都不期然地发生在新港民谣节上。那年的 6 月 16 日，鲍勃·迪伦在纽约录制了《像一块滚石》（Like A Rolling Stone），伴奏乐队包括来自纽约的风琴手艾尔·库珀（Al Kooper）和来自芝加哥的主音吉他，"保罗·巴塔菲尔德布鲁斯乐队"（Paul Butterfield Blues Band）的迈克·布鲁姆菲尔德（Mike Bloomfield）。6 月 24 日，他和这两个人在罗得岛碰面，当天《像一块滚石》进入了排行榜，在音乐节上来一场意外演出的念头似乎难以抗拒。新港民谣节上从来没有人演出电声乐，但是巴塔菲尔德乐队在民谣节主办的一个布鲁斯研讨会上有演出，设备都是现成的。他们和钢琴手巴里·戈德堡（Barry Goldberg），以及来自"巴塔菲尔德"的鼓手萨姆·雷（Sam Lay）和贝斯手杰里米·阿诺德（Jerome Arnold）组成了一支临时乐队。迪伦整夜彩排，第二天在新港民谣节的主舞台亮相，准备好做这个实验了。当晚第一个演出的是民谣复兴运动的典范皮特·西格（Pete Seeger），他代表了民谣运动的全部悲悯与高贵，他的父亲是受人尊敬的民谣学者查尔斯·西格（Charles Seeger），他象征着整个美国民谣世纪。西格那天的表演以播放新生婴儿哭泣的录音开始，他让下面的所有听众对这个婴儿歌唱，让他们告诉这个孩子：他是来到了一个什么样的世界，马萨诸塞州剑桥的一位民谣骨干吉姆·鲁尼（Jim Rooney）后来说："西格其实已经知道，他希望人们对他歌唱些什么。他们即将对他唱出：这个世界充满了污染、炸弹、饥饿与不公，但是**人们终将战胜这一切**。"演出结束，下面该鲍勃·迪伦登场了。

如今再来看那天晚上的录像，可以看到那几个跃跃欲试的年轻人——特别是鲍勃·迪伦和吉他手迈克·布鲁姆菲尔德——他们学着《正午》（High Noon）① 里面牛仔的样子，或者是那种一对一枪战的架势，在他们十几岁的时候，每集《冒烟的枪》电视剧差不多都是以这样的枪战开始和结束的。来自民谣三人组"彼得、保罗和玛丽"的彼得·雅罗（Peter Yarrow）简单地报了幕——两年前，"彼得、保罗和玛丽"曾经在全国唱红了迪伦的《答案在风中飘》（Blowin' in the Wind），并使得这首歌成为时代的里程碑——"这个即将登场的人，在某种意义上，在**广大美国公众**心目中改变了民谣音乐的风貌，因为他赋予民谣以诗意！"台下传来一片欢呼。但当乐队走上台来，开始调音的时候，台下却鸦雀无声。

① 美国 1952 年拍的著名西部片。——译注

迪伦叫道："来吧!"仿佛从飞机上一跃而出。他身体的重心向后倾去，仿佛向重力挑战，脸上笼罩着一种确定感和欢快的光环，显得非常性感。布鲁姆菲尔德半蹲下去，紧握着吉他的姿势就像握着一杆刺刀上膛的来复枪一样，每当迪伦停顿下来，他就猛地发出爆裂般的噪声。迪伦对台下喊出《麦琪的农场》(Maggie's Farm)中刻薄而完全没有规律，也不需要任何规律的黑色幽默，好像终于意识到作为歌手，他可以在台上跺脚了一样。音乐中的一切都是节奏鲜明的，一个围绕自身建立的节奏。以布鲁斯的猛冲为开始，逐渐过渡为摇滚乐，比其他一切事物都领先几步，最终降落在地上。

与此同时，在后台，皮特·西格和另一位伟大的民间音乐学家艾伦·洛马克斯(Alan Lomax)恨不能用斧头把这支乐队的电源线给砍下来。彼得·雅罗和另一位歌手西奥多·比凯尔(Theodore Bikel)拦着他们，直到保安过来。台上的乐队奏起《像一块滚石》缓慢、庄重的前奏——几乎一下退回到录音室版本前奏中那种华尔兹般的柔和风格。这首歌有一个难以被发现的主线与脊梁，乐队并没有找到这个脊梁。仿佛为了弥补这一点，迪伦用亨弗莱·鲍嘉(Humphrey Bogart)在电影《马耳他之鹰》(*The Maltese Falcon*)结尾那种朗诵般的语气给自己鼓劲，电影里鲍嘉饰演的山姆·史贝德侦探手里揽着玛丽·阿斯特（Mary Astor），但是拒绝了她的请求，他说："我不会因为我整个人都在渴望就这么做。"节奏几乎完全丧失了。之后他们唱起了《幽灵工程师》（Phantom Engineer），这是收录在《重访61号公路》里的《要笑起来很难，要费一火车的力气才能哭泣》（It Takes a Lot to Laugh，It Takes a Train to Cry）的早期版本，音乐重新奔腾起来。迪伦用一种平原诸州特有的讽刺的拖音唱着，手里弹着的节奏吉他却紧张快速，布鲁姆菲尔德跳上这辆火车，驾驶着它隆隆向前。"我还记得，"凯西·琼斯（Casey Jones）① 的司炉工西姆·韦伯（Sim Webb）曾经这样描述1900年4月30日，伊利诺伊中心638次列车在密西西比州的沃恩与一辆货运火车相撞时的情景，"我从车上跳下来，凯西拉响汽笛，发出一声又长又尖的鸣叫声。"而布鲁姆菲尔德的吉他声正是如此。"上吧，小伙子，就是这样！"迪伦召唤着，他和乐队一起下了台。音乐从头到尾都显得粗糙刺耳，但是却及不上舞台之下观众发出的喧闹声音。

　　人群里传来阵阵嘘声，还有嘲笑和轻蔑的叫喊，也有

---

① 美国传奇火车司机，1900年4月30日，他驾驶的火车与一列货运火车相撞，他让车上的司炉工西姆·韦伯跳车逃生，自己拉下了刹车，不幸牺牲，车上的乘客全部生还，许多民谣和早期摇滚歌曲都歌唱过琼斯的事迹。——译注

稀稀落落的掌声，还有那些目瞪口呆的人们所制造的真空。至少那个时候的情形看上去是如此——后来有很多人解释说，那些所谓的嘘声只是在抗议糟糕的音响效果。又或者只是后排坐在便宜位置上的人在起哄而已，这些人有从众心理，他们误解了前排那些民谣运动精英分子们用意良好、针对音响的抗议。在那之后的不到一年时间里，迪伦的表演改变了民谣音乐的全部规则——或者说那种把民谣音乐当成一种文化力量的看法已经几乎不复存在了。火车已经离开车站，谁愿意承认自己手中没有车票呢？乐评人保罗·尼尔森①（Paul Nelson）自从1959年起就是迪伦的好友，当时他们是在明尼苏达州立大学附近的波希米亚聚居地丁基镇举办的一次民谣活动中认识的，他在草草写下的笔记中描述新港音乐节上的情形："接下来出现了我生平从未见过的戏剧性场面：迪伦从台上走下来，观众们在起哄，叫道'打倒电吉他！'彼得·雅罗一边试图和观众们交流，让他们鼓鼓掌，一边又试图劝迪伦回到台上去"——"他一会儿会弹**木吉他**的，"雅罗假惺惺地强调着元音，对观众们叫道——"后来迪伦眼含泪水地回到台上，唱起了《现在一切都结束了，蓝宝贝》，我觉得这是他在对新港说永

---

① 摇滚乐吉他手、制作人和词曲作者。——译注

别，一种无法描述的悲伤压倒了迪伦，观众们最后鼓了掌，因为电吉他不见了。""是苦行——是一种苦行——迪伦挎上他的老马丁木吉他出去唱歌，完全是一种苦行，"数年后，迈克·布鲁姆菲尔德曾经这样说，"对于整个民谣界来说，搞摇滚的都是一些粗鲁的恶棍、吸毒的家伙、跳舞的、一群喝醉了酒跳着布吉舞的家伙。早在12年前，'闪电'霍普金斯（Lightnin' Hopkins）① 就已经录制了电声乐专辑，但那次他都没有把自己的电声乐队从得克萨斯带来。他来到新港，就好像从自己的土地里被拔出来，像个柏油娃娃（tar baby）② 一样。"

"第一次被嘘的时候你是否感到惊讶?"四个月后的一次新闻发布会上，有人这样问迪伦，"你没法弄清嘘声会从什么地方来，"他说，继新港之后，他又演出了25场，从卡耐基大厅到好莱坞剧场，从达拉斯到明尼阿波利斯，从亚特兰大到西雅图，他把这些也算进来了，"根本就说不清楚。嘘声仿佛是从最怪异、最奇怪的地方传来，当它传到我的耳朵里的时候简直成了抽象的东西。"但是，"在新

① 美国得克萨斯州乡村布鲁斯大师，风格多样，对民谣和摇滚乐都影响巨大。——译注
② 黏手的黑人玩偶，黑人民间传说中的人物，通过托妮·莫里森的小说广为人知，含有"棘手，难于摆脱的处境"的比喻义，也用来作为对黑人的贬称。——译注

港，"迪伦用非常滑稽的口吻说着，仿佛在回忆童年时期的什么恶作剧因为某种奇妙的机缘上了电视，让他在小伙伴们之间成为英雄人物一样，"不管怎么说，我都做出了一件疯狂的事情。我那时候不知道将要发生什么样的事情，但他们确实起哄了，说真的，嘘声到处都是。不过我不知道起哄的到底都是谁。"他这样说道，就好像是下次如果有机会，他没准会试着去查清楚到底是谁干的一样。

迪伦回到纽约，把新港抛到脑后，继续录制《重访61号公路》。录完这张专辑之后，他开始着手组建自己的乐队。他在纽约森林山的森林山体育馆预定了一场演出，那个体育馆能容纳一万五千名观众，演出前的两个星期，他和乐手们排练了几首新歌和老歌，乐手阵容包括艾尔·库珀（这时候库珀也把风琴换成了电子琴），贝斯手哈维·布鲁克斯（Harvey Brooks）以及来自多伦多的"雄鹰"乐队的吉他手罗比·罗伯逊和鼓手利文·赫尔姆——这个四人阵容只是再多维持了一场演出，迪伦就和"雄鹰"的五人开始了合作——但是如果说新港只是一点小火星，森林山燃起的就是燎原大火了。

有些人是听了迪伦于1965年春登上排行榜前40名的新歌《地下乡愁布鲁斯》（Subterranean Homesick Blues）和《像一块滚石》才成为歌迷，但更多的还是长期的老歌迷们。迪伦先是带着木吉他和口琴一个人走上台来，报幕的是异常兴奋的穆雷"K"（Murray The K），他是排行榜前40名电台节目的主持人，人称"第五披头士"（也有人说是第六）："不是摇滚，不是民谣！这是全新的事物，叫做迪伦！整个国家弥漫着全新的、摇摆的情绪，我想鲍勃·迪伦正是这种新情绪的先锋！这是一种全新的表达，一种全新的、忠实的说明方式，迪伦先生绝对——"说到这里，他不得不说出自己的招牌问候语，尽管他看上去感到非常尴尬困惑——"出什么事了，宝贝。"——穆雷被严重地起哄了，但是这位排行榜前40名的主持人也不能指望什么别的待遇了。迪伦上台来了，唱的大部分是《席卷而归》里面的歌，他从容随意地唱着关于爱情与超然的歌曲，用人们所熟悉的方式表演。像平时一样，他会唱一首观众们之前没有听过的歌，这一次是未发行的《重访61号公路》中的结束曲《荒凉小巷》：一首有趣，紧凑而又优雅的11分钟的寓言，它把乌托邦比喻为绝对放逐，把20世纪文化比喻为泰坦尼克。观众们鼓掌了。

排行榜前40名的另一个节目主持人，特别守旧的"好人杰里·史蒂文斯"（Good Guy Gary Stevens）走上台来，介绍演出的下半场，还不等张口就被嘘了下去。与此同时，扩音器和架子鼓也已经被放在台上显眼的地方，这一次的嘘声不同于刚才穆雷所遭到的善意嘘声。然而这还只是热身而已。

迪伦和乐队们上台来奏起了《墓碑布鲁斯》（Tombstone
Blues），它和整场演出九首歌中的六首一样，来自《重访
61 号公路》——突然之间，从人群里，而不是台上，传来
了被撕裂般的尖叫声。人们都在叫喊。嘘声也好，欢呼也
好，都只是偶尔才出现。一首歌接一首歌，在那些似乎完
全不由音乐中的任何东西引发的时刻里，观众席上的某处，
仿佛有人做出几乎无法看清的手势，旁观者们从小群体甚
至是乌合之众，汇集为更大的团体。暴力的震颤不时从观
众席上涌来。30 年后，人们仍然可以从现场录音中感受到
那种骚乱或恐慌。森林山体育馆成了敖德萨的阶梯
（Odessa Steps）①，一部分观众借这个机会把其他人向下推。

　　音乐无法跟上这样的狂怒，不管怎样，它都是简单直
接的，只有零星忧虑或升华的闪光，有时僵硬，有时慵
懒——有时却又熠熠生辉，尽管有令人分心的声音，歌词
本身却在放射光芒。当时的迪伦还不是乐队的一员，而是
乐队在给他伴奏；只在唱《瘦子之歌》和摇滚歌曲《墓碑
布鲁斯》以及《来自别克 6》（From a Buick 6）的时候，他
仿佛达到了在录音室录音时所不能达到的某种境地。艾
尔·库珀的钢琴在《来自别克 6》中捕捉到一种近乎蹩脚

---

① 此指苏联电影大师谢尔盖·爱森斯坦的《战舰波将金号》中经典
　　的大屠杀场景所在地。——译注

的特色，展示着当天最纯正的摇滚之风，迪伦凶猛而欢快地唱出"我需要一把蒸汽铲，妈妈，把我和死人们隔开"——在一片狂乱的噪声中，这句话倒引起了笑声和掌声，而其他歌曲则被人们颠倒过来，与其说它们的声音被人群淹没，倒不如说人群拆散了它们。

这种声音以前也仿佛出现过，那是在这场演出开始之前的岁月里面——但并不是在这样的环境之下。个人的叫喊和呼唤可以汇合成一种比任何个体所制造出来的声音都远为丑陋残酷的声音，那是1957年小岩石城的白人男女的声音，白人男孩与女孩的声音，当9个黑人青少年被允许到阿肯色州小岩石城的中央中学就读的时候，第一天、第二天、第三天，人群都曾发出这样的喊声；那是1962年白人学生暴乱与杀戮的声音，只是因为联邦军队护送黑人学生詹姆斯·梅瑞狄斯（James Meredith）进入密西西比州牛津市的密西西比大学读书；那是1961年亚拉巴马州蒙哥马利灰狗汽车站上白人乘客的声音，他们几乎把那些"自由乘客"（Freedom Rider）活活打死，只留下他们丧失神志的身躯，像垃圾一样倒在车站的长凳和地板上——而这些"自由乘客"只是一些普普通通的黑人和白人，他们根据宪法赋予的权利，携起手来，从南方出发一起旅行。部分是由于这种声音，森林山的演出之后，民谣歌手菲尔·

　　　　　　　　地下鲍勃·迪伦与老美国

奥克斯（Phil Ochs）说出了很多人的心里话，这场演出结束后，艾尔·库珀又演了一场，完成了在得克萨斯州约定的两场演出后就离开了迪伦的乐队，那个时候他心里也是那样想的："看看他们对倒下的肯尼迪做了些什么。"

这并不是库珀第一次这样想了。他和哈维·布鲁克斯两人住在附近，这次是开车来森林山的。他们把车停在一个普通停车场里。演出结束后，库珀满脑子都是当时人们冲上台来，把他从琴凳上撞翻在地时的情形，人们喊着"傻逼、白痴"，迪伦在唱《瘦子之歌》的时候，坐在自己的钢琴前面，把前奏弹了很多遍，试图让人们安静下来，一直弹了好几分钟，最后终于放弃了，结束了这首歌——发生了这一切之后，库珀和布鲁克斯才发现，要想走到他们的车子里去，就得穿过面前的人群才行。

这件事现在听上去很滑稽，但在当时却绝非如此。"我很害怕，"时至 1995 年，库珀回忆道，他是一个高个子男人，走路的时候很有风度和威严，在当时却不得不后退几步，制定策略，"我们明白，他们肯定会认出我们来的。我们最好是彼此靠得紧紧的，直接走过去。我当时不知道我们是不是能够活着走出来。"

当时菲尔·奥克斯曾经勇敢地公开发表过一份书面的东西，把话说清楚。

我不知道还会发生什么。我不知道在未来的这一年里迪伦是否还能登上舞台。我看恐怕很困难。我是说，迪伦这一现象太过分了，因此也就格外危险……迪伦已经成了许多人灵魂的一部分——然而美国有那么多卑劣的人们，死亡如今已经成为美国景观的一部分。

这些并不是无意义的话，出于更多原因，自从奥克斯这样说过之后，鲍勃·迪伦果真有一年时间没有登台演出，正如他有 37 年没有登上新港的舞台。奥克斯惊恐笨拙的话语或许有可能是在真诚地尝试去承认从那时便开始进入美国公共生活的一种糟糕的潮流。在这股潮流中，不仅约翰·F. 肯尼迪（John F. Kennedy）被暗杀了，民权运动领导人迈德加·伊文思（Medgar Evers）和马尔科姆·X（Malcolm X）也遭到暗杀；几年后，美国纳粹党领导人乔治·林肯·洛克威尔（George Lincoln Rockwell）也好，民权领袖小马丁·路德·金也罢，甚至肯尼迪的弟弟罗伯特·肯尼迪也遭到了暗杀，安迪·沃霍尔也难逃一劫[1]；

---

[1] 1967 年美国激进女权主义者 Valerie Solanas 开枪刺杀安迪·沃霍尔。安迪·沃霍尔遇刺后一直没有康复，1987 年死于外科手术，瓦莱丽被判 3 年徒刑，她声称安迪·沃霍尔过多压制了她的生活。她曾经被安迪·沃霍尔拒绝发表的作品 SCUM Manifesto 此后成为女权主义著名作品。——译注

这股潮流还以连环谋杀案的形式在这片国土上蔓延，"男人杀死全家/同事然后自杀"这样发生在一天之内的大规模谋杀事件已经屡见不鲜，还有乔治·华莱士（George Wallace）在马里兰州的劳雷尔遇刺，马库斯·福斯特（Marcus Foster）① 在加州奥克兰遭到暗杀，杰拉尔德·福特总统（Gerald Ford）先后在萨克拉门托和旧金山两次遇刺；老马丁·路德·金的夫人阿尔贝塔·威廉姆斯·金（Alberta Williams King）也在亚特兰大遇刺；拉里·弗林特（Larry Flynt）② 在佐治亚州的劳伦斯威尔遇刺；里昂·瑞恩（Leo Ryan）③ 在琼斯镇遇刺；乔治·莫斯科尼（George Moscone）④ 和哈维·米尔克（Harvey Milk）⑤ 在旧金山遇刺；维农·乔丹（Vernon Jordan）⑥ 在印第安纳州韦恩堡遇刺；阿拉德·劳恩斯坦（Allard Lowenstein）⑦ 和约翰·列侬分别在纽约遇刺；罗纳德·里根在华盛顿遇

① 1923—1973，著名黑人教育家，被恐怖组织 SLA 暗杀。——译注
② Hustler 杂志的所有者，以传播色情文学、主张言论自由著称，1978 年遭种族主义者暗杀未死，后终生瘫痪。——译注
③ 1925—1978，民主党领袖，参议院议员，致力环保，曾批判中情局缺乏议会监管，遭"人民圣殿教"成员暗杀。——译注
④ 1929—1978，旧金山市市长，任内遭暗杀。——译注
⑤ 旧金山激进政治家，曾为同性恋者争取权利。——译注
⑥ 著名黑人律师，曾任克林顿政治顾问，1980 年曾遭枪击未死。——译注
⑦ 1929—1980，国会议员，主张民权，反战，在自己的办公室里被一个精神错乱的人枪杀。——译注

刺，艾伦·伯格（Alan Berg）① 在丹佛遇刺；塞琳娜·奎坦尼拉·佩雷（Selena Quintanilla Perez）② 在得克萨斯州的库珀斯·克里斯蒂遇刺……在那样一个时代，鲍勃·迪伦的名字也不是没有可能加入这份长长的名单，而且，有那么一段时间，他的表演如此激烈，打开了他身处的那个特殊的文化小圈子，他甚至有可能让这份名单变得更长。

迪伦身处的文化小圈子就是民谣复兴运动——一个本土传统的舞台，一种民族的隐喻，关乎自我发现与自我创新。在这个圈子里，一个人所追求的，以及被要求的，就是相信人们都是心口如一的。这是精神的领地，歌曲、礼仪乃至整个气质中的真诚感是这个圈子里最受珍视的价值——任何言论，任何被继承下来或者被表现出来的属性都会以这种价值观来衡量。一个人可以像鲍勃·迪伦这样编造出自己的形象，创造出一个人格，言谈举止恍如查理·卓别林、詹姆斯·迪恩和兰尼·布鲁斯（Lenny Bruce）③；写作的时候好像伍迪·格瑟里和法国象征主义诗人；深沉的嗓音则直追

---

① 1934—1984，犹太自由主义者，广播节目主持人，律师，遭纳粹分子暗杀。——译注
② 1971—1995，美国得州拉丁风格歌手，因争执被自己歌迷会会长杀死。——译注
③ 1925—1966，著名喜剧演员。——译注

20世纪20年代那些几乎已经被人遗忘的、自成一家的歌手，比如山区歌手多克·博格斯（Dock Boggs）和新奥尔良布鲁斯歌手"兔子"布朗（Rabbit Brow）——但是，不管这个人有什么样的渊源，真正的美国红土显然才是最纯正的。

1993 年，历史学家罗伯特·肯特威尔（Robert Cantwell）追溯民谣复兴运动那种已经消逝的氛围，这样写道："（民谣复兴运动）对整个民谣文化提出了罗曼蒂克的要求——它要求民谣文化诉诸口述、有即时性、尊重传统、使用地道的语言、有公共性，是一种有个性的文化，反映权利与义务，乃至信仰，它反对中间派、专家、没有人情味，它反对技术官僚文化，也就是那种关于类型、功能、工作与目标的文化。"民谣年代记编著者罗伯特·谢尔顿（Robert Shelton）于 1968 年写了下面引用的文字，当时他仍旧相信自己是民谣运动的一分子，而这个运动仍然有着无限前景，但他的论点看起来不像论点，更像是一种希望、一种信念，原文如下：

> 民谣复兴运动者们想要表达的意思其实是："面对现代城市社会的困境，还有另一条路可走，这条路会告诉我们，我们到底是谁。有很多美丽、单纯、头脑相对不那么复杂的人生活在乡村，他们靠近大地，有

着自己独特的身份认同与背景。他们知道自己是谁，他们了解自己的文化，因为这种文化正是由他们自己亲手开创的。"……早在肯尼迪政府提出"新边疆"口号之前，民谣复兴运动者们就已经开始探索他们自己的新边疆，他们到乡村去旅行，有的是实地考察，有的是想象之中的旅程，他们努力在美国不断流逝的过去中寻找，是否真的有一个更加令人兴奋的生活。

这段话可以用来描述迪伦那首歌唱南北战争之前逃奴的歌曲《再没有拍卖会》（No More Auction Block），又名《几千人逃跑了》（Many Thousands Gone），也可以适用于《答案在风中飘》，他用民谣的旋律写下自己的压抑与抵抗，这是一个关于现在与未来的故事，他把一整套复杂的价值观以及一整套在这个世界上的生存之道在歌曲中作了符号化的处理。他歌中的这种价值体系将乡村置于城市之上，将劳工置于资本之上，将真诚置于教育之上，将普通男女纯洁的高贵置于商人与政客之上，将民谣自然清新的表达流露置于艺术家的利己主义之上，一方面他把这种价值体系做了符号化，另一方面，他也把另外两样东西做了更深刻的符号化，而那两样东西并不能简单地变成口号，也不能被有主题的阐述和浪漫主义的欣赏所总结。鲍勃·迪伦

　　　　　　　　地下鲍勃·迪伦与老美国

和琼·贝兹（Joan Baez）、皮特·西格，乃至上百个民谣歌手一样歌唱着，但他的歌更有力量，更加赤裸坦诚，在他歌唱或被人倾听的时候，他成了在喧嚣与动荡之中渴望"和平"与"家园"的象征；在这种象征的美学映象当中，和平与家园植根于每个倾听者内心最基本的美德：纯净。这种纯净如同一个未被商业或贪婪腐蚀的民主绿洲，在50年代末与60年代初，无数青年开始重新倾听那些最初在二三十年代录下来的布鲁斯与乡谣歌曲，这些歌曲所表达的正是这种纯净，它们的创作者大都是来自南方小镇与更小的定居点，对于年轻的新听众们来说，那里是一片奇异而富于异国色彩的土地——音乐中仿佛完全感受不到个体自我意识的存在，而是作为整体的民众与生俱来的天赋，也就是**人民**——活生生的，可以被拥抱的，也有可能成为他们之中一员的人民。这是来自另一个国度的声音——一个青年们曾经从远方窥看，如今却可以在内心深处感受的国度。这就是民谣复兴运动。

作为一种艺术运动，民谣复兴运动植根于19世纪乃至20世纪初的歌曲搜集活动——在英格兰与苏格兰，在阿巴拉契亚山脉，在南方腹地——著名的参与者包括哈佛的弗朗西斯·柴尔德（Francis Child）、伦敦的塞西尔·夏普（Cecil Sharp）、在密西西比和得克萨斯活动的约翰·洛马克斯（John Lomax），以及北卡罗来纳州的巴斯肯·拉玛·兰斯福特（Bascom Lamar Lunsford）等人。而作为社会运动的民谣复兴运动则脱胎于美国共产党所提出的，积极保卫"美国精神"的运动，此外还有"人民阵线"（Popular Front）[①] 的意识形态，以及罗斯福新政带来的大量文艺项目。从史实角度，民谣复兴运动开始为广大公众所知大约是在 1958 年，"金斯顿三人组"（Kingston Trio）演唱了《汤姆·杜利》（Tom Dooley），这是一首传统的阿巴拉契亚本地歌曲，讲述一桩谋杀案的发生。它充满影射，几乎没有描写故事中的主人公，未被提及的谋杀动机飘浮在黑暗的山谷之中，消失在四周的树林深处。"金斯顿三人组"的表演非常热情（非常适合听众们跟着一起唱），神秘的感觉经久不息。这到底**是什么**东西？广播电台每次播放这首歌曲时，主持人都会大惑不解地这样发问。这首歌是一桩真实犯罪的寓言，是关于 1866 年的一宗谋杀案，一个名叫劳拉·福斯特（Laura Foster）的女子被她的旧情人汤姆·杜拉（Tom Dula）及其新欢安妮·迈尔顿（Annie Melton）合谋杀害——这件事要取决于你如何来看待它，它花了 92 年的时间，抑或只是花了从专辑发行之后的六个

---

① 二战前西方左翼反法西斯联盟阵线。——译注

月的时间，从这个国家的灵魂中未经标明的角落来到排行榜首位，从北卡罗来纳的威尔克斯郡传遍了当时美国 48 个州的每一个乡镇和村庄。

尽管有这一切，然而，在美国的历史记载中，民谣复兴运动只是作为一个无足轻重的脚注出现，这是有理由的。尽管民谣复兴本身就是艺术运动与社会运动，也有自己的史实，它其实是从属于一个更广大、更危险，也更加重要的事件——民权运动。民谣复兴中那种道德的力量即是来源于此——也就是它那种重新发现一个新世界，把它带入现实生活，为之斗争并取得胜利的意识。民谣复兴运动与民权运动有如双生兄弟一般——民权运动也要求重新发现并复兴一种东西——那就是宪法。

民谣复兴运动在 1963 年夏天的新港民谣节和"华盛顿进军"（March on Washington）中达到顶峰，后者因为小马丁·路德·金那场以"我有一个梦想"的呼唤而告终的演讲，本身就已经成为民间传说的一个部分。在那年 7 月 26 日举办的新港民谣节闭幕的时候，鲍勃·迪伦、琼·贝兹、皮特·西格、西奥多·比凯尔、"彼得、保罗和玛丽"以及"自由歌手"（Freedom Singers）[①]——歌手都是白

① 1962 年在佐治亚州阿尔巴尼成立，以歌曲在社区中普及民权运动的民谣组合。——译注

人，"自由歌手"组合则是身穿白衬衫的黑人——合唱了迪伦的《答案在风中飘》，之后挽起手臂，携起手来歌唱了古老的洗礼赞美诗《我们终将取得胜利》（We Shall Overcome），这首歌如今已经成为民权运动的赞美诗。他们在象征意义上代表全国发言，或者说，代表他们自己的国家发言；三个星期之后的 8 月 28 日，马丁·路德·金对全国作了那个著名的演说。

那天在新港舞台上放声歌唱的所有歌手当天都赶到了金发表演说的林肯纪念堂前，与台下来自全国的 30 万群众在一起。群众当中有来自路易斯安那与亚拉巴马的黑人牧师和民权运动工作者，离开了他们燃烧火焰的教堂与子弹横飞的社区和家园，乘坐大巴或自己开着旧车来到首都；也有些人是来自加利福尼亚，家境宽裕的白人大学生。他们在华盛顿的烈日之下矗立，整个国家都在通过电视看着他们，乔治·华盛顿本人也仿佛以一种抽象的形态，从自己的纪念碑上远远俯视着他们，他们呼吁现任政府、国会、法院、各州州长、各州议员、市长、市议员、校委会、警长、警官，以及一切尊重国法也尊重自己的人，重申法律面前公正平等的信条。

鲍勃·迪伦和所有人一样，倾听着马丁·路德·金把林肯第二任期就职宣言中那种《旧约》式的哀歌换成《新约》式的从云隙射下的阳光，那么多年过去了，金的声音听上去仍然像是被揭示的奇迹与死者的复生。林肯的就职演说是在南方投降一个多月之前所作的，约翰·威尔克斯·布斯（John Wilkes Booth）① 和他的同伙们当时亦在人群中倾听，林肯把这个国家带回到她那些清教徒创立者们预示的那种虔诚中去：

　　全能的上帝有他自己的意旨。"这世界有祸了，因为将人绊倒，绊倒人的事是免不了的，但那绊倒人的有祸了。"如果我们设想美国的奴隶制是按照天意必然来到的罪恶之一，并且在上帝规定的时间内继续存在，而现在上帝要予以铲除，于是他就把这场可怕的战争作为犯罪者应受的灾难降临南北双方，那么，我们能看出其中有任何违背天意之处吗？相信上帝永存的人总是把天意归于上帝的。我们深情地期望，虔诚地祷告，这场巨大的战争灾祸能够很快地过去。但是如果上帝要它继续下去，直至奴隶们250年来无偿劳动所积聚的财富全部毁灭，或如人们在三千年前说过的，直至鞭子下流出的每滴血都要用剑下流出的每一滴血来偿还，那么

_____

① 谋杀林肯者。——译注

另一个国度

今天我们还得说："主的审判是完全正确和公正的。"

马丁·路德·金，这训练有素的演讲者的声音抑扬顿挫地回响着，间或模仿 J. M. 盖茨（J. M. Gates）牧师大人的喉音和破音，盖茨是 20 世纪 20 年代最有名望的黑人牧师，曾经录制过若干令人战栗的布道录音，销量逾数十万。金还引用了《独立宣言》、《葛底斯堡演说》，以及《我的国家属于你》(My Country 'Tis of Thee) 这首赞美诗，他把它们变成他自己的，也变成所有人的。他一遍又一遍地激发起黑人教民们的呼唤和回应，离他最近的人走向代表支持他的右前部席位，用热情的赞美回应他那优美雄辩的说辞。之后，所有的隐喻都被整合到一起，横亘在这片大陆的一个又一个山巅，这是美国政治史上能与林肯的演说相媲美的两次演讲之一，他的结束语雄辩滔滔，震撼了整个国家。听着他的话，人们几乎会相信——或者现在仍然能够相信——那债务终将遭到偿还。

我有一个梦，有一天"一切山洼都要填满，大小山冈都要削平，高高低低的要改为平坦，崎崎岖岖的必成为平原。耶和华的荣耀必然显现，凡有血气的，必一同看见"。

而这也正是民谣复兴运动的信念。这正是它的背景与平台——它对整个国家做出的许诺——对于那些参与者们来说，60 年代初的新港民谣节是一场国民会议，它不是四年一度的民主党与共和党全国大会的对立面，只是对它们的谴责。在新港，有特权的与被遗忘的被聚拢在一起，来自顶尖大学的白人学生们与知识分子们同那些来自过去的年代，被重新发现，重新回到人们视野的歌手和音乐家站在一起，这些音乐家们的声音已经有三四十年不为人知。那些过去年代里的黑人吉他手如今与白人班卓琴手们一同站在台上，一起拍照，在过去，这样的事情从未出现在美国的正式场合：来自密西西比的"跳跃"詹姆斯（Skip James），来自肯塔基的布尔·卡齐（Buell Kazee）与"密西西比"约翰·亨特（Mississippi John Hurt），阿肯色州的埃克·罗伯逊（Eck Robertson），密西西比的桑·豪斯（Son House），弗吉尼亚的多克·博格斯，北卡罗来纳的克莱伦斯·阿什利（Clarence Ashley），他们都是传奇人物，如今他们在面向观众演出，他们是一个微缩的社会，一个奇幻的国度，人们几乎从未想象过他们竟会存在。毋庸置疑的真诚就握在他们手里，写在他们脸上；这些真诚的人们封存了他们的词句和曲调，以鲍勃·迪伦为首的后来者们曾在无数碎片中搜寻，拼凑出他们原本真实的声音。

就算是作为民谣歌手，鲍勃·迪伦也总是走得太快，他学东西太快，轻易就把那些老的东西花样翻新；很多人都对他有所质疑。1963年的新港民谣节上的一张照片就说明了这一点：一幅涂鸦覆盖在一则似乎是运动服广告的东西上，上面是穿着短裤的腿，有人在短裤上写着："鲍勃·迪伦不懂自己的民族音乐。""**真是一针见血！**"另外一个人在旁边写道；后来又来了一个人把"不"字涂掉，变成了"鲍勃·迪伦懂自己的民族音乐。"第四个人仿佛要平息整个争论一样（尽管众所周知，根据涂鸦的考古学，这个人才算真正开始了争论），写下了一个大大的、比其他人的字体都大的"暗杀者"，后来又有人把这个人的拼写错误细心纠正过来。尽管如此，迪伦在"华盛顿进军"活动上唱起《迈德加·伊文思之歌》（The Ballad of Medgar Evers）的时候——这首歌后来被改名为《在他们的游戏中只充当小角色》（Only a Pawn in Their Game）——又或者在《我将获得自由》（I Shall Be Free）里面给肯尼迪总统打电话的时候，又或者在《说说约翰·伯奇妄想狂布鲁斯》（Talkin' John Birch Paranoid Blues）里嘲笑乔治·林肯·洛克威尔的时候（"这个家伙，"对于这个美国纳粹党头子，迪伦这样说道，"可是一个真正的美国人呀！"），他的机智与热情——他那种把事物戏剧化的能力——征服了大多数怀疑。

他进入了一个全新的王国，痛苦与不公，自由与权利就是这个国家的硬币，他要把不公织成权利，把稻草变成黄金——这就是《上帝在我们这边》、《答案在风中飘》、《时代改变了》与《暴雨将至》的源头——这些歌曲最终使他超越了自己同时代的人们。

这些歌曲被人们当作伟大的社会戏剧，但它们其实并不是真正的戏剧。不管听歌的人们觉得它们正确与否，它们都是正义的庆典，庆典中也同样存在军队与不同世代，存在着英雄与恶棍，梦魇与美梦，几乎没有个人化的东西。在这些歌曲所预言的历史中没有这种东西的位置——的确，那些自私、迷惘、充满欲望的人总在怀疑自己的故事能不能被某种特定的原因或目的来解释，这些歌曲中也没有他们的存身之地。迪伦的这些歌曲比其他歌曲更好地萃取了民谣复兴运动的价值，它们所表达的是：民谣复兴运动的圣杯就是那种客观的美好，在它面前，主观性是不存在的。谁能想象，哪怕只有一刻，皮特·西格会要求根据他的弱点乃至变态的欲望来规划世界呢？在民谣复兴运动中，这种对世界基于个人主观性的诉求几乎可以被当作一种虚无主义——虚无主义，用曼尼·法勃（Manny Farber）① 的

---

① 美国著名画家，评论家。——译注

话来说就是"一种不管来龙去脉，刻意破坏（go-for-broke）的艺术"——这是因为一种致命的迷惑存在于民谣复兴关于真诚的基本概念之中，存在于它的哲学核心之中，也存在于它对人生意义的看法之中。

民谣复兴运动的宣言是艺术——然而在本质上，民谣复兴根本不相信艺术，而是相信生活，一种特定的生活——能与艺术平起平坐的生活，这种生活终将取代艺术。

这种能与艺术平等的生活是经过痛苦、剥夺、贫穷与遭受社会放逐提纯过的生活。在民间传说中，这并不新奇。"由于民间歌曲收集整理者们的偏好与明智的选择，在这些歌曲里面，艺术与生活获得了同等的地位，"历史学家乔治纳·波伊斯（Georgina Boyes）在其著作《想象的村庄》（*The Imagined Village*）中这样写道，"意识形态上的纯洁无瑕是久远时代中农民形象的精髓，也是民谣歌手和他们歌曲中的'自然'特点。"把艺术完全融合到生活中去这一概念表现为如下观点：穷人本身就是艺术，因为他们完全不假思索地歌唱自己的生活，不会有任何思想的矫饰，不会有虚假的资本主义思想与虚假的商业意图。他们生活在人与人有机联系的社区里，彼此之间支持帮助，几乎到如今仍在对抗腐败堕落不堪的外部世界——任何歌曲都属于所有人，没有哪一首是单独属于某个人的。所以，不是歌手唱出这首歌，而是歌曲选择这个歌手被唱出来，所以，在表演的时候，歌手才是美学产品，而不是歌曲。在完美的世界，在未来，每个人都应当这样生活。

这是对这种源自上流社会、带有父权色彩的哲学的左派阐释；是一种社会主义的现实主义。1966 年，民间故事研究者艾伦·J.斯戴克特（Ellen J. Stekert）在民谣复兴运动中发现了这种哲学，并把它的历史追溯到 20 世纪 30 年代的纽约共产主义民谣音乐圈，她在著作中写道，伍迪·格瑟里和莫莉·杰克逊阿姨（Aunt Molly Jackson）被他们的支持者认为是最伟大的艺术家，他们被公认为代表了传统标准，但以传统标准来看，他们称不上是好的艺术家；而如果以他们最早的、有政治倾向的那些观众（这些观众接受他们主要是出于政治原因）的都市标准来看，他们也称不上是好的艺术家——因为这些歌手为政治带来了真诚色彩。"这是一种可悲的混淆，"斯戴克特写道，"城里人把贫穷和艺术混为一谈，这是很可怕的。"当艺术与生活相混淆的时候，不仅仅意味着艺术的迷失。当艺术等于生活的时候，其实就意味着不再有所谓艺术；而如果生活就等于艺术，则意味着根本就没有所谓普通民众了。"北卡罗来纳州烟草农民的小屋融汇在他的音乐之中，所有起泡、受伤与结茧的双手都遭到欺骗，空空荡荡，备受伤害，只能哭泣。"伍迪·格瑟里曾经这样描述桑尼·特里（Sonny Terry）的口琴演奏带给听者的感觉，但他并没有说桑尼·特里也处在这种生活之中。

最终，这种民谣观念被鲍勃·迪伦抛在了身后——以一种最惊人的方式。1965 年 9 月，人们对他的狂怒与日俱增，因为他愈来愈多地把客观换成了主观。在得克萨斯州奥斯丁市的一次新闻发布会上，他试图解释（就是在这里，他首次与"雄鹰"乐队合作）。他声称，在一种深刻的意义上，他目前的音乐仍然属于民谣音乐，但是他很快就否定了这个名词："把民谣当作历史传统音乐吧。"尽管如此，他仿佛认为这种传统音乐不是由历史或环境所缔造，而更多是由具体的人所创造出来的。他们创作这些歌曲是出于种种特殊而不为人知的理由——这些理由与游魂和灵魂相类似。迪伦可能会坚称自己在前一年间写下或表演的歌曲中，那些人们可以用来进行身份认同的事件与哲学都被消解身份认同的寓言所替代。譬如《荒凉小巷》、《如同"大拇指"的布鲁斯》(Just Like Tom Thumb's Blue)、《鲍勃·迪伦的第 115 个梦》(Bob Dylan's 115th Dream)、《重访 61 号公路》、《墓碑布鲁斯》……这些或忧郁或狂乱的歌曲里有贝多芬也有玛·瑞尼（Ma Rainey）；有奥菲利亚也有克娄巴特拉；有哥伦布也有亚哈船长；有穷人霍华德也有佐治亚·山姆；有亚伯拉罕也有艾萨克；有执勤的墨西哥警察也有第十二夜里的第五个女儿，它们承载了传统，而迪伦本身最终亦在传统之中占据了一席之地。迪伦曾说，所谓民谣音乐，就是：

> 它并不是大萧条时代的歌曲……它的根基并不是工作，也不是"废奴"之类。民谣的根基——除了同样建立在这个基础上，同民谣有交集的黑人歌曲——实际上是建立在神话、圣经、瘟疫、饥荒以及各种各样的东西上面，它们不是别的，正是神秘。你可以在所有歌曲中找到它。人们的心口开出玫瑰；赤裸的小伙卧在床上后背长出长矛；七年的时间做这个八年的时间做那个……这些都是没有人能够触及的事物。

但是这种话只能是另一个寓言，它无法平息任何人的愤怒，也无法安抚任何人的绝望。迪伦放弃了将生活等同于艺术的观念，只是服从内心音乐的指引，这时他所放弃的不仅仅是一个哲学命题，也等于是放弃了一整套信仰与公理的体系与情结，而很多人正是依赖这套体系判断是非好坏。正因如此，当他在这些人面前出现，手持着奇形怪状、花里胡哨的电吉他，穿着像一块格子布，像是从卡耐比街（Carnaby Street）① 上买来的中世纪宫廷小丑服一样的奇异紧身服装的时候，他所代表的不是背叛变节，而是希望的毁灭。当他站上舞台的时候，他显得好像是在肯定那种把城市置于乡村之上；把资本置于劳工之上的价值观——这也是那种肯定白人艺术家高于黑人民谣歌手；自私高于热情；贪婪高于需要；片刻的激情高于忍耐的考验；皮条客高于工人；小偷高于孤儿的价值观。人群之中，有很多人肯定是握紧了拳头，带着愤怒和恶心的情绪屏住了呼吸，他们感受到，甚至是在心里栩栩如生地描绘出种种掠夺的戏剧性场面：煤矿公司正在剥夺无数自然的奇迹，剥夺南方高原上几个世纪以来的文化传统——在那里，那些珍贵的老歌还在被传唱；警察毒打那些性格温和的黑人孩子们，把他们打得头破血流，奄奄一息；整个星球即将被氢弹震颤摧毁。

如今迪伦的表演让人感觉到，一年之前那个表现得好像是在寻找心灵的民主绿洲的他，仿佛并不是真正在寻找——但如果他没有真正在寻找，那些曾经感觉与他在一起追寻的人也就同样没有真正在寻找了。如果他的心灵并不纯洁，那么每个人也必须同样质疑自己的心灵。一切好

---

① 伦敦以贩卖嬉皮服饰闻名的一条街道。——译注

像都成了一个骗局——一个他欺骗大家、大家也都自我欺骗的骗局。这就是为什么当迪伦转向乐队的时候，当迪伦与丹科和罗伯逊一同转向鼓手，鼓手扬起鼓槌，三个吉他手跃向空中，把身体扭向观众，鼓手的鼓槌砰然落下，敲响第一个节奏的时候，台下的人群纷纷感到自己受了背叛。这就是那些愤怒的根源。

当他们跃起的脚落在舞台，当他们面对观众的时候，他们开始发现，一切都变得好似一出戏剧，观众们已经认识到了自己所扮演的角色，现在轮到这些表演者们了，表演者们现在倒好像成了观众，他们得根据人群中的声音做出反应。

那年（1965）的 11 月底，人群里的噪声终于使鼓手利文·赫尔姆在困惑与失望之中离开了乐队（几年后，罗伯逊曾说"所有人不是跑去和鲍勃说，他和我们的合作是个错误，就是跑来和我们说，我们和鲍勃的合作是个错误"），但是到了那时，乐队的声音已经足以和人群的喧哗相抗衡了。而且各地的观众们也有所不同。1965 年 12 月初，在伯克利，人们在上半场迪伦的木吉他个人表演的时候显得坐立不安。《荒凉小巷》引起了观众们的笑声，尚未最后成型的《乔安娜的幻影》，对于歌手来说仿佛是一场噩梦，他本来有能力随心所欲地结束它，但他却不愿使用这种力量。在势必到来的震撼与骚乱之前，这是一种拖延。正如拉尔夫·J. 格里森（Ralph J. Gleason）几天后在《旧金山纪事报》上写的，当演出的第二节开始，帷幕拉开的时候，"迪伦的乐队走出来，好像金子被发现了"。①

人们仿佛迫切期待着迪伦的演出尽可能精彩，成为他们所看过的最好的音乐会。那场演出的确是我看过的最好的音乐会。在开始曲《墓碑布鲁斯》的乐曲中有着躁动爆裂的声音，那是一种动力，一波未平一波又起的感觉，是早于他们的小型乐队所无法达到的效果。巨大的乐声压倒

---

① 我记得当时的情形是那样，而且那场演唱会还有一张私录 CD 唱片，名叫《远程操作者》（*Long Distance Operator*），在录音里，没有人咒骂或是发出嘘声。（"太美了!"有人在演出结束时喊叫着，叫声中混杂着欢乐与疑惑，那是一种对"怎么会有这样美好的音乐"的疑惑。）但是，1994 年 12 月 3 日，我在伯克利的一次座谈上谈到了当年那场演出——它发生在 29 年前，正好也是在 12 月的第一个周末。座谈之后，三个不同的人跑来告诉我说，我根本就完全记错了。下半场演出迪伦和"雄鹰"一登台，人们就像举行仪式一样从座位上站起身来，纷纷走出礼堂，第一个人信誓旦旦地说："我当时还是个接受福利救济的母亲，我一无所有，省了好几个星期的钱才买了票。"另一个人说："迪伦对此毫不关心，他只关注他的乐队，只关注罗比·罗伯逊——你能看出来。他当时嗑了大麻，仿佛不在此地，最后转过身去，背对着观众。"她的话也同样认真。第三个人用隐喻的方式说明了当时的情形："就在那个夜晚，迪伦对我们背转过身去，彻底追求他自己的东西。"对此我只觉得，来到一个中等大小的会议室里讨论"当前政治形势"的人当中，竟然有四个彼此完全无关的人，将近 30 年前都曾经参加了鲍勃·迪伦的同一场演唱会，这究竟是有多巧啊。——原注

　　　　　　　　　　　　　　　　地下鲍勃·迪伦与老美国

一切，令人无法抵抗。《那不是我，宝贝》（It Ain't Me，
Babe）被放慢了节奏，主歌像是一场行军；在副歌中，罗
比·罗伯逊弹出了一连串暴风般的音符，如同小小的鞭炮
在鸣响，迪伦的歌声从稳健变成了哀鸣。乐器的编配黑暗、
阴郁，营造出一种氛围，让听众们觉得仿佛被困住，而钥
匙就掌握在台上的音乐家们手里；音乐中幸福与残酷的成
分交织在一起。在这首歌的中间有一段很长的停顿，罗伯
逊沉思着，显然是精心计算着；他仿佛是意外地把一根松
脱的线扯成碎片，七零八落的歌曲落入观众们手中，而在
台上，在他的手中，这首歌好像突然又变得完整，继续向
前行进着。《我不相信你》、《瘦子之歌》与《如同"大拇
指"的布鲁斯》这几首歌当时都还不具备几个月后的英国
巡演中才被发展出来的那种歪歪斜斜的、绝望的性质，此
时还并不需要。迪伦一次次转向罗伯逊，他们的吉他相距
只有几英寸，他的脸上绽放出微笑，之后就一直未曾消失：
音乐中充满了快乐。还有一首歌，是他们到了在英国巡演
的最后几个星期里还在演的，那就是《宝贝让我一直跟着
你》，这首歌里面没有歌迷们经常在迪伦的歌曲中发现或是
堆积在迪伦歌曲中的那些符号与征兆。它是一首古老的民
谣歌曲，有着美好的吉他旋律，被收录在迪伦的第一张专
辑里。在歌曲前面迪伦谨慎地把这首歌归功于民谣歌手埃

里克·冯·施密特（Eric von Schmidt），因为他是从施密特那里学到的这首歌，一般认为民谣歌手都是这样互相学歌的（"一天，我在一片绿色草坪上遇到他，呃……是在哈佛大学的校园里"①），音乐里有一种悲伤的感觉，一个男人的遗憾来得太过强烈。但在这一次演出中，这首歌仿佛在坚持一切都是可以改变的，而且没有什么是来得过分强烈的。后来，在伦敦的最后一夜演出的时候，迪伦也唱了这首歌，下面的观众都屏住了呼吸，仿佛只是为了他在口琴吹奏中注入的力度，音符先是滑行着，然后又向上跃起，里克·丹科打着节拍，把这首打着转的歌送入空中。一句接着一句，每一段都在狂热与狂欢之中生长着：

我要给你买下一个线团
甜心，只为看着你往上爬攀
在万能上帝的世界里我情愿做一切
只要你不再把我弄得疯疯癫癫

　　在美国，这种音乐在某种意义上是带有预言性质的。至少这种声音与它如何被接受的情况正预示着一个所有人

_____

① 这段话是这首歌录音版本前面加入的口白。——译注

都很熟悉的美国很快就会重现：它仍然是一个被种族和战争分裂成两半的国家，充斥着巷战、校园枪击事件，遍及全国的可怕骚乱，领袖被暗杀事件几乎成为定期的公众传奇，尖叫的人被赶出俱乐部大厅，普通民众被毒气和子弹从自己的街道上驱散。但在英国，迪伦他们已经巡演了八个月，乐队全体已经感觉到达了能力的极限，同时他们发现，在这里，人们对迪伦新的音乐风格的憎恨，以及对他所成为的人的憎恨，要比在美国更加抽象，更加不带个人色彩——也更加丑陋。人们好像觉得迪伦不仅背叛了"自由歌手"和伍迪·格瑟里，以及台下那些叫喊的歌迷们，他其实是背叛了整个古老的民谣，记忆中那些神秘的和弦，以及历史中包含着的人们要求获得身份认同的本能。不管怎样，在英国演出的最后日子里，台下的回应使得过去几个季节以来的争论消失在自身的抽象性之中了。1966 年 5 月，迪伦与"雄鹰"在这种音乐之中离开了舞台，荒诞的战争中有一丝恐怖，恐怖中又带着阵阵狂喜，狂喜之中又带着恶心。够了，不必再继续了，于是巡演终于结束了。

一次又一次，仿佛整个戏剧都可以在一个简单的事故里面。在曼彻斯特，演出结束的时候就出现了这样一个经典的时刻。迪伦和观众在战斗、在争吵。观众中的很多人都在用一致的节奏慢慢鼓掌：啪……啪……啪……这样的声音仿佛压倒一切，抵御了其他任何节奏。迪伦为了压倒台下飓风般的喊叫声，开始对着麦克风嘟囔，好像是一个故事，但其实是胡言乱语，直到最后整个人群因为好奇心而安静下来：他到底在说**什么**呢？当晚的音乐是压倒性的。《告诉我，妈妈》是一首巡演时期才出现的歌曲，每次演出都以这首歌作为开始。这首歌从来没有遭到嘘声。它太过强大，速度太快了。迪伦驾驭着台下的怒号，整个乐队围拢着他，他仿佛是风口浪尖上的冲浪者一般，他唯一带回家的就是一种希望，希望自己能够从这件事当中吸收所有能量，并且为自己增加更多力量。那一连串刻薄、滑稽、困惑、同情的歌词仿佛只不过是一个借口，其实只是为了证明这支乐队的音乐本身才是世界上最棒的。加斯·哈德森的风琴如同熔炉烈焰，里克·丹科的贝斯在单弦上奏出强音，罗比·罗伯逊仿佛在弹奏一种尚未被发明出来的乐器。每个乐手似乎都不单纯是在完成自己的演奏，也是在拼命补足其他同伴未能完成的渴望，真让人难以置信，六个人竟然能够如此默契地互相理解。然而随着演出继续进行，这种同志般的情谊也仿佛要被台下的观众焚毁了。罗比·罗伯逊弹起《瘦子之歌》开头的和弦，那声音不可能更震撼，更血腥了，人群被吓倒了。之后，仿佛等待了很久，仿佛知道迪伦唱歌的顺序，观众席上有人跳出来高喊，这句话一定是这个人整个晚上都在默默准备酝酿的。他一定是在自己心里一遍又一遍地想象自己的行动，他站起来，停顿片刻，他的喊声打断了演出：

"犹大！"

迪伦的身体畏缩了一下，有片刻的僵硬。"我不相信你。"迪伦说，声音中带着绝对的轻蔑。听上去仿佛令那个叫喊者的诅咒的回音变了味，你开始听出其中的虚假成分，那种精心排练的效果——然而正是这个回音把迪伦带回来了。**"你说谎！"**迪伦歇斯底里地叫道。一个乐队成员觉得这个夜晚可能又要完蛋了："别这样，伙计。"他有点无助地说。迪伦转向乐队叫道："给我大声点。"于是他们深深潜入最后一首歌《像一块滚石》；所有的演出都是没有返场的。

"来呀，鲍勃，唱啊！"在谢菲尔德，在愈来愈大的嘈杂声中，观众席上有一个男人突然叫道；这可真是一个好听的声音啊，很温暖，是从胸腔深处发出来的，但在这次巡演的各种官方和非官方的录音版本中，这样的声音是唯一的。人们从座位上站起身来，成群结队地走出门去。人们在音乐厅里举起抗议的标语，诸如"停止战争"之类——那不是指越南战争，而是眼前的这场战争。音乐在暴力与极端中生长。在利物浦，迪伦唱了《如同"大拇指"

的布鲁斯》，这首歌讲的是来到一个陌生的、不属于你的地方，他每唱一段，来自观众席上的压力就愈大。在森林山，在伯克利，横贯整个美国，这首歌都和它在《重访61号公路》里的开头一样，像是一首哀歌，仿佛是把马蒂·罗宾斯①（Marty Robbins）的《艾尔·帕索》（El Paso）与"近海货船"（Coaster）的《斯莫基·乔的餐馆》（Smokey Joe's Cafe）融合在一起，歌曲末尾则有南方色彩的冷漠腔调。但在英国却已经不是这样了。每一个词都意味深长，仿佛震耳欲聋的警报，乐手们对此仿佛毫不在意。压力太大了——乐手、观众，乃至歌曲中的角色，总有一方会因为这种压力爆发出来的——到最后，台上的六个人完全沉浸在音乐之中，仿佛自身也成了音乐中的虚构事物。只有一丁点的重力支持着台上的表演，哈德森的风琴就像怪物的脚步，千年沉睡的巨龙从舞台底下的洞穴中冲出来，那是咆哮的声音，这是超越了台上台下任何人能力的声音，这是一个精灵从封禁的瓶中永远脱困的声音。正在这一幕快要分崩离析的时候，迪伦发出了长而高亢、没有歌词的叫喊——那是快乐的叫喊。这就是它的意义，是关于消失的权利，任意变形的权利，一下子变成几乎让自己都认不出

①美国乡村歌手。——译注

来的真正的自我的权利。

这种能量有时也会在演出的上半场，木吉他演出的时候爆发出来。在这种时候，观众们通常都带着伪装的尊敬与欣赏，假装出和平的气氛，其实酝酿着一场沉默的战争，在莱斯特的时候，迪伦唱起了《手鼓先生》，唱了整整九分钟才为这首歌找到一个他能够接受的结尾。他唱歌时缩减了词句，发音几乎是柔弱的，仿佛每个词都可以，也必须表达出最精确的意思。但是很快，这奇异的讲演就拥有了自己的节奏，这种节奏近乎荒谬地缓解了迪伦对每个字句所施加的压力，字字句句仿佛融会贯通，在空中飘浮，使得这首歌曲成为平静心灵的梦幻。你反而不会再去注意歌词了。在整个九分钟里，有两段漫长的口琴独奏，各自长达两分钟——那独奏仿佛在摇摆，摇来摇去，摇来摇去，就像依照节奏摇摆的摇篮，直到那声音不期然地如水流迸溅般上升，如同上百只脚的跳跃，摇篮摇到了最高点，之后徐徐下落，安全地回到优美旋律的怀抱。"谁会摇起摇篮，谁会唱起歌谣?"1927 年，弗吉尼亚州诺顿市的多克·博格斯曾经在《蜜糖宝贝》(Sugar Baby) 一曲中这样唱道，迪伦非常喜欢他的那张专辑。在歌曲的后面，博格斯回答了自己的问题，带着威胁，仿佛是杀手对受害者所说的最后一句话:"我会摇起摇篮，我会唱起歌谣/在你逝去之后，我会把摇篮轻轻地摇。"但是演出到了下半场，就没有这种场面了。"没有人表现出任何**敬意**，"在伯明翰，迪伦在唱《瘦子之歌》里的这句歌词的时候有些微微发抖，"敬意"这个字眼在战栗，仿佛包含了世界上所有的邪恶，再也无法负载，歌曲中流露出来的怨恨、憎恶与偏执反过来使得人群向后退缩。

而在皇家艾伯特大厅的夜晚，《瘦子之歌》以缓慢的方式开始，仿佛这首歌曲的全部动机，以及这首歌本身都悬浮在第一段里的每个音符之间，沉重地压碾在坚冰之上。吉他弹出不成形的主题，之后钢琴也进入了，但却仿佛神游天外。贝斯沉闷得仿佛让时间都凝滞住了。一切让人感到毛骨悚然——它既隐秘又公开，只有台上的六个人能够接近，但仿佛又在对所有人示意，那是一种所有人都能听懂的秘密语言，能够打乱你用来维持平静的密码。台上的表演推动着火车车轮无精打采地滚动，突然之间，火车没有预警地出轨了！"你知道有些事情正在发生，"弹奏钢琴的迪伦咆哮道，"正在发生，却把你排除在外！"

*　　*　　*

在威尔士的卡迪夫的一个夜晚，迪伦在后台见到了约翰尼・卡什（Johnny Cash）①，D. A. 潘尼贝克（D. A. Pennebaker）②的摄像机记载了这一幕，卡什很瘦，脸上有瘢痕，只有 33 岁的他看上去像个绝症病人一般。

　　两个人坐在钢琴边，开始弹起卡什的《我仍在怀念某人》（I Still Miss Someone），这是一首听上去很传统的可爱歌谣。迪伦沉重有力地弹奏琴键，他和卡什唱起了第一句："在我的门前——"他们唱错了。"在我的门……"他们停了下来。他们已经累了，筋疲力尽，再也无法找到这首要找的歌。这本是世界上最简单的歌啊，他们竟然都唱不出来了。卡什冲着迪伦的胸口来了一拳。"啊，上帝呀！"迪伦忍住笑。"别这样，我可是你最好的朋友呀！"他们回到钢琴前面，胡乱弹起副歌的结尾："我仍在怀念着某个人。""你来唱，"迪伦说，"我唱和声。""在我的**门前**，"卡什低吟道，"在我的**门前**……"他强调着最后一个词，钢琴响起。有些东西开始成型，然后又消失了。

　　从他们嘴里涌出来的是一串串醉酒般的含糊声音，钢琴上的音符开始成为敲击，每个音符都是单独的，独自成立的，可以听到每一个音符都彻底消失之后，另一个音符

---

① 美国著名乡村歌手。——译注
② 著名纪录片导演，摄影师，跟随迪伦参加了这次巡演，并拍出纪录片 *Don't Look Back*。——译注

才随之响起；歌曲的主题已经变得支离破碎。卡什跟随着迪伦破碎的句子，就像酒后驾驶被抓住，还要跟警察讨价还价的家伙一样，而迪伦的唱法却完全两样。他的钢琴仍然稳健，充满宁静的力量和想象的空间；敲击变成了奏鸣，令破破烂烂的后台变得如同教堂一般。卡什试图驾驭旋律，迪伦则给出不适合这首乡村歌曲的节奏。音乐愈来愈快，音符此起彼伏，撞在一起，歌曲仿佛是自己在演奏下去。大门打开了，树叶飘落下来，那个唱歌的人站在那里，凝望着自己的花园，或是一片草地，一条河流。他凝视着自己人生的景色，却只能看到一双蓝色的眼睛："它们无所不在。"但是钢琴戛然而止："……这旋律，"迪伦粗声说，"我记不住。"卡什嘟囔着什么，声音仿佛裹在一团无法穿透的浓雾里，仿佛是 60 岁的老人一般。"这是我听过的最棒的歌了，"迪伦的声音突然变得明快热切，听上去顶多 17 岁。

他们又试了一次，迪伦稍微稳住了节奏，找到了这首歌，他的声音质朴高昂，而卡什只是用喉音唱着，他显得很疲劳，迪伦则在找寻自己找不到的音符，两人的节奏背道而驰，他们继续唱着，然后又失败了。

"在我的门前……"卡什又试了一次，然后就停下来。"不，不，"他对迪伦说，"用你的方法唱吧。""啊，我的方法，"迪伦说，好像这是今晚最好笑的笑话，"我的方法糟糕透了。""如果我也这么干,"卡什的声音颤抖但是温暖,就好像一个大哥哥一样,"就会让你好看一点。"这才是今晚最好的笑话呢。"是啊,"迪伦说,"我确实不是因为好看出名的——你竟敢!我要——"(底下是一些听不清的话)"我——"(可能是这么说的),"怎么,我要让这**屋子**变得神秘!"

他们开了一会儿玩笑,卡什向后倾斜身体,迪伦立刻开始猛地敲响琴键,聊天到了最后一句话("你不知道我是弹钢琴的吗?""嘿,我也是。"),这比他们刚才的废话要有启发性多了。迪伦张口歌唱,风雨顿时来到了这个房间,灯光似乎也变得昏暗下去。就算这音乐是他凭空制造出来的,也仿佛比这房间里任何人的祖父母还老,比任何人的面孔还要熟悉。有一些词句,有一些布鲁斯的旋律撒落下来——"我给自己买了张票,登上一列单程火车。"迪伦唱着,仿佛完全快乐地迷失在音乐之中,尽管约翰尼·卡什在下一句加了进来,但他却仿佛完全孤独一人。"我给自己买了张票,做一趟单程旅行,"——随着潘尼贝克录像机里的胶片继续滚动,迪伦仿佛完全消失在这首歌的隧道里。当他在隧道的另一头重新出现时,已经置身于另外一个国度:美国,是的,在这个时刻,这里就是那个只存在于"大粉"地下室里的那个美国,一个没有人曾经真正在那里生活过的国度。"看啊!"他发出了惊叫,"你们快看啊!"

时间要比绳索长

在"大粉"里,《看啊!》(Lo and Behold!) 的歌声在铁轨上响起,钢琴的头几个音符让火车轮子转动起来,歌手一脚站在月台上,另一脚站在火车上,这辆火车好像真的要在这地下室的墙壁上开起来了。这是 1967 年的夏天,他们待在这里唱了几个月的老歌,走过了一片平凡的风景,如今新的歌曲一下子喷涌出来,时隔 30 年后,你仿佛还能听见加斯·哈德森拉动开关的声音。

下午的第二次录音里,他敲打着录音机。第一次录音中,他们显得非常急迫,钢琴、贝斯、木吉他把节奏堆在乐段末位,绷紧的歌声限制着改变主意的想法,演员的面具还没有自如地紧贴在歌手的皮肤上,最后歌手出于挫折感即兴发挥了几句,他唱道:"我们大家都要去睡了!"哈德森转向风琴,试图跟上钢琴这僵硬、犹豫的主题。几乎是下意识地,他把钢琴的犹豫不决变为更美妙的节奏。歌曲边界处的怀疑和颤抖并未消失，但是它的内部却被唱出更多活力，刚才那种充满畏惧的不确定感变成了漫不经心。现在节奏成了一种对快乐的追逐，一旦追上猎物就会把它放开，以便重新享受追逐的快乐；在每一段副歌里，鲍勃·迪伦和理查德·曼努埃尔会提高声音，之后会沉默片刻，把他们的词句放在悬崖边上，让语句在死亡的缄默中飘浮，直到下一个段落开始。这是一种对比鲜明、令人颤抖的效果，音乐中的快乐像是廉价旅馆里的加热器一般寂然熄灭；然而只要你投进一枚硬币，它就会重新发动起来。

歌曲中的犹豫迟疑现在变得富于戏剧性了，有些即将出现的事物犹自潜藏在节奏之中。是只有歌手自己才能辨认出来的另一首歌。不管怎样，音乐得到了一种无法抗拒的动力，仿佛从地板上被提升而起。这是一列你希望搭乘的火车，或许是祸福难料——正如许多美国歌曲里的火车那样，从凯西·琼斯的 638 次列车到"卡特家族"（Carter Family）① 在《担忧者布鲁斯》（Worried Man Blues）里面唱过的那列有 16 个车厢的疾驰的列车——这样一列火车可能上去容易下来难。

迪伦歌中的这列火车平稳地行驶着，全然不顾节奏把

---

① 美国著名乡村歌曲，民谣组合。——译注

它往另一个方向拉扯：第一站是得克萨斯的圣安东尼奥，之后又来到宾夕法尼亚州的匹兹堡，顺便去了趟田纳西，之后又回到匹兹堡——你说不清。毫无疑问，歌手的断言之中有一点犹疑。旅途刚开始的时候，他深深地在记忆中放松自己，告诉我们："我从来没有感觉这么好。"然而下一刻，列车员要验票了，没问题，他有票，之后列车员又问他的名字。

他的名字？他可没想到还要报自己的名字。突然之间，信心离开了他，仿佛自己坐的椅子突然坍塌下去，就像副歌的最后一个字戛然而止那样。现在他得面对这样一个要求，它打败了他那些经过无数次演练，用于表示友谊和距离、示意和躲避、出现和消失的手势，就像 1835 年，阿历克西·德·托克维尔（Alexix De Tocqueville）① 在《美国的民主》（*Democracy in America*）一书中写到的，民主就是走在美国小镇的街道上，也就是唐·亨利（Don Henley）② 1989 年在《纯真的终结》（The End of the Innocence）里想象过的"我们每个人内心相同的小镇"。《纯真的终结》的音乐录像是若干经蒙太奇处理的照片，这些照片都由罗

---

① 法国政治社会学家、政治思想家及历史学家。——译注
② 著名乡村摇滚歌手，Eagles 乐队主唱。——译注

伯特·弗兰克（Robert Frank）[①] 在 50 年代中期拍摄，拍摄地点包括霍博肯、新泽西、杰伊、纽约、艾乌卡、密西西比、布莱克福特、爱达荷、巴特和蒙大拿：静静的照片持续不断地出现，待在相框里面一动不动，照片上有一些人站在他们的国土上面。"我满怀好意回到家乡/这是五六年前的事情，"1969 年，艾尔维斯·普莱斯利（Elvis Presley）在《回到故乡的陌生人》(Stranger in My Own Home Town) 的一个未发行版本里面这样唱道，这是一首布鲁斯歌曲，"但我的故乡不接受我/我在这里不再受欢迎了。"这是他 14 年来第一次在家乡孟菲斯录音，他是这个城市最出名的儿子，但却仍然受到轻视，仍然有挫折感。但在这首歌里，他其实并不在家乡。他缓慢地唱着，仿佛曾经多次经历过这首歌中发生的事情，他在歌唱的时候改编着它：

我要回到孟菲斯去

我要重新开起他妈的那辆卡车……

他们那些混蛋都不再对我客气

但是你别想让一个硬骨头软掉

---

① 著名瑞士裔导演，摄影师。——译注

如今迪伦歌里这个坐在火车上的男人也是如此——但他却没有发出声音。他那些精心演练过的手势——他本来只需要递上车票就可以的。在这里，双方假定自己在道德上是平等的，因而也就可以交换道德的产品——一张车票被公平地卖出去，也换回一份公平的价值，买卖双方并不进行真正的会面，也不要求知道对方姓甚名谁。这是一种公民的尊敬，一种民主的尊重，一种美国的发明。也正是因为如此，1831 年，身在白宫的安德鲁·杰克逊才把自己的竞选口号定为："让人民做主。"托克维尔也响应了他。但现在这个列车员打破了这个规则。他的问话侵犯了这种对平等关系的假定，摆出一副权威的架势；这个本来心情很好的男人没有理由回答他的问话，列车员问得未免也太多了：**你是什么人？**歌手带上火车的东西一下子都变得毫无价值了。他的名字到底是什么？"我马上就告诉了他，"迪伦唱道，他的声音里有着匆忙和迷惑，之后这种匆忙渗漏出来，迷惑之中掺杂了后悔，"然后羞愧地低下了我的头。"

　　歌词第一段第一句所唱到的那个国家有着上千英里的绵延景色，歌中的男人就来自那里，他刚出场的时候满怀着期待，到了这一段的末尾却来到了一个丑陋的国度，而他本人则成了罪人。这一段歌词结束时，移动的火车仿佛成了陷阱，这是一列神秘的火车，曼努埃尔在房间另一侧声音沉重地加入了合唱，迪伦的声音则异常紧张；里克·丹科在迪伦身边唱起了高音和声，声音几不可闻。

看啊！

看啊！

寻找我的

看啊

让我离开这里，亲爱的人！

　　歌手登上火车，在自己的椅子上安顿好，他不仅仅是觉得自信，简直是自信得过了头。"他问起我的名字，"歌手回忆道；把这个记忆再次拉回脑中，他可以感觉到当时自己是怎么脱身的。他略微考虑着该怎么把这件事唱出来——那个时候，他的脸上浮现出一个冷淡的微笑，凸出的眼睛死死盯着乘务员的嘴脸。"然后他——""——询问起我的名字。"尽管这小小的停顿中有所保留，给最后一个词增添了分量，歌手仍然在讲述这个故事，写着剧本，把它表演出来；他饶有兴致地保持着脸上的面具，不肯说出自己的名字，就像打牌的人把牌塞在马甲里一样。**我的名字？你是不是没有自己的名字啊？** 是的，他本应这样说的，但糟糕的是来得太晚了。"然后他——"

风琴和钢琴明亮欢快地跳跃着,风琴开始旋舞,有时会跳到钢琴的旋律后面去。歌中的那个停顿为故事带来悬念,音乐虽然在继续,但也充满悬疑之感。这是完美的一刻。歌手屏住呼吸,仿佛手里正抚摸着一把枪。现在他就是《荒野大镖客》(*A Fistful of Dollars*)里的克林特·伊斯特伍德(Clint Eastwood)。肩膀上披着牛仔的长披肩,头上戴着皮帽,嘴里叼着方头雪茄烟,他斜眼看着这个列车员,面无表情,直到列车员成了"比利小子"(Billy the Kid)[①]的模样,这个没有名字的人喉咙里嚷着比利的最后遗言:"你是谁?你是谁?"歌手唱到"我的名字"这句时,膝盖仿佛化成了水。列车员低头望着他,等待着回答。歌手报上了自己的名字,他的名字就是:**无人**。

进一步,退一步:在旋律和讲述的节奏中,《看啊!》的第一段就像霍桑的《重讲一遍的故事》(*Twice-Told Tales*)小说集里某篇关于羞辱和退缩的故事一样完整,比如《震颤派的婚礼》(The Shaker Bridal)或者是《教长的黑面纱》(The Minister's Black Veil)之类;又和梅尔维尔

[①] 1859—1881,美国西部传奇式劫匪,杀人凶徒,死于治安官 Pat Garrett 枪下,迪伦的名曲 "Knocking on the Heaven's Door" 即是为他而作。——译注

那些关于船上生活的寓言一样随意地击中命运，特别是《骗子的伪装》（*The Confidence-Man: His Masquerade*）的第一章，题为"一个哑巴上了密西西比河上的一条船"（在这一章里完全没有对话，只有一个哑巴用手语来表示"仁慈中不含任何恶念"乃至"我不信任"）。歌曲还在继续，从一个停顿来到下一个停顿，火车驶过一站又一站，每一段歌词都承诺一个新的冒险，但从未真正实现。歌手在旅途的下一段遇到一个女人，但他们只是开着下流的玩笑（"怎么了，莫莉亲爱的，你的胸出了什么问题？"）到最后女人则抛给他一个拒绝，和那个列车员的邪恶问题差不多一样彻底（"这和你有什么相干，莫比·迪克？"）了不起的大事变成了小小的梦想。歌手本来为女朋友买下的大群驼鹿，现变成了一辆卡车，他可以在田纳西开上它。"把它撕碎能让我省点钱，"他满怀希望地说，他心里想的是另一个卡车司机，或许正在嘲笑他的欺骗；歌手编造词句，把它们撕碎，就和扫地差不多。每段歌词中都留有供人想象的空间，没有保留什么故事，故事讲述者的声音也没有保留——一行接着一行，一个音节接着一个音节，迪伦的声音从渴望变成了厌恶；从自鸣得意变成了小心警惕；从预言变成了好奇；从吹牛变成了漠不关心。很快，这首歌中的所有开放性——听者本来会觉得这首歌的主题会是什么了不起的奇闻逸事或是恐怖故事——深陷在节奏之中，以太快的速度向前推进，最终封闭住了：命中注定，无可避免，原地打转，一趟注定以走投无路地回到匹兹堡而告终的旅程。

副歌从另一个方向响起。带着自嘲的感觉，它一直在向往，甚至是绝望的，这是一个渴望摘掉面具尽情喊叫的男人的声音。但在《看啊！》所讲述的每一个故事里，在每一段歌词的字里行间，仍然只有一个声音，这个声音就是面具本身："（面具是）一个可以随身携带的传家宝，"1931年，康斯坦丝·鲁尔克（Constance Rourke）在她的《美国式幽默：民族性格研究》（*American Humor: A Study of the National Character*）一书中这样写道，"是从拓荒者手中继承的遗产。"当时距离托克维尔来到大洋彼岸的新美国已经有 100 个年头，鲁尔克仍在直视那美国小贩的面孔，最早的行销商，骗取信任者（confidence man），尽管他们的名字现在已经变成了"骗子"（con man），不管"骗取信任者"兜售的东西是什么，是自制的印花布和专利药材，还是铝制板材和石棉隔板，是安利产品还是丰胸物品，他兜售的都是人们对他的信任。他直视着你的眼睛；不会表现出任何怀疑、贪婪与恐惧，当然也根本不会表现出羞耻。鲁尔克写道：

　　　　　　　　地下鲍勃·迪伦与老美国

在一个处处充满陷阱的原始世界里，一成不变的表情是一种防卫，能防止暴露自己惊奇、愤怒或沮丧的感觉。同时这种面具在年长的清教徒之中成了习惯，他们开始愈来愈把外露的或是可笑的情感隐蔽在表面之下的深处。布莱福特总督（Governor Bradford）①在相当大的程度上鼓励了这种现象，他要求，如果某些性格快活的人们非要寻欢作乐的话，那就在私下里享受好了。毫无疑问，这种面具在这样一个清教徒仍然拥有很大权力、拓荒者仍然危险重重的国家里是非常有用的。

但是被隐藏起来的不仅仅是滑稽好笑的情感，面具也不仅仅是一种伪装，有时候面具仿佛能够保护那些想要凝视佩戴面具者真实面容的人，以防他们看到丑恶的景象——有时候面具甚至能让佩戴者在照镜子的时候保护自己，不看到自己真实的面孔。"这是一种隐忍的天赋，"1949 年，佩里·米勒（Perry Miller）②这样描写伟大的清教徒牧师约拿森·爱德华兹（Jonathan Edwards），"一种原

---

① 全名 William Bradford，"五月花号"领导者，普利茅斯的第一任总督。——译注
② 著名历史学家，以研究早期清教徒历史著称。——译注

始、巨大的力量。"1740 年，"大觉醒运动"（the Great Awakening）① 像狂风一样席卷着爱德华兹，促使他在康涅狄格山谷布道。"他布道的方式足以让人确信那种迷信，他的言语中存在着超自然的秘密：没有炫耀，没有抑扬顿挫，完全不考虑观众。""当爱德华兹布道的时候——比如说，在安菲尔德以《在愤怒上帝手中的罪人》（Sinners in the Hands of an Angry God）为题的布道，那是他最辉煌，最荣耀的一次布道，也是如今人们一提到他就会想起来的，"米勒写道，"人们向他尖声喊叫，他们挤到过道上，簇拥到讲道坛下，恳求他停止，他们哭泣着恳求仁慈，"但是"爱德华兹先生，"一个与会人回忆道，"他的目光只是直直地望着前方。"另一个人说："他望着大钟的绳子。"那绳子从教堂另一头的房顶直直地悬垂下来，"很久以后才移开视线。"爱德华兹的时代过去 200 年后，米勒记载了这些亲历者们的回忆，但他最想做的莫过于回到那个时代，揭开这位教长脸上的假面，去看看面具下面的真伪，看看面具下面有些什么样的内容，还是根本就空无一物。

---

① 是美国基督教历史上出现的数次复兴运动，延续新教的宗教改革精神，对美国的思想观念及社会生活产生重大影响，确定了美国的宗教文化，这里是指 18 世纪 20—30 年代由爱德华兹倡导的第一次大觉醒运动。——译注

爱德华兹的面具也得到了传承。从 1740 年的新英格兰来到 1968 年的孟菲斯，在这里，小马丁·路德·金在他生命的最后一晚，在教堂里进行了生命中最后的一次布道。他的声音抑扬顿挫着，词句仿佛乘着他声音的阶梯向上登攀，仿佛绝望的恋人一般从阳台上飞跃而出。金说，他就像摩西一样，"来到山巅"，"看到了应许之地"，就算上帝不允许他在这片土地上穿行，"我可能不能与你们一起到达那里，但我希望你们知道，我们是能够达到那片应许之地的。所以今晚我很高兴，我什么事情也不担心，我不害怕任何人。我的眼睛已经看到了上帝降临的荣耀"。劳伦斯·怀特（Lawrence Wright）[1] 在其回忆录《在新世界里》（*In the New World*）当中这样写道："当他说着的时候，他的面孔上有着奇异的冷漠，他的脸上仿佛总是戴着一张顺从的面具，人群开始呻吟，哭喊起来。"

面具如滔滔江水一般，从爱德华兹传入金的手中，在神圣的人们手中传递，金对"公正"的阐释和爱德华兹的"觉醒"有着同样的源头。爱德华兹的讲话消解了被选中者的人与堕落者之间的世俗藩篱，强迫听众们都去体验直面上帝时的恐怖颤抖。而现在，在金的集会上，每一个参与

---

① 著名剧作家，专栏作家，曾获普利策奖。——译注

者都成了亚伯拉罕与摩西，都要在上帝与以撒之间做出选择，在正道与邪路之间做出选择；所有人都有义务从头到尾在心中重温这些故事。金说话的样子像是那个从山顶走下来的人，他一手携着十诫，另一手里还拿着独立宣言与宪法，他还要求听众们也做和他同样的事情；面具是连接布道者们的纽带，他们有理由惧怕激情，他们希望引导激情去追求正义，又害怕这种激情会把他们吞噬。

"这其实是一场奇异的表演。"米勒这样描述爱德华兹，而怀特也曾用相似的话语来描述金。然而在1968年，出现在公共场合的人们没有戴上面具，而是因愤怒和震撼而全身发抖。面具正是一种神奇的秘密，没有人有时间去解读它。喧哗是那么巨大，这里好像不再是那个祖先的国度了，清教徒和他们的同类都已经遭到放逐。当米勒于1949年写下关于爱德华兹的文章的时候，事情还并不是这样的。在那个时候，清教徒仿佛重新掌握了国家的控制权，他们有了新的名号，但手中的权力并没有缩小。至于说人民的公敌——他们被冠以可疑的名字：比如"不成熟的反法西斯分子"——他们从自己的家中和工作场所被带走，被展示在大众面前，很多人都觉得眼前发生的一切和清教徒的女巫审判没什么两样，两个世纪互相融合起来了。边疆政策还在持续，是发生在人们内心中的国土；那个时候的面具完全是美国式的，而且它也有了新的名字——"酷"。詹姆斯·迪恩在电影《无因的反叛》（*Rebel without a Cause*）当中就完美地戴上了这样的面具。片中的青少年们在郊区新建大楼之间空旷的场地上决斗；电影观众中，当时年仅12岁的兰迪·纽曼（Randy Newman）①，感受到了这种"酷"的面具，并且试图把它戴在脸上，"当我还是个青少年的时候，我一直希望能做到喜怒不形于色，摆出一张仿佛戴着面具的脸，"1995年，纽曼这样说道，"我认识的很多人都没有摆脱这种情结，我也差不多。"

　　面具，鲁尔克发现的这种由18世纪沿袭下来的传统，在19世纪被叫作"冷面孔"，或者"扑克脸"——也就是歌中这个询问名字的列车员从乘客脸上抹去的东西。除了掩盖面孔，面具也可以很好地隐蔽声音，那种口音你可能会称之为中西部的扬基佬口音，但它其实是阿巴拉契亚口音，同样是山区口音。一场演说不仅有言辞，也同样需要沉默，而沉默的部分往往才是最尖锐的。**那又怎么样？**那个声音说：它干巴巴的，难以给人留下印象，或者像鲁尔克说的，似乎永远不会感到惊奇。那些用这个声音说话的人说：甚至天气都不能使他们感到惊奇，因为天气是由上

———————

① 美国作曲家，电影配乐大师。——译注

帝决定的，他们毕生都在这样宣告着。那他们又怎么能指望人们倾听他们的话语，不管有没有他们的话有没有意义呢？这个声音平平板板：因此语气中只要有最轻微的一点变化就足以说明一切，暗示一切，而看上去好像只是在消磨时光一样。

这正是布鲁斯歌手弗兰克·哈奇森（Frank Hutchison）的声音，1993 年，鲍勃·迪伦在《世界乱套了》这张专辑里翻唱的《猛汉老李》用的就是哈奇森的版本（"这是一个完全不含贪婪的浪漫故事。"迪伦这样写道）；这正是 1949年，明尼苏达州希宾杂货铺里的声音；这正是威廉·巴勒斯（William Burroughs）[①] 滞留在维奇塔北 50 英里的车站等待暴风雪结束时发出的声音。"是的，那就是毒鬼比尔，在炉子旁边，玩弄着他的阴茎。"车站站长说。而比尔在那边自己嘟囔着：

……买主有一个稳定的联系人：是那个内部的人，你会这样说，或者他会那样想。我刚进房间，他就说：操他们所有人，两边都不称职；我是整个行业里唯一一个完整的人。但是一股强烈的渴望像是一阵巨大的

---

① 著名垮掉派作家。——译注

黑风，吹透了骨头……买主失去了身为人类的资格，因此也就成了一个没有任何种类的生灵，成了对麻醉药物工业的威胁，在各个方面……

从巴勒斯 1965 年在巴黎录下的这段话当中可以听到来自大草原与巴比特（Babbitt）[①] 式的平庸声音，这是一个小商人，用最谦卑的语气描述着一份小小的工作，却勾勒出一个世界级的阴谋。在表面之下或记忆深处，他的声音像是音乐一般——"操他们所有人"这一句像是一个巨大的漩涡在延伸，"操他们所——有人，"然后是"两边都不称职"，这句话几乎要凭空弹起来了。这段录音也是一份人类学文献，不是逃亡者的艺术宣言，而是现场录音的结果，名叫《美国方言，堪萨斯/密苏里（科幻小说）》。"幽默故事是属于美国人的，喜剧故事是属于英国人的，而诙谐故事则是属于法国人的，"马克·吐温在《怎样讲故事》（How to Tell a Story）里面这样写道，"幽默故事要依靠讲故事的方法所产生的效果，而喜剧和诙谐故事则有赖于故事本身……幽默故事需要被庄严地讲述，讲故事的人要尽量假装他讲的东西根本就没什么可笑的。"这正是迪伦在"地下

---

① 美国小说家 Sinclair Lewis 所著同名小说的主人公，典型的资产阶级市侩，这个词也因此成为一个常用的成语。——译注

式录音带"中所做的事情,尤其在《看啊!》当中最为精确,从方式与内容而言都是如此;这也正是巴勒斯在《叫我巴勒斯》(Call Me Burroughs) 当中所做的事情,这是他朗诵自己的小说《裸体午餐》的录音,令他仿佛成了社会公敌,而 60 年代中期这张专辑在纽约格林尼治村里仿佛成了展示"酷"的护身符一般。拿着滑棒吉他的弗兰克·哈奇森在他的布鲁斯里做的也正是这种事。在民谣复兴运动中,他那些老的黑胶唱片和那些珍贵的 78 转唱片,对于某些人来说是更酷的护身符。

迪伦在《看啊!》这首歌里,也是把哈奇森当作了想当然的发言者,迪伦有意,更可能是无意地让这个发言者充当首要的准则。哈奇森那漂浮、委顿、烂醉的歌曲片断仿佛就是小小的幽默讽刺演习,当歌曲结束的时候,可以让歌手的脸上露出一个痉挛般的笑容;他的那些歌曲隐藏在《看啊!》那个戴了面具的声音背后,仿佛是小小的传统,有着自己的注脚和短语,在冲人挤眉弄眼,这些歌不是用来打败或用来超越的,而是用来借鉴的,以便去寻找那些传统本应说出,却未能明言的故事。

弗兰克·哈奇森生于 1897 年,来自西弗吉尼亚州南部的洛根郡,离肯塔基边境不远。洛根曾经反对工会,后来 1863 年西弗吉尼亚州的工会支持者决定脱离弗吉尼亚州的时候，洛根又开始反对西弗吉尼亚，这种粗暴，自我隔绝的内部领域被称为"内部边疆"；在 19 世纪 80 年代，洛根在整个国家都臭名昭著，因为这里是哈特菲尔德—麦克科伊（Hatfield-McCoy）两家世仇当中哈特菲尔德一家的所在地。南北战争之前，洛根几乎没有奴隶，战后直到 1910 年的煤矿生产潮之前，这里也没有多少黑人家庭；童年的小哈奇森曾经被一个过路的黑人工人手中的吉他所吸引，追赶在他身后——这个人可能叫亨利·沃根（Henry Vaughn），那里的人们对 60 年代的民间故事收集者们这样说道。哈奇森快到 20 岁的时候，像周围其他人一样到煤矿去干活，幸运的是，大多数时间里他都用不着下矿井，只需做伙食，到处做零活。他父母年轻时从事的种植业和狩猎如今已经成了往事。他结了婚，在布莱尔山麓一个名叫埃塞尔的煤矿小镇定居下来，很快他就开始以音乐谋生，偶尔也会扮成黑人演演滑稽喜剧。1926 年，他第一次录音，1929 年最后一次录音，当时大萧条使得布鲁斯和山地歌曲行业内许多收入支出勉强打平的唱片公司都倒闭了。哈奇森所录制的歌曲中最为人们所熟知的是《火车载着姑娘离开家乡》（The Train that Carried the Girl from Town）。1945 年，不合时宜，满心失望的哈奇森于俄亥俄州的丹顿逝世。他有着天使般的灵巧手指，有着看破红尘，只愿回想往事，直面回忆的沧桑嗓音。用罗珊妮·卡什（Rosanne Cash）① 的话说，好像在回忆中寻找被遗漏的复仇或得到安慰的机会。最重要的是，他的音乐中有一种超越语言的超脱之感，抵达了一个只有声音能够进入的国度，一种抛弃束缚的感觉，是如此古怪而又强烈，人们听到他的音乐后，不仅会深深沉浸在这段音乐之中，也会更加强烈地扪心自问：你在音乐之中能够听到什么？

"迪伦展现出一种对战争与战争对人们影响的深刻意识，"1968 年春，乔·兰道（Jon Landau）② 曾经这样评论迪伦的专辑《约翰·韦斯利·哈汀》（*John Wesley Harding*），这是迪伦在结束了地下室的那些下午之后，于 1967 年秋同纳什维尔的乐手们合作录制的；这张专辑仿佛是一场安静的道德剧，展现着清教徒的西部。正如兰道所书，自从马丁·路德·金和罗伯特·肯尼迪遭到暗杀之后，整个国家好像被分裂成两半：种族暴动、政治暴动、警察暴动、全国大选和越南战场；《约翰·韦斯利·哈汀》以一首用"月亮"（moon）和"汤匙"（spoon）做韵脚的情歌来作结尾③，兰道听着它，却可以和翌年的许多美国士兵一样，听到战

---

① 约翰尼·卡什之女，亦是乡村歌手。——译注
② 摇滚乐制作人、乐评人。——译注
③ 指《约翰·韦斯利·哈汀》这张专辑的最后一首歌 "I'll Be Your Baby Tonight"。——译注

争的声音。"这并不意味着我认为专辑中有哪些特定的歌是关于战争的,或者是对战争的抗议,"兰道这样写道(1968年夏,迪伦曾经这样问一个采访者:"你怎么知道我是像你说的那样,对战争漠不关心呢?"),"我的意思是,迪伦感觉到了战争,他对战争有一种意识,这种意识蕴含在专辑的整体氛围之中。"——类似的意识也同样潜藏在弗兰克·哈奇森的音乐之中,毕竟,哈奇森的音乐是在他的家乡经历内战之后创作的——那是1920年到1921年西弗吉尼亚的煤矿战争,当时哈奇森就居住在斗争中心。

1920年1月30日,美国煤矿工人联会的新任主席约翰·L. 刘易斯(John L. Lewis)来到西弗吉尼亚,宣布他有意成立南阿巴拉契亚山脉统一的煤矿联合工会。在那里,煤矿工人们只是工具,被榨干血汗之后就被无情地抛弃。他们的工资遭到拖欠,负债累累;他们的家庭都只能生活在公司提供的破房子里。矿工一旦受伤就会被解雇,全家妻儿老小都会被扫地出门。西弗吉尼亚的矿井下每年都会埋葬几百名因矿难丧生的矿工,孤苦无依的孤儿寡母也会被无情地赶走,而任何呼吁"工会"的人则会立即遭到解雇。山坡上很快盖满了罢工的矿工及其全家居住的临时帐篷。在洛根西部,明戈郡的梅特万镇上,镇长 C. C. 泰斯特曼(C. C. Testerman)和警察局长西德·哈特菲尔德

（Sid Hatfield）与罢工者站在一边，西德·哈特菲尔德是由曾经进行大屠杀的哈特菲尔德家族抚养长大的孤儿。他们保护工会成员开会，防备公司派来的暗杀者；1920 年 5月 19 日，他们试图阻止鲍德温-菲尔茨侦探社的人把罢工工人赶走的行动。哈特菲尔德在等着上级发下逮捕那些侦探的逮捕证，正在这时，侦探社的头子艾尔·菲尔茨（Al Felts）与 12 个手下带着一张逮捕哈特菲尔德的逮捕证来找哈特菲尔德和泰斯特曼——这是一张伪造的逮捕证。摊牌之后双方短兵相接，菲尔茨和他的兄弟、五个侦探、镇长本人以及两个矿工横尸街头。最后载着哈特菲尔德苦苦等待的那张逮捕证的火车终于来了。哈特菲尔德拿着这迟来的逮捕证站在菲尔茨的尸体旁边说："你这狗娘养的，现在我要逮捕你。"翌年 2 月，哈特菲尔德和 22 个梅特万人以谋杀菲尔茨的罪名被起诉；经将近六个星期，在总统之位从伍德罗·威尔逊（Woodrow Wilson）落到沃伦·G. 哈汀手中的过渡期间，所有被告被宣判无罪。7 月，哈特菲尔德因骚扰未加入工会的工人罪名被捕。这是一个圈套，当哈特菲尔德出席法庭审判的时候，鲍德温-菲尔茨的侦探们在光天化日之下射杀了他。

这时的洛根郡有如国中之国——一个警察国家。在明戈郡的威胁下，洛根郡治安官唐·查芬（Don Chafin）禁

地下鲍勃·迪伦与老美国

止工会代表踏入本郡地界，并且还在几百个公司老板的帮助下建立了一条边境警戒线。哈特菲尔德的遇害激怒了上千个武装的罢工者，他们向东推进，决心占领明戈郡。"那些武装的暴徒别想在洛根走动，"查芬宣布；矿工军队的队伍还在不断扩大，他们反对全国总工会，只听从地方工会的领导，领导人包括弗兰克·基尼（Frank Keeney）、沃尔特·艾伦（Walter Allen）和比利·布利兹德（Billy Blizzard）。他们的计划是把查芬本人从洛根赶出去。查芬也组织起了自己的军队，主要由侦探、矿上的保安、退伍军人和商人组成。8月31日，布莱尔山麓险峻的双子峰下蜿蜒10英里的战线上，至少有一万人（可能多达两万人）交火。正如历史学家郎·萨维奇（Lon Savage）在其著作《大山惊雷》（*Thunder in the Mountain*）一书中所写的，"乔治·华盛顿改变独立战争局面的特伦顿一役都没有出动过这么多的士兵。"

　　矿工们认为布莱尔山之战不仅是反叛，同时也是一场抗议，旨在告诉全国洛根郡完全不把宪法放在眼里的事实。但哈汀总统却派来了联邦军队镇压矿工们，美国陆军航空勤务队的比利·米歇尔（Billy Mitchell）将军曾于"一战"中在法国指挥空战，他甚至试图轰炸他们。（"天哪，"米歇尔这样说，"你得理解，我们一开始并不想杀害他们。"）

米歇尔的空军中队不巧失事了。但是那些矿工之中有不少是"一战"老兵，正是他们的血汗使得米歇尔在那场战役之中成了国家英雄。他们不愿与自己的政府作战，于是交出了武装。他们本来期待能够得到政府的保护，但是上百人遭到了逮捕；弗兰克·基尼、沃尔特·艾伦和比利·布利兹德以叛国罪遭到控告。基尼从未被起诉，艾伦的罪名成立，在保释中逃走，之后就失踪了；比利·布利兹德在1859年约翰·布朗（John Brown）①被判处叛国罪的同一个法庭接受审判，并被宣告无罪——而西德·哈特菲尔德暗杀一事的元凶则在哈特菲尔德一出现就遭到枪杀的同一个法庭接受审判，也被宣告无罪。界限被划清了；洛根郡直到1933年才有了工会，而那已经是弗兰克林·D. 罗斯福上台之后的事情了。

《夜色来到坎伯兰》（*Night Comes to the Cumberlands*）是一本研究阿巴拉契亚地带衰落的书，该书作者历史学家哈里·科迪尔（Harry Caudill）在书中指出，直到60年代初期，矿区的老居民们仍然"对 W. J. 霍斯雷（W. J. Horsley）、T. P. 特里格（T. P. Trigg）、E. B. 莫恩（E. B Moon）、约翰·C. C. 马约（John C. C. Mayo）以及诸如

① 南北战争期间著名废奴主义者，因武装袭击奴隶主，发动奴隶起义被判处绞刑。——译注

此类的人津津乐道。他们带着怀旧的心情回忆着这些人来访问这个与世隔绝的穷乡僻壤时的情景。"这些人带来那么多关于奇异行为和遥远地方的故事，他们用异国腔调说着恭维话，脸上公然带着笑容，这种笑容在这个开拓者的面具很少被摘下来的地方是非常罕见的——他们是19世纪80年代中期到90年代北方煤矿主的雇员，是来从穷困潦倒的南方猎人和农民手里购买矿藏开采权的。康斯坦丝·鲁尔克认为，这些人的北方佬祖先"在18世纪末期……沿着陡峭的红色道路来到富饶的卡罗来纳山谷……最终他侵入了这里的所有房子。每个人向他购买。黑人从自己的小房子里走出来，看着他指手画脚，听着他们缓慢高亢的谈话。他在酒馆过夜，一大早就逼着地主早早离开床铺和早餐桌同他们进行交易，离去时带走了这个定居点的大部分金钱。"这种卖主的面具翻转过来就能成为买家的面具，100年后的19世纪，这些骗取信任的人们又再度出现，其结果也大同小异，正如科迪尔所书：

　　煤矿买手会带着最诚恳、最真诚的表情出现在山地居民们的家里，花几个小时赞美他们的马匹，全神贯注地欣赏畜栏里肋骨突出的猪，三句话不离赞美主人的任何一点成就。山地居民吸烟室里的丰富陈列令他大为惊叹，巧手主妇们的苹果奶油和私家甜点的味道令他赞不绝口，他信誓旦旦地向主妇们保证，大城市里的甜品根本及不上她们手艺的一半。他津津有味地品尝着她们为他准备的粗劣"吃食"，晚上就愉快地睡在铺着这小屋里能找到的最柔软的羽毛褥子的床上。经过这样一次的拜访之后，他和"这座房子的主人"就可以坐下来谈谈生意了。

面具对面具，结果是微笑的面具大获全胜。他们通常能赢得农民土地之下蕴含矿藏的全部开采权，只为拥有这片土地百年专利权的推定拥有者保留赋税的权利。在大多数案例里，买手以每英亩 50 美分的价钱从农民手里买下土地，30 年后，这片土地的产煤总量可能达到两万吨之多——之后什么都不剩了，买手的签名和农民的面具已被封印在一纸合同之中，从此煤矿主的不动产只对劳工敞开大门。"一种全新的道德标准在混乱中建立了，"1905 年，埃玛·贝尔·迈尔斯（Emma Bell Miles）在《大山的精神》（*The Spirit of the Mountains*）一书中这样写道：

> 这些人属于没有用人的阶级，他们总会在新来者面前感觉低人一等，很快就落入卑躬屈膝的境地……

山地居民很久以后才意识到，他把自己与生俱来的权利过于廉价地出卖了。他现在成了劳工……鸡蛋怎么能去碰石头呢？这个自由的乡民在很多方面都是最真正的美国人，难道只因为缺乏更好的工作机会，就不得不承担社会等级制度的重轭，以至于他们所有那些美好的品质也要随之堕落吗？

在写作的时候，科迪尔看着半个世纪以来这片土地被开掘矿产，被开采殆尽，被彻底改变，几乎变成了另一个星球，至于那些买手们呢，科迪尔带着苦涩写道，他们那么有魅力，为了生计到处结交朋友，就连那些山里人和他们的孩子们也不例外，这些山里人一觉醒来，发现自己的土地与历史突然之间不再属于自己，被签字转让，真真正正地被一笔抹去。这些买手们到来的时候面带笑容，分发着写有"不含邪念的慈善"的卡片，走的时候却留下另一张卡片，上书"毫无信誉可言"，之后便一去不复返。

这就是西弗吉尼亚煤矿战争的起源，它其实在参与战争的不少人出生之前就已经埋下伏笔。人们可以听到对这些交易的回忆，找到一些战争的目击者，或是沉浸在弗兰克·哈奇森的歌声中，在他那种波澜不兴的冷漠里，在他那遥远、疲惫、杂乱不堪的布鲁斯音乐里，自然而然地浮现出那些骗子们的声音，和一直以来一样，仿佛被剥夺了一切渴望与惊奇。在公众意外事件与私人悔恨的影子游戏之中，一桩巨大的公共灾难只是以平板单调的不快语气被宣告出来，不是愤怒，而是负疚。这不见历史记载的耻辱逼迫着要忍受它的人们不得不戴上面具。但是这里有一位艺术家，他或许来自一个由许多人共同拥有的时空，但他对这个时空的展现是其他人根本无法做到的，也是其他人从未渴望过的。同代人对他的艺术做出的反应也许仅够他维持生计；但是到了很久以后，另外一些人或许才会偶遇并且寻觅他所留下的线索。这就是艺术家的工作，看似普通琐碎，但或许负载着一种力量，这力量是不能被刻意创造出来的，地理位置或寿命也不能限制它：这力量便是个体试图分解他或她的生命所处的环境时所释放出的燃烧般的感觉。这位艺术家制造出具有美学意义的物品，一旦书面史染指其中，这物品就会溶解到奇闻逸事或民族志当中去，然而在这个过程中，艺术家或许可以成功地把被人遗忘的故事中那些宝贵的暗示传递下去，与此同时对它们的源头，也就是那种迫使他开口讲述的冲动一无所知。古老的故事就是这样变成了新的故事，故事就是这样被口耳相传下来的。

"嘿，孩子们，这里是弗兰克·哈奇森，我就坐在联合广场酒店，手里拿着一杯上好的红酒，"哈奇森在《K. C.
布鲁斯》(K. C. Blues) 里宣布；这不是典型的伤感情绪。
哈奇森喜欢把一个词语从主题中隐去，把一个单词从词组
中隐去，让自己的音乐像轻烟一样在空中飘浮。这是典型
的布鲁斯技巧，暗示着有某种东西过于黑暗或是过于明显，
以至于不能大声说出口。不过对于哈奇森来说，这根本不
是什么技巧。他的观点显现出来，就像是冥想或哲学一
般——爱与金钱总会躲避那些最需要它们的人，那些要求
得到它们的傻瓜。《加农炮弹布鲁斯》(Cannon Ball Blues)
这首歌里有着高而尖细的瓶颈弹法吉他间奏，仿佛是准备
好去摆脱歌曲中冷嘲热讽地描述的那种无奈，之后又变得
好像根本不值得这样去努力。《看啊！》当中贯穿的前后摇
摆、对立挣扎的钢琴和哈奇森的音乐所讲述的东西非常贴
近——一种疲惫的、无所谓的、不在乎的、漠不关心的拒
绝，不愿再等待那个被所有人称为"生活"的笑话里最搞
笑的那句包袱，此外还怀着模糊的渴望，等待着这个笑话
发生在别人而不是自己的身上。《忧虑布鲁斯》(Worried
Blues) 是一首异常漫长的曲子——有几次它沉浸在自身的
毫无意义中，好像就要结束了——响亮的音符从弦上滑出
来，在空中打转，直到悲伤的情绪都消失在笑声之中，笑
声消失在遗憾之中，而遗憾又消失在整整六天的酩酊大醉

带来的遗忘之中。所有字句都是用平淡的声音唱出，没有
强调个别的字眼，一切都遥远得仿佛从远方的山峰或低谷
中传来，又或是手指在灰尘中划出的痕迹。

等我离开这里

就把绸布挂在你的门上

等我离开这里

就把绸布挂在你的门上

我不会死去

只是再也不会留在这里

如果你觉得这没什么好笑的，你可算来错地方了——
至少也是来错酒吧了，你真不该来哈奇森待的这个酒吧，
在这里他一首接一首地唱着歌，用他招牌式的号召，让小
伙子们都坐在一起，在回家之前多喝上一杯，给他们讲个
那个没有包袱的笑话。细微刺人的高音如同大头针与缝衣
针一样，撒在哈奇森的忧虑布鲁斯之中，他唱道：

让你相信这世界上下颠倒

他们让你相信这世界上下颠倒

我曾经在这个世界到处旅行

孩子们，它其实是圆的。

"是圆的，"他字斟句酌地唱道，认真地思考着话中的含义，正是这过时的歌曲——这支关于某人不会死亡，只会离开的歌曲——激发了迪伦在《看啊!》之中讲起这些极其夸张、支离破碎的故事来，他讲故事的方式好像故事里完全没有细节、没有情感一样。这故事不能被收回，因为尽管这曲子听上去可能是犹豫不决、愚蠢而又歇斯底里的，但能轻易让你产生怀疑：你到底真的听到什么东西没有。"现在，我坐着摩天轮进来了，"迪伦在《看啊!》最后一段的开头这样唱道，声音里暗示着一种欢快〔为什么不呢，这可是和佩克斯·比尔（Pecos Bill①）差不多的登场啊〕，"孩子们，这确实不费什么力气。我进来就像一吨重的砖头，还对他们耍上几个花招"——不管有什么样的欢快，都在语言从盛大到平凡的转变之中死去。你可以想象一个有才华、有魅力的男人下了火车，坐着摩天轮进入镇子的情形吗？这样的歌词还被唱得煞有介事，一本正经，让你好像真的看到一个人坐着摩天轮进了小镇。你竭力想弄清楚眼前的这一幕——一个歌手骑在摩天轮上，就像牛仔骑

---

① 传说中的美国西部英雄，有骑在龙卷风上，用套索驯服它的壮举。——译注

在马上一样——迪伦已经唱到下一句了，只是这个画面里的生活在推动他干巴巴的声音，先是猜疑，然后变得有趣，先是自以为是，然后又小心戒备。但是如果面具曾被摘下的话，到了第四句又被戴回去了。"回到了匹兹堡。"迪伦唱出这一段的最后一句，在他写过的那些抹去自我的歌词当中，这是最优美、最快乐的一段，玩笑终于开完了，但他还想做进一步的润色。"回到匹兹堡，数到 30 下，"他又唱了一段，"绕过角落，赶着牲口。马上就要穿过去。"还有什么更好的事情可做吗？可能就是穿过去，他要回到匹兹堡，如果那就是火车出发的地方。

　　一切都好，除了这趟以热切的希望开始，但却很快又回到原点的旅行，它只构成《看啊!》这首歌的一半。副歌中的不断祈求压迫着歌中乘客戴面具的面孔，而迪伦的声音穿透了面具，一度无视它的宿命感、它的恐惧与它对太阳之下新事的平静拒绝，以及它那种对任何事物都要审视两次的阿巴拉契亚气质。在主歌里出现的来自民间音乐的信息是：如果一个像弗兰克·哈奇森这样灵魂平静的人都无法完全了解，那别人还有什么指望呢？"马上就要穿过去。"《看啊!》中的旅行者说，或许是出于厌恶，或许是出于满足，或许是满足于没有任何东西打破他对厌恶的期待。"看啊!"三个声音一同响起，来自他的旅伴，他那看不见的自我："寻找我的，看啊看啊。"每一段副歌里，面具逐渐从旅人脸上脱落，滑稽、困惑而最终自由地要求着新的理解，要求看到任何日常事物中绝对无法看到的东西，这种对看到面具之下面孔的要求就意味着对面具的否定。他看啊看啊是在看什么呢？这完美的应许之地为什么不能自己浮现出来呢？他曾经一次次地瞥见这个国度，它为什么不肯静静地待在那里，让他可以看清楚呢？

每段副歌结束之后会有片刻停顿，之后节奏恢复，钢琴与风琴欢快地前进，把挡在路上的一切都压成碎片。你被这种快乐的活动所吸引，不会去注意别的东西。拖拽着它的节奏本身就是歌手所看的，但是歌手不理会音乐，仍然陷在自己的故事里。他参加到鲁尔克所描述的那些戴面具的祖先们长长的行列中去，他们都是"面容呆滞，看似不可能的先知"，是鲁尔克心目中美国人心灵与声音的化身，他们是布道者与讲述故事的人、学校老师和商人，还有19世纪大部分时间里被人们遗忘的总统们，但是也包括林肯，他也许是这些总统当中最擅长讲故事的一个。这可能并不是歌手所希望扮演的角色，但不管自己怎么想，他已经成为先知，他的面具掩藏着自身的欲望，暗示着这些欲望有多么强大。

地下室录音带中最精致、最激烈的那些歌曲都像是关于老美国面具的一出戏剧，而这个地下室有着仪式般的获取、搬迁与替代，如同剧院一般。《看啊！》在虚无的冒险与对倾听或讲述真相之间摇摆不定——这也可以用来概括整个模糊而又发自本能的地下室录音活动项目。所有人都能听出这段副歌有多傻气——"让我离开这里，我的好人"——这首歌所要求的与其说是解脱，不如说只是幻象，它坚持认为歌手和他身边的乐手们只能获得这些幻象，就算这些幻象肯定能在日常生活中常常见到——那些最受公认的传统出了什么差错，每个人曾经摆出的面孔与每个人都曾经唱过的歌就像坚果一样碎裂，像洗过的纸牌一样混乱。"我给自己，找了一个空位子，然后我……摘下我的帽子。"歌手这样描述自己离开匹兹堡的经过，句中的第一个"我"是自由自在，没有负担的，而第二个"我"似乎承载着一切穿过下一句，深沉的犹豫迟疑颠倒了一切意义，歪曲了一切责难。之后在"摘下帽子"之前有一个停顿，非常沉静，仿佛在深思熟虑，接受这个行为可能带来的一切后果。

这首歌要求一个新国度的出现，仿佛这个国家仍然崭新，仍然未曾开化，仍然审慎、迟疑、狡猾，被笼罩在谨小慎微的阴影之中。但在地下室里，确实有一个崭新的国家，清教徒与拓荒者们并不是古老的历史。一切记忆仍然

地下鲍勃·迪伦与老美国

鲜活。1965 年到 1966 年，清教徒仍然坐满了演唱会的大厅，主张歌声中最重要的就是纯洁；而拓荒者呢，清教徒们觉得拓荒者已经抛弃自己的社区，只因为他听到金子的召唤。"时间要比绳索长。"这是一句古老的谚语。在这地下室里，就算只在音乐中浮现的传奇里，清教徒和拓荒者都被系在同一条绳子上——这是音乐主导的，几乎抽象的传奇故事，在这些故事里，意志乃至身体都是虚无的，只是代表了漫长人生的符号。这些清教徒与拓荒者们像幽灵演员一样，在这地下室凭空生长出来的镇子与未开发的森林之中找到了自己的位置。虽然在这个地方几乎没有人敢于信任其他人，而且所有人最怀疑的莫过于自己，但在穿越这片疆域途中，由于恐惧，或是希望这种恐惧可能会变成爱，清教徒们从拓荒者的背上爬下来，其实是拓荒者们把他们从背上甩掉。在漫长的时间之后，至少是绳索把他们捆绑在一起之后，他们仍在继续向西行进，或是掉头原路返回，天空中不时出现幻象，他们不知道这是否昭示着最后审判，抑或只是预示明天的天气。

地下室噪音

这是大风扬起灰尘的天气，普通的天气，每一日都是这样的天气。一个笑话让所有人都笑到上气不接下气，连续十个晚上在酒吧度过，心情烦闷地等待着什么改变的发生——在地下室录音中，那些末日气氛最浓郁的地方就是这样的天气，而现在正是最后审判之日——一种天谴的感觉，恐惧的气息，不被期待的事物即将出现，酒吧里的十个夜晚，满心恐怖地等待着世界末日的来临——受困于天气的最后审判日。如果能从一团模糊之中击中最原始的节奏，就能为歌曲带来一种令它也无法负载的巨大热情；大多数已经完成的歌曲，一切知识与经验，距离那无人能够阅读与书写的时空，仿佛只有一步之遥。在整个地下室录音中，所有那些制作它们的人，以及在歌曲中活动的所有角色——《把我的坟墓打扫干净》（See that My Grave Is Kept Clean）里那个快乐的宿命主义者；《小蒙哥马利》

（Tiny Montgomery）里的"T骨"·弗兰克；《十字架上的牌子》（Sign on the Cross）里那个精神分裂的牧师；《你哪儿也不去》里那个邮购新娘的新郎；《我不在那里》（I'm Not There）中那个注定一死的女人——他们都在学习，并且遗忘。

时间要比绳索长，也比绳索更柔软。它可以懒洋洋地伸展开，突然一下子又恢复原状，让你在陌生的床上猛然惊醒。不同的记忆与不同的愿望来到不同的日历上，追溯着不同的历史。譬如20世纪40年代与50年代公立学校里那些标明日期、要求记住的全国大事记和过去的大事记不同，也和未来根据四五十年代发生的事件而重新制定的大事记有所不同。"艾尔维斯走在天堂与自然之间的道路上，"1994年，鲍勃·迪伦曾经这样评价彼得·古伦尼克（Peter Guralnick）① 的《开往孟菲斯的最后一列火车：艾尔维斯·普莱斯利成名史》（*Last Train to Memphis：The Rise of Elvis Presley*）一书："他走在这样一个广阔开放的美国，那时候，一切都是有可能的。"然而最后的一列火车是在什么时候离开那个美国的？20世纪50年代中期，艾尔维斯，那年轻的孟菲斯人在天堂与自然之间迈开巨大的步伐，那

---

① 以研究美国早期摇滚乐历史著称的作家、乐评人。——译注

个时候的美国是如此广阔开放，一个人只要深深呼吸，张开双臂，就能同时触到天堂与自然，有些人会把这样的时代归入过去的几十年乃至上百年中，还有人说这样的时代会一直持续下去。1994年，迪伦想说的是，这样的时代对于他来说已经成为过去；在1967年，他在1994年栩栩如生地描述的那个时刻只过了11年、12年，至多不超过13年。1956年，艾尔维斯像一个大笑的上帝那样登上这个国家的电波；1955年，这位"西部博普舞之王"（King of the Western Bop）在整整一个车队的凯迪拉克护送下到南方去巡演；1954年，这个身穿粉色和黑色衣服的无名小卒第一次把孟菲斯掀翻——这些时刻仿佛都近在咫尺，然而它们已经逝去了。在1967年，50年代现实生活中那些有秩序的执政和用意良好的破坏行为已经被溶解在骚乱和战争当中；民权运动中，人们相信国家可以履行自己的承诺，最终这信仰的大浪也消失在"爱之夏"当中，消失在一种旧信仰的回潮之中，在这种旧信仰里，人们相信在这个世界上，自己才是自己的救世主。"那时候，一切都是有可能的。"迪伦说。然而那样一个美国是从什么时候开始在他的心目中与歌声中成为过去，从有血有肉的实体变成一个幽灵？

这不仅仅是一个人的问题。整个国家都在这样追问；

你必须做出回答。每一个上过学的美国人都觉得这个国家的创立与开始是一件大事，他在内心深处也必然对这个国家的终结怀有一种感觉，这种"终结"不是具体的历史事件，而是一种消逝、遗忘、个体内心的记忆突然遭到普遍丧失的感觉：一桩很大的公众事件被封闭在孤独的缄默之中。对任何美国人而言，那都是一个决定性的瞬间；当人们知道一个承诺再也无法实现，已经成为过去的时刻，这个承诺才显得最为珍贵。1967 年，在"大粉"地下室里，这个事件就浮现在空气中，浮现在这个特别的房间的奇异的空气之中，历史挑战拓荒者，清教徒则挑战未来。过去并不要求得到未来，但过去却在诱惑与征兆中散发出活力，这是一个没有人能够统治的王国。

在地下室录音里，蕴含在任何一次演奏的情绪中的"过去"都是对音乐的提问，也是音乐所提出的问题。这个问题勾勒出指涉的轮廓，每一次演奏都会从这个轮廓之中穿过，就像穿过一道门一样。1967 年在卡兹奇（Catskills）[①]重新书写的大事记中，地下室仿佛一个圆心，在这里度过的日子如同一个时点，美国的过去与未来仿佛都在围绕着这个时点缓慢地打转。这音乐让人想起那些 20 世纪 70 年

---

① "大粉"的所在地。——译注

代建造起来，但又很快被拆毁的怪异的环形剧场，剧场里有圆形的舞台，随着乐队演奏而转动，乐手们在打转时只能匆匆瞥见观众们的面孔，而观众们则在乐手转到他们面前时才听得到他所奏出的音乐碎片，只在短暂的时间里才能听到音乐的全貌，随着乐队转动，观众们好像可以看到他们听不到的东西，乐手们渐渐消失在拐弯处，声音也渐渐模糊，只留下一个回声。在这地下室的剧场里，任何东西都不是清晰的，任何东西也不是完全敞开的。屋子的四周全都是门，是留给忧虑与想象的门；只需去找寻钥匙。每当一把新的钥匙打开一扇门，美国的未来与过去便会同时敞开——可能是由于一种关于进步的时间观念，让人们觉得迪伦所说的"广阔开放的美国"是对即将到来的东西开放，不是对已经发生的东西开放；是在问美国人将成为什么样，将往何处去，而不是在问美国人曾经是什么人，他们从何而来。在地下室录音中没有怀旧的情感；它们过于冷酷、痛苦或可笑，以至于不能用来怀旧。音乐中的时间机制并不是用来让人舒服的。在地下室里，"过去"是活着的，因此"未来"是开放的，人们在未来也可以相信这个国家还没有完成，甚至还没有完全成型；如果"未来"的权利被取消，"过去"也就死了。"未来"是怎么依靠"过去"而存在的呢？这是非常神秘的。

美国是一个既打过内战又打过外战的国家，而 1967 年的美国既是信念又是谜团，华盛顿纪念碑对面是林肯那如同斯芬克斯般的塑像。这个国家既是一个威胁又是一个请求，既是一座教堂又是一个绞架。需要用信念来解开谜团：在地下室里，只有相信"过去"，才能相信"未来"，只有亲手触摸到"过去"，像捏塑陶土一样亲手塑造它的形状，像"过去"曾经改变你一样去亲手改变这个"过去"，你才会相信它。除非你能让过去重演，你才会真的相信它。而"现在"，历史意义上的"现在"并没有任何意义可言；迪伦和其他人已经让"现在"发生过了，一两年前那些舞台演出时的对抗就像 1967 年这个国家到处发生的事情一样。然而到了 1967 年，那些事情好像成了很久以前的事；或许是因为在地下室里，时间流逝得太快了。

"时间就像蝎子/蜇人从不警告，" 1966 年，"哀悼者"（Wailers）[①] 乐队在金斯顿用很酷的洛克斯代迪（rock-steady）[②] 方式翻唱了《像一块滚石》，这首歌是迪伦 1965 年夏天的上榜金曲歌曲，"哀悼者"保留了副歌，但是写了新的主歌，仿佛是从《旧约》的伪经里摘抄而来。一年之后，"大粉"里的音乐家们领会了"哀悼者"的精神，把钩

① 与 Bob Marley 合作的牙买加著名雷鬼乐队。——译注
② 一种更具牙买加地方色彩的雷鬼乐分支。——译注

子直接蜇向时间，所以最大的问题其实也是最微不足道的问题：什么是民谣音乐？——它是否真的存在？——理查德·曼努埃尔和罗比·罗伯逊在《火焰之轮》该不该打鼓也属于这样的问题。为什么地下室录音中的《典型美国男孩》(All American Boy) 和《我有一种情绪》(I'm in the Mood) 这种明显的摇滚歌曲却比其他人唱的民谣歌曲更像"历史传统音乐"呢？录音时，在翻唱约翰尼·卡什的两首老歌《大河》(Big River) 和《福尔松监狱布鲁斯》(Folsom Prison Blues) 的不同版本间隙，迪伦问加斯·哈德森的正是这个问题，他问哈德森录音机里还有没有带子（里面的确有带子，所以后来歌手又在里诺开枪打死了一个人，看着他死去，而且还一脸满不在乎的样子）。这个国度是否存在？这个问题与如何在阴雨的下午消磨时间其实是同一个问题——《下雨的下午》(On a Rainy Afternoon) 最后成了迪伦与流亡的"雄鹰"磨合出来的第一批原创歌曲之一。

五个人又开始排练了，这一次不是在"大粉"的地下室，而是在迪伦位于伍德斯托克家中的一个房间里，房子之前的主人把这一个房间漆成了红色，还给它起名"红房间"，后来房间的颜色变了，但名字却一直保留下来。设备都是随便弄来的，声音很粗糙，他们所唱的素材大都是别人的歌，或者是同一类的新歌，让人根本分不清是新歌还是老歌。但他们很快又搬回了地下室，因为哈德森在那里安装了一套一流的家庭录音设备，从"彼得、保罗和玛丽"那里借来了一整套话筒，还从迪伦当时的经纪人阿尔伯特·格罗斯曼（Albert Grossman）那里弄到一台录音机和两台立体声调音台。整个夏天与秋天，他们用这套设备录制了大量歌曲，那是喜剧与悲剧在进行漫长的角力，一群喝醉的暴徒围着它们起哄、打赌，打斗愈来愈激烈的时候他们就突然鸦雀无声。到了年底，"雄鹰"原来的鼓手利文·赫尔姆也从阿肯色归队了。时光在一种赌博下注时的安静气氛中渐渐过去——用保罗·尼尔森的话来说，这种感觉就像"如果有考试的话，他们几个肯定都能及格"——地下室的日子快要走到尽头了。

在"红房间"里，声音中有一种试探和模糊，笨重地走向每一句的尽头，甚至不能被称为节奏。人声不足以成为任何角度的攻击，也不足以表达观点。歌手在错误的地点寻找自己的布鲁斯，发现这让自己变成了吟唱歌手：比如翻唱"伊恩与西尔维亚"（Ian and Sylvia）① 的《四阵强风》（Four Strong Winds），埃里克·冯·施密特的《约书

① 20世纪60年代初期民谣复兴运动时红极一时的加拿大民谣二人组合。——译注

亚去了巴巴多斯》(Joshua Gone Barbados)，汉克·威廉姆斯（Hank Williams）① 的《你又赢了》(You Win Again)，水手小调《约翰尼·托德》(Johnny Todd)，充满陈词滥调的《西班牙语是爱的语言》(Spanish Is the Loving Tongue)，艾尔维斯平庸的《我忘了记住要忘记》(I Forgot to Remember to Forget)，还有古老的民歌《冷水》(Cool Water)。这伙人——其实是迪伦自己——仿佛在盲目地寻找，漫无目的地徘徊，不时撞上随便什么歌，比如恐怖的，一听就不像有好事的故事，《邦妮号钻石船》(Bonnie Ship the Diamond)，讲述一个漂流者骑着捕鲸的冒险；还有科曼奇印第安人的故事《墨西哥之山》(The Hills of Mexico)；而《拉姆尼钟声》(The Bells of Rhymney) 呼唤一种热情，促使着迪伦把皮特·西格的这首关于矿难的抗议歌曲改编成了能适用于任何事情的噩梦——但是歌词却没有做一个字的改变。"他们有獠牙，他们有牙齿。"迪伦唱道——对于西格来说，这正是矿主们的形象，而在迪伦这里，这是一种丑陋的奇景，每个人都可能现出这种样子来；他还瞥见这个恐怖的现实：如果有一个人是这样的，那么任何人都有可能露出这种嘴脸。"甚至上帝都感到不安。"追求正

----

① 美国南部乡村歌手。——译注

义的西格唱道。而迪伦把这句话撤掉了，他对这个想法本身感到不安。如果那个他所了解的、《旧约》中的上帝都感到不确定的话，那么就根本没有什么正义可言。

你可能会感觉到，他们开始厌倦表面的浅显，进而向深处开掘。有人开始挖掘约翰尼·卡什的一首晦涩的歌——可能是迪伦，他终生都是卡什的歌迷；也可能是加斯·哈德森，他十几岁时在安大略湖一带曾经组过一个摇滚乐队，名叫"保罗·伦敦与玩笑"（Paul London and the Capers），60 年代初，这支乐队曾经在底特律的酒吧里给卡什做过伴奏。卡什是在 1950 年或是 1951 年写下了自己的第一首歌曲《伯沙撒》（Belshazar）①，当时他还在驻德空军服役，担任伴奏的是他自己的小乐队，名叫"野蛮人"（Barbarians）。1957 年，卡什和乐队"田纳西二人组"（Tennessee Two）合作，为孟菲斯的太阳唱片公司录制了这首歌，赋予它一种哒哒的马蹄声般的节奏，他们大多数上榜金曲用的都是这个节奏；在地下室录音里，歌中的预言家丹尼变成了时尚潮人，用鲁弗斯·托马斯（Rufus Thomas）② 在《遛狗》（Walking the Dog）里的新孟菲斯

① 伯沙撒是以色列最后的国王，下文的"弥尼，弥尼，提客勒，乌法珥新"是上帝写在他宴席上的句子，预示巴比伦的覆灭与伯沙撒之死。见《圣经·旧约·但以理书》。——译注
② 20 世纪 50 年代起活跃的节奏布鲁斯歌手。——译注

节奏读着写在巴比伦墙壁上的"弥尼,弥尼,提客勒,乌法珥新"。这首歌最后变成了一件游乐场的娱乐设施,五人乐队的演奏让主歌撞在一起,好像小孩和老妇人坐碰碰车。

随同破碎的幽默而来的是懒散与行动之间的前后摇摆,比如这些模糊、不成形的歌曲:《法国女孩》(The French Girl)和《我不能自己完成它》(I Can't Make It Alone),之后是节奏更加强劲的《900英里》(900 Miles)和《受到控制》(Under Control)。迪伦他们的《900英里》只是这首民谣歌曲的碎片,如同掀开帷幕的声音,显示出一个早已消失的世界。这首歌通常被唱得哀婉悲悼,现在它成了尖叫,成了河流上鸣响汽笛、全速前进的船只。当音乐不再与迪伦哀恸的声音搏斗时,是丹科的小提琴指引着音乐前进,他是那样绝望,仿佛知道带子上只剩下可怜的40秒钟,让他唱出这900英里的漫漫归家路。粗糙的小提琴跑了调,仿佛在替歌手本人呼喊。歌手的歌唱中充满音乐性,他熟悉这旋律,如同熟悉自己的声音,歌声中的时间暂时凝滞了,你感觉尽管歌手害怕歌声结束之前还不能回到家乡,把听众强留在这里听完他的故事才是更重要的事情。音乐里的冲动仿佛在向后倒退。这股湍流推动着歌手向南,他的身影越来越小,他的船越开越快,超过了河流上的其他船只与木筏,超过了逃亡的奴隶与追赶逃奴的人,那些人根本没注意到这个歌手，而歌手的航程并未缩短，而是愈来愈长。

《受到控制》是一首新歌，一首半成品，但有着完整的结构，它可能是地下室录音中唯一真正暴力的歌曲。罗比·罗伯逊把吉他音符扔在迪伦脚下；迪伦则把它们一一拾起，为音符配上掷地有声的词句，之后又猛地掷回去，像是一场暴风骤雨。整首歌陷在痛苦与攻击之间。然而那些从鞭打之下逃生的犹豫和迟疑是最让人痛苦的。"她——受到了控制，"迪伦从咬紧的牙关中唱道，让人感觉歌里的"她"不是被捆绑，就是正举着一支轻如鸿毛的枪。"当心！"他把这句歌词反复唱了很多遍，让你感觉置身着火的房屋，你很恐惧，但你还能跑出去求生。但是歌手知道，自己必须留下来等着火焰烧掉一切。他是目击者。一切也许都是他的错。他不会说。他也许根本什么都不知道。

一个晚上，哈德森、丹科和曼努埃尔在"大粉"调试设备，随便排了一首傻乎乎的歌，起名为《就算它是头猪，之一》（Even If It's a Pig Part Ⅰ）；他们对这首歌很满意，于是第二天晚上叫来了罗伯逊，一起排练"之二"。那种大家一起演奏，但一切都不必确定下来的感觉——一切都有可能发生，一切都无所谓的感觉——就是地下录音带的基调，可能就是在这几个夜晚确定下来的。"我们疯狂地抽大麻。"罗宾逊愉快地回忆道。

在第一次录音中，哈德森用尖细、衰弱、沃利·考克斯（Wally Cox）[1] 与鲍勃·纽哈特（Bob Newhart）[2] 式的声音唱着，他的声音从一片开放的混乱之中浮现出来，好像一个浑身颤抖的教授站上了讲台，他的讲话从遥远的地方传来，被包裹在回声里。这个讲座来自千里之外的火车站，只要在午夜时分拨个电话就能听到。加斯·哈德森说："美国音乐之中的一些形式，虽然被局限在非常简单的美学一致性当中，但是，它们却符合那些更伟大的作曲家们狡猾的、精神上可辨认的声音的要求，这些要求有着更优美的品种与令人心碎的民族情感，对于过于冷淡的公众来说。"

不成曲调的钢琴加了进来，之后是清脆的、鸡尾酒爵士风格的贝斯，敏捷清冷地跟随。手鼓的打击阻止了音乐，单簧管吹起走调的《星团》（Stardust），这熟悉的老歌曲调仿佛回到了 1940 年，门廊里坐满了当时的高中校花，之后曲调又变成了《蓝月亮》（Blue Moon），仿佛一下子把姑娘们都卷到了一辆干草车上。钢琴弹奏出醉酒般的三拍子，贝斯则是最简单的节奏，好像"怎样弹贝斯"里的第一课。

---

① 美国喜剧演员，总是饰演戴眼镜的知识分子形象。——译注
② 喜剧演员，以面无表情的冷幽默著称。——译注

这样的扭曲画面好像大卫·林奇（David Lynch）电影里的片段，50 年代的一场"袜子舞"（sock-hop）。

　　录音里有掌声的回响，仿佛来自迟迟不关门的酒吧里面无表情的酒客们。还可以听见呻吟的声音，曼努埃尔答话的声音。和着管乐的高音——或者是梳子的高音——他虔诚地把一只烛台放在自己的钢琴上，手上弹出半音滑音："现在，善良的人们，法斯沃斯基金会——"然后就是这样的歌声"荣耀（Gloria），荣耀，荣耀"——仿佛来自一座教堂深处，不过也有可能是"他们"（Them）[①]乐队的《格劳丽娅》（Gloria）被加上了花哨的前奏。曼努埃尔全力唱道："荣耀/荣耀/荣耀归于主——"之后他大喊起来，仿佛被这赞美诗即将放弃的东西所震惊，仿佛它要从弥撒曲跳向哈里·贝拉方特（Harry Belafonte）[②] 身边。"荣耀归于主——"

日子啊

日——子——啊——！

[①] 著名英国摇滚歌手 Van Morrison 早期的乐队，他们的代表作 "Gloria" 讲述一个名叫格劳丽娅的女子，这个名字在英语中亦是 "荣耀"的意思。——译注
[②] 牙买加裔美国歌手、演员、社会活动家，以卡利普索风格歌曲成名。——译注

出太阳了，我想回家。

　　听了贝拉方特这首《香蕉船之歌》（The Banana Boat
Song），你只能说这歌手发疯了。这毕竟是在 1967 年；几个
月前，多诺万（Donovan）[1] 推出了《甜美黄色》（Mellow
Yellow），这首歌一经发行，很快被阐释为香蕉这种水果可
以帮你达到迷幻高潮的意思，还登上了排行榜首位。

我吸着香蕉
一边工作一边吸，哈哈
出太阳了，我想回家。

　　乐队的声音已经乱作一团。只有哈德森在努力抢救一切，
用那安抚的、假笑一样的、洛德·麦昆（Rod McKuen）[2] 式
的声音唱道："有一些，啊，我原创的诗歌，我们用柔软而
又如同石棺的洞察力来歌唱：'我们的逃跑者最喜爱的书
页，抚摸着寻找边缘，只触到祭品，纸页上记载着血亲的
联系，学习吧。'"——在录音中，哈德森的语气突然变得
兴奋起来，"'我们的问题独一无二，整齐的胡乱涂写！离

---

① 苏格兰民谣摇滚歌手。——译注
② 美国 20 世纪 60 年代歌手、诗人。——译注

开，死者已逝，这道裂痕！剑柄在移动，猪皮装饰的子宫！
关掉灯！'"这听起来更像是大卫·林奇——糟糕的垮掉派
诗人版林奇——也非常接近巴勒斯，偶尔也很像鲍勃·迪
伦。"'理性已经彻底告诉过我们，但是——布鲁托斯的力
量，小贩在鼓弄唇舌。接近仙人掌，被侵袭的反驳，在我
们内部发现我们自己，这些环境，诸如此类，我们知道，
把每个人都带入一个无害的——'"哈德森低声笑着，曼
陀林刺激的高音接近疯狂地响起——"'谎言。'"他的声
音变得富于哲学色彩，"我们比任何人都要接近，在叶子的
这一边刻印"——有片刻时间，他的声音显得绝望——
"结果却发现，还是把它再次翻过来更容易。带着过去出
行，变更新闻的历程，向着每一句的终点进发。"

　　乐队的合奏重新开始，他们用脚打着拍子，嘴里哼唱
着。这是未来派噪音主义（Futurist bruitism），之后是短
笛、鼓、贝斯，这个三重奏奏起 1776 年的经典旋律①，很
快就跌跌撞撞倒了下去，成了一场行军。这是以酒后的颤
抖演奏的《扬基之歌》（Yankee Doodle），没有歌词，但是
有着破碎延伸的声音，令人想到这段曲调所搭配过最奇异
的歌词："玉米芯卷起你的头发/大车轮碾过你/愤怒的龙把

----

① 1776 年爆发了美国独立战争，《扬基之歌》是独立战争中的爱国名
　　曲。——译注

你带走/致命的虫害打击你。"音乐在嘎嘎声和吠叫声中升起，回到爵士乐，之后融入哈德森风琴中的阴阳交界之地，那是原生质般的音乐，橡皮泥上的回音，然后是冗长的大号，乐队从演奏台上走下来了，追逐着一辆贩卖冰激凌的车子，在欢乐之中结束。最后还有掌声。"太棒了！"有人说，"真是他妈的太棒了！"

《就算它是头猪，之二》于翌日晚上开始录制，乐队全体都出动了——声音刺耳的小提琴，随随便便的鼓点，一支长笛作为领奏，它试图寻找节奏，或是抛弃节奏，在《两人骑的自行车》（A Bicycle Built for Two）的可怕混乱中挣扎着浮现出来，和着哈德森的六角风琴（concertina）。中间有一次停顿，之后理查德·曼努埃尔晚宴风格的钢琴缓慢地加了进来："啊，凯格伍德谷仓/柜子很浅/奶酪来了/从/地上。"这是《猛汉布里》（Stagger Blee）的引子，这里肯定是这首歌最糟糕的录音版本了。这首歌不是一般那种有着冷酷杀手眼神的黑人坏男人摆个姿势就开枪的故事，而是讲述一个男人上楼，然后下楼，然后再上楼——好像是在记载鲍勃·迪伦的每日行程：他一来到"大粉"，先是上楼，坐在楼上的打字机前写作，之后一头扎进地下室，和"雄鹰"一起录音，然后可能会重新回到打字机前。"猛汉布里，他上了楼，"理查德·曼努埃尔唱道，半死不活的节奏衬托着他开始变得恼怒的声音，"然后他下了楼/他还要再上楼。"接下来的五段歌词都是这样，外加一段可怕的吉他独奏，第三段歌词是这样的——

猛汉布里

他回到楼上

看到我们都坐在那里

他说你们要和我待在一起

我们去镇上

——乐队的表演开始慢慢地建立起茫然的疯狂。这首歌的主人公是美国民间故事中最可怕的人"猛汉"李·谢尔顿（"Stag"Lee Shelton），1895年的圣诞节，在圣路易斯，谢尔顿在比利·科蒂斯的沙龙里杀死了仇人比利·里昂，这件事几乎发生之后不久就成了传奇。这首歌的概念是，谢尔顿的一生与其说是用来消灭仇敌，羞辱白人警察，抑或是驱逐魔鬼，倒不如说只是在上下楼梯，寻找自己遗落在楼上楼下的东西。由于其中重复、遗忘与发现的等式，这个概念让人感到惊喜，或者说它找到了你正在寻找的东西。很快，玩笑走上一条道路，后来在地下室录音里的很多歌曲都走上了这条道路，这首歌开启了这条道路，为它剪彩。

在这条道路上，歌曲有着完美的词曲和编配，歌中的自由与欢快里孕育着确凿无疑的虚无主义，摆脱了一切意义，比如《百万美元狂欢》，它有这么一段很暴躁的歌词：

> 我拿起我的马铃薯
>
> 拿去把它们捣碎
>
> 然后我把它翻过来
>
> 带到百万美元狂欢上！

——最后一个字飘荡在空中，像是一个快乐的告别，前两句是那么的戏谑快乐，它是交谈，也是隐喻，好像指的是把威士忌蒸馏器装好，拂去灰尘，或是穿起盛装，跳起1962年最新的舞步，就像在这个别人为你做土豆泥的地方这么轻松。录音中有微笑的声音，副歌延续了很长时间，让你听着笑声渐渐消失。

> 噢——
>
> 宝贝
>
> 噢——喂

120

噢——

宝贝

噢——喂

这是

百万

美元的

狂欢

——笑声渐渐消失，但无损歌曲中那种带着怀疑的承诺，地下室的道路现在直接一头冲入泥沼，歌手再也不能掩饰自己的虚无主义承诺的只有死亡，这条路上关于精彩笑话的记忆甚至也不坏。

在录制《就算它是头猪，之二》那个晚上，这个笑话甚至变得更精彩、更荒诞、更可信了。"猛汉布里，"曼努埃尔严肃地唱起来，对于这个借鉴来的不法之徒的故事半是敬畏半是厌烦，"回到楼上去/好吧，你在楼下的时间太长/我要回到楼上/你们可以待在这里……"他的歌声引起了掌声和喝彩。"精彩的演唱会。"有人礼貌地说。

从此之后，这天晚上渐渐脱离了轨道。哈德森教授回来了："我们当中的大多数人对那片广袤而未经驯服的北方荒原并无所知，加拿大人奇异的优雅对那片风景也颇有贡献，如果你认可这种表述的话，那正是他们独一无二的风格。这是一首花朵之歌，一支为蘑菇酱而作的真正的祈祷之舞，由大脚野人发明，伟大美丽而快乐的部落。"——哈德森慢慢地念出字句，好像黑胶唱片上的刻痕——"快乐——快乐的灵魂，全身覆盖着毛发，如果你能想象。"然后就是一段歌唱大脚野人的咏叹调，一直持续下去，有一段由变态的哼唱和咕哝组成的副歌，好像人声是在水下录成，好像磁带被倒放一样。直到形容这些生物的词都用完了，你才发现他们并不需要这些字眼。

最后是《他离去了》(He Is Gone)，这首挽歌中最鲜明的是歇斯底里的哭泣，以及人们所能想象的最最苍白的风琴——类似 1900 年左右英国国教的葬礼音乐，带着上流社会的暗淡色彩，简直能让这个看门人的皮肤也变得苍白。它的这种极度变态又很吸引人。粗糙破烂的钢琴却时时把主题引开，像滑冰一样兜着圈子，之后消失不见。"再见了，"人声快活而骄傲地唱道，"再见，再见，再见……"正如《就算它是头猪》中奠定的情境，被揭示的真相可能是极度的愚蠢，要把二者区分开来也同样不可能。

这个声音和地下室录音的原始磁带里最著名的那些歌曲一样，清澈而亲切，仿佛充满空气，每一个音符的形状都朴实无华——这声音使你感觉置身于一个房间，你可以一边听，一边感受到这样一个房间。你愈是细听，眼前就愈能浮现出这房间的整个画面：低矮的天花板，有着昏暗的、可供藏匿的角落。这是一个可以随便鬼混的房间；一个任何事情都有可能发生的所在，但是如果没有任何事情发生，在这里也是同样有意义的。从这里开始出现了新的曲调，可能经过精心编配和反复排演，也可能是临时编出来的。这里有着散漫、随意，甚至是淫秽猥琐的幽默——所有这一切都在音乐之中，在它的狡黠与挑逗中表现出来——比如《呀！沉沉的一瓶子面包》（Yea! Heavy and a Bottle of Bread）、《求求你亨利夫人》（Please Mrs. Henry）、《我有一种情绪》、《小蒙哥马利》——以及在《火焰之轮》和《卷入洪流》中那刺耳的、圣经般的警告。《阿美利塔（西班牙歌曲）》〔Amelita（The Spanish Song）〕里面有狂乱的胡言乱语，好像一个二流的弗拉门戈夜总会乐队，疯狂地唱起自己最拿手的歌，傻笑，大叫，唱着"骗子山姆和法老王"乐队（Sam the Sham and the Pharaohs）① 的《糊涂巴里》（Wooly Bully），闯过马蒂·罗宾斯的《艾尔·帕索》，他们重复了两次，好像永远也没个够一样——到最后，就连酒吧的男招待都跑掉了。在《你哪儿也不去》更

_____

① 20世纪60至70年代的美国摇滚乐队，《糊涂巴里》是其最有名的作品。——译注

粗糙的一个版本里，有着更多的胡言乱语（比如"看啊，你们这一大群地下室噪音，"迪伦是在指"雄鹰"，他胡乱编着歌词），此外还有《下一次上路》（Next Time on the Highway），以及《典型美国男孩》——这首歌是对比尔·帕森斯（Bill Parsons）在1958年风靡一时的同名歌曲庄重而疯狂的恶搞［摇滚乐里没有能和帕森斯的音乐搭配的东西，乡村歌手鲍比·贝尔（Bobby Bare）曾经在唱片公司一个很混乱的场合随口说："他是个格格不入的人。"］还有《大洪水》（The Big Flood），迪伦重写了——或者说颠覆了——约翰·李·胡克（John Lee Hooker)[①] 的《图珀洛》(Tupelo)。"雄鹰"为他伴奏，为他制造麻烦，他的声音深沉而内省，完全不理会歌中到底是星期日还是星期一，是苏西还是弗莱德，他把一首阴冷、安静、歌唱死亡与毁灭的布鲁斯变成了拼写比赛。这歌曲某种程度上仍然是布鲁斯；也许如果你只有一个故事可讲的时候就会是这样的。歌手可以到巴勒斯笔下的堪萨斯火车站去，坐在毒鬼比尔对面，他们两个对坐谈心，其他的正常人围着他俩，打赌两个人中谁的嗓子会最先干掉。歌里唱的是密西西比，迪伦说："那是密、西、西……比，**密西西比**，"他声音坚定，

---

① 著名布鲁斯歌手。——译注

很高兴能指出这一点。"那时候我还只是一个小孩子：22岁。那时候我只是在闲逛。不管别人的事情：密、密、密西，密西西比。大洪水。发生在很久以前。**我也在那里**。我在那里，但我不想在那里。图珀洛。图珀洛，密西西比。那是图、图、图珀——洛。大洪水。真可怕……"歌词一句比一句令人信服，愈来愈令人相信你可以用这种方式来描述世界，愈来愈令人相信这个说话的人当时正在那里——这真是愈来愈令人毛骨悚然了。你开始感觉到，这种风趣随时可能出毛病。就好像演员乔·派西（Joe Pesci）在电影《好家伙》（*Good Fellas*）里面直指人心的凝视一样，你本来还以为那只是个笑话："你觉得那很有趣吗？"

对于《十字架上的牌子》这首歌，你不知道它是不是很有趣。它始于一个原始浸信会教堂，里面空空荡荡的，只有一个男人在唱歌，努力地去解释，他内心怀着忧虑和厌恶，一面热爱上帝，一面对上帝的存在充满怀疑。然后他的声音停止了，变成一个狡猾的老人在走廊里蹒跚着：这是个饱经沧桑、什么都见识过的老人，非常愉快地听出第一个歌手其实没有什么人生经验。这个老人在唠叨着，他的歌声很好听，有一种快乐的残酷，他仿佛成了收音机里的传道者，兜售着自己的织毯，脸上有一抹难看的假笑，通过扬声器里传来的声音，你几乎可以看到这个笑容。监狱的形象，无家可归的形象在歌曲中不时闪现，到歌曲的末尾，这个大声叫卖的小贩的独白却变成了忏悔的迷惑；最后决心变得完全不可能了。哈德森的风琴与迪伦声音中的虔诚仿佛建起了一座教堂，但是对上帝是否存在的不确定感制造出冷嘲热讽与神经质，以及奚落与隔绝之感，第一个唱歌的男人的声音肯定根本没有人去听，尤其是上帝。

歌曲愈是强烈，就愈是让人感觉它们非常古老——人们从这些有毒的、无处安放的、漂浮的戏剧、哥特故事抑或是滑稽喜剧之中会产生这样的感觉。《我不在那里》、《晾衣绳传奇》（Clothesline Saga）、《把你的石头拿开》（Get Your Rocks Off）、《百万美元狂欢》、《看啊!》、《你哪儿也不去》、《愤怒之泪》等歌曲莫不如此，或许所有的歌都是这样。但是这种支离破碎、充满不确定、深深陷入眩晕的感觉全部是通过音乐表现出来的："过去"正在奔涌向前，就要把"现在"的一切自负永远席卷而去，带走现存的知识，剥夺现有的价值观，仿佛"过去"掌握了"现在"所有的借据，要把欠款全部收回一般。

你可以从中听到警告、恐惧与欢乐的情感——享受毁灭的感觉——萦绕在地下室录音的全部歌曲之中，这种感觉最强烈的时候并不像一种叙事，并不在一首歌精心准备的时刻里，比如在《火焰之轮》里，它更像是一种入侵，仿佛凭空而来。比如《宝贝，你愿不愿做我的宝贝》（Baby，Won't You Be My Baby）是一首关于诱惑的歌曲，有着破碎的节拍和疲倦无力的曲调，歌手似乎都有点懒得唱完它，那个听着这首歌，被引诱的人飘浮在音乐中，不祥之兆像尸体一样浮在表面，歌手唱出他用来勾引情人的歌词：

> 东方与西方，
>
> 火焰将要升起，宝贝
>
> 东方与西方，
>
> 火焰将要升起，宝贝
>
> 东方与西方
>
> 火焰将要升起
>
> 闭上你的嘴巴
>
> 合上你的眼睛
>
> 宝贝
>
> 你愿不愿做我的宝贝？

我能听出这种怀疑的感觉走到尽头，那是对终结的渴望——最明显的就是在《小苹果树》（Apple Suckling Tree）这首歌里。这是一首半成品式的小调，除了乡村歌曲的摇摆节拍和近两个世纪以来在南方随处可见的拖腔之外别无其他。乐队在歌曲中找寻这种节奏，第二次在音乐中找到它之后就竭力地推进它，迪伦唱道："在那棵树下，啊，你和我会回到那里。"他声音中的渴望令人会心一笑，但之后这首歌就急转直下，变得严峻，带有恶意。

> 现在我对自己的灵魂许愿我还有七年时间，啊哈
> 我对自己的灵魂许愿还能再活七年，啊哈
> 耶，如果我死在你的坟场

——下一句中有着一种决定性的苦涩，终结的，死亡的——

> 啊……记住你的名字，吊死猎狗

——最后一句被随便抛出来，在厌恶中消失，仿佛歌手什么都不在乎了——

> 在街上走真糟糕，哎呀

从这里，我可以听出一种可以向任何方向敞开的开放

性，或是对任何方向都封闭起来。霍华德·汉普顿对可爱、温柔、混乱的《我是你的傻瓜》(I'm a Fool for You) 这首歌也有同样的感受，他在评论一本关于私录歌曲的书中写道：

> 它不仅仅是一次粗糙、未结束的排练，有时停止，有时开始，迪伦对"乐队"说出转换的和弦，试着弹出这些和弦，可以听见他在说："D……等一下，啊，不，D，不是D，E……"他找到的曲调中却自有一股漂浮的旋律，他歌唱时的声音是迄今最欢快、最神秘的。理查德·曼努埃尔的钢琴如同音乐盒，加斯·哈德森的风琴则有点像拓荒者时期的教堂音乐，令这首《我是你的傻瓜》脱离了时代；而歌词有点像从基督那里私录下来的福音书，简略而又如同寓言。这是一种变形：基督回来了，他既是恳求者，又是怀疑者。正如民间传说里讲述的，基督和抹大拉的马利亚一同逃到法国，或是成了亚瑟王；又如神话或罪案中的伙伴（一种自我背叛吗？），他与歌手合二为一。"当我归来，当我不再归来，"他声称，仿佛这是他第一次或最后一次的允诺，"一颗心将要升起，一个人将要燃烧。"

我得指出，我觉得那句歌词是"每个人都将要燃烧"，而不是"一个人将要燃烧"。除此之外，我觉得自己永远无法想到这样的阐释，其他任何人可能也想不到——或者说这根本就不是一种阐释。这段话不是为了定义或解释歌手歌声中的含义，而是对一种挑衅的应答。这段话是在试图抓住歌手在一个特殊的时间与地点从空气之中摸出来的东西，试图抓住歌手与其他乐手在那时放回空气之中的东西。

　　他们从空气中摸出来的显然是幽灵。人们倾听地下室录音已经有 30 年了，30 年来，他们一直是在倾听一伙幽灵的闲谈，有时候甚至是一伙幽灵的小题大做。他们的存在是无法否认的；对于大多数人来说，他们的存在是抽象的，至多只是一些来自异国的鬼怪，到这里来做一次含糊不明的旅行。

奇异的老美国

当然，这些幽灵并不是抽象的。它们是本土的儿女，是一个社区。它们还曾经在一个地方集会——那就是《美国民谣音乐选》（*Anthology of American Folk Music*），这张专辑由居无定所的 29 岁青年哈里·史密斯（Harry Smith）制作，1952 年由纽约的民谣之路唱片公司（Folkways Records）发行——它是一张精心制作，然而又含糊可疑的合法私录唱片，如一份全面的大纲一样，收录了那些由哥伦比亚、派拉蒙、布伦斯维克（Brunswick）和维克托（Victor）等至今活跃的唱片公司最初发行，然后又被长久地忘在一边的民谣歌曲。这张专辑实际上成了美国民谣复兴运动的基本文献。"这张专辑使我们得以同本来并不知道其存在的音乐家与文化沟通，"来自"新失落城市漫步者"（New Lost City Ramblers）的约翰·科恩（John Cohen）在 1995 年纪念史密斯逝世四周年的机会上回忆道，"新失落城市漫步者"成立于 1958 年，是一支记录老歌的乐队，由吉他、小提琴与班卓琴组成。《美国民谣音乐选》向科恩，乃至千百人介绍了那些二十世纪二三十年代的艺术家们。科恩说："那些人对我们来说就像神秘的神祇。"1991 年歌手戴夫·范·容克（Dave Van Ronk）这样描写 50 年代中期格林尼治的民谣小圈子："《民谣音乐选》就是我们的《圣经》，"他说，"我们熟悉每首歌中的每个字句，甚至讨厌的歌也不例外。据说在 19 世纪的英国议会里，如果有人用拉丁语引用一位古典作家的话，全议会的人都会站起身来和他一起把这段话背完。我们对《民谣音乐选》的感觉也差不多。"1959 年到 1960 年间，在丁基镇的明尼苏达大学，《美国民谣音乐选》对于迪伦来说，正是通向陌生国度的第一张地图，那个国度当时在他心里还只是一种预感。

专辑第一首歌名叫《亨利·李》（Henry Lee），1993 年，迪伦曾经把这首歌改名《亲爱的李》（Love Lee），作为专辑《世界乱套了》的第一首歌；最后一首歌是亨利·托马斯（Henry Thomas）的《钓鱼布鲁斯》（Fishing Blues）——迪伦也曾经于 1970 年在纽约的录音室里随便唱过这首歌。如今，史密斯的民谣音乐选也成为地下室音乐的重要背景。从更深的层次来看，《民谣音乐选》是地下室录音的另一个版本，地下室录音像是比《民谣音乐选》更加蹒跚老迈的版本，而《民谣音乐选》本身也是如此模糊不清。"在基本的音乐中地球与水域的比例是四比三，正如地球上有四分之四的寒冷和四分之三的水，"这是《民谣音乐选》中"来自不同作者的引语，可能对编辑准备内页注释有所帮助"，这样的引语一共有四句；哈里·史密斯，这位编辑、编纂者、内页文字撰写者选定的这句话来自罗伯特·弗拉德（Robert Fludd），他是17世纪伦敦医学院的成员、泛神论者、詹姆士王本《圣经》的翻译者之一、瑞士医师和炼金术士帕拉塞尔斯（Paracelsus）的信徒。而另一句更现代的引言，稍作改动，至少也可以同样视为了解《民谣音乐选》的入口。

诗人肯尼斯·雷克思罗斯（Kenneth Rexroth）[①] 曾经试图用一句话来描述他心目中卡尔·桑德堡（Carl Sandburg）[②] 作品中的那个世界——桑德堡，这位有着银白直发，生着一张洁净面容的老人不仅创作诗歌和民谣歌曲，还有若干与林肯有关的书籍，1964年迪伦曾去他家拜访，寻找赐福抑或遗产。最后雷克思罗斯想出了那句话："自由的老美国"。

---

① 美国诗人，翻译家，有"垮掉派之父"之称。——译注
② 继惠特曼之后的伟大美国人民诗人。——译注

当我第一次读到这句话的时候，简直感到有些晕眩。"自由的老美国"——这个概念，这些字眼看上去简直是太自然了，它被记录在对美国民主无限的理想主义不可避免的背叛之中。我没有从这句话里听出什么反讽的含义。但当我无助地赞同它的时候，同时也感到退缩，因为这句话实际上是把美国人从他们自身的历史中驱逐出去了。

　　这句话会使美国人感觉无需去反思自己与理想主义之间的距离——就是清教徒进入荒野，或拓荒者希望做出改变、渴望创造新世界时怀有的那种乌托邦主义——这种理想主义就这样在美国人中一代代地继承下来了。人们把过去的美国定义为"自由"，"真实"的美国，于是这些字眼正好为那些曾经听说过它们又背叛了它们的美国人提供了借口。"自由的老美国"，这句话之中有一种诱人的，甚至是令人无法抗拒的吸引力——至少对我来说是这样的——我几乎也要借用这句话来描述《美国民谣音乐选》为人们敞开的那个世界了，但是我只是借用了这句话的韵律；当我把史密斯的合集和地下室录音带放在一起听的时候，这句话就在我的头脑里反复打转。在这些音乐里，人们听到的是"奇异的老美国"——这不是雷克思罗斯对读者的责难，而是史密斯的听众们可能会乐于继承，并且误打误撞得到的遗产。

史密斯所塑造的美国有这样一个轮廓，可以在一本名叫《美国研究》（*American Studies*）的书中找到。这本书并不是教科书，而是小说家马克·莫里斯（Mark Merlis）1994 年出版的第一部小说。这部小说中的第一人称讲述者是一个名叫"里夫"的 62 岁老人；故事中他被一个路遇的男孩打得半死，正躺在医院的病床上。他回忆起自己曾经师从一位名叫汤姆·斯雷塔的英文教授。很明显，这位"斯雷塔"的事情是根据哈佛大学的著名学者 F. O. 马西森（F. O. Matthiessen）的事迹改编的。1941 年，马西森曾经出版过一本著作，名叫《美国的文艺复兴：爱默森与惠特曼时代的艺术和表现形式》，此外马西森还是个麻烦不断的斯大林主义者和秘密的同性恋。在 40 年代末的红色恐慌之中，马西森受到了很多恐吓；1950 年，他自杀身亡。在哈佛英语系里，关于谁应当为他的死亡负责的争论持续了好多年。

小说中的"里夫"回忆着过去，他回忆过去经历之中的所有虚荣——左翼，大学，那位行事诡秘、孑然一身的教授的名著（书中这本名著叫做《不可征服的城市》），还有教授在年轻的黄金时代举办的沙龙。但不管往事有多么遥远易逝或错误百出，那位早已死去的教授所描绘的乌托邦景象却深深植根在里夫心田，无法抹去。里夫的思绪如梦幻般地在现代与 17 世纪之间回荡,他回忆起了一切:汤姆·斯雷塔教授被大学赶出去时的情形。"他坐在客厅里,发现自己几个星期以来什么也没有读,什么也没有写,"里夫在心中描绘当时的情景,"他再也不能教书了。30 个简朴贞洁的年头以来,他所为之倾注热情的事业如今已经永远离开了他。"

所有的研讨会,他主持的那些著名的研讨会,那是只有他才有胆气率先称之为"美国研究"的研讨会啊——如今所谓的美国研究就是给《吉利根岛》电视剧写篇论文罢了。但这并不是汤姆的本意。他并不是要研究美国:她的全部家当以及她那些愚蠢的复杂性。对于他来说,那么多年以来,只有大约 300 个美国人存在着。他们居住在一个小村子里——剑桥也好康科德也好曼哈顿也好,清教徒与超验主义者们互道早安,沃尔特·惠特曼向窗内窥视。那就是汤姆头脑中的佩顿镇(Peyton Place)[①],很小很小,小到任何小径与丑闻他都了如指掌。我不知道汤姆有生之年里口中是

① 来自美国女作家 Grace Metalious 的同名畅销小说(1956 年),是一个与世隔绝,表面平静,实际充满罪恶的小镇,一译《冷暖人间》,另有同名电视剧。——译注

否曾经说出过除了新英格兰之外的地名，比如"爱达荷"、"犹他州"之类的，可能在极其特殊的情况下才会吧。

　　他建立起了自己的小小国度。在"二战"乃至战后的那几年里，"美国"是汤姆那个总是太热的研讨室里所讨论的课题。每个星期，都有人会带着偶发的奇想或是阅读心得来到这里，其目的都是为了能够名垂青史。正如杰佛逊认为建设这片大陆需要一千年的时间，而我们觉得在这片由19世纪信件的原始丛林里开辟小径需要耗费毕生乃至永恒的时间。现在一切都结束了，从马萨诸塞湾岛到卡拉韦拉斯县，全都化为乌有。但在那些日子里，甚至是在我最兴奋的时候，我也没有真正读完所有的材料，我待在那里，只是因为汤姆向我展示出一种生活。和汤姆，以及他那些真正的学生们在一起的时候，我甚至感觉自己像是一个征服者，在这个想象出来的美国里界定自己的土地，这个美国正是在这个小小的房间里被缔造出来的，那个屋子可真小，真热啊，常常弄得我的眼镜片雾蒙蒙的。

　　他们当着汤姆的面把研讨室的门关上，或许这是真正的放逐，他被永远逐出了那片国土，他不仅是那个国家的公民，也是为它赋予生命，为它命名的人。

想象中的家园与现实中的放逐：这或许为哈里·史密斯的《美国民谣音乐选》中想象的那个美国绘出了边界。《民谣音乐选》于 1952 年推出并不是偶然的——1952 年，正是麦卡锡主义的政治迫害达到顶峰的时候，马克·莫里斯小说中影射的马西森一事也刚刚过去两年。那时史密斯的生命已经快要走到尽头，他在科罗拉多州波尔达的纳洛帕学院充当萨满，那年国庆节，他录下了自己遇到的所有声音，从讲演到焰火到蟋蟀的叫声，这绝不是一种反讽。1952 年，美国在同朝鲜作战，国内则已基本复苏，是世界最大的力量与全世界妒忌的对象，一切似乎都已完成和结束。史密斯也正是在那时建立起了自己的国度，像汤姆·斯雷塔教授的村庄一样，这个国家里也有着形形色色的居民，在这里，20 世纪的人们可以同 200 年前的古人轻松地交谈。

这就是史密斯的《民谣音乐选》。它包括六张 LP 专辑，被放在三个带合页的双唱片封套里面，一共收录了 84 首歌曲，这个精心的设计（很快为普通的盒子取代）表明，它与其说是录音音乐工业程序的产物，倒不如说是一种隐秘的敬意，对那些甚至可以追溯到"一战"时期，名字可想而知已经佚亡，无从考证的作者们的敬意。每个封套都有同样的艺术设计，颜色分别是蓝色（代表天空）、红色（代表火焰）和绿色（代表水）——这是来自罗伯特·弗拉德的神秘主义理论，史密斯使用了西奥多·德布里（Theodore DeBry）[1] 的版画作为图案，他给这张画起名为《天空的单弦琴》。单弦琴的历史至少可以追溯到公元前400 年，据说是由毕达哥拉斯发明的，它是一种变化无常的乐器，一个简单的琴体上面带着一根琴弦，和美国南方黑人使用的单弦乐器几乎没什么两样——那是一根贴着墙的琴弦，从天花板直挂到地面。直到 19 世纪末期，单弦琴多用来定调和计时；而在 500 年前，"单弦琴"这个词进入英语时有"和谐"、"一致"的含义，中世纪诗人约翰·林格特（John Lyngate）在 1420 年的诗歌《理性与肉欲》中曾经提到过[2]。

在《民谣音乐选》的封面上，这支单弦琴正被上帝的手调音。它把造物分为平衡的能量领域，分为不同基础，蚀刻印刷在细丝图案与模糊的拉丁文注释之上，印着专辑和歌手们的名字，这些布鲁斯歌手、山地歌手与福音歌手的名字首次被史密斯放在一起。他们彼此之间仿佛有了某

---

[1] 1528—1598，佛兰德版画家，印刷家。——译注
[2]《牛津英语词典》中还有一句引语，史密斯肯定知道（"我什么都学。"他曾经对一个记者大叫），这是来自约翰·布尔沃（John Bulwer）1644 年的《手语，或手的自然语言……加上向何处，手语；或手的修辞》："他们通过时机与音调，狡黠地操纵着那只手。我有时会把它称之为史密斯菲尔德的马夫手势，经过一番比较，我觉得它和比林斯盖特的渔夫手势，就是那种好像在弹单弦琴的动作很不一样。"——原注

种联系，仿佛毕达哥拉斯、罗伯特·弗拉德，还有诸如吉尔森·塞塔斯（Jilson Setters）、"流浪"托马斯（Ramblin' Thomas）、"亚拉巴马神圣竖琴歌手"（Alabama Sacred Harp Singers）、查理·普尔（Charlie Poole）以及"北卡罗来纳流浪者"（the North Carolina Ramblers）这些民谣歌手以及史密斯本人都在呼唤同样的神明。①

史密斯随专辑发行了一本 28 页的小册子，也和封面一样不可思议。视觉上，它使用非常古怪的版式：用沉重、黑色、巨大的数字为这 84 首歌编号，仿佛它们的位置比内容更加重要，仿佛史密斯借此对每首歌都施加了影响，而这种影响之上又潜藏着什么宏大的体系。小册子里收录了艺术化的唱片封套图案，打出"古老时代的音乐"作为广告（20 世纪 20 年代录制的音乐已经很古老了，几乎在消失边缘，现在它们又能被买卖，被听到了）。书中还有从 20 世纪初乐器购买目录里拿来的版画，以及表演者们模糊不清的照片。1952 年，距离提琴手艾克·邓福德（Eck

---

① 20 世纪 60 年代初期，《唱出来！》（*Sing Out!*）杂志的欧文·西尔博（Irwin Silber）接管了民谣之路唱片公司的市场部，把史密斯选择的设计撤下，换上了一张本·沙恩农场保安公司的照片，画面上是一个挨着饿又被打倒的农民，有效地把史密斯的炼金术寓言变成了大萧条时代的抗议艺术。在当时民谣音乐和抗议密不可分的时代背景下，特别是考虑到民权运动，以及对阿巴拉契亚山区的贫困落后的普遍耻辱感，乃至贫穷被视为高贵，穷人本身便被视为艺术宣言的观念，这个封面在商业上是不错的一着。

Dunford)、布鲁斯吉他手法里·刘易斯（Furry Lewis）、"艾克·罗伯逊家庭弦乐团"（Eck Robertson and Family string band）、布鲁斯歌手盲眼"柠檬"·杰弗逊（Blind Lemon Jefferson）以及"加农炮陶罐爵士舞者"（Cannon's Jug Stompers）活跃的时代只有大约 20 到 25 年，但中间经历了大萧条与"二战"的劫难，这个国家的叙事也从未把他们这种人纳入进去。如今，他们又出现在这个国家里，仿佛是来自另一个世界的旁观者，仿佛轮船上的旅客，在一片不见文字记载的海洋中漂流。"哈里·史密斯音乐选中的那些家伙们俨然都已经死去了，"剑桥的民谣歌手埃里克·冯·施密特和吉姆·鲁尼于 1979 年撰文回忆 60 年代初的情况，其实当时大多数人还活着，"他们**肯定是死了**。"

史密斯为歌曲添加的脚注仿佛是庄严的玩笑。每首歌的演出者、词曲作者、厂牌、发行日期等信息都准确无误；关于歌曲来源和传播的评论非常清晰理性；然而，所有歌曲、歌谣、赞美诗与布道歌曲都有了一个简报或是报纸标题一样的简介，特别是后者，既有"特大新闻"式的惊呼（"约翰·哈迪因枪战被捕不许保释……妻子被送上绞架"），也有充满人情味的风趣补白（"生物学上的跨种族联姻通过老鼠与青蛙的婚礼实现，得到亲人批准"，这是为某个版本的《青蛙献殷勤》写的评语）。1995 年，约翰·

科恩写道：

> 专辑里，《屠夫男孩》（The Butcher's Boy）的评语是这样写的："父亲找到女儿的尸体，上面放着字条，铁路上的男孩虐待了她。"还有另外一首歌的评语写着："妻子和母亲跟随木匠去了海上，船沉时便为婴儿哀悼。""俗艳的女人引诱着孩子离开玩伴并刺伤了他，受害者对父母陈述。"
>
> 现在，我觉得这很棒——听上去非常有力、疯狂，而且滑稽——但如果你看过那些严肃的民俗研究学者写的东西，他们的书里说，这些是《柴尔德民谣》，是浩瀚的篇章，它们是从中世纪的古代英国遗留下来的，它们是伟大的传统歌谣，关于它们有很多很多大部头的学术著作，而亨利用一句话就概括了一首歌的含义——真是令人不安。

这一整套奇异的包装使得熟悉的东西变成陌生的，使未知的东西变成被遗忘的，使被遗忘的东西变成集体记忆，撩拨着个体听者的心灵。艺术家布鲁斯·科纳尔（Bruce Conner）曾于 50 年代初在维奇塔公共图书馆见过这套《民谣音乐选》，他回忆："那是与另一种文化的相遇，或是另一种世界观，这可能是一种神秘的、未知的、不熟悉的世界观，隐藏在歌词、旋律与和声背后——这些音乐仿佛是在亚马孙或者非洲之类的地方录下来的，但其实不是，它们就是美国的歌曲！它们不为人知，但它们就在那里，就在堪萨斯州之类的地方，这确实太迷人了。我敢肯定，除了维奇塔的思维控制之外，**在这个国家里肯定还发生着另外一些事情。**"

《美国民谣音乐选》是一份记载着来自遥远过去建议的文献，同时它也是一条诱人的弯道，在 50 年代里避开那种所谓的"美国精神"。这里的"美国精神"意味着消费社会、电视广告，警惕对这样的社会造成威胁的一切敌人，以及一种从来不像决心的决心；正如诺曼·梅勒（Norman Mailer）① 对当时公众精神状态的描述：对"立刻死于核战争"的恐惧与对"由顺从导致的慢性死亡，所有创造本能都被扼杀"的恐惧同时并存着，在 50 年代，这种话许多人都能说得出，虽然这话没有错，但却是陈词滥调。而《民谣音乐选》是神秘的，它坚持反对一切确凿无疑的东西，美国本身就是神秘的。

但这神秘的《民谣音乐选》却被掩饰在教科书般的外

---

① 当代美国著名作家。——译注

表之下；这是一份神秘学文献，却被包装成关于过时音乐内部风格变迁的学术论文的样子。这是哈里·史密斯的方式。他是一个自学成材的博学者、毒品瘾君子与酒徒、传奇的试验电影制作人与更加传奇的寄生者，并以说谎成性而臭名昭著。他喜欢吹牛说自己杀过人："每隔三四个月，" 1972 年，他说，"我就会想起自己以前杀过的人，我会想，如果他们没有死，又会过得怎么样呢？"他是个骗子，罗伯特·弗兰克管他叫"魔术师"，布鲁斯·科纳尔 1956 年在纽约遇到史密斯，当时两人都在利昂内尔·齐普林 (Lionel Ziprin) 的前卫风格贺卡公司"墨草工作室"工作，科纳尔是个喜欢怀疑的人（他说史密斯有一次曾经试图谋杀自己），但是齐普林却不然。"'你知道，'利昂内尔总会这样说，"科纳尔回忆道，"'你说不清哈里·史密斯有多大年纪，可能有 30 岁，也可能已经有 60 岁了。'"有时候齐普林觉得史密斯是一个来自 19 世纪的神话：不是一种转世或复生，而是他本人戴着面具，根本就是长生不老、永生不朽的。

事实上，史密斯于 1923 年生于俄勒冈的波特兰，在西雅图一带长大成人，1991 年于纽约逝世，在纽约，人们把他叫做"切尔西旅馆的帕拉塞尔苏斯 (Paracelsus)①"，临

---

① 欧洲文艺复兴时期著名炼金术士。——译注

终之前，有许多热爱他的人围绕在身边，在追思会上，利昂内尔·齐普林告诉科纳尔说，史密斯的拥趸们把史密斯的骨灰掺在酒里吞下去了。"他们对哈里干了些什么啊，这些家伙简直是吃人族！"齐普林当时说。"看啊，哈里死了，"科纳尔说，"你更应该看看哈里对他们做了什么——他现在仍然在他们的房间里，在他们的身体里。"对于一个从小就相信灵魂可以转移的人，一个年纪轻轻就浸淫在古旧录音之中，以此实践灵魂转移的人来说，这也不失为一个适宜的结局了。

　　史密斯的父母都是神智学学者（Theosophist），当他还小的时候，博拉瓦斯基夫人（Madame Blavatsky），安妮·贝赞特（Annie Besant）①——史密斯曾经说"她已经成了基督与达·芬奇那种人，"——以及李德比特主教（Bishop Leadbeater）② 这些人不管是生是死，仿佛都是他家的老友一般。史密斯的曾祖父约翰·柯森·史密斯（John Corson Smith）是 19 世纪的神秘主义学者，史密斯说曾祖父在南北战争期间曾经担任后来的美国总统尤利西斯·S.格兰特（Ulysses S. Grant）的助手，后来格兰特担

---

① 英国著名社会和宗教改革主义者，曾将印度哲学宗教介绍到西方。——译注
② 英国牧师，神秘主义学者。——译注

任伊利诺伊州州长期间也一直辅佐他。老史密斯曾经参与重建"圣殿骑士团",这是一个中世纪传下来的圣战者与僧团组织,据说他们拥有亚瑟王圣杯、犹太人的约柜,以及其他神秘的东西。史密斯的祖父是一位共济会领袖。"我曾经在家里的阁楼上发现过一些共济会光照派的文件,上面画着长眼睛的手,还有很多共济会的东西,都属于我祖父,"1965 年,史密斯说,"父亲说我不应当偷看这些东西,然后就把它们付之一炬。"但是,史密斯又说,在自己 12 岁生日那天,父亲带他去了一家铁匠铺,声称自己能把铅块化成黄金。"他让我把所有事物都动手建成模型,像贝尔电话啦,最早的电灯泡啦,让我体验各种历史上的实验。"史密斯说,而《美国民谣音乐选》正是他所做的最完整的历史实验。

史密斯成长的环境的确是一片混乱的花园。他回忆,自己母亲那边的家庭在 19 世纪 80 年代离开了艾奥瓦的苏城,"因为他们觉得那里被工业革命严重地污染了";他的外祖母在阿拉斯加兴建了一所学校,"是由俄国的女沙皇资助的",所以他的母亲有时候会声称自己是罗曼诺夫王朝失落的安娜斯塔西娅公主。他的父亲曾经是个牛仔,后来又在华盛顿州的鲑鱼渔场工作——但是,史密斯经常说,他的父亲其实是著名的英国撒旦主义者阿莱斯特·克劳利

（Aleister Crowley），他的格言是："做你自己想做的，这就是全部法则。"这也是史密斯《民谣音乐选》的箴言之一。克劳利也是"圣殿骑士团"的重建者，他的派别名叫东方神殿教（Ordo Templis Orientis）——1985年，史密斯在不知情的情况下被这个教派封为主教。据史密斯自己说，从1918年开始，史密斯的母亲曾经和克劳利有了长期恋爱关系，当时她在普吉特海湾看到他"裸体跑过沙滩"。"尽管我母亲认为自己是俄国的公主，我们还是被当作社会地位低下的家庭，"史密斯说，"我们住在铁路附近。"

史密斯患有软骨病，所以有些矮小、驼背。"我被自己对自己的愤怒困扰着，是因为自己在一大群时尚的人当中显得褴褛邋遢，"当他临近生命终点时曾经这样说道。虽然他外表看上去像个无家可归的人，但他的言谈非常富于哲学色彩。所谓"时尚的人"指的是他父母的朋友们，那群"爱默生超验主义哲学的信仰者们……他们专程到康科德去学习"，但是，他的家庭却"对自己家的落于人后感到骄傲。你知道，就算他们有詹姆斯·韦特孔·莱利（James Whitcomb Riley）① 可听，他们还是会更喜欢乔叟的。"

学龄时期的史密斯就这样深陷在父母的信仰、幻想、

----

① 1849—1916，美国诗人，以使用方言写作诗歌和创作儿童诗歌著称，19世纪80年代经常做诗歌朗诵的巡回表演。——译注

贫穷与对显赫身世的幻觉的种种漩涡之中，就在这个时候，他发现了当地的印第安部落——当时他们住在西雅图附近的南伯明翰。于是史密斯开始研究起奴特卡、瓜基乌图、拉米等印第安部族的仪式、音乐和语言。1941 年，他的照片出现在 1941 年的一期《美国人杂志》（*The American Magazine*）上——他那时十几岁，戴着眼镜，穿着彭德尔顿牌衬衫，带着安静的沉思表情坐在一群用羽毛和号角装饰起来的拉米族印第安人前面——"在拉米族人一年一度的冬节上录下鼓声与合唱……同美国原始形式的印第安舞蹈近距离接触"，"他希望能跟随华盛顿大学的教授们学习人类学，"这篇题为《印第安人》的文章最后总结道，"而教授们也在希望能从他这里学到东西。"

两年后，史密斯人生的转折点来到了，他丢下学校里的研究，到旧金山去旅行。在伯克利，他加入了当地的波希米亚圈子。当时他正在制作抽象的手绘动画电影，并且结识了许多艺术家、诗人、共产主义者、民谣歌手和民俗学研究者。1994 年出版的《乌托邦与异议：加利福尼亚的艺术，诗歌与政治》（*Utopia and Dissent: Art，Poetry and Politics in California*）描述了那个时代与当时的氛围，作者理查德·坎迪达·史密斯（Richard Candida Smith）的这段话可以用来描述笼罩在史密斯的《民谣音乐选》上的光环。

西海岸的先锋艺术在理解艺术，以及个体与更强大的力量之间的关系时，更倾向于宇宙哲学—神智学理论，而不是从社会学—心理学角度去理解。这神圣的东西不需要发展为人格化的神祇，超越了世俗的价值……"史实"是分等级的，而"传统"则是自由的，因为它源于个人对贮藏下来的过去所产生的自愿反应。

　　我喜欢这个词"贮藏下来的过去"。我喜欢坎迪达·史密斯对这种反应的描述。哈里·史密斯可能也会喜欢。他的《民谣音乐选》不仅由那些78转唱片构成，也包含了他备受幽魂困扰的童年记忆。编辑《民谣音乐选》的工作应该是从1940年左右开始的，当时史密斯买了一张密西西比的布鲁斯乐手汤米·麦卡莱纳（Tommy McClennan）的唱片。"（那张唱片）好像是因为一个错误才出现在那个镇子上的，"1968年，史密斯在纽约对约翰·科恩谈起自己曾经居住过的南伯明翰，"它听上去很奇怪，所以我就开始寻找更多类似的东西。"后来他在西雅图救世军商店里听到了大卫·马肯叔叔（Uncle Dave Macon）的《狐狸与猎狗》（Fox and Hounds）："我无法想象这究竟是什么东西。"而卡尔·桑德堡的《美国歌谣口袋》（*American Songbag*）使他开始对柴尔德民谣感兴趣，这套民谣是以哈佛大学英语系教授柴尔德的名字命名，并由他整理而闻名的，他的《1882—1896年英格兰与苏格兰流行民谣》之中收集的歌曲，在20年代的南阿巴拉契亚山民中得到了传承和保存，比在英伦三岛的保存情况更加完整。还有其他一些书籍和材料吸引着史密斯去研究南方小提琴音乐，路易斯安那法国后裔的忧郁小调与牛仔们的低吟。战争对史密斯来说是一种恩惠：为了给军需品腾出地方，仓库都在进行清理，大量被人遗忘的二三十年代唱片都以接近白送的价格被贱卖出去。史密斯得到了许多老唱片——有福音、布鲁斯、客厅音乐（parlor tune）——很多客厅音乐是由"卡特家族"演唱的，这是一支广受喜爱的三人乐队，来自西南弗吉尼亚州的克林奇山麓；不久后，在加利福尼亚的淘金潮乡村，在卡拉瓦洛斯郡的拖车营地里，他竟然找到了"卡特家族"的自动竖琴乐手莎拉·卡特（Sara Carter）本人。尽管她当时已在全心享受退休生涯，把一切音乐都拒之门外，卡特还是给这位年轻的收集整理者讲了不少传奇故事，比如吉米·罗杰斯（Jimmie Rodgers）[1]，他是真假声互换布鲁斯的高手，他和"卡特家族"一样，也是从1927年开始录音，他第一次录音是在布里斯托尔，由来自田纳西和

---

[1] 美国著名白人乡村歌手。——译注

弗吉尼亚的乐手阵容伴奏，那次录音颇具预见性。卡特给史密斯讲了罗杰斯还是铁路维修工时候的故事："吉米·罗杰斯走到哪里都带着大麻种子，把它们从火车后面撒下去，这样别人就能知道他到了什么地方。""我在寻找奇异的音乐，"史密斯告诉约翰·科恩，"一种与世界文化中的高级音乐之间的奇异联系。"

史密斯就这样苦苦寻找爵士时代（Jazz Age）① 初露端倪的商业化微光之下录制的那些山地经典歌曲与原始布鲁斯。他发现自己仿佛回到了童年时代。他可能听到了人们在奇异的音乐中都能听到的东西：那就是来自另一个人生的呼唤。他可能曾经想象过，凭着这些古老的唱片，回到自己人生的早期，回到生命的开始，把自己的人生重活、重写一遍。这还仅仅是第一步；在这个过程中，这个国家的历史，这个国家自己讲述的故事也变得脆弱起来。史密斯在从民间语言变迁这个复杂的谜匣中寻觅旋律和语言的同时，也在了解着古老风格的轮廓，他发现自己突然回到了 19 世纪，甚至是更遥远的年代与世纪，无数幽灵恋人与一桩桩黑森林谋杀罪案取代了伟大的人格与国家大事。

这是一种追寻，而且不仅是一次个人的追寻。"我感觉

---

① 指美国 20 世纪 20 年代。——译注

它可能会引发社会变化。"1968 年，史密斯这样谈到自己的《民谣音乐选》；他是指激发一种社会神秘层面上的本能回应。在那草木皆兵而又洋洋自得的战后僵冷时期，《民谣音乐选》希望能够把那些对它做出回应的人筛选出来，把那些能听到自己内心呼声的人筛选出来。"言说的时候带着一些狡黠，"苏珊·巴克-莫斯（Susan Buck-Morss）[1] 曾经这样评价沃尔特·本雅明（Walter Benjamin）[2] 在《拱廊计划》（*Passagen-Werk*）一书中的抱负——《拱廊计划》是本雅明对巴黎拱廊未完成的研究，巴克-莫斯的评价也可以适用于史密斯已完成的《民谣音乐选》，"它可以承担双重使命：首先，它通过表明自己是由历史悠久、行将没落的事物构成，从而消解现存物体上的神秘力量"；"同时，它也表明无论历史还是现代性在孩子的眼中都是古老的，从而消解'历史在不断进步'（或者"现代的事物是崭新的"）这一迷思。"而哈里·史密斯从来都不乏狡黠。

史密斯对"美国民谣音乐"的定义不会让任何人感到满意。他无视田野作业的现场录音，图书馆与国会中堆积如山的档案，学者们的首肯或博物馆的认可。他希望音乐是真正激起人们反响的东西，是商店里出售的唱片，哪怕

---

① 美国当代政治哲学、文艺理论学者。——译注
② 德国犹太当代著名哲学家，艺术评论家。——译注

只有几个人认为值得掏钱买下也好。尽管史密斯指出，民谣歌曲被录制为商业唱片的历史最早可以追溯到19世纪80年代，布鲁斯与山地民谣的市场真正成型则是在20世纪20年代，但他还是严格限制自己，只收录常见的，于1927年到1935年被专业录音的传统音乐与边缘美国文化，"1927年，电子录音技术发展到可以精确地复制音乐。而到了1932年，大萧条又极大地阻碍了民谣音乐的销售"。[1] 这段时期形成了一个高峰期，北方的唱片公司们突然意识到，铁路线的建设与广播电台在大众中的普及可以在南方打开一个教堂音乐、舞蹈音乐、区域特色布鲁斯、寓言歌曲的

---

[1] 1933年，唱片销量迅猛下降到1929年的7%，当时的南方农村货币经济尚未巩固，马上又要消亡。到了30年代中期，唱片销量开始回升，部分是因为78转唱片的引入，售价只有25美分的缘故。在本土音乐领域，职业乐手取代了巡回演出或社区的业余音乐家们进行录音。古老的传统素材被从录音界驱逐出去；普通的、表现手法有限的班卓琴几乎彻底被吉他所取代，吉他需要更高的艺术鉴赏力，那段时期的竞争环境也需要更多吉他手。史密斯筹划着为《民谣音乐选》录制第四张专辑，封面是棕色的，象征着大地，主要是根据对1932年大萧条时期之后素材的"内容解析"。"我对音乐的真正兴趣在于勾勒其中究竟发生了什么，"史密斯对约翰·科恩说。他注意到，19世纪80年代"维多利亚歌谣"的录音里充满了"快冻死的孩子……录音中的很多歌曲都唱的是一场暴风雪，有个可怜的孩子在码头贩卖报纸，赚钱给父亲买药，这个父亲得了霍乱之类的疾病，奄奄一息地躺在家中"，他也同样迷恋罗斯福时代歌曲中充斥的类似情形，大量歌曲的标题中都有"食物"这个字眼，他还留心"'铁路'这个词在大萧条时期和战争时期的歌曲中各自出现了多少次"。这套专辑直到2000年才重新出版，因为史密斯一直未能完成添加注释的工作（见后文唱片目录）。——原注

听众群，这些音乐是代代相传下来的，而这个听众群是自我界定的，是容易接近的；从商业角度来说，这个时代仿佛向无穷尽的过去敞开了一扇窗口。从历史角度而言，这个时代亦成为抓住古老仪式的经济时机，而史密斯所追寻的，正是这仪式上袅袅燃烧的焚香。

史密斯衣冠楚楚，如同一个卖弄学问的老师，他为自己精挑细选的老唱片亲手写下复杂的、充满相互指涉的唱片目录和参考书目；细心地指出那些讲故事的歌曲分别来自哪些历史事件（有些是神话传说中的历史事件），为人声、器乐、调音法等方面的历史沿革作出注解。他把自己精心选出的84首歌曲分成三类，成为三套双张唱片："歌谣"（Ballads），"社会音乐"（Social Music）和"歌曲"（Songs）。在史密斯所限定的五年时间（1927—1932）范围之内，他为歌曲排序的时候并不关心年代顺序；在那些辛勤写成的注释中，他也没有特别写明表演者的种族肤色，决意把关注这些问题的听众弄糊涂。"过了很多年以后，"1968年，史密斯高兴地说，"人们才发现'密西西比'约翰·亨特其实不是山里人。"

然而史密斯却小心地组织唱片中的内部叙事和连贯性。他把同谋杀有关的歌曲和自杀的歌曲混合在一起。又或是让后面的一首歌能与前面一首歌中的某一句歌词或旋律相互呼应——这样重复出现的歌词的暗示力量就能得到加强，双重的旋律也强化了歌手在舞台上的姿态。他就这样把一首歌同一首歌联系起来，最终把所有歌曲都联结在一条线索上。

史密斯凭借这样的安排构建了一个世界，或者说一个小镇——"史密斯村"。在这个镇上有克莱伦斯·阿什利的《家庭木匠》（The House Carpenter），这首歌还有另一个名字——《魔鬼恋人》（The Demon Lover），这首歌以俗世的欲望开始，以上天的惩罚告终，和 J. M. 盖茨牧师大人的布道《必将重生》（Must Be Born Again）一样充满了宗教式的敬畏色彩。这个镇上还有巴斯肯·拉玛·兰斯福特的《我希望自己是地下的鼹鼠》（I Wish I Was a Mole in the Ground），这首歌描写的不是这个世界上的家园，超越尘世的色彩更加浓郁，甚至超过了"孟菲斯神圣歌手"（Memphis Sanctified Singers）的《他为你带来更好的事情》（He Got Better Things for You）。

史密斯以"正义迪克"（Dick Justice）的《亨利·李》作为唱片第一辑《歌谣》的开始曲，这个故事讲述了一个骑士被他所遗弃的爱人谋害，一只会说话的鸟儿目睹了全程（"这不是一个好的录音，"1968 年，史密斯带着数字命理学家的自信说，"但是它必须放在第一首，因为它是〔这一辑唱片中〕编号最低的柴尔德童谣。"）在这首歌后面，他放上了愈来愈怪异的爱情故事，它们通常是超自然的，来自英格兰与苏格兰。自 18 世纪末期以来，这些歌在美国山区歌曲里和布鲁斯中的"第二思想"（second mind）主题是一样的：即关于谋杀与自杀的故事，在这些故事之中，爱情是一种疾病，而死亡则是它的解药。这种气氛在史密斯的小镇上笼罩着，愈来愈浓郁，之后他转向更散文化、更有本土色彩的谋杀。失明的小提琴手 G. B. 格里森（G. B. Grayson）的表叔祖曾在 1866 年逮捕了汤姆·杜拉，他本人既是歌手也是乐手，他的声音同自己所讲述的故事一样沧桑，歌曲讲述了这样的一个故事：1807 年，在北卡罗来纳的深河，一个名叫内奥米·怀斯的孕妇被她的情人活活溺死，这个情人畏罪潜逃，在西部销声匿迹①。时代感在这首歌中消失了，仿佛这不是一桩由古代的目击者讲述的古老故事；而是故事本身使得这个目击者变得苍老。歌中的行为完全出于当事者本人的意志，而歌曲的表演则完全是宿命的，《歌谣》部分其余的歌曲也都是这样。科尔·扬格（Cole Younger）1876 年跟随犯罪团伙"詹姆斯帮"

---

① 此指《民谣音乐选》中的"Ommie Wise"一曲。——译注

　　　　　　　　　　　地下鲍勃·迪伦与老美国

（James Gang），在明尼苏达州诺斯菲尔德市抢银行的事迹①；1881年詹姆斯·加菲尔德总统（James Garfield）被流浪传道者、骗子、有可能成为比利时大使的查尔斯·吉托（Charles Guiteau）所谋杀的故事②；20年后，威廉姆·麦金利总统（William McKinley）被无政府主义者里昂·切奥格兹（Leon Czolgosz）所谋杀的故事③。然后是1894年西弗吉尼亚州一个煤矿工人因为在掷骰子赌博中杀人被处绞刑的故事④；1895年"猛汉老李"杀死比利·里昂的故事⑤。四年后，在同一个地区，弗兰基射杀了她的情人阿尔伯特⑥。

谋杀之后紧随着就是灾难。手工艺人被机器剥夺了工作。"技术发展带来制鞋工业领域18岁与4岁工人的失业"，史密斯为"卡罗来纳柏油脚跟"（Carolina Tar Heels）的歌

---

① 此指《民谣音乐选》中 Edward L. Crain 的 "Bandit Cole Younger" 一曲。——译注
② 此指《民谣音乐选》中 Kelly Harrell 的 "Charles Giteau" 一曲。——译注
③ 此指《民谣音乐选》中 Charlie Poole and the North Carolina Ramblers 的 "White House Blues" 一曲。——译注
④ 此指《民谣音乐选》中 The Carter Family 的 "John Hardy Was a Desperate Little Man" 一曲。——译注
⑤ 此指《民谣音乐选》中 Frank Hutchison 的 "Stackalee" 一曲。——译注
⑥ 此指《民谣音乐选》中 Mississippi John Hurt 的 "Frankie" 一曲。——译注

曲《钉子与钻头》（Peg and Awl）写下这样一个标题：这支乐队滑稽而又悲惨，好像一切都是他们自己的错，但他们不知道这是怎么一回事，他们简直就是"劳莱与哈代"（Laurel and Hardy）① 的音乐版。所以哪儿有工作，人们就走到哪儿，走遍整个美国，跨越了国境，从《加拿大人》（Canadee-i-o）到《墨西哥之山》，他们发现自己的鞋子也被骗走了。他们被困在美国的人间地狱阿肯色州——"挖沟人对就业中介千奇百怪的花招诡计大吃一惊"——史密斯写下这样的标题，这个挖沟人在歌曲中一再重复着自己的名字，因为他不知道除了自己的名字，他还拥有什么②。

　　然后铁锤落下来了。南北战争之后的几年里，约翰·亨利③死于同蒸汽钻头的工作竞赛。泰坦尼克号沉没④；火车发生事故——法里·刘易斯在长达 6 分钟的歌曲里，想象凯西·琼斯最后一次驾驶火车时的情形，仿佛这个故事是他妈妈给他讲的，只要他思索故事中的深意，

---

① 早期电影时代著名的一胖一瘦的喜剧演员组合。——译注
② 此指《民谣音乐选》中 Kelly Harrell 的 "My Name Is John Johanna" 一曲。——译注
③ John Henry，美国民谣中的传奇黑人铁路工人，同机器竞争获胜，不幸身亡，此指《民谣音乐选》中 The Williamson Brothers and Curry 的 "Gonna Die With My Hammer in My Hand" 一曲。——译注
④ 此指《民谣音乐选》中 William and Versey Smith 的 "When That Great Ship Went Down" 一曲。——译注

就能吸取所有教训①。农场纷纷倒闭——象鼻虫毁掉了棉花大王②。《歌谣》的最后一曲是《听听农场布鲁斯》（Got the Farmland Blues），这的确是一首农场的布鲁斯歌曲。"我在早上醒来，"克莱伦斯·阿什利在"卡罗来纳柏油脚跟"伴奏下唱道，"在一点到两点之间……"

尽管这些歌曲基本上追溯了一遍英国的寓言与美国的大事，绝大多数歌曲都与历史事件有关，但这些歌谣并不是历史的戏剧。它们把人们所熟知的战争与选举的历史融入了某种国家的梦境之中，这是欲望与惩罚、原罪与幸运、玩笑与恐怖的洪流——在梦里，这种种都难以区分。史密斯的歌谣所戏剧化的是行为、被动、遗憾、嘲讽、荒谬、恐惧、接纳、隔绝；想要把握那些迎面而来的力量，那些力量无人能够理解，更别说是去征服了。肯塔基班卓琴手布尔·卡齐在《屠夫男孩》一曲中仿佛变成了那个年轻的女子，读着自己的自杀遗书（"在我的棺材里要有一只雪白的鸽子/警示这世界我是因爱而死"），随着这声音渐渐消失，史密斯《民谣音乐选》的下两张唱片《社会音乐》开

---

① 此指《民谣音乐选》中 Furry Lewis 的"Kassie Jones"一曲。——译注
② 此指《民谣音乐选》中 Charlie Patton 的"Mississippi Boweavil Blues"一曲。——译注

始了，它如同一种缓解，一处充满简单快乐的地方，饱受困扰的忧患心灵在这里只会感受到那温柔的向往。

舞曲呼之欲出。小提琴演奏着华尔兹与幻想曲，旋转摇摆，用脚打着拍子。这里是畅饮与欢乐的场面，到处是响亮的叫喊和欢快的话语。这个家庭受到尊敬，心爱的狗被叫过来，还有——上帝也在这里，就是 J. M. 盖茨牧师大人的形象，他质问着：《啊！死亡，你刺在何处?》（Oh! Death Where Is Thy Sting），就像一个把最残酷的笑话尽可能延长的人。这个亚特兰大布道者令人恐惧，毫不妥协，有一个合唱团为他伴唱，但这个伴唱似乎随时濒临崩溃。史密斯把这种圣歌咏唱方式追溯到 18 世纪中期"大觉醒"运动在佐治亚地区盛行的时代。盖茨的声音深沉、粗犷、焦灼；这是对灵魂与肉体之软弱的焦灼，是对人性的焦灼。突然之间，你被陷住了。派对还不会就这么结束，约拿森·爱德华兹的布道化身为这首 1926 年的福音热门歌曲归来，这是深深植根于这个民族记忆中的东西，像基因一样在美国人之中代代相传，但是到了如今，在一座形状和颜色随着每一首歌曲而改变的教堂里，派对才刚刚开始。好像整个社区都必须为前两张唱片中那些孤独的罪行，以及第三张唱片中的狂欢付出代价一样——好像每个人都知道这样的举动是恰当而正确的。但当《社会音乐》的部分完结后，不仅是教堂的形状，甚至上帝的面孔都改变了。尽管很困难，它还是在微笑着。F. W. 摩尔（F. W. Moore）牧师大人在《50英里的行动自由》（Fifty Miles of Elbow Room）中欢庆，"D. C. 莱斯牧师大人和他的神圣集会"（The Reverend D. C. Rice and His Sanctified Congregation）在一个伟大的军团里占据一席之地。"我置身上帝的战场上（I'm on the Battlefield for My Lord）"他们唱道，他们唱得让你也想加入他们。舞步的欢愉，开怀畅饮，此时看起来都是那么遥远，根本毫无价值。这里有一个自由的伟大灵魂：那种了解你自己究竟是谁，你为什么在这里的自由。

听完《社会音乐》，就可以把它们留在某种知识的怀抱内，下面是《歌曲》来了，你从知识的拥抱里被拉开，被抛入一个停尸房，但这里却同日常生活有着某种令人不安的相似之处：你知道，这里的愿望与恐惧、困难与满足是非常清晰的，但是在那些歌手们的声音中，你也听出了魔鬼的工作，这些魔鬼仿佛就是你的邻居、你的家庭、你的恋人，还有你自己。《歌曲》的第一面是仿佛光怪陆离的全景画。不是说任何东西仿佛都不是它表面的样子，而是任何东西仿佛都并不存在，正如布尔·卡齐在《东弗吉尼亚》（East Virginia）中那种在隐晦迷雾中摸索的感觉；巴斯肯·拉玛·兰斯福特在《我希望自己是地下的鼹鼠》中把自己描绘成一只春天的蜥蜴；"兔子"布朗在《詹姆斯小巷布鲁斯》(James Alley Blues) 中在迷宫里徘徊；多克·博格斯在《蜜糖宝贝》与死亡相视而笑，等等。"谁会摇起摇篮，谁会唱起歌谣？"博格斯问道，像平时一样含混不清地唱出歌词，直到每个字的元音都混在一起，之后布朗回答他的问题，他的吉他极富先见之明，他的嗓音充满怀疑，他在琴弦上的叩击制造出巨大空洞的回声：**你觉得我们真想知道答案吗？**

现在骗子占了上风，骗子能够猜出你的体重，说出你的秘密。狂欢来到史密斯村，一如史密斯在 1957 年到 1962 年间制作的 66 分钟的动画电影《天空与大地的魔力》(*Heaven and Earth Magic*)。在这部电影里，他让剪下来的形象跳舞，《民谣音乐选》小册子里面的插画也是同样的形象；正如在《歌曲》的第一面，所有的形象似乎都不是真实事物的象征，而是成了想象的符号，一种想象可以随时变成现实的观念。

"到这里来吧，赢个丘比特娃娃当奖品，女士们先生们，八枪只要 25 美分，"你可以在背景音轨中听出这个声音，伴随着许多谈话、人群兴奋地在道路上移动的声音、射击游戏厅里传来来复枪上膛的声音。一个幻觉的剧院呈现在你面前，它由各种东西上面剪下来的图案组成，比如老广告、希尔斯商品目录（Sears catalogues）、说明手册、宗教小册子以及《癫痫症与人脑功能解剖学》之类书籍组成，最后形成一系列机械装置：强光灯、锅炉以及各种叫不上名字来的工具，在这一切的顶端，是一个旋转着的轮子。

在这堆机械的前面，有个侏儒打开了一个手提箱。有个男人拖过来若干零散的人体模型，而手提箱仿佛受看不见的力量控制，在灯光下渐渐消失，人体模型碎片渐渐变得完整，接着变成时装模特的样子，丰满，有莉莉安·拉塞尔（Lillian Russell）[1] 的乳房，这对乳房渐渐变成两个巨大的鸡蛋。一个头骨在光线中浮现出来；一条鱼出现了，跳进了锅炉里面，引起人群的笑声；一只手现出形状，之后同鸡蛋一起在光中消失了；然后一个威士忌酒瓶子也是这样，浮现出来，然后消失；一个巨大的木槌出现了，人群叫喊起来；一个模样仿佛过去时代棒球运动员的脑袋掉到一个裁缝打扮的身子上，之后变成一个女人的头，漂浮起来；你听到手风琴的音乐，摊贩的叫卖又重新响起来；人体模特又出现了，幻化成雌雄同体的轮廓。

木槌旋转着剧院顶端的轮子，愈来愈快。轮子转动的声音渐渐压过了人群的声音，人体模特被机器卷起的风吹

---

[1] 1861—1922，美国歌手，女演员。——译注

起来。一个有着两个头的人形自动解体，成了碎片，被轮子卷起的风吹跑了。一切都自转起来，在风暴中形成漩涡，压过了人群中混乱和恐惧的噪音，把它们都吸收进来，一切都被吹跑了，狂欢结束了，地平线上光秃秃的一片。你可以听到蟋蟀的鸣叫，火车的汽笛声，有片刻时间里一切仿佛都静止了。

　　这就是《歌曲》第一面所表现出来的情绪。"史密斯村"的街道显现出来，这个镇子现在提供一种最典型的美国式体验，对于那些未完成的美国人们，那些清教徒或拓荒者们来说，是终极的、永恒的试炼：自由自在地来到在一片充满陷阱与诧异的土地，全然不受束缚，昂首阔步吧，女士们先生们。来到这古老音乐的新中枢，感受脚下延伸而去的大地。

　　《歌曲》部分的两张唱片从第一面一直延续，保持着一种强烈的力量和魅力，这些歌曲歌唱着婚姻、劳动、放荡、牢狱与死亡。"密西西比"约翰·亨特安详地苦苦思索约翰·亨利的自我牺牲，仿佛要把答案从他遗下的碎石中挖掘出来[1]。盲眼"柠檬"·杰弗逊在《把我的坟墓打扫干净》中，让吉他的声音仿佛丧钟的鸣响；片刻之间，他停

---

[1] 指《民谣音乐选》中 Mississippi John Hurt 的 "Spike Driver Blues" 一曲。——译注

滞了时间，停下了死亡，之后，仿佛他知道这样的停顿与其说是在欺骗死亡，不如说是在欺骗生命，于是让歌曲继续流动下去了。大卫·马肯叔叔活泼地用脚打着拍子，长久追寻着美好的时代，在歌声中爆发，这些歌的开头都是在唱残酷的劳工斗争中遭到逮捕，被锁起来的一伙人。马肯于 1870 年生于田纳西，1952 年逝世，这正是史密斯发行《民谣音乐选》的同一年，1924 年之前，他录制了自己的第一批唱片，当时他是个赶畜生的人。在《民谣音乐选》中收录的《走下木板路》（Way Down the Old Plank Road）这首歌里①，他站在马车上，赶着马儿，挥舞着鞭子，脸上带着棒球手贝比·鲁斯（Babe Ruth）式的微笑："杀死你自己！"他在歌曲中匆忙地喊道。他听上去仿佛是要在一边看着，然后胜过你。这是美国言论中最真诚、最高昂，也是最自甘堕落的时刻——肯·梅纳德（Ken Maynard）②的《孤星轨迹》（The Lone Star Trail）中的每个音符也是同样的。那激情的歌词与旋律可以令人想起肯·梅纳德，这个电影明星，"美国男孩最喜欢的牛仔"从自己主演的西

① 大卫·马肯叔叔收录在《民谣音乐选》中的歌曲另有一首"Buddy Won't You Roll Down the Line"，内容类似。——译注
② 1895—1973，美国著名演员，主演过 300 多部电影，以牛仔形象为多，其音乐生涯却较少人知闻，收录在《民谣音乐选》中的歌曲仅有"The Long Star Trail"一首。——译注

部片《原野神驹》（*The Wagon Master*）的原声辑里漫步走出来，浅吟低唱，高歌悲泣，凝视颤抖，在天堂与自然之间漫步，比任何人都要孤独、坚毅而内心不安，但这首歌却完全无法解释这个形象。这片土地是那样的辽阔，它对所来者的身份与渴望漠不关心，只是阴郁地倾听着这个孤独者的话语：我便是那最初与最终的牛仔。在这里，没有人能够看到我，我自己更是无法看到自己，我很快乐，我是自由的。

整个漫长的故事渐渐浮现出全部轮廓，同时也即将结束，亨利·托马斯唱着人们所能想象的最自由的歌曲《钓鱼布鲁斯》，他吹起排箫，这种古老的乐器反而使得人们无法追溯这首歌曲的历史渊源，高亢轻快的调子径直将人引向旧石器时代。这乐声要比任何现存的语言都古老，这首歌可能是来自一个铁路漫游者，他坐火车穿越整个南方，从 19 世纪末来到 20 世纪 40 年代，他所传递的信息也可能同样古老——他重复着这样的语句，仿佛里面蕴含着关于"存在"的全部秘密："我要说出这样一件小事/只要你有好饵任何鱼都会上钩。"

《钓鱼布鲁斯》中几乎有着绝对的自由解放——一种不可能感觉不到，也很容易理解的自由解放。其实在整个《歌曲》的第一面里面都有着这种自由的氛围——多克·博

166　　　　　　　　　　　　　　　　　地下鲍勃·迪伦与老美国

格斯的虚无主义、巴斯肯·拉玛·兰斯福特的泛神论、"兔子"布朗的幽灵之舞等。这种自由——或者说这种绝对——并不容易理解，但正是因为有了它，《美国民谣音乐选》在史密斯对这些捡回来的旧唱片爆炸式的拼贴之中找到了自己的中心，或者说轴心；正是因为有它在这里，"史密斯村"才得以藏匿在"霍桑村"、"梅尔维尔堡"、"诗歌镇"的阴影之下。最后审判日就是这里的天气：在1926年的《啊！死亡，你刺在何处？》中，审判日的确是一桩大事，但在"史密斯村"里，审判日不过是一种生活方式，它显现在风景、人们的语言、手势与时间流逝的种种细节之中。它的存在使得一切都成为符号，为它们赋予难以被封闭起来的意义。"我看到上帝教世人劳苦，使他们在其中受经练，"史密斯村里的传教士们可能会援引《圣经·传道书》作为解释。"上帝造万物，各按其时成为美好，又将永生安置在世人心里。然而，上帝自始至终的作为，人不能参透。"

有一篇关于《民谣音乐选》的文章叫做《史密斯的记忆之剧院》（Smith's Memory Theater），作者是小说家和乐评人罗伯特·肯特威尔，他对专辑之中的一首歌曲的描述其实也可以适用于专辑里的任何一首歌，或者所有歌曲。"我反复聆听《我希望自己是地下的鼹鼠》，"他这样写道，"就算你学着弹班卓琴，一遍又一遍地唱着它，研究它的每一个版本，放弃事业，也许连家庭也抛弃，就算这样，你还是无法理解它。"1965 年到 1966 年，鲍勃·迪伦谈起民谣音乐时说的话也很类似——在当时很多人觉得他在之前对民谣的看法无非都是谎言。"所有描述'民谣是什么'，以及'民谣应当是什么样子'的那些权威人士，"他说，"他们都说要让民谣保持简单，意思是让它容易理解——然而民谣音乐其实是唯一一种不那么简单的音乐。它永远不会简单。它很奇怪……因为我从来没有写过任何不容易理解的东西，在我头脑里也从没构思过什么不容易理解的东西，没有什么比某些古老的歌曲更怪异的东西。"

> 我必须把所有这些东西当作传统音乐，一种植根在六芒星之上的传统音乐。它来自传奇、圣经与瘟疫，在植物与死亡之间打转。没有人能杀死传统音乐。很多歌是在唱玫瑰从人们的头脑中生长出来，爱人们原本其实是家鹅或者天鹅，后来变成了天使——它们是不会消亡的。至于那些幻想会有人闯进来抢走他们手纸的妄想狂们——他们却是会死的。《你站在哪一边》（Which Side Are You On）[1] 和《我爱你波

---

① 20 世纪 30 年代煤矿工人罢工中的歌曲。——译注

吉》(I Love You Porgy)① 并不是民谣歌曲；它们是
政治歌曲，它们已经死了。

　　显然，死亡并不被普遍接受。我的意思是说，传
统音乐的作者和歌手们会从他们的歌曲中感觉到，神
秘是一种事实，是一种传统中的事实……传统音乐太
不真实，因而超越了死亡。它不需要被保护，没有人
能够伤害它。在这种音乐中只有真实的、有力的死亡，
如今你能从唱片中感受到这种死亡。

　　鲍勃·迪伦所说的可能正是哈里·史密斯《民谣音乐
选》中《歌曲》部分的第一张。这里有一种把所有歌手联
系起来的共同点：那就是他们听上去仿佛都已经作古，尽
管事实并非如此，因为他们都认为这些歌曲的含义可以被
提前固定下来。仿佛他们都在强调着古老南方信仰中一个
不被言说的前提：只有死者才能获得重生。

　　《歌曲》那神奇的第一面里的第一首歌是最能表达这种
情感的了，1929 年，克莱伦斯·阿什利在哥伦比亚唱片公
司录制了《咕咕鸟》(The Coo Coo Bird)。在阿巴拉契亚
地区，它可以说是再普通不过的一首歌了；它被传唱了那

---

① 20 世纪 30 年代音乐剧 Porgy and Bess 中的插曲。——译注

么久，被那么多人在那么多社区里唱过，以至于有些民谣收集者认为它是理所当然的，是音乐学上的本能行为，简直就像呼吸一样——因此也就没有任何意义。像其他很多咖啡馆民谣歌手一样，鲍勃·迪伦在60年代初期也唱过这首歌；阿什利弹唱这首歌的方式完全符合迪伦对传统音乐所做的论断。他做出一种独特的、用平淡口吻说出的争论，也符合南非音乐学者彼得·范·德·莫维（Peter van der Merwe）对阿巴拉契亚地区的乐手们所做的论断，这些乐手都在史密斯的《民谣音乐选》中出现过：阿什利、兰斯福特、卡齐、博格斯、埃克·罗伯逊、"卡特家族"、G. B. 格里森、大卫·马肯叔叔以及弗兰克·哈奇森等人。

　　美国中产阶级第一次发现这些山区民谣时，他们倾向于把它们呈现得比本来的样子更加原始古老。他们对这些歌曲的"伊丽莎白腔"说了很多胡言乱语，仿佛这些歌是从16世纪原封不动地保存下来的。作为一种无可避免的反弹，现在，指出这种与世隔绝的乡村文化所受到的城市影响成了时髦的事情，正如对英国农村人所进行的类似的研究也很时髦。尽管有以上种种疑义，我还是相信，低估了这些农村文化之中的奇异特性是最危险的事情。人们需要努力想象才能了

170　　　　　　　　　　　　　　地下鲍勃·迪伦与老美国

解这种与世隔绝的生活，他们没有录制下来的音乐，没有专业音乐家，只能紧紧抓住传统进行学习。

克莱伦斯·阿什利于 1895 年生于田纳西州的布里斯托尔，十几岁的时候，他曾跟随吟游歌手剧团和药剂展览一同旅行（他说，"我总是对展览特别狂热"）。到了 20 世纪 20 年代，他成了一个职业巡回乐手，跟随弦乐队一起在展会或街头为矿工们演出，从矿工们那里得到钱或付款凭据。阿什利于 1967 年逝世。1929 年，正值 30 多岁的他有时听上去像是 17 岁的少年，有时候又好像足有 117 岁了，好像他已在 17 年前或 117 年前死去。他唱起《咕咕鸟》，正如它贯穿着当代小说家李·史密斯（Lee Smith）1992 年的小说《恶魔之梦》（*The Devil's Dream*），他的声音仿佛贯穿了史密斯笔下弗吉尼亚山区家族的整个历史（家族的第六代子女以及一个小提琴手的神话促使一个年轻女子到杜克大学去学习符号学），那声音时时刻刻地提示着命运的意志与警告，那是欲望与致命危险的记号。阿什利的表演使得一桩事实得以澄清：歌曲本身永远比歌手更加古老。

《咕咕鸟》和《民谣音乐选》第三部分中的许多歌曲一样，是一首"民间抒情诗"歌曲。也就是说，它是在若干相互之间没有直接联系或逻辑联系的文字碎片基础之上拼凑而成，但是这些碎片是来自同一片池沼，里面漂浮着成千上万全无联系的词语，对句，单行诗与古银币。哈里·史密斯猜测这种民间抒情诗形式大约是在 1850 年到 1875 年之间开始集结定型的。不管是在什么时候，总之是直到足够多的碎片漂洋过海，来到这片大陆，遇到了广大的人群，直到足够多的碎片在白人与黑人之间像硬币一样来回翻转，产生出更多的碎片，在单一音乐语言的母体中持续发展为一种几乎是无限的表演储备。此外，歌手在传统的匿名方式之外，也开始显示出一种作为独立个人的独特生活。正是这种特质——人们听歌的时候认为，歌手是在歌唱自己的生活，其效果如何则是不确定的——使得这首特定的歌曲被分离出来，使得歌手的形象从歌谣之上浮现出来，又让歌手消失在这首歌曲之中。

正如当讨论民间抒情诗的碎片时，低估这种文化的奇异性是错误的（"我宁愿留在黑暗的山谷，太阳也拒绝照耀进来"；"我无法否认自己的名字"；"40 美元不够我交罚款"），同样，如果想象人们在言说这些碎片的时候，他们不是在代表作为个体的他们自己而言说，这样的观点也是错误的。歌手看似随意地把这些碎片装配在一起，以便适应一段特定的旋律，对于这个歌手来说，这种装配方式正是这段旋律所呼吁和要求的。它可能是歌手的潜意识，也就是他或她的第二思想所发表的布道。这可能是以一种异端的方式说出之前无法大声说出的话语，是戴在热血沸腾的面孔上的一张面具。

阿什利的歌声高亢，但却带着沉思、渴望的情绪，一种无法得到的失望心情，一种期望明天就能得到一切的渴望，他的声音上下起落，摇摆踌躇，在班卓琴上挥洒节奏，如同潮汐的漩涡一次次地拍打着海岸。他的声音中有一种任性的暴躁，一种对自己将要进行的任何行为或不作为的蔑视。班卓琴的声音仿佛来自另一支歌曲，甚或是另一个世界。音乐仿佛从某些更伟大的歌曲之中腰斩而来；听上去那么冷酷无情。班卓琴在前奏和结尾的欢快演奏仿佛是虚伪的，因为歌中的角色并没有取得任何进展，并没有从一个地方去往另一个地方；在歌手张口之前，这个声音就存在于这里，当他结束演唱之后，也将一直存在下去。

在这种情绪与气氛之下，阿什利的《咕咕鸟》中最普通的碎片——就是看似最无意义的那一段——也不是全无意义的。

我要盖一座

木头小屋

在山上

高高的山

这样我就能

看着威利

在他走的时候

　　听上去很像孩子们唱的小调，但细听之下，就会发现这歌词简直是拒绝回答别人听了以后可能会产生的任何问题。谁是威利？这个歌手为什么想要看着他？为什么这个歌手把自己的人生放在一边，做出这么大的努力（在更贴近原始英国风格的版本《布谷鸟》里面，"木头小屋"其实是"城堡"），只为完成这样一桩平凡的事情？这段歌词只能被当作一桩人人都已经知道的秘密，或是对一个知识体系的暗示，歌手知道这个知识体系永远不会被发现，更糟糕的是，阿什利唱起来是那么理所当然，好像不管他唱的是什么，都是世界上最明显的事情。他的演唱并不像是一团混杂的碎片，而是有主题的：这个主题就是错位、不安与无家可归，以及对"一个人群"的充满喜剧色彩的忧虑，正如康斯坦丝·鲁尔克笔下的美国人，在南北战争开始时，他们"对自己感到不熟悉，对这片土地也感觉陌生，因为它已经不成其为国家的形状"。"我们美国人都是布谷鸟，"1872 年，奥立佛·文德尔·霍姆斯（Oliver Wendell Holmes）[1] 说："我们在其他鸟类的窝巢之中建起自己的家园。"这就是一切的起点。

追溯到 700 年前，英国人也在唱着布谷鸟的歌曲，这种鸟儿预告了夏天的来临，但却受到憎恨。几个世纪以来，它的叫声被人们咒骂着，被认为是压抑、单调、沉闷到能把人逼疯，甚至本身就已经发疯的声音，正好适合这种疯狂的鸟儿。尽管霍姆斯选择布谷鸟作为美国的象征，其实真正的布谷鸟在美国是找不到的，它是一种"寄生"的鸟儿，把自己的蛋下在其他鸟儿的窝巢里面。它是一种逆向的食腐动物：违背了事物的自然规律，本身具有一种外来者的特质，是一种没有归属感的生灵。它遗下自己的孤儿，把自己的后代留给别的鸟儿抚养，让它们冒名顶替地在别人的家里长大——正如美国充斥着奴隶、契约奴、罪犯、掮客与冒险家，充满野心与贪婪、逃避与憎恨，它们都有着各种冒名顶替的名号，有的是自己取的，有的是别人给的——布谷鸟成了他者，它把其他生物也视为他者。如果寄主鸟把布谷鸟的蛋从自己的巢里扔出去，布谷鸟可能会采取报复，把寄主的所有卵或幼雏都杀死；而布谷鸟的卵

—————————

[1] 1841—1935，美国法学家，曾任最高法院法官。——译注

孵化后，它的幼雏则会把其他雏鸟从巢里抛出去，或是捣毁其他的卵，同样，美国新移民也是这样对印第安人赶尽杀绝的。布谷鸟是一种从天性中异化出来的生物，仿佛是个体从群体中异化出来的幽灵。

如果这就是这首歌的主题，那么可以说，同很多民谣抒情歌曲中反叙事的风格不同，克莱伦斯·阿什利的表演显得像是叙述的大师，他的演唱仿佛是史密斯的《民谣音乐选》的轴心，又或是史密斯村每夜必唱的光荣赞美诗，他所叙述的是美国的意志与宿命，他的叙事中其实只暗示着缺失，这缺失被暗示与手势、密码符号和挤眉弄眼，以及一整套由秘密握手构成的音乐所取代。在《歌谣》中存在一种历史性的人格扮演，比如弗吉尼亚人凯利·哈雷尔（Kelly Harrell）歌唱查尔斯·吉托在绞刑台上叙述自己怎样暗杀加菲尔德总统的过程就是如此①；而在《社会音乐》这部分里面是没有个人性存在的，只是镇上的民歌手在唱，他们的身影同乡亲们几乎分辨不清；而《歌曲》的前提就是每个人必须以个人身份来歌唱，他们要戴着面具，最最复杂的面具，透明而又无法穿透的面具。是谁在唱歌？这些家伙到底是些什么人？你伸手探入这张面具，却什么也

---

① 此指《民谣音乐选》中 Kelly Harrell 的 "Charles Giteau" 一曲。——译注

摸不到，只有透明的空气。

《咕咕鸟》似乎是假设听众们当中存在一种共同的、可供分享的历史，仿佛吸收了这宏大但却无需明言的历史，然而，当阿什利唱起这首歌的时候，它却近乎一个大胆的挑战。它给人的感觉就是这样，但它究竟要挑战谁，挑战什么，为什么挑战，则是完全含糊不清的。"啊，咕咕/她是只漂亮的鸟儿/她一边飞翔，一边柔声歌唱，"阿什利这样开头，"她从不/大声叫咕咕/直到七月的/第四天。"一般都认为，这里没有任何隐喻的成分，只是为了押韵。但这确实是一个隐喻，这段歌词的含义能够被理解，但无法被解释；因为它可以为听者找到位置，把听者的双脚从地上拔起，但它本身却无法找到位置。阿什利的声音可以同时显示出庄严、扭曲、狡猾与茫然；他的歌曲不是一次争论，而是一个谜团。

想象一下，这就是1929年克莱伦斯·阿什利快乐地放在全国面前的谜团。《美国民谣音乐选》超越了时间，具有个人主义天赋，亦如当代历史学家 T. J. 克拉克（T. J. Clark）的话所说，带有集体性的巨大激情，它的力量部分来自这样一个事实：那些来自彼此隔绝，互相嘲笑、遗忘、轻视的社区与文化的人们第一次有机会进行对话，并且自由地同整个国家进行对话。很多古老的声音被大声地发出来了，但它们同时又很年轻。这样的事情只有在民主的文化里才有可能偶然发生，但一旦发生了，便总会产生一种爆炸式的效果，累积了几代人的能量在瞬间突然爆发出来。数字最能说明问题：1920 年，玛米·史密斯（Mamie Smith）录制了《疯狂布鲁斯》（Crazy Blues），这是第一张由黑人布鲁斯歌手录制的唱片。同年就售出了 100 万份；1923 年发生了类似的事情，一张唱片向世人证明了山区歌曲也是大有市场。史密斯在《民谣音乐选》的小册子的前言里提到了这件事。

　　来自奥克唱片公司（Okeh Records）的拉尔夫·皮尔（Ralph Peer）带着一套便携录音设备去了亚特兰大，一个当地的唱片商说，如果皮尔能给为马戏团招揽观众的人，"小提琴手"约翰·卡森（"Fiddling" John Carson）录一张唱片的话，他就买下一千张。最后皮尔录制了《巷子里古老的小木屋》（The Little Old Log Cabin in the Lane）和《老母鸡咯咯叫，大公鸡要打鸣》（The Old Hen Cackled and the Rooster's Going to Crow），皮尔说："我们没给唱片编上序列号，这真是太糟糕了，我们本来以为，把这些唱片交给当地的唱片商以后，我们的工作就算做完了。星期四，他来了，我们给了他一千张唱片。当天晚上，他给纽约打电话，又订了五千张走邮递，一万张走航运。后来当全国销量达到五十万张的时候，我们觉得真是丢人，只有请'小提琴手'约翰·卡森来到纽约，录一份带编号的唱片。"

这些唱片有很多其实都是被没有唱机的人买走了。他们买走唱片，好像是要当作自己的护身符一样，他们可以把这些唱片拿在手里，感觉自己的生命仿佛被戏剧化了。就这样，人们开始发现了现代的世界：工业复制品带来的震撼。"经历了漫长的岁月，由口头流传下来的东西突然变成了邮购目录上的商品，"1968年，史密斯说，"就算你身在巴基斯坦或者世界上随便什么地方，也可以买得到。"——在北卡罗来纳的深河镇或是田纳西的布里斯托尔也不例外。这些音乐本来邻居就会唱，本来在周六的舞会上就能听到，如今不过是换了从一个小盒子里传出来了，为什么这竟会如此令人兴奋呢？——这正是因为，你可能听邻居唱过这首歌，甚至有可能自己也唱过这首歌，但是却没有这种呈现时的距离感，这种呈现仿佛一面魔镜，制造出一种自我认识的震撼。人们在这面魔镜中看到了一个放大的、更加多样化的、永无休止的、更不受命运支配的自己，这是他们前所未见的。"我们无法逃避这宿命的身体为我们规定的生活，"当代社会学者卡米拉·帕格利亚（Camille Paglia）在《性人格》（*Sexual Personae*）一书中这样写道；而一张10英寸，78转的黑胶唱片，则可以使人在片刻之间达成这种逃避。听者可以体验到一种从肉身之中超脱出来的自由，从社会角色之中超脱出来的自由，这种社会角色正是人们走入公共视野、走入熟识的人们中间时必须戴在脸上的面具，这个无从选择，由焦虑和传统构成的面具已经在人们脸上戴了如此之久，以至于它后面的面孔都已经枯萎腐败。对于一些人来说，一张旋转的唱片正是开启了一种可能性：一个人可以说点什么，用任何一种声音，用任何一张面孔来说点什么，在这里，歌手的面具实际上是一种象征着掌控的符号。

不出几年，这种可能性似乎就变成了现实，而且，它还显现出一个隐蔽的国度，表现为一种民主事件。这个事件所引发出的特殊能量必定是哈里·史密斯从20年代末期那段时期的音乐里所听到的东西，那个时期在商业上非常重要，《民谣音乐选》的全部唱片都是在这个时期录成的，也正是基于这种原因，他把这个事件组织成一种对话，来自"人"的民谣音乐尝试着与其他人联系在一起，拿走他们的金钱，感受他们的存在，改变他们的看法，甚至改变音乐本身，在整个国家，在人们的心灵中占据前所未有的一席之地。"我不认为人们可以说：民间文化正在产生这样那样的影响，也不认为在流行文化中，民间文化正在开始被广泛传播——尽管我过去曾经这样想，"1968年，史密斯对约翰·科恩说，"我现在认为：音乐的广泛传播会影响其质量。任何一种音乐，如果它的核心听众群有所增长，那么它的水平也会随之得到提升。""与此同时难道不会有负面作用吗？"科恩问，"因为它不得不面临一个更加良莠不齐的听众群？""我不认为听众群有那么良莠不齐，"史密斯的语气仿佛从民间文化学者变成了民主理论专家，"人和人之间其实并没有那么大的差别。"

但是人和人之间其实是有很大差别的，正因如此，史密斯的《民谣音乐选》中那种被戏剧化的民主精神才得以拥有一个独特而令人难以抗拒的歌手阵容。在个人与群体的张力之间，民主在《民谣音乐选》中显现出自身，因为史密斯所编辑起来的音乐在很大程度上并不完全是出于民谣，而是由许多任性、暴躁、背井离乡、未得满足、野心勃勃的个人写成的（他们当中大多数是男人，因为当时只有男人才被允许当众显示出这些品行）：他们是偶然出现的个人，尝试着利用本社区的古老资源在社区中脱颖而出，或是从社区中逃逸出去，尽管这不一定意味着离开家乡。

正是这些人鼓足了勇气，参加了北方那些唱片公司的星探们组织的试听会，或者组成乐队，试图让乡里乡亲们，那些他们一样的农民男女们注意到他们，仿佛他们真的和乡亲们有什么不同。这些人至少在片刻之间看到了超越农场与矿山的天地，看到了这个几乎是注定束缚他们一生的地方以外的世界。他们之后将要讲述的到纽约去录音的故事都大同小异。在60年代，民谣收集者、歌迷和唱片收藏者们追溯着一个个《民谣音乐选》中尚在人世的歌手们的回忆——阿什利、博格斯、"密西西比"约翰·亨特、"沉睡"约翰·埃斯特斯（Sleepy John Estes）、法里·刘易斯、埃克·罗伯逊、布尔·卡齐……还有其他很多很多人，他们一个接一个地回忆着，在20年代，当他们像旅行者一样来到如同异国一般的纽约时，是怎样扪心自问，应该怎样努力保持尊严，说出他们的东西，仿佛他们不仅知道自己的邻居能够听到这些东西，而且他们还想象这个国家可能真的知道了他们的存在：我，克莱伦斯·阿什利，是的，还有我所认识的所有人，我所不认识的所有人，我的祖先，以及那些将被我抛在身后的人们。

　　这是一种对知识传承延续的骄傲感，同时也是对知识及其相应语言丧失的恐惧感，沿着这种恐惧感再前进一步，就是悬浮在半空中的一个想象中的美国，之前还从未有人胆敢这样想象过，那是完整、完全的一个形象，正是这种精神令《美国民谣音乐选》成为一个整体。它是一种迷信，相信着一个完美的、绝对的、隐喻意义的美国，一个权利与义务、自由与限制、罪与罚、爱与死、幽默与悲剧、言谈与沉默的舞台，正是这种精神使得马克·莫里斯笔下的汤姆·斯雷塔、F.O.马西森，以及哈里·史密斯成为精神上的同类，当然，还有所有那些由史密斯编纂在一起的那些人们，在很久以前，他们曾经站出来，说出他们不得不说出的话语。

"史密斯村"究竟是什么？它是一个小小的镇子，居民们不以种族作为区分。这里没有奴隶主与奴隶，监狱里关押了很多人，其中不少人已经成了监狱的一部分。有些人可能逃脱了正义的审判，但他们也不与乡亲们居住在一起；死刑全部公开执行。总之，这里有不少谋杀犯，他们出于激情、出于愤世嫉俗，甚至是出于条件反射而犯下罪行，而且还有不少人自杀。在这里，谋杀与自杀都是一种仪式，任何行为很快就会变成传奇，种种事实很快就会从日常生活中分离出来，变成神话，或者向人们展示出：生活达到顶点之时不过是一个笑话。到处都有幽默，大多数都很残忍，而乡民们都爱唱歌，"罗斯福住在白宫，他在拼命努力/麦金利进了坟地，他在好好休息。"上帝的使徒与幽灵和恶魔们进行着长期的战争，舞蹈者与酗酒者也在长久地交战，而且，每个人都知道，上帝的使徒与上帝之间也在进行着长期的斗争。没有人见到过上帝，但是也没有人见过一只布谷鸟。整个镇子自然而然地成为一张完美的联系之网，同时也形成一种无政府状态的隔离：多克·博格斯的声音听上去仿佛唱每一句都会使他的骨头穿破皮肤，谁会和他握手呢？但是谁又能拒绝这种对他的声音的不满呢，这种拒斥究竟是会被现世的事物还是被下一世的事物满足呢？

这就是史密斯村，这是一个神秘的共和国，一种公共的秘密：它宣告着公众行为的背后掩盖着什么样的愿望与恐惧，它宣告在多数占有权力由来已久的美国之内，还存在一个古怪却清晰可辨的美国。在这里，克莱伦斯·阿什利班卓琴上的调子是法律的对应，也同法律矛盾；在这里，每个人都呼唤着意志，每个人也都相信命运。这是一种方式上的民主，一种人们怎样自我表现，怎样出现在公共领域的民主，而公共生活中的首要问题不是如何分配物质财富，抑或道德问题的治理，而是人们怎样探索自己的灵魂，怎样展示他们的发现，把他们真正的自我展现给他人，除非是他们对缺乏归属感的恐惧或对归属感的证据的渴望压倒了这种表现的愿望，在这里，这种事也是经常发生的。人们认为面具能够使他们与众不同。但在史密斯村，面具从来就不会被戴得太久。

上帝统治着这里，但是他的统治也可能遭到拒绝。人们无法逃避他的凝视；但也许能逃过他的惩罚之手。你可以打赌，你可以在想象里的回家途中真正地逃跑。又或者你可以让自己从这个游戏中脱离出来，期待死神会忽略你，这样，你就可以和很多人一样，尽管已经死去，但还是能够说话，你就可以在《咕咕鸟》中占据一个音符的位置。这是地狱边缘，但这里并不糟糕；在国庆日到来的时候，你还可以大声叫喊。

奇异的老美国

杀魔山

　　……一条街又是一条街、一个街区又一个街区、一步又一步，一扇门又一扇门，古老美国所剩余的一切都被包围在其中。我一次又一次地看到它：在瞬息之间出现在楼梯顶端，或是在门外窸窸窣窣地擦过灌木丛。那是传说中的古老美国以及遥远的回忆，它并没有为历史的智慧带来任何信念，也没有为未来的假象带来任何希望，这古老的美国只是每一日都在凭空创造自己……身处于这个美国，无论怎么小心谨慎都不为过，什么也不能保护你，无论是护照、旅行证件、合适的十字架或浸透燃气的火炬，无论是太阳镜、密码箱或者氰化物胶囊，无论是弹射座椅、通电的电线、秘密的身份、被修复的组织、无名的坟墓抑或假死都不行。这个美国最初是为了那些除了相信美国本身之外什么都不信仰的人而建立的，这不是因为他们觉得除了美国之外什么都没有，而是因为他们觉得，如果没有了美国，那就没有任何东西是值得去信仰的。

——史蒂夫·埃里克森（Steve Erickson），①

《失忆之境》（*Amnesiascope*），1996

"当我在收音机里听到鲍勃·迪伦的时候，我可以真的相信上帝的存在了。"哈里·史密斯曾对保罗·尼尔森说。几年后的 1976 年，一个纽约大学的学生看完史密斯的电影《天空与大地的魔力》，就给居住在切尔西旅馆的史密斯打电话，要求马上进行一次采访（"我要写一篇论文。"他说）；他捕捉到了处在一种令人难以置信的精神状态下的史密斯。"当我年轻一些的时候，"孤独的史密斯漫无边际地东拉西扯，"我觉得那种刺穿我的情感是——我觉得自己将会逐渐舍弃它们，这种焦虑、恐慌之类的感情将会消失，但是只有在 35 岁左右的时候才会有这种怀疑，一旦到了 50 岁，我就知道，我和自己的神经质是密不可分的，不管你怎么给这种东西归类都好——魔鬼也罢，完成的仪式也罢，任何古老的、受到诅咒的东西也罢。"

地下室录音并不是完成的仪式。在这里，仪式渐渐成

---

① 美国当代小说家。——译注

型，平淡的曲调爆发为一片笑话与怀疑的迷雾，但是没有任何一场仪式显现出最终的形状。正如史密斯所收集的录音一样，为人所知与不为人知的地下室录音带凑在一起，同样形成了一个小镇——这个小镇同时也是一个国家，一个包含全部过去与未来的想象中的美国，而这过去与未来，仿佛同歌曲中唱到的当下的每一个行动一样，仿佛完全不是出自想象。埃里克森所描述的古老美国在这里仿佛触手可及，因为这个国家可以在任何日子里，在一个句子、一个隐喻、一段旋律或一个和声的基础上被编造出来或自行耸立起来，这个国家就是由这种产生方式所决定的。

"史密斯村"的乡民会认出这个小镇——监狱人满为患，有些人仍然记得，在那些古老的年月里，国庆日曾是一年之中最重要的日子——但是"史密斯村"的乡民们可能很难跟上这里的步调。至少，这个村子更加醉醺醺的。另外，这里的一些人声称自己见到了上帝，就像以色列的孩子们见过他一样，"白日他站在云柱之上"，"夜晚他站在火柱之上"，这里没有教堂，只有那个唱着《十字架上的牌子》的男人居住在他内心的教堂，一座没有地址的教堂。《圣经》无处不在，但它很少被援引，更多是在接受平凡生活中意外事件或离奇事件突袭的考验。尽管同史密斯村相比，在这里，更多的亵渎神明随着威士忌而来，这种亵渎神明表现在拒绝承认上帝，乃至拒绝承认任何超越了欲望与麻烦的、更大的力量的存在，但是这里的人甚至比史密斯村的人更虔诚，因为这里的人能从天气之中读出命运。这里的命运不像史密斯村众口传唱的《蜜糖宝贝》和《东弗吉尼亚》那样是悬而未决的，而是沉重地直扑而来——除非是在偶然的情况下，这里会有什么人直扑上去面对命运。有时候，好像这里的所有人都像是凯西·琼斯或是约翰·亨利这种人，都是那种性格坚毅、天不怕地不怕的家伙，比如《墨西哥之山》里那个同糟糕的运气角力的人；《小苹果树》里面那个半是无趣，半是危险的人；《火焰之轮》中那个斜着眼睛的神秘主义者；或是《看啊！》中那个到处跑来跑去的人。这里的人永无宁日，但是，虽然这些居民总是走在路上，他们仿佛总是携着这镇子上的空气与自己同行，出现在那些被点缀在他们歌中的地名里——"维奇塔"、"威廉姆斯角"、"图珀洛"、"貂肉河"、"蓝莓山"——这些地方很快就能像街头的标志一样被辨识出来，并且就像路标一样可以互换。

这里的人言谈风趣。在史密斯村里，所谓"语言"是寓言体和家庭格言的天下，这里的通货则是冗长杂乱的故事，来自悲惨的寓言和闹剧式的布道，有时候一个故事藏在另一个故事内部。每当你回过身去，就会发现平凡的话语绽开为精彩的文字游戏，与《咕咕鸟》的歌词严丝合缝，就像搭儿童积木一样。这里的方言土语很接近英语，给你一种幻觉，让你觉得自己好像在听一个故事，不管这个故事是不是有意义，但是这个故事只有这一种讲法——它仿佛一种暗示，让你感觉自己的好奇心正在被秘密撩拨；或者以一种懒洋洋的狡猾腔调被讲出来，让你感觉自己好像在这里住了一辈子那么久——这就足够有意义了。等到讲故事的人作古之后，故事还萦绕在人们的脑海里，每个字都彼此呼应，尽管可能什么意义也没有。

至于这里的囚犯们呢，尽管这里充满谋杀所带来的不祥气氛，但是是否有人真正杀死过什么人却不得而知，甚至开玩笑的人都会声称自己曾经杀过人，只是为了目睹他在自己面前死去。史密斯村的谋杀者们在绞刑架上总是唱着"我从不否认自己的名字"作为供状，而在这里，囚犯们不必知道自己究竟做了什么，甚至也不必知道自己是谁，只需知道他们被宣告有罪——被别人或是被他们自己。在史密斯村里没有内疚感的存在，在这里内疚感却相当于第二思想。不过这里没有死刑，罪行在史密斯村里会迅速变成传奇，溺死孕妇的事件在镇子里会一下子变成比总统被暗杀更重要的头等大事，而在这地下室录音的镇子里呢，任何罪行都不足以成为关注的焦点，因为它最终只不过会成为谣言，又或者是因为正义总会得到伸张的。在《火焰之轮》、《十字架上的牌子》、《小苹果树》、《我是你的傻瓜》、《愤怒之泪》和《我不在那里》等歌曲的叙述里，歌词一句句来了又去，仿佛面具在被螺栓固定在脸上之前溶解了，在这些歌里，你可以感觉到这个镇子处在一种集体性混乱的边缘，就要犯下一桩远比简单的谋杀更加重大的罪行。威士忌也在其中推波助澜。

史密斯村里既有自杀又有他杀，而这里仿佛充满了白痴村民，就像那些角落里留着胡子的怪人们，哼唱着他们自己也记不清楚的，1957 年"戴尔-维京人"（Dell-Vikings）[①]的 B 面歌曲。"我是个少年祈祷者，"领头的人唱道，他是个肮脏的老头儿，已经不再注意仪表，他极其镇静地歌唱，站得笔挺，直到终于支持不住，颓然倒下。鼓手过于享受打鼓的乐趣，根本顾不上节奏；风琴手代替他打着拍子，吉他手弹出"袜子舞"的三拍子，"嘟-哇"的伴唱飘浮在空气之中。"看看我吧，宝贝，我是**你的**少年祈祷者，"领唱坚持唱道，仿佛在陈述一个哲学命题，又或是要竞选一样。"不，看一看这边的**我**吧，宝贝，"这时另一个声音响起来了，一个更深沉、更困惑的声音，一个 14 岁的梅毒病

[①] 美国活跃在 20 世纪四五十年代的 doo-wop 演唱组合。——译注

人的声音，发出声音的这个男人说的就是他所想的，他想的就是他所说的，但两者他其实都并不在意——"**我**是你的少年祈祷者。"这个男人的身体更有诱惑力，因此处在有利的位置上，但那个老领唱无法被劝服。所有男孩们围绕着他们合唱着，声音像玻璃一样清脆，这两个唱歌的人在歌曲中快乐地较量，直到他们完全是为对方而唱，领唱最后迷失在这欢乐的幻想之中。"只要你受到惊吓，无论昼夜，就来找我吧。"他笑了，就好像他歌中的那个女人或男人已经这样做了。

一个过路的女人点唱"吉德·塔纳和他的舔锅人"（Gid Tanner and His Skillet Lickers）① 的《你不能再踢我的狗》（You Gotta Quit Kickin' My Dog Around）——"他们是在 1926 年录制这首歌的，我也是在那年出生的，"她高兴地说，街上的其他人也对她表示祝贺，乐队奏起的歌曲好像是吉德·塔纳的另一首《你不能再喝烈酒了》（You Gotta Stop Drinking Shine），这也是合情理的，因为乐队的成员们几乎都喝醉了。歌手召唤出一片沉寂，仿佛在这最后的几分钟里，真正的神秘将要首次显现了：

---

① 早期乡村布鲁斯乐队。——译注

　　　　　每一次

　　　　我去到镇上

　　　男孩们都踢我的狗

　　　　我不知道为什么

　　　　我要去到镇上

　　我不知道为什么他们踢我的狗

　　"狗，狗，狗，"乐队的其他人狡猾地回应着，"为什么，为什么，为什么。"他们笔直地跳跃起来，跳到了比尔·哈雷与"彗星"乐队（Bill Haley and His Comets）唱出"See You Later, Alligator"的30年前——在地下室录音里，音乐家们把《再见呀，鳄鱼》唱成了《再见呀，艾伦·金斯堡》（See You Later, Allen Ginsberg）之类（"过一会儿，鳄鱼，"歌手建议道）。

　　这是无价的时刻——他们是免费演奏的，他们并不要你付出任何东西。曲终之时，聚集在这里听小曲的人们四散离去，沿着街道行走。但是这里的天气总在变化——如果你不喜欢目前的天气，只需等待即可，有时你无法说出天气什么时候会发生变化。一切似乎都是一样的，一切似乎又都有所不同。《你不能再踢我的狗》中这些茫然的问题可以在人们头脑中唤起模糊的画面：一伙暴徒正在追赶男人与女人们，突然，他们暴露了自己的真面目——狗变成了人，人变成了狗，虔诚者变成堕落者，白人变成了黑人……狗，狗，狗，为什么，为什么，为什么——而这个点唱这首歌的女人可能会开始觉得，既然她点了这首歌，早晚得把钱付给那个吹笛手。在他们这种快乐而暴躁的放任自流中，《我是个少年祈祷者》(I Am a Teenage Prayer)和《你不能再踢我的狗》，已经接近地下室录音中那支离破碎而虔诚的排练版《我是你的傻瓜》了，那充满着狂喜和谜团的声音也已经接近爱人的叹息与缓慢的韵律之后隐藏的审判——镇上唯一的公墓，每一颗心灵将要在那里升起，每一个男人也将要在那里诞生。

在这里，街道上的标记比史密斯村的街道还少。居民们也都更加善于隐藏。他们变换面孔就像变换衣服一样，鹰钩鼻一下就变平了，丰满红润的嘴唇刹那之间变得干瘦，满是皱纹。本·弗兰克林可以被当成格劳乔·马克斯(Groucho Marx)[1]；乔治·华盛顿可以被当成亚伦·伯尔(Aaron Burr)[2]；亚伯拉罕·林肯既可以是以实玛利，又

---

① 著名喜剧演员"马克斯三兄弟"中的老大，以浓眉、圆形眼镜和小髭的形象著称。——译注
② 美国第三任副总统，在决斗中杀死政敌亚历山大·汉密尔顿，因想在美国西部另建立国家以叛国罪被起诉，后被宣告无罪。——译注

地下鲍勃·迪伦与老美国

可以是亚哈①；艾米莉·迪金森（Emily Dickinson）② 可以是索杰纳·特鲁斯（Sojourner Truth）③；约拿森·爱德华兹可以是吉米·李·斯瓦格特（Jimmy Lee Swaggart）④。角落里这个醉醺醺的歌手现在正在布道。仿佛一部被倒放的电影一样，本来已经散去的人群复又走上街头，聚拢在歌手的脚边。"没记错的话。"他低声咕哝着，他的声音听起来也有点像"孟菲斯镇上"；声音仿佛来自遥远的地方，疲惫而沉重地压下来，每说一个字都伴随着喘息。这个布道者面前的男人与女人们伸长脖子，想要听清他的话语，想要跟他一起说出这些话。他的声音与手势中有一种起伏不定而深思熟虑的节奏，开始进行那关于《启示录》的著名布道，那是一场独白，人们知道这独白的题目是《火焰之轮》。这个故事已经由这个布道者讲了很多年，但他的听众们仍然全神贯注地静静倾听，因为布道者也好，听众们也好，从未得以抵达这个故事的最深层次。这个男人讲到尾声的时候要求人们也讲出他们的回忆，他挑战他们，提

---

① 二者均是梅尔维尔小说《白鲸》中的主人公，均借用了《圣经》中的名字，以实玛利是《旧约》中被放逐的弃儿；而亚哈则得名于《旧约》中一位因冒犯上帝而身败名裂的国王。——译注
② 1830—1886，美国最著名的女诗人之一。——译注
③ 1797—1883，美国黑人女性激进布道士，主张废奴主义和女权主义。——译注
④ 美国基督教歌手、布道士。——译注

醒他们那些已经被他们遗忘的承诺，但他还依然记得，他的后背弓起，他紧握的拳头张开，没有人能看懂他的手势，他的手指在空中大幅度地挥舞着。

这个镇子和史密斯村很相像，它们都会把不为人知的东西与明显的东西联系起来，两个镇子的居民都会以很高的赌注打赌（这种行为在其他地方肯定是不合法的），一切都可以拿来打赌。这两个镇子就像同一片拓荒地带里的两个前哨村镇，或许隔着某条未经标注的边界线还能遥遥相望。它们都认为对方是一个荒诞的故事。史密斯村的村民们会嘲笑那个镇子里的混乱生活，这个镇子上的人却对"史密斯村"中那种充满确定性的生活感到迷惑不解。就连《咕咕鸟》这种隐晦的谜语对于地下室录音中的镇子来说都是再确定不过了。

听着《你哪儿也不去》、《百万美元狂欢》、《把我的坟墓打扫干净》或是《我是个少年祈祷者》，你可能会感受到脚下的大地，并且把这个镇子称为"联盟镇"（Union），康涅狄格州就有一个镇叫这个名字，内布拉斯加、俄勒冈、缅因、密西西比、南卡罗来纳、西弗吉尼亚、肯塔基或是田纳西也有。而听着《墨西哥之山》、《拉姆尼钟声》或是《看啊！》，你可能会感觉大地正在从你脚下离开，并且想把这个镇子称为"杀魔山"（Kill Devil Hills），这个美国最有野心的地名是北卡罗来纳州的一个小村庄，莱特兄弟就是在这附近试飞飞机的。如果你更倾向于"杀魔山"这个名字，可能是因为你能想象，有这样一个名字的地方肯定能够源源不绝地产生出《看啊!》之中歌唱的场面，也不会拒绝任何事物。

1995 年 2 月 21 日，美联社报道的新闻：

苏珊·史密斯曾遭到继父性骚扰

南卡罗来纳州，联盟镇——因溺死自己两个年幼儿子而被起诉的苏珊·史密斯 16 岁时曾遭继父性骚扰，根据昨日公布的法庭记录，她的继父承认了这一事实……根据昨日公布的法庭记录，比弗利·罗素以"张开嘴唇的亲吻，抚摸其胸部，利用其继父身份将未成年人的手放在他的生殖器区域"等方式对史密斯进行了虐待。罗素从未因这一罪行遭到指控。

三名儿童惨遭杀害，全镇为之震惊

北卡罗来纳州，杀魔山——今日，本镇居民们在人行道上一块焦黑的区域内为三名在此遇害儿童献上鲜花和诗句,他们的尸体在一辆烧焦的面包车中被发现。他们的父亲在现场附近自杀。

这一事件发生在周末,具有 20 年警龄,曾于越战特种兵部队服役的詹姆斯·格瑞德莱斯警长也对这一场面表示震惊。

"这不仅仅是杀魔山镇的事,"格瑞德莱斯昨日表示,"这是全美国的事件。这件事使我们所有人良心不安,因为在某些地方,社会并没有能够做到阻止这种事情发生。"

如今有些罪行几乎是立刻就成了传奇,而近年来若干最不可饶恕的罪行似乎很快就随着当初的新闻报道而消失不见,这是为什么呢?这也是活跃在地下室录音中的精神所提出的问题,这些问题仿佛飘浮在时间里。原始的戏剧转变为基本的、象征意义上的超越与犯罪事件,出现在歌曲、舞蹈、歌谣、布道与赞美诗之中,哈里·史密斯用这些歌曲等东西营造出一个国度;这些原始的戏剧也出现在一种由史密斯搜集整理起来的语言之中。这些原始的戏剧仍然不曾终结,永无休止,它们是一种创建行为,不仅是创建一个国家,也是创建一种本地人类生存状况的行为。地下室录音带可以被当作一种尝试,把这个戏剧性的、永无休止的世界进行移植的尝试，仿佛乐手们对地下室录音录制时代的这种这左派与右派的政治语言、这腐败与纯洁的美学语言突然有所怀疑，仿佛怀疑这种语言与史密斯收集的歌曲相比太过贫乏，无法去形容当时所发生的罪行，甚至无法去承载他们的记忆。

既然意识到有这样的原始戏剧，你或许会发现自己也被这戏剧从自己所处的时代，从内战与外战之中拖出来，甚至于当你打开今天的报纸，就能在字里行间读到宪法与《圣经》不时被当作真理与谎言。既然你接受这样的原始戏剧是无休止的，你或许会感觉自己对同时代的犯罪事件不像以前那样有感触了，你可能会在心中勾勒出自己心目中的国家，在这个国家里，你与那个不住对你言说的古老声音可能会进行亲切的交谈。但是勾勒出这样的国家也不会使那些把你从自己的时代拖出来的罪行变得轻松；这只会让它们变得更加沉重，正如梦境施加给灵魂的重负可能比现实更甚。

在这样的冒险之中，幻象的代价是不明确的。一种古老的语言突然凭着想象，变成了活生生的语言，但是尽管它能够指出任何事物的本质，它再也无法继续进行叙事。在这个国家里，只要这种语言还在被言说，犯罪事件就不会在发生后迅速消失，正如"公路砍头事件"——

《今日美国》7 月 24 日报道——34 岁的艾里克·斯塔·史密斯今日出庭审讯，他被指控于周五在新墨西哥州埃斯坦西亚的公路边杀死自己 14 岁的儿子并砍下他的头颅，受害者的兄弟及过路的若干司机目睹了这一罪行。官方声称，史密斯来自亚利桑那州的帕克市，当时正与两个儿子共度周末，事发时他认为三人遭到魔鬼附体。警方追赶了 40 英里才将史密斯捉拿归案，在追捕过程中，他将儿子小艾里克的头抛出车窗之外。直到史密斯驾驶的面包车开到阿尔伯克基市，撞在护栏上，追捕方才告终。

——但是在这些故事的稳定状态中，不会保留名字与面孔。它们不会成为传奇；而是变为神话。

* * *

"神话就是公众的梦，"约瑟夫·坎贝尔（Joseph Campbell）① 曾说。就在不久之前，在南方的农村地带与中西部一些农业为主的州里，天气预报还是一种最常见的神话形式——因为天气是生死攸关的重大问题，年成对小

---

① 美国著名比较神话学者，深受荣格学说影响。——译注

麦或棉花是否有利，是否宜于出行，这全都要看天气。因为它是一个每日必谈的话题，当人们谈到它的时候，话音必定会平平淡淡。那个受人深爱的美国故事——《绿野仙踪》——可以被当作一则哥特式的天气预报：一个女孩被龙卷风从堪萨斯的农场卷走，落到另一个世界里，充当女巫的杀手。这就是多萝西在奥兹国的冒险，它其实是关于一个年轻女子渴望从一种语言中逃避出去的窘境，在这种语言里，每种人声都在沉默寡言的口中加以精心修饰，没有人大笑，没有人尖叫，更不会有人听到大笑和尖叫，更不会有人去关注这种事情。

这种言说或沉默的方式使人相信，确实有某些未被说出，或是被拒绝说出的东西存在着。布鲁斯·科纳尔在麦克弗森长大，那是"堪萨斯州最大的小镇"，他回忆自己小时候听到过的谈话。科纳尔仿佛在从负面讲述着多萝西的故事，仿佛它确实只是一个梦境，或者用坎贝尔的话说，是一个"私人的神话"。"我就是这样学会了不再相信语言。"科纳尔回忆当时自己的父亲站在院子里，一个邻居正好路过："嗨，乔。""嗨，尼克。""你好吗?""我还不错。""真是个好天气啊。""可不是嘛。""会下雨吗?""可能吧。""你老婆最近怎么样?""挺好的。""啊，我要走了。""那好，再见吧。""再见。"科纳尔说："我觉得很好笑，我感到很**怀疑**，我当时想，孩子们可不是这么说话的！他们一定对我们隐瞒了一些什么东西！这样的谈话肯定是一种**密码**！"

破解任何一种哥特式语言的密码，特别是一种平淡单调的语言，感觉就像打开大地一样。"我带回了夜晚，"莎拉·沃维尔（Sarah Vowell）[①] 这样写道，"现在，它是我的，直到我遭受刀刺、强奸、殴打与枪击。我曾独自走在粗野市镇黑暗的街道，从巴勒莫到纽约，但这表面温和友好的中西部却令我全身战栗。我知道法格市的一扇扇大门后隐藏着地狱，烟雾正冉冉升起，基督的敌人正低调地潜伏着，铲去杜布克街头的积雪换取额外的报酬。忘掉什么大灰狼吧，这是上帝的恐惧，这是时间的双手——他们无法忍受明尼苏达人那种好客的友善。"

这种景象通常是埋藏在一个无声的诅咒里，甚至连作出这个诅咒的人可能都无法完全理解它的真正含义。在地下室录音中，你可以听到这种错位的痕迹，这种熟悉的东西突然消失不见的错位感——迪伦在《呀！沉沉的一瓶子面包》里面猛地唱出一段主歌："这是只有一条车道的镇子。"他唱道："把肉收拾好，亲爱的，我们要出去了。"他

[①] 美国当代作家、记者、社会观察家。——译注

　　　　　　　　　　　　地下鲍勃·迪伦与老美国

在木吉他上弹出强烈而犹豫的节奏，其中充满了疑虑，甚至是逃跑者的自怨自艾，理查德·曼努埃尔的钢琴为歌曲带来了亮色，而加斯·哈德森稳健的风琴充满期待，仿佛这首歌的第二思想，迪伦唱歌的方式仿佛在敷衍，他的声音直接，平淡，坚决而略带苦涩，仿佛对歌中碰巧发生的事情感到近乎厌倦。

而这一个声音是如此脆弱易碎，听者简直能够看到词句彼此相撞发出的清脆声响，隐藏在这平淡脆弱的声音之中的，仿佛是地下室录音的上百首歌里发生的最激烈、最讽刺的事件，这一事件仿佛能够为这地下室录音营造出来的小镇勾画地图，开启一片完全由讲话与掌声组成的、全新的完整世界：一个在《晾衣绳传奇》中完全呈现平面的世界。奇异的事情在杀魔山层出不穷；这首歌由迪伦、哈德森、曼努埃尔、丹科与罗伯逊录制，最初的名字是《对"献歌"的回应》（Answer to "Ode"），它会带领你缓慢地走过其中的一条道路，人们就是在这些道路上学习如何谈论诸如此类的奇异事情，以及如何对这些事情保持缄默。

"那是 6 月 3 日/肮脏的三角洲上，又一个昏昏欲睡的日子"——事实上，现在是 1967 年的 7 月底，这个夏天被一些美国人称为"爱之夏"，被另一些美国人称为"漫长炎热的夏天"，波比·詹特里（Bobbie Gentry)① 就是在那一年写下并演唱了《献给比利·乔的歌》(Ode to Billie Joe)，波比·詹特里出生于密西西比，先后在密西西比和洛杉矶上学，这首歌在一周之内就传遍了美国。到 8 月 26 日，这张唱片登上了排行榜首位，仿佛每个州都开始聆听这首安详的、未得解决的神秘歌曲，这种安详成了这首歌最吸引人的地方，这个特殊的噪音吸引了整个国家的耳朵。那年夏天是一个充满喧闹的季节。7 月 11 日，詹特里在好莱坞录完这首歌曲的第二天，丧钟便为新泽西州纽瓦克市的 26 名黑人武装抗议者鸣起。两个星期后，载入史册的黑人暴动席卷底特律，43 人死亡。在电影院里，人们目不转睛地观赏着由 23 岁的达拉斯州女侍邦尼·帕克尔（Bonnie Parker）与 25 岁的得克萨斯州流浪汉克莱德·巴罗（Clyde Barrow）的故事改编的《邦尼与克莱德》(*Bonnie and Clyde*)，这是 1934 年发生在沙尘带著名的抢劫银行与杀人案件，现在由演员费·唐娜薇（Faye Dunaway）和沃伦·比蒂（Warren Beatty）重新诠释，精彩到令人无法抗拒，两个主人公最后被警察的扫射打成了碎片。在银幕上，几百颗子弹射穿金属与骨头。在影院里，你可以听到每一声

① 20 世纪 60 年代自弹自唱的乡村女歌手。——译注

枪响，这枪声在人们手中的报纸上激起回响，在人们的头脑里久久徘徊：纽瓦克、底特律、西贡、河内。当1967年的8月终于步入尾声的时候，电视剧《亡命天涯》（Fugitive）里大卫·詹森（David Janssen）饰演的主角最终抓到了独臂人，但在这个国家里的其他地方，所有人都处在每况愈下或逃避现实的状态。在电影院里，邦尼与克莱德站在一条乡间公路上。在警察开火之前，可以听到鸟儿的啼鸣，观众们就像克莱德一样，能听出它们因为受到惊吓而拍动翅膀。那是一个多么晴朗的天气，简直可以听到阳光在发出清澈的声音。当枪击结束的时候，警察走近他们藏身的树丛，他们的面孔上带着坚决平静的表情；一时间万籁俱寂，好像所有人突然之间都聋掉了。这就是电影的结局。人们带着恶心、愤怒、兴奋、战栗、恐惧的情绪走出影院，不知道他们听到的是警告抑或战斗的召唤。电影把人们带回到30年前，但它展现出来的东西却仿佛并未成为过去，对很多人来说，这部电影和当时所发生的历史性事件有着同样的效果，正如资深影评人波林·凯尔（Pauline Kael）在那年夏天写下的，它"犀利地直刺死亡"。

这个国家就像一列破旧的火车，因为4分零13秒的《献给比利·乔的歌》而暂停了一下。

一个年轻的女人，她可能有20岁，也可能是14岁，她在讲一个故事，有那么一天，她和全家人围坐在桌边，吃着农场丰盛的午餐，听着收音机里传来的新闻：比利·乔·麦克奥利斯塔跳下了塔拉哈奇桥自杀身亡。这家人认识这个孩子，当然啦，在这个密西西比河三角洲的小地方，所有人都彼此认识，但是这个歌手和他最熟；女孩的妈妈还记得，新来的牧师曾经提起，他看到比利·乔和一个长得很像那个歌手的姑娘把什么东西扔下了那座桥。吃饭的时候，女孩的母亲、兄弟和父亲都不住回忆着比利·乔的事情。母亲突然注意到，女儿还没有动叉子呢，但是马上就说起别的来了。

波比·詹特里的声音带着一丝痛楚，但是唱到句子末尾的时候，她的声音会变弱，仿佛在刻意避免高音。她自弹自唱，叙述这段对话时带点结巴，仿佛故意要使这个故事显得没什么意义；小提琴和大提琴的声音仿佛从遥远的地方传来，管弦乐的声音微弱得就像记忆本身一样。歌手就像《长长的黑面纱》(Long Black Veil)① 里面那个走过山冈的女人一样：**她**知道比利·乔为什么自杀，她知道他和那个姑娘把什么东西扔进了黑色的水流，但她不会说，坐在桌边的其他人甚至也不想问。要忍受到这顿饭吃完，

---

① 出现在《地下室录音带》中的翻唱歌曲。——译注

就算大功告成了。所以所有人的声音都很平静，没有任何波动。比利·乔的自杀停留在同样的道德层面，就像桌上的黑豆一样。一切都很平静，一切都很安详。厨房的窗子之外，整个国家都在侧耳聆听。

"这首歌是在研究无意识的残忍，"几年后，詹特里对《公告牌》（Billboard）的撰稿人弗莱德·布朗森（Fred Bronson）说，"但是所有人似乎都对那两个人从桥上扔了什么东西更感兴趣，对这首歌里那些毫无想法的人们漠不关心——从桥上扔了什么东西其实一点都不重要。"

> 所有人……都在猜测着究竟是什么东西被抛下了大桥——鲜花？戒指？还是一个婴儿？所有听过这首歌的人可以随心所欲地联想任何事情……但是这首歌所传递的真正"信息"——如果一定要有个信息的话——是关乎这个家庭谈论这场自杀事件的方式。他们坐在那儿，一边吃豆子和苹果派，一边侃侃而谈，根本就没注意到比利·乔的女朋友其实就坐在桌边，**根本就是家里的一员。**

是的，她的姐姐已经结婚，在图珀洛买下了一家商店，歌手在最后唱道："疾瘟流行，爸爸染上了病，去年春天去世了，"她对他的遭遇也没有什么感情，就像那天饭桌边其他人对她的遭遇也没有什么感情一样。唱片在排行榜头名位置上停留了一个月。我还记得自己曾经在开车的时候听到收音机里传来这首歌的声音，我试着跟上歌中滑动的句子，仿佛受到歌中有毒的气息所蛊惑，弄得精神恍惚，结果一头撞在前面的车上……

摇滚乐中有伟大的相互呼应、相互作答的传统，这是从艾塔·詹姆斯（Etta James）① 1954 年的金曲《亨利和我一起摇滚吧》（Roll with Me Henry）开始的，它是对汉克·巴拉德（Hank Ballard）② 与他的乐队"午夜者"（Midnighters）登上排行榜首位的节奏布鲁斯经典《安妮和我一起干吧》（Work with Me Annie）的回答；还有"发言人"（Spokesmen）1965 年的《修正的黎明》（The Dawn of Correction）——这首爱国歌曲是对被誉为"新迪伦"的抗议歌手巴里·麦克奎尔（Barry McGuire）登上排行榜首位的抗议歌曲《毁灭的黄昏》（Eve of Destruction）的回应，不过"发言人"这种没心没肺的欢快并不如约翰尼·西（Johnny Sea）③ 那个遭人遗忘的回应《决断之日》（Day

① 从 20 世纪 50 年代起长盛不衰的美国黑人女歌手，风格贯穿布鲁斯、爵士、灵歌、摇滚等。——译注
② 底特律节奏布鲁斯歌手。——译注
③ 创作歌手、演员。——译注

for Decision)；此外还有鲍勃·西格（Bob Seger）[1] 含糊的《黄色贝雷帽之歌》(Ballad of the Yellow Berets)，是对巴里·桑德尔军士（Sgt. Barry Sadler）1966 年登上排行榜首的爱国歌曲《绿色贝雷帽之歌》的一种讽刺——这种"回应歌曲"仿佛是没名气的艺术家想借着明星的名气和财富沾光，或者说更像吸引人注意的手段；但事情并非如此简单，回应的歌曲仿佛是一种游戏，歌迷的游戏，好像是要为一首理解不了的歌曲编出新的词语，或是对一张拒绝解释自身的唱片进行讨论。公众对《献给比利·乔的歌》的讨论就是某种终极的回应歌曲。

至于迪伦的《对"献歌"的回应》，这首歌最终在1975 年，以《晾衣绳传奇》的名字出现在《地下室录音带》的官方版本里，它亦是那个公众讨论的一部分，但在1967 年及其后，它是一个秘密的回应歌曲，里面包含了一个秘密的公众。它无视一般"回应歌曲"的规则，为了借原唱的光流行起来，回应歌曲应该直接对原歌曲的主题或主要故事情节做出回应（要为《献给比利·乔的歌》唱一首回应歌曲，准确的名字其实应该是《我知道比利·乔·麦克奥利斯塔把什么东西抛下了塔拉哈奇桥》）。《晾衣绳

---

① 民谣摇滚歌手。——译注

传奇》把《献给比利·乔的歌》中的语言和语气扩展到了全国范围；仿佛唐·西格尔（Don Siegel）执导的恐怖电影《人体异形》(*Invasion of the Body Snatchers*)，它为整个镇子戴上了面具。也许这个结果只是完美的幻觉，迪伦歌中的叙事者所说的一个私人笑话，歌中的这个年轻男孩可以对应波比·詹特里歌中的年轻女孩，这个叙述者可以使任何人说出虚无的语言，它来自虚无，从未有过，什么都无所谓。

《晾衣绳传奇》开始于布鲁斯·科纳尔童年时的那个院子。这个孩子的家人从房子里走出来，把衣服从晾衣绳上取下来，拿回到屋子里去。父亲问了一个问题，却得到"你想知道什么?"这样的回答。"这个，是因为。"父亲不好意思地说，他感到尴尬，仿佛对其他人的冷漠构成了冒犯，他解释道，自己不会再说更多话了。全家人把衣服拿出来，重新晾了回去。音乐中的一切都是循环的；罗比·罗伯逊慵懒、缓慢地弹着吉他，加斯·哈德森的风琴继歌手之后加入，仿佛歌手那平淡的描述有可能会变得有趣一样，好像只有这风琴声才能勉强让歌曲继续下去，不至于马上结束。"那是在1月的30号，"歌手回忆道，"所有人感觉都很好。"突然之间，歌曲给人的感觉仿佛是发生在很久以前，又好像是唱歌的前一天才发生的事情，但是那个问题根本就没问出口；歌手的声音中似乎有着深沉的记忆，但是歌曲中却没有时间的感觉。所有人感觉都很好，这是因为在这个镇上，这首歌迅速地唤起了一种道德上的确定感，一种没有任何事情将会发生的确定感。这种确定感，这种预言，这种快乐就是这首歌的内容，这首歌是在描述这种确定感，就像一般的歌曲描述各种各样的事情一样，但是这种确定感所起到的作用正如《献给比利·乔的歌》中的塔拉哈奇桥。如果什么都没有发生，那么歌手为什么会这么清楚地记住这个日期呢？

第二天，家里的所有人起床来，发现衣服都干了，这就是这一日的全部冒险。但是一个像布鲁斯·科纳尔父亲的邻居那样的人从院子前面经过。母亲对他说："你好。"邻居问她："有什么新闻吗?"他面上带笑，声音里有种心满意足的感觉，尽管在这里"新闻"实在是个很奇怪的字眼，好像外文一样陌生，"副总统发了疯"。

在那慵懒的音乐之中仿佛有醉醺醺的演员身影移动，他们仿佛不需要再喝下更多的酒，他们的细胞就足以制造出酒精，在片刻之间，歌曲中的这个小镇仿佛就是首都华盛顿哥伦比亚特区，1967 年，来自明尼苏达州的休伯特·汉弗莱（Hubert Humphrey）就是在这里担任副总统的职位。1964 年他被授予这一职位，因为他在总统提名大会上将民主党在种族公正方面的章程进行了修改——原本的章程也是由他参与制定的，它们拒绝了由黑人与白人组成的密西西比自由民主党提出的合乎宪法的要求，以免白人民主党的领袖退出会议，这些白人领袖紧握手中的权力，唯恐南方黑人拥有选举权；如今他又站在总统林登·约翰逊（Lyndon Johnson）一边，力主对越南作战。在这一瞬之间，这个镇子又回到了1948年的明尼阿波利斯，休伯特·汉弗莱曾是这里锐意改革的市长，不顾从杜鲁门总统以降的全国民主党领袖的请求，一手建立起了民主农工党，同年，又在民主党全国大会上提出历史上的首个民权竞选纲领，尽管南卡罗来纳州州长斯特罗姆·瑟蒙德（Strom Thurmond）率领南方代表愤而退出大会，并于同年在选举团选举中不支持民主党阵营，汉弗莱还是对自己的纲领坚定不移——然后就来到这一天，某一年的1月31日，这只是一座名叫杀魔山的镇子，这个邻居说：副总统从塔拉哈奇桥上跳下去了。之后这个邻居期待着对方出于礼貌做一些回应，就像"今天会下雨吗？""有可能。"之类自然而然的回应。

"在哪里？"母亲问。

"城里。"邻居说。

"什么时候？"母亲说。

"昨天晚上。"邻居说。对话的步调加快了，听者可能会感觉谈话就要变得有点意义了。"嗯，啊，真是太糟糕了，"母亲的答话粉碎了这种希望，歌手把她的语气处理得平淡至极，仿佛不是对这个消息感到很高兴，就是快要死掉了。"啊，我们对此无能为力，"邻居说，仿佛正在仰起头看着天上飘过的云，"我们很快就会忘记这件事情。""我想是的。"母亲说，好像她已经把这件事给忘了，然后她就问歌手——自己的儿子，衣服干了没有。邻居很快转向这个一直站在晾衣绳边听着他们谈话的男孩，语气甚至比讲述那位消失不见的副总统的事情还要焦急（其实副总统的事情在他心里一点也不紧急），"这些衣服都是你们的吗？"男孩知道自己应当怎样回答，他知道应该怎样谈论天气，他知道应当怎样把审判之日化为天气。在这里，每个人都在谈论它，但是没有人为它去做任何事情。"有些是，有些不是。"男孩说。

哈德森的风琴几乎令人无法觉察地提高了声音，放松了系着歌曲的绳子，让它旋转起来，就像你用手指揉着太阳穴，和某人对视时的动作：风琴所描述的人就是你，是这首歌中隐藏的公众，他们的副总统既坐在宪法赋予的位置上，同时也在塔拉哈奇河河底。人们像歌中的叙事者一样侧耳倾听，音乐正在说出歌词所描述的世界，那是一个上下颠倒的世界，布谷鸟的世界；这个站在院子里的邻居却什么也没注意到。"你总是帮着做家务吗?"他问男孩子。"有时候帮，有时候不帮。"男孩回答。

之后这个邻居擦了一下鼻子，男孩描述了这个细节，歌手的声音唱到这里的时候仿佛在犹豫，之后这犹豫就飘散到了奇异的领域——他就要打开这首歌中那看不见的门了。这首歌中的模糊之处此时显得如此危险，让那个邻居在这一刻简直显得不像是人类了。但是父亲在叫他：男孩得把衣服拿回去了，所以他就照办了。"然后我就关上了所有的门。"男孩说。

又是那老美国的面具，这面具掩盖声音，掩护着弗兰克·哈奇森走进镇子，在每家每户的门前留下轻纱之后离去，至少在这一日里，面具已经嵌进了每个人的血肉。在杀魔山，人们理解事情总是要发生的，就算他们并不全都理解这些事情为什么要发生，或者不关心它们为什么要发生也没什么关系。在这一天里，如果你抓住某人的面具，试图把它撕下来，就会发现手指上沾满鲜血，人们走过你身边时都会看着你。但如果换了一天，破解了《晾衣绳传奇》里的密码，你可能会发现还有更难承受的事情。你可能会发现面具底下还藏有面具，此外还有无数语言与面具一同到来。你可能会发现一桩犯罪的真正开端，这是从这个镇子建立伊始就存在的，或许这个镇子的建立正是为了有朝一日能够把这桩犯罪暴露出来，以及那种为了把犯罪说出口的语言。

如果这种事真能发生，那么《对"献歌"的回应》中的语言就已经完结，那褴褛的狗的故事也已经完结，不再需要庆典，尽管庆典还在举行，杀魔山的人们可能会发现自己再也不能安坐在"火焰之轮"上。这时，老美国的幽默在这些歌中隐现，既不是秘密的身份，也不是伪装的死亡，不管《晾衣绳传奇》里面发生了什么事情，都值得一美元或是一杯酒，任何倾听的人都会为自己最爱的歌曲付出代价，为自己的本来面目付出代价。

进入坟场

在史密斯村的所有浪子之中，最常在杀魔山出现的还要算多克·博格斯了。你或许可以看到他在杀魔山的街头晃来晃去，眼睛直勾勾地看着前方，面无表情，就像一个羞于承认自己来错了地方，花光了钱买酒喝的男人一样。或者，你也可以看到他在街角弹唱，周围簇拥着人群，他手里握着钞票，眼神闪烁不定——什么？此时此刻难道正是聆听他唱了40年的歌曲的绝好时机吗？这些歌曲他其实更多是在倾听而非演唱，对它们的感情则更接近恐惧而非喜爱。难道这些给他钱的人们其实是在寻求一个宝藏：一种他们已经忘记了自己曾经花钱购买的记忆，而他则在这一切发生很久之后还被准许保有它？

你知道，现在这儿的很多人都曾经在詹金斯，曾经在那个镇上最热闹的地方——如果你走得太远，如

地下鲍勃·迪伦与老美国

果你需要一点钱，你就会发现……

这是在 1969 年，离诺顿市不远的尼德摩尔，这里是弗吉尼亚州西南部的山区，博格斯在这里整夜喝酒。迈克·西格（Mike Seegei）① 是博格斯的朋友和合作伙伴，他打开录音机，像几年来所做的一样，录制博格斯的生平故事；这一晚，西格试图哄着博格斯上床睡觉，但是博格斯忘却了录音机的存在，他还有不少故事要讲。他那年 71 岁，此时距离他溘然长逝还有一年多的时间。

我有一次去了詹金斯，我和一个朋友，坐着福特小轿车，我们——那时候道路还没有分等级呢——我们一直开到山这边。得开到老路上才能登上山顶，我们上了山顶，一切都很好，在诺顿，什么路都是铺好的。我们下山，和我那个住在梅金的姐夫李·亨萨克一块儿待了一晚上，我们下山和劳拉还有李待了一晚上，就是一晚上。他没钱，我也没钱，我们一块儿回去，开车回去，回到詹金斯，大概有 8 到 10 英里路。他说："多克，我汽油快没了，"他还说："我得给车加油，要

① 民谣复兴运动中的重要成员，同第四章所述之约翰·科恩组建"新失落城市漫步者"乐队。——译注

是在山里没油了怎么办?"我说:"你就安静点吧。"我又说:"这点油够拉我们去詹金斯的了,这就够了,拉我们去詹金斯就够了。"詹金斯以前可是最大最穷的地方了,我说的是,那儿的人是我见过的最慷慨的施主。

我们到了,进了一个停车场。我走出去……我那时弹的是那把"银调"(Silvertone)琴。他说:"我们该怎么做,多克?"我说:"你就给我安静点儿。"我说:"会好的——别紧张。"我们也没吃晚饭。他说:"我的车里只剩几加仑的油了。"我说:"你就安静点吧。"我们走出来,他们那儿有几把长椅子,就在大街旁边。他们有一大帮人,大概有 10 到 12 个吧,都坐在那几张椅子上。"哇——"有人骂开了,"这不是那个该死的老多克吗!"有人说:"你的班卓琴呢,多克?"我说:"琴在那辆小车里呢。"他们说:"好吧,你怎么不带着它过来呢?你去拿琴,到这儿来给我们弹点儿什么。"我说:"琴正好有毛病了,而且我们的车在那边呢,没油了,我的肚子还空着呢。"我又说:"你们这些家伙要是愿意掏点钱,我就坐在这把椅子上,给你们唱个几首小曲儿。"

他们给了我三四块钱,然后我就拿出了班卓琴。那还是很久以前的事了,那时候钱还挺值钱的呢。我回去拿了我的班卓琴，从停车场走出来，把琴从琴盒里拿出来，坐在长椅上。我也不管什么车不车、人不人的。唱歌之前我又收了一次钱。现在手头有10美元了。我就这么不管不顾地唱，突然眼前一花，就看见一大堆明晃晃的扣子，好像是警察什么的过来了，冲进人群里，我看着他——我把这个镇子都堵住了。整条街都堵住了，周围全是人，我估计大概有250个还多，得有300个人吧。那个警察就冲着我来了，他说："多克，你把这条街堵住了，你不能这样。你真不能这样。"他还说："离开这儿，到那个露天舞台上去吧，你想怎么唱就怎么唱。"他还说："我也爱听你唱歌。"我说："警长，我没注意这条街道堵住了，我唱歌的时候从来不看，我无非就是想挣几个钢镚儿。"然后我就去了露天舞台，所有人都跟着我过去了，到最后我也说不上收了多少钱，差不多每个人都给了我一点，没有少于两毛五的，差不多都是五毛一块的。我大概唱了一个钟头，一个半钟头吧，然后就挣够钱加油吃饭了，这么多钱足够加油一直开到山顶上的。我知道这是一个人一辈子里最好的时光——他的名字是山姆。他现在已经死了。他在路易斯维尔到纳什维尔铁路线（L&N）上开过火车。只要登上山顶，要下来可就很容易了。

多克·博格斯讲过很多这种别人怎样被他的音乐所吸引的故事，在他的晚年，他一遍又一遍地讲述类似的故事。他到处对人讲述他的阿巴拉契亚乡亲们怎样被他的歌曲深深地打动，简直是不由自主：他唱的传统老调，还有从收音机里传来的那些他翻新的布鲁斯歌曲，他们就这样听着，好像一生从来没有听到过这样的东西，好像这片土地，这个历史，以及他和他们所分享的无线电波都使他们感到惊异，他们对他所带来的东西感到猝不及防。

博格斯在对着迈克·西格的录音机口述时，他并没有修饰自己的回忆，只是在充分地取回自己的记忆，他让故事旋转起舞，直到它按照自己的节奏，像陀螺一样在他的手掌上自行旋转不休。1927 年，博格斯从弗吉尼亚来到纽约，录制自己的第一张 78 转唱片，之后转身消失在由籍籍无名者组成的历史洪流之中，但在 1969 年录下这段故事的时候，距离博格斯再次走进公众视野已经过了六年之久。1963 年，在民谣复兴运动的鼎盛时期，西格同约翰·科恩一道建立了"新失落城市漫步者"，他们曾再次演唱起《美国民谣音乐选》中那些仿佛形体已经消失不见的传奇——博格斯等人的音乐，与此同时，他们发现博格斯就住在诺顿。尽管博格斯自从 30 年代初开始就没有在公共场合表演过了，几个星期之内，他却出现在北卡罗来纳州阿什维尔

（Asheville）的美国民谣音乐节上。他的声音又可以在全国被听到，从新港到伯克利的音乐节都可看到他的身影，他又新发行了三张专辑，只要有心人想听，就一定能够听到。

这些音乐在很多人的心上复又激起回响——但是也没有那么多，就算在民谣复兴运动的时期，也并不算很多。彼得·加拉尼克（Peter Guralnick）[①] 曾经写过若干关于"跳跃"詹姆斯的东西，詹姆斯是一位伟大的布鲁斯歌手，曾在 1931 年录制过 18 张精彩而独特的唱片，之后就像博格斯一样销声匿迹，直到 1964 年才被布鲁斯音乐收集者们在密西西比州图尼卡的一家医院里发现，之后出现在同年的新港民谣节上，关于那些糟糕的夜晚，加拉尼克描述为："他从阴暗之中被揪了出来，还要回到同样深邃的阴暗中去，"博格斯想必会有同感，从虚无到虚无，从起点再次回到原处。20 年代的时候，他在弗吉尼亚和肯塔基的山间歌唱，60 年代，又为大学生们歌唱，一切都在音乐之中：奇怪的是，在这两段经历之中，博格斯的歌都如同预言，唱歌时他仿佛置于自身之外，成了自己生命的预言家、自己的灭绝天使。无论是在年轻抑或年老的时候，他唱起歌来都仿佛把自己的生命当作某种已经逝去的东西。那种情感

---

① 美国著名民间音乐、根源音乐学者，以撰写艾尔维斯·普莱斯利的传记而闻名。——译注

在音乐中沸腾着，他自己能够理解，它无可阻挡，模糊不明，如同信仰一般。有时候，正如在詹金斯的那一天，他的演出成为仪式，而那些歌曲——《乡村布鲁斯》(Country Blues)、《南方布鲁斯》(Down South Blues)、《蜜糖宝贝》、《漂亮波丽》(Pretty Polly)……则成为神秘；有时候，一切一下子又都不一样了。

多克·博格斯创作关于死亡的原始现代主义音乐。他的原始性在于：这些音乐是从垃圾堆里收集来的，你在任何人的院子里都能见到这些素材，都是些半新不旧的旋律、民谣歌词的碎片、柴尔德歌谣的碎片、邮购而得的破乐器、20年代初北方城市新出炉的女子布鲁斯唱片；而他的现代主义在于：这些音乐唱的都是在一个由冷漠的、创造了世界后就听之任之的上帝统治下的世界中的选择——一个你被抛进来后只能依靠自己的世界，一个只有艺术或革命的世界，一个符号化的世界，一个让你变得不再是自己的世界。现代主义，是的，因为早在1923年，安德烈·布勒东（Andre Breton）① 在巴黎第一次展出自己的超现实主义作品之前一年，多克·博格斯在纽约录制《乡村布鲁斯》和《漂亮波丽》之前四年，D. H. 劳伦斯在他的《美国经典文学研究》（Studies in

―――――――――――
① 法国作家，超现实主义运动领袖。——译注

Classic American Literature）中的若干描述既可以适用于霍桑的《红字》，也可以适用于博格斯当时还在酝酿中的作品："法国现代主义或未来主义最强烈的狂暴力量并未触及爱伦·坡、梅尔维尔、霍桑、惠特曼等人所达到的意识的极致深渊。欧洲的现代作家试图接近极致。但我提到的这些伟大美国作家，他们本身就是极致，正因如此，整个世界才对他们感到畏惧，而且直到今天犹自感到畏惧。"[①]

博格斯的音乐接受了死亡，这音乐对死亡的使命表示同情，全心拥抱死亡的诱惑，并与死亡的诡计并肩同行。劳伦斯说："总是这样，美国作家表面上的意识是那样清楚直接，平铺直叙，然而隐藏在下面的潜意识却如同恶魔一般。**毁灭！毁灭！毁灭！**这就是潜意识的呼唤。**爱与创造！爱与创造！**外层的意识犹自喋喋不休。整个世界只能听到'爱与创造'的饶舌，却拒绝听到来自下层的绝望呼唤。"在多克·博格斯这里，这种呼唤干脆浮上了表面，然而他听上去还是要比任何人都有来自地下般的深沉。他的声音就像那面具之后的面具，尽管人们可能会认为面具后面应当是一张真实的面孔，但那还是一张面具；就算那是一张真实的面孔，但是如果这个男人的歌声和面孔是一致的，

___

[①] "原始的现代主义"（primitive-modernist）这一术语是由来自孟菲斯的指挥吉姆·迪金森（Jim Dickinson）所提出的。——原注

人们还是会觉得那只是一张面具。

多克·博格斯的歌曲中就是讲述了这样的故事，描绘了这样的世界，故事中的演员和他们的行为都闪烁着光辉。犹豫蜕变为疯狂：正如矿工、私酒贩子、平日习惯去教堂的人和享受自己杀人艺术的杀手那样，博格斯讲述着关于疏离与悲伤、犯罪与义无反顾的故事。这些故事是地下室录音中最深沉的那些歌曲的渊源，诸如《愤怒之泪》和《我不在那里》。如果鲍勃·迪伦的视野中不曾有多克·博格斯的出现，如果不是博格斯提供了艺术与道德上的范例，就不可能有地下室录音中的那些歌曲，博格斯对迪伦来说与其是音乐上的影响，不如说是一种护身符般的存在，每当提起博格斯，迪伦总是使用一种充满敬畏和带有距离感的语气，因为博格斯无论是在美学意义上还是在现实生活中都是那样遥不可及。但是关于这面具之后的面具的故事，关于这面具后面可能出现的真实面孔的故事本来可以被讲述得非常简单，正如辛辛那提的神秘作家约翰·富兰克林·巴尔丁（John Franklin Bardin）1947 年的小说《无情的佩尔什马》（*The Deadly Percheron*）。

小说讲述一个精神病医师，一连好几个月被当做另外一个人关入一所没有镜子的精神病院。他患有部分失忆症；他知道自己是什么人，他只是不知道自己究竟是怎样来到这里。他通过猜测医生们对他诊断的结果，成功地使自己的行为满足他们的期待，毕竟，他曾经诊治过不少病人，就像他如今被当做的这个病人一样。他的表现完全如同常人，好像已经完全恢复了，最后终于获得释放。他重新走在街头，走进一家冷饮店，在柜台后面的镜子里重新看到了自己的模样，镜中出现了奇异的景象：

他并不老——我仔细端详他的面孔时，发现他与我年纪相当——尽管他乍看上去比较显老。这是因为他的短发已经花白，而他的下巴尽管不时发抖，却还显示出残存的力量。但真正让这张脸显得丑陋的，是那条宽大、愤怒的红色伤疤，斜穿了他的整张面孔，从一只耳朵，经过鼻子，一直延伸到下巴，直到另外半边面颊。这是一条老伤疤，缝合得很糟糕，在愈合的过程中曾经遭到拉伸，把这张脸折磨得有如羊皮纸般粗糙，带着小丑般痛苦而又滑稽的神情。在一边的面颊上，眼睛被扯得向上挑起，仿佛在斜视，而另一边的眼睛则略微下垂；眼睛下垂这一侧的嘴角仿佛充满了痛苦。这张脸面如死灰，但这伤疤却呈现光亮的深红。我怜悯这个男人，我连看着他都感到尴尬；当然，他肯定看到了我注视他的倒影！但这个念头刚一涌上我的脑海，我就突然注意到，当我啜吸麦管的同时，他杯子里的可乐也随之空了。

多克·博格斯的声音就像是这样。1929 年，他曾经拥有一个乐队，名叫"多克·博格斯和他的坎伯兰山表演者们"（Dock Boggs and His Cumberland Mountain Entertainers），乐队成员包括一个小提琴手和若干吉他手，博格斯本人花里胡哨的舞蹈更是一绝。有一首歌是博格斯特别喜欢的，它是亵渎神圣的圣歌，不是在祈求恩典，而是在祈求尘世上的更多时间，这是一首黑白两色、永垂不朽的歌曲，名为《啊，死亡》（Oh Death）。每当博格斯要唱这首歌的时候，吉他手斯科特·波特怀特（Scott Boatwright）都会说同一句话："滚出坟场吧，多克。""我看见了什么，用冰凉的手掐着我？"博格斯开始唱道，声音在他的喉咙里抽搐，就像牵线木偶的肢体一般，"我是死亡，没有人能够逃过/我打开通向天堂或地狱的门。"

* * *

1994 年，我开车向西，驶向诺顿，它位于怀斯郡（Wise County），是弗吉尼亚州与东肯塔基交界的地方，再向北 75 英里，就是弗兰克·哈奇森活动的领域，托马斯·

杰斐逊（Thomas Jefferson）的弗吉尼亚同这里相比，好像是另一个世界一样。

我的目的地是怀特斯堡（Whitesburg），穿过肯塔基的边界，进入莱彻郡（Letcher County）就到了。怀斯郡地貌的特点是陡峭的山谷，险峻的地形，分布着古老的煤矿，到处可见焦炭炉和矿渣堆起的小丘，以及煤矿公司所属小镇的破旧房屋；而在莱彻郡也是如此，道路崎岖地穿过森林，沿途能看到平凡的景色，这里的道路几乎都是这样的，直到眼前的景象开始变得奇异。

这里万籁俱寂，一切都是静止的，没有鸟儿的鸣叫，没有小动物从柏油路边不时窜出来。在路易斯安那、密西西比、亚拉巴马、田纳西，以及弗吉尼亚的最东部，道路就像动物园一样，至少也是个自然历史博物馆的样子：死去的浣熊、负鼠、松鼠、蛇、臭鼬、猫、狗、犰狳……各种尸体应有尽有。但在这里，这个煤火与炭烟缭绕了一个世纪的国土，野生的生命仿佛都被驱逐出去了——后来我曾经同一位阿肯色州的教授和一个加利福尼亚的朋友谈起过这里，我说，那里的道路上并没有被轧死的动物。他们两个不约而同地回答道："你知道为什么道路上什么东西都没有吗？因为山里人一旦撞死了什么东西，他们就跳下车来，把尸体吃掉！"

辛辛那提市位于俄亥俄州与肯塔基州的边界，我去怀特斯堡的几个月前，辛辛那提的选民普遍拒绝接受一项民权措施，很多时事评论者都觉得，这一项防止种族歧视的法律保护措施近乎玩笑——在辛辛那提，人权保护法规不仅在住房、就业、公共交通方面禁止基于种族、性别、性取向、信仰、年龄、残疾、婚姻状况的歧视，还要特别保护"阿巴拉契亚出身"的人免遭歧视。这简直是个玩笑，多么古怪的法律——不管是辛辛那提的选举人口中的玩笑，还是我的两个朋友告诉我的玩笑，总之意思都差不多。像怀斯郡和莱彻郡这样的地方都是受人嘲笑的所在，好像那里是另外的国度一般。

　　在山区，广播就代表全部国家，但是，在这里，在这个令纳什维尔（Nashville）成为繁华簇新的音乐之都的地方①，广播的种类却非常稀少，放的音乐并不适宜。站在环绕着诺顿的群山上俯瞰下方，让视野穿越杰弗逊国家森林，落到丹尼尔·布恩（Daniel Boone）②的国土，会使你感觉这里和地球上的任何地方都不相同，它是这样的令人

---

① 纳什维尔是美国田纳西州首府，汇聚了大量乡村、民谣音乐的厂牌和录音室，这里指在纳什维尔的大量乡村和民谣音乐最早是在这些山区诞生的。——译注
② 美国历史上最著名的传奇探险家之一，曾于 1760 年探索肯塔基一带。——译注

不安。地图上只有山峰——弗吉尼亚的最高峰不到六千英尺高——在天气晴朗的日子里，它们看上去却比科罗拉多的山峰还要高，突兀地拔地而起，以至于粗心的游客可能会觉得龙卷风骤然出现在自己面前。站在适当的地形，可以看到残余的矿脉，以及人们对这片荒芜土地的暴虐摧残；站在另一个角度，则可以看到一个隐匿者的世界，森林完全没有遭到焚烧或砍伐的迹象，在这里，如果有人决心躲藏起来，那他永远也不可能被找到；这片景象可能会让你认为这里从来就没有人居住过，印第安人或欧洲人的足迹都从来不曾到达这里。这巨大的高地以及笼罩其上的蓝色**雾霭**是如此难以被穿透，仿佛永远不会被人类征服，永远不会成为任何人的家园；布谷鸟飞来飞去，找不到一丝透下来的光亮。"在这里，人们无法看到自身之外的东西。"马克斯写道，"万物都在自言自语。"就算一辈子都在这里看啊，看啊，也无法看到自己的映象。

往东不远，23S 公路并入 58E 公路，进入克林奇河谷，这里是一片林间空地，完全是一片和谐而令人愉快的景象。奶牛凝视着山坡，一切都是绿色的，一切都那样精致、洁净、鲜明。地平线映衬着人群、房屋、工厂与休闲设施；一切都已经被改造完毕。多克·博格斯所工作的大山却在这些镇子之外，那里的一切建筑：煤棚、破屋或是房舍都是那么简陋，有如临时建筑，摇摇欲坠，随时都有可能坍塌，加入到周围随处可见的废墟之列。

广播里一群歌手柔声细语地唱着主流乡村怀旧歌曲：友善可亲的人声，明亮的老式小提琴与快乐的收尾。与此同时那些怨恨与防备、尴尬与羞耻——那是朋友们对我讲的山里人笑话以及辛辛那提市的那条法令的另一面——它们就像是一种胜利者面对你死我活的对手，脸上露出的冷笑，这冷笑就萦绕在"超级碗"里准备高唱国歌的歌手们微笑的唇边。小提琴是最糟糕的，它更像是一种符号，而不是音乐。它不是用来沟通的，而是作为传统的象征。倒不是小提琴的旋律彼此相像，而是它们在所有歌曲中发挥的作用都是一样的。仿佛这小提琴不是由真人演奏，仿佛纳什维尔的录音棚里收集了全套小提琴演奏的模板一样。在我离开怀特斯堡，向北穿过詹金斯，回到诺顿的旅途中，汽车里一直放着多克·博格斯的磁带。

博格斯原名莫兰·李·博格斯（Moran Lee Boggs），这个名字来自当地一个医生，博格斯也喜欢别人用"多克"① 这个绰号称呼他。博格斯于 1898 年出生在西诺顿，是家里最小的孩子，上面有九个哥哥姐姐。这家人有着悠

① "Dock"与"医生"（doctor）谐音。——译注

久的历史：南北战争结束那年，博格斯的父亲年满 16 岁，在肯塔基的哈兰郡拥有 350 英亩田地，后来他把一块又一块农田卖给了煤矿主的掮客，一块地比一块地小。后来博格斯对迈克·西格说："他去世的时候手里的地连埋他都不够。"

老博格斯最后在诺顿当上了铁匠和枪械制造师。这片土地是 1750 年才被白人发现的，1785 年被命名为"普林斯平原"，是根据第一个在这里定居的人威廉姆·普林斯（William Prince）的名字来命名的，老博格斯出生四年前，这里才更名为"诺顿"，这个新名字是根据路易斯维尔和纳什维尔铁路总经理埃克斯坦·诺顿（Eckstein Norton）的名字命名的。这是一桩重大的转变。从那以后，像博格斯的父亲这样的人带到诺顿来的生活便主要活在音乐里，这种风格，这种歌曲在 20 世纪 20 年代就已经被叫做"老歌"了。在这里，真实的生活主要是由煤矿来决定，并由火车牵引着，在轨道上迤逦而行。

博格斯在当地读书的学校只有一间教室，每年只开放三个月——镇上太穷了，请不起更多教师。他 12 岁就去了煤矿工作，当时是 1910 年，他每天工作 10 小时，赚取每小时七美分的收入；后来他通过词典、《圣经》和拼字课本进行了自学。他一生中大部分时间都是在怀斯郡和莱彻郡两地的煤矿工作。1954年，采煤机械自动化使他彻底陷入了失业和赤贫的境地，只能依靠妻子菜园里种植的蔬菜和教堂的捐助为生。后来，到他60岁的时候，社会保险机构和联合煤矿工人救济金开始运作，保障了他的生活。博格斯从30年代开始就把班卓琴典当出去了；直到迈克·西格发现他之前不久，他才开始恢复一些练习。

20世纪20年代，年方20多岁的博格斯第一次过上了一种超越日常平庸期待与市场决定论的生活，他发现了一种自由，一种对人生的掌控，但他很快就失去了这些。

1918年，博格斯怀揣着600美元的存款娶了莎拉·博格斯，婚后不久她生了病，博格斯很快背上了1 200美元的债务，这在当时，在他们的家乡可是个大数目，足够在当地买下一栋房子，也足以影响他的未来。任性固执、野心勃勃的博格斯本来已经有了自己的规划。他当时租下一家农场，把其中一部分转租给一家煤矿："我和其他工头挣得一样多。我管理煤矿里的一个机构，我当时只有20岁，赚的钱比五六个人赚的钱加在一起还多，比八个人还多。"但妻子的病迫使他们回到她位于莱彻郡的家乡；博格斯失去了自己的工作，他的工作后来落到另外两个人手里，这两个人赚的钱很快就足够买下自己的农场。

与此同时，博格斯的音乐才华先是在家庭生活中崭露头角，之后渐渐把他推向公众生活。博格斯很小的时候曾经跟一个名叫"闪电"（Go Lightening）的吉他手学吉他，这个人就住在诺顿附近的多彻斯塔黑人定居地；博格斯求了他很久才学到了《约翰·亨利》。后来他在多彻斯塔的街头看到一个黑人弦乐队演出，就从他们那里学艺；又从长着一双蓝眼睛的黑人班卓琴乐手吉姆·怀特（Jim White）那里得到了一个一个音符地弹奏，以弹奏布鲁斯吉他的方式弹奏班卓琴的想法；从白人音乐家们那里，他学到了用手指上下敲击琴弦，制造一种爆发般的声音。让每一个音符都出类拔萃，与众不同，歌声可以显得更清晰；可以同观众对话，可以传递那种"颤栗"的情感，博格斯记得，那音乐的冲击"从我的头顶一直传到脚后跟"。

博格斯的姐姐们教给他一些歌谣，他的姐夫李·亨萨克教了他一些圣歌，还放布鲁斯唱片给他听。他还从旅行至此的摄影师霍默·克劳福德（Homer Crawford）那里学到了《乡村布鲁斯》——其实它只是一首原名《吵闹的赌徒们》（Hustling Gamblers）的老歌，有人给它取了一个更适合销售的名字而已，博格斯经常这么说——在20年代，"布鲁斯"这个字眼在各种音乐里都可以被滥用——这首歌其实就是《亲爱的克里》（Darling Cory）或《小麦琪》（Little Maggie）的变体。这是很普遍的现象，山区的歌曲都是这样的。但是博格斯演唱这首歌的时候，感觉就像是说出自己的生平故事，仿佛这首歌是第一次从他口中被唱出来一样。

他常常听广播。他发现自己特别对女声感兴趣。他特别喜欢莎拉·马丁（Sara Martin）①，她是因为和法茨·沃勒（Fats Waller）② 与"W. C. 汉迪乐队"（W. C. Handy Band）③ 合作而出名的；他从她那里学到了《蜜糖布鲁斯》（Sugar Blues）和《受害妈妈布鲁斯》（Mistreated Mama Blues），不过可能一直没有学会《死亡刺痛布鲁斯》（Death Sting Me Blues），1928 年莎拉录制了这首歌，后来就放弃了布鲁斯，改唱福音歌曲。他也喜欢罗莎·亨德森（Rosa Henderson）④ 那轻柔、摇摆、迷人的歌曲《南方布鲁斯》，这首歌直入他的内心深处，又从他的口中被一再唱出来，成为面目全非的歌谣，粗糙而又讥讽，滑稽而又残酷；弗莱彻·亨德森（Fletcher Henderson）⑤ 的钢琴伴奏

---

① 1884—1955，黑人布鲁斯歌手，最早期的录音室歌手之一。——译注
② 1904—1943，美国流行爵士歌手、钢琴手、作曲家。——译注
③ 美国音乐家、作曲家 William Christopher Handy 的乐队。他第一个认识到布鲁斯作为一种正规的音乐形式的重要性，被称为"布鲁斯之父"。——译注
④ 早期著名布鲁斯歌手。——译注
⑤ 早期著名爵士钢琴乐手，曾为罗莎·亨德森伴奏，与她无亲戚关系。——译注

亦融合在博格斯缓慢的班卓琴当中。博格斯说他的家人们，"他们顶多只会唱四五首，六到十首，顶多也就十二首歌。"博格斯正在成为真正的音乐家，虽然在他自己心目中，自己仍然离专业水准相距甚远，但他仍在追寻内心深处隐秘的呼唤。他为家人和朋友们演出，在邻居的聚会和舞会上演出，他带着自己的班卓琴走近一栋栋台球厅与理发店，赚取很少的一点报酬。

贩卖私酒才是他真正赚钱的勾当。莎拉·博格斯不能生育，因此她肯定经常担心会失去自己的丈夫；她是个虔诚的女人，所以她憎恨博格斯的音乐，觉得那是通往短命、通往地狱的道路，而博格斯贩卖私酒的勾当无疑使这条道路更加宽阔，但她束手无策。博格斯却决心借此让自己彻底摆脱债务的困扰。很快他就得整天全副武装，甚至待在家里的时候也是如此。和妻子的争吵不断使得博格斯不再信任妻子的家庭。卖私酒这件事的确非常危险——在博格斯所居住的诺顿南方的盖斯特河一带，私自贩卖威士忌酒的人经常因为贿赂和划分势力范围进行枪战。

博格斯所居住的地方是弗吉尼亚州一片充满暴力的所在，经济上极不稳定，社会也极其混乱。"那里很危险，"博格斯说，"一走上公路就会很危险。有人在当街被射杀，到处都是枪击，人们都带着枪，每个人都有手枪，他们开枪只是为了听听响动，就像你们放鞭炮一样。有一次，我站在自己家门口，看见一个小伙子从街上走过来，大概离我有150码远，掏出枪来对着我就射，结果射中了门。离我站的地方只有一码远。我冲着他的方向射空了手枪。"

博格斯还记得小时候学校里的一个老师被无缘无故地枪杀了；他的一个哥哥以及两个姐夫也是被谋杀的。"至于说直系的表兄弟里有几个是被杀的，那我早就记不清了，"他说，"有些表兄弟甚至自相残杀起来。"1928年，一个名叫多克·考克斯（Doc Cox）的警察闯进博格斯的家，一把抓住莎拉·博格斯当掩护——博格斯描述道："我意识到，他打算把她推到我和他之间，这样他可以开枪打我，我却不能还击。"博格斯扑向那个男人，把他和他的副手赶出了自己的家门，然后连夜逃往肯塔基，直到三年后考克斯被害他才回到弗吉尼亚。"我的一个朋友杀了他。"博格斯的童年笼罩在父亲口中杀人与被杀的故事的阴影之下，在成长的过程中，对当地臭名昭著的两个世仇仇人克莱顿·琼斯（Clayton Jones）和"恶魔"约翰·怀特（Devil John Wright）的恐惧一直都萦绕在他的心头；著名杀手托尔特·霍尔（Talt Hall）曾经在诺顿街头射杀了诺顿的警长；医师和身背四桩血案的多克·泰勒（Doc Taylor）藏在棺材里，搭火车从怀斯郡逃到西弗吉尼亚。博格斯小的时候，多克·泰勒被绞死了，还有至少五个家伙也被绞死。首次录制《一直悲伤的男人》(Man of Constant Sorrow)这首歌的埃默里·阿瑟（Emry Arthur)①1929年曾经给博格斯弹过伴奏吉他，博格斯说："有的和弦他够不着，因为他的双手曾经被射穿过。子弹就那么从他的手掌中间穿过去了。"

在博格斯的内心深处也有这样一个深邃黑暗的暴力深渊；尽管他晚年终于享受到长期的平静生活，他的一生中亦曾长期与自己进行斗争。他曾因打架斗殴被捕入狱。为了52美元，他把妻子的一个兄弟差点打死："鲜血一下子就喷出来了，我觉得喷了足有3英尺高。"后来一个旁观者的结论令博格斯永生难忘："看来多克对大卫还是有那么点同情心，他还没有完全失去人性。"

博格斯感到被妻子的家庭彻底击垮了——"他们总是忽视我，对我傲慢无礼……我都不知道他们会对我干出什么。"他决心把他们都给杀了。"该怎么干，我把一切都已经计划好了。"

　　我下定了决心，我一定要把住在那房子里的那家

---

① 1900—1966，阿巴拉契亚山麓一带著名民谣吉他手、歌手。——译注

人全都杀光。老头子、老太太、男孩子们、所有的人，我发誓，我一定要把他们全都杀了。然后还要把我的故事讲给别人听。再然后就到法院去自首。"啊，你为什么杀死那个老太太？""啊，她碰巧挡在子弹的道儿上了。"哈哈哈哈。人们就是这么死的，碰巧挡在子弹的道儿上。

我当时就是打好了这样的算盘。一个人总是想着这些是很糟糕的——但是我当时就是被这个念头给迷住了。我被迷住了。我倒不是神经有毛病，我不吹牛，我就是这种人，如果今天有人对我做出过分的事来，我还是会打算杀了他们。但是必须是很多过分的事情才行，因为如今的我内心已经更加安定，更能理解人了。我对生活也已经有了更多认识，和那时相比，我懂得了更多的事情。我当时还只是个年轻的毛头小伙子，不认识多少字，也没去过多少地方，只知道自己不想被践踏和轻视。一旦有人轻视我，我肯定马上就想杀人。如今的我可能会等那小子多轻视我一会儿。

这是博格斯暮年清醒时的回忆。每当他喝醉了酒，古老的故事就会涌出来。在 1969 年 12 月的那个漫长的夜晚，当时的他正受到一场乌七八糟的法律纠纷困扰，他突然爆发了："我要到五金店去，让他们给我弄个塌鼻子，点38特别型号，史密斯。史密斯手枪。我不想杀人，但要是有人糊弄我，他们可就有危险了。"迈克·西格试图换一个话题，但是博格斯只是稍微拐了个弯，思路就回到那场交通事故纠纷上去："要是他们让我太倒霉，我就要把这一切赶快了结。如果他们想拿走我的驾驶执照，还有我的权利，我的保险，我就要到保险公司去，把他们痛打一顿，抢劫一空。""别这样，多克，"迈克·西格说，他的声音听起来好像被吓坏了，"别这样。""我知道，如果我这么干就死定了，"博格斯说，他的声音仿佛沉入湖底的石头，"我知道我的人生就要完蛋了。"

所有这一切——这一切并不是真的和他自己有关，博格斯对此解释了一遍又一遍。如果你懂得如何去倾听，就会发现这是属于美国人帕特里克·亨利（Patrick Henry）[1]与约翰·亨利的情感。他用一种公民读本般的语言来讲述故事，但他却为口中的伤害罪与危险赋予一种骄傲与怜悯之情，因为这种情感和他口中的犯罪根本就是一回事情。

---

[1] 美国独立战争中的爱国者，名言"不自由，毋宁死"即是出自此人之口。——译注

我从不想把自己当成一个多么盛气凌人、多么了不起、多么与众不同的人，但我确实一直都觉得自己至少不比其他人坏吧。我们是生来平等的。我们都是一无所有地来到这个世界，走的时候也同样什么都带不走。根据宪法，我们在世上应当是拥有同等的机会。上帝也同样赐予了我们同样的机会。就算某些人拥有大笔的银行存款，漂亮的房子，世界上的不少好处，也不能让他比我好多少，这样的人一点也不比我更好。

　　所以说，多克·博格斯的理想非常接近托马斯·杰斐逊的弗吉尼亚；正是杰斐逊的理想主义才使这个国家，这个博格斯与其他人的国家建立起来。追溯这个源头是非常简单的，但现实却总是曲折的。博格斯提起宪法或《独立宣言》的时候，他已陷在美国个人主义的困境之中，在20世纪20年代的美国，像他这样的人除了投身违法行为、音乐以及工会，这种个人主义并没有更多出口。要想当个公民，他就必须坚持自己，这样做可能需要冒着生命与荣誉的危险，但他可能也同样获得了尊严，这是民主对所有普通男女的祝福。因此，当他十几岁的时候，他看到分类广告里的一本《礼仪大全》，就攒了1.5美元订购了这本书，并且反复阅读："它给我的帮助比学校里的任何课本都要多。"

人们问我:"你到底为什么要学这样的劳什子呢,你不就是个矿工吗?你为什么要学习优雅的英语,或者参加派对的礼节呢?"我回答道:"我觉得矿工也要有一点理性和见识,应该懂得怎样出席公共场合,如果遇到国王或者美国总统,他也应该能够说一口优美的英语;就算他走进白宫里面,也应当知道如何言谈得体,如何行止有方。"

因此,当他年轻时,他曾经站出来,在那条无法抹去的交界线上直面自己的敌人。

我不知道自己为什么没有杀过人,我内心就是没有那种东西。迈克,我曾经有过一次机会,人们都在怂恿我,说:"快开枪吧,多克。"我手上有一把点38口径的枪,扳机就在我手里。那个人——那些人确实需要看到杀戮的场面,我的意思是,可以说每个人都需要。"开枪啊,多克,我们打赌你会开枪,快开枪啊,快呀。"我说,不,不,如果那家伙没有做出太过分的事情,我是不会开枪的。后来也没有什么人做出什么过分的事情，我也就一直没有开枪。我手上从来没有沾染鲜血。

当他还不满 30 岁的时候，他的欲望开始变得集中起来，他开始思考人生，面对生命与死亡的交替与更迭，他的音乐风格开始成型，并且获得了一丝回应，博格斯找到了那种个人主义的诅咒，那种他用来定义自己的公民身份。他描述自己学习在白宫里也能用上的礼仪，以及放下枪拒绝杀人的故事的时候，已经解释得很清楚了：如果博格斯真的不觉得自己比其他人都好的话，他至少是感觉自己与众不同。

宪法和《独立宣言》的字里行间也能看出这种个人主义。如果你在 7 月 4 日国庆日像布谷鸟那样大声叫喊，没有人愿意听到你的话，你或许只能自娱自乐，自己开心。导致你张开口来的，可能正是那种幻觉和激情。但这激情同时也是一种恐怖，因为美国公共治理的神话中也包含着公开杀害的神话。"自由的国土！" D. H. 劳伦斯写道，他用这句话来为自己那本薄薄的小书开头，他形容"古老美国的艺术语言"——"包含一种异国特质的语言，它独一无二，只属于美国的这片大陆"。一种异国特质，一种奇异的东西，就算身在家乡，仍然似乎是陌生人的语言，这语言属于美国大陆，却不一定是这里的居民们想要的语言。"这是自由的国土！"劳伦斯写道，"这是为什么呢？如果我说了任何会使他们不快的话，自由的暴民们会对我处以私刑，而这是我的自由。自由吗？为什么？我从没有见识过像这样的国家，在这里，一个人对他的乡亲们怀有如此怯懦的恐惧之情。因为正如我在前面所言，如果他表现出自己不是他人中的一员的话，他的同胞们就有对他处以私刑的自由。"正如约翰·富兰克林·巴尔丁笔下镜中面孔的忧虑，多克·博格斯的声音中也有这种忧虑。

博格斯29岁的时候，布伦斯维克唱片公司（Brunswick）的代理人来到诺顿，试听一些有才华的山区歌手的演唱，布伦斯维克唱片公司是当时纽约的大厂牌，旗下有"山区音乐"和"种族音乐"两大部分。博格斯出现在坐落于肯塔基大街的诺顿酒店里，手上只有一把借来的二流班卓琴。尽管他喝了半品脱盖斯特河牌威士忌下肚，还是被那么多吉他手和小提琴手吓得够呛："我走来走去，我觉得他们的音乐值得掏一美元、一个半美元听一次——我是说真的钱——他们都是专业弹琴唱歌的人，而我不过是个开挖煤机的。"来自"卡特家族"的A. P. 卡特（A. P. Carter）在试唱中失败了；博格斯通过了。

他到纽约去录了八面，也就是四张78转唱片；唱片公司还想录制更多，但他拒绝了。这是他第一次离开弗吉尼亚的山麓，在此之前，他去诺顿的男子服装店置办了一套新衣服，从鞋子到帽子，从袜子到内衣都是崭新的；他决心有尊严地走在城市的大街上，他坚持那些衣服不能让北方佬笑话。他和父亲不同，他可不愿意当个乡下傻子。他要看看那八面唱片是怎么录出来的。显然，他要看看——正如听着他给迈克·西格讲述的人们看到的——自己能不能让那些北方小贩们明白，他们没法占他的便宜。博格斯可能从来没想过，布伦斯维克唱片公司的人觉得以后再也听不到类似的声音了，正如他在后来的生命中再也没有遇到过这么好的机会。

"我觉得我可能已经开始了，"他说，"我可能成功了，我正好弄了一张唱片，可能还能变成金曲，我有了个机会，我可能再也用不着去煤矿工作了。"将近40年后，当他重新回顾那段时期，往事如潮水一样汹涌而至，他的话不成句子，这个故事攫住了他的喉咙，无数未曾被讲述的故事与未曾被经历的生活也一同涌了上来。在20年代末期，多克·博格斯与巴斯肯·拉玛·兰斯福特都是为这家纽约公司录制传统歌曲的山区歌手，四分之一个世纪之后，博格斯的《蜜糖宝贝》和兰斯福特的《我希望自己是地下的鼹鼠》将会在《美国民谣音乐选》中出现在毗邻的位置，在这之间的 1939 年，兰斯福特曾经进入白宫，为罗斯福总统和夫人以及乔治六世国王演唱。

专辑发行并走进千家万户之后，博格斯放弃了在煤矿的工作，他成立了卡勃兰山娱乐公司，与一家经纪公司签了约，但是唱片大多是他自己卖出去的。整个 20 年代里，博格斯后来又录了仅仅四首歌，是普普通通的布鲁斯与伤感的客厅小调，歌词由一个名叫 W. E. 米尔斯（W. E. Myers）的来自弗吉尼亚韦奇兰德的杂货铺店主创作。米尔斯既出卖子弹，也会把诗句卖给自己喜欢的音乐家们，希望他们能为自己的词谱上曲子。后来他通过自己的厂牌"孤独王牌"卖出了博格斯的这几首歌，唱片中有一张画，名叫《圣路易的灵魂》，还有一句口号"没有山地岳得尔（Yodel）① 唱法"，因为米尔斯崇拜查尔斯·林白（Charles Lindbergh）②，林白最讨厌的就是岳得尔唱法。1929 年，博格斯在芝加哥录制了《爱人们将在那里互相了解》（Will Sweethearts Know Each Other There）、《老酒布鲁斯》（Old Rub Alcohol Blues）以及其他两首米尔斯的作品；后来大萧条摧垮了整个南方的经济，米尔斯也破了产。博格

① 一种真假声互换演唱法。——译注
② 于 1927 年最早驾驶飞机飞跃大西洋的美国英雄飞行员。——译注

斯还坚持着，不断给唱片公司写信，还到亚特兰大去参加奥克（Okeh）公司的试听会，结果他人还没到，那家公司就倒闭了。后来博格斯得到路易斯维尔的维克托唱片公司的录音邀请，他到处求援，但他的朋友和亲戚们那时候也已经身无分文，他怎样也借不到买火车票的钱，只得向命运屈服。他开始酗酒，常常整周整周地离开家乡，甚至离开弗吉尼亚州，跑到没有人能够认出他的地方去，一连喝上十天的酒，最后却总能回到家里，妻子还等在家里，安静地注视着他。在詹金斯那样的好时候变得不常出现，在记忆中变得愈来愈珍贵，在生活中却愈来愈少地被提起。妻子一次次给他下了最后通牒：如果他不放弃音乐，就不再与他同床共枕，最后，30 年代初，他真的放弃了音乐。

但是，他当时已经有了一些作品，那些作品有种奇异的苛刻，引导听者去思考：使得他们把心目中那些美国的声音同博格斯的声音进行比较——所有那些标志性的、典型的美国声音，哈克贝里·芬的、罗伯特·约翰逊（Robert Johnson）① 的、富兰克林·罗斯福的、芭芭拉·

---

① 1911—1938，密西西比传奇布鲁斯歌手、吉他手，据说曾在十字路口将灵魂出卖给魔鬼，换取超人的吉他技艺，卒年仅 27 岁，死因亦神秘。——译注

乔丹（Barbara Jordan）① 的——看看自己所知道的是否能够通过他的测试。博格斯创造出了一小批作品，它们是如此的不和谐，以至于使人感觉到不堪重负的黑色重力把音乐本身都吸收进去，仿佛纳撒尼尔·霍桑在将近百年前描述过的一个震颤派教徒长者："他加入了那神圣的舞蹈，他相信每一个舞步都愈发使自己脱离尘世的热情。"

　　由布伦斯维克唱片公司录制，并在多年后第一次重新出现在由 73 首歌曲组成的《美国民谣音乐选》里的这首《乡村布鲁斯》可以说是史密斯村的密码，它渗入了杀魔山的经典曲目，诸如《墨西哥之山》和《火焰之轮》之类作品——一个浪子希望能最后一次说了算。当博格斯回首生命中那些被荒废的时光，他感到内疚，但却感觉那些罪恶都很遥远，更别说它们所带来的惩罚了，在这种距离中，存在着比负疚更大的不祥预感。也许这正是歌手的证词显得更有说服力的原因。

　　　　……又喝酒，又开枪，又赌博

　　　　　在家里我可待不下去

———————

① 美国黑人女政治家，民权运动中的重要领袖。——译注

歌手的这种超然态度中包含着预感，就像威利·迪克森（Willie Dixon）① 在"嚎狼"（Howlin' Wolf）② 1961 年那首本来可能会显得很凄凉的《缓慢向下》（Going Down Slow）里面那段心满意足的独唱："现在，我不是说自己已经成了百万富翁，"迪克森面无表情地唱道，嘴里的金牙闪闪发光，"但是我花掉的钱/比百万富翁还多。"一个人明明还活着，但他已经知道酗酒使自己如同行尸走肉，这又是一件多么冷酷而残忍的事情。"这古老的监狱里全都是仇恨。"博格斯唱道，但这个断言与那个被他自己封存起来的形象相比算不了什么。"威士忌围绕着我的身体。"他这样说道，一条威士忌的河流，歌手沉浸在里面，监狱的房间被威士忌所淹没，歌手向上挣扎寻找空气，他踩着水，快要摸到天花板了——这本是布鲁斯中的快乐传说，但是被博格斯一手挥去了。

　　审判日即将到来——但歌手什么也不审判，他不审判世界，也不审判自己。在灵魂中，他知道如果镇上的公民们能够注意到他的死亡，这些体面的人一定会掩饰自己的妒忌和快乐。

---

① 1915—1992，芝加哥著名布鲁斯歌手、贝斯手、制作人，影响了其后很多布鲁斯歌手和摇滚乐队。——译注
② 1910—1976，著名布鲁斯歌手、吉他手、口琴手。——译注

在草地上挖个洞吧，好人们

在地上挖一个洞

都过来吧好人们

看着这个可怜的浪子被埋葬

伟大的爱尔兰男高音歌手约翰·麦克马克（John McCormack）曾经指出，伟大歌手和普通的好歌手的区别在于，伟大的歌手"声音中有一种游刃有余"。博格斯也有近似的特质，不过他的特点并不是那么实实在在，而是更加精神化，也更加隐秘：是一种号叫。这是一种微小悸动的存在，冲出喉咙之后，仿佛就成了一种生物，在歌词中成为一只纤细的、神奇的鸟儿；它不仅吸引着歌手的注意力，同时也远离他，使他同样成为一种存在，一个幽灵，他自己的魂灵。这声音仿佛是从歌手的每一个目的，从歌曲中的每一个教训中间被释放出来的。它是一个小小的精灵，把所有维持着歌曲的节奏和旋律统统打乱，它的窥视扰乱了表演，词句从每一行中飞旋而出，元音汇入巨大的音节，令每个单词几乎无法辨认、无法维持。英国音乐学者维尔夫利德·迈勒斯（Wilfrid Mellers）曾在博格斯的一幅照片下面加注，照片是博格斯 1927 在纽约拍摄的，迈勒斯引用了亚历山大·蒲伯（Alexander Pope）1728 年《笨伯咏》(The Dunciad）中的诗句"陀螺啊，陀螺，被娴熟的情郎所旋转／把绳子吸收进去／然后又放出来。"这正是博格斯在《乡村布鲁斯》中的声音。"人们"、"金钱"、"埋葬"、"空虚"、"麻烦"之类的字眼一再被抛出去，收回来，这些词在他的歌声中旋转，像被拘束的精神病人一样抽搐。字词被拆散，它们笨拙的新音节把听者带出自己习惯的生活，带入空中。

埋——
葬——

——与此同时，另一些表面看上去似乎无害的字眼则浮出歌词的表面。

人们可以听出博格斯用班卓琴为自己伴奏，但又感觉好像不是这样。在《乡村布鲁斯》中，班卓琴创造出一种巨大的内部动力，驱动着歌中讲述故事的人，但并不是向前，不是赶赴约会，而是去往别的地方。细微的音符，布鲁斯音符中承载着一种虚无主义的自主权，拒绝在音乐中辨认出任何创作者与主宰者，音符渐渐升高，仿佛只为了配合渐渐弱下去的人声——先是上升，仿佛为了配合歌手说出的话语，然后陡然下落，仿佛这音乐要比歌词古老得多,仿佛歌词要说的话它已经全都听过了。班卓琴似乎可以代替歌曲,在英雄般的顶峰与山谷之间快速穿梭着,直到被一个粗糙的词追上并改变它的方向。但班卓琴的声音总是领先歌手一步,质疑他本人,也质疑他的表演是否存在,那声音宛如幽灵,有那么一刹那间,这个幽灵又幻化成歌手本身。在这种时刻,你仿佛能够看透他的身体,看到他身后遥远的虚空。

班卓琴轻盈地在歌手声音中的空洞上跳跃,仿佛要负载着他,去拥抱那奇异的宿命:死亡迫不及待地凝视着他的面孔。但这歌手还在讲述自己的故事,他已经为自己掘好了坟墓。在他的歌中,死亡的面孔就是他自己的面孔,在最后的刹那,歌手坚定地站在反对自己的立场上。他的脸上还戴着面具——班卓琴那焦灼不宁的唯我主义挂在歌手的面孔上,掩饰他想把自己的故事讲述给他人的愿望,而歌手那漫不经心的唯我主义则在拒绝聆听的世界面前滑落。面具失去了功能,它不再起到任何保护作用,面具背后的一切都显露出来了,就算那必定是一种无法叙述的意外,一种无法否认,而且用声音和言语都无法描述的破坏。

在歌曲的结尾,博格斯唱道:"当我死后被埋葬/我那苍白的面孔转向阳光。"他带领着听者在数十年来的曲调之间穿行,慢慢地把人引向那古老、普通的诗行,直到你感觉到这曲调中暗示着种族的转变，那是一个像春天的蛇或蜥蜴那样蜕掉自己原有皮肤的男人遥远的承诺。在歌曲的结尾，速度加快了，仿佛在说：**总算熬过去了**。"你就不能放我多活一年吗？"博格斯在《啊，死亡》当中问道，你可以想象到死亡对此的回答：**行啊，杰克，妈的，没什么大不了。你好像好久以前就已经住进这家旅馆了。**

穿过诺顿酒店的大街，在一片被木栅栏拦起，准备拆除的地方（这里的居民想保留它，作为一个地标），我买到了一份《煤田进步报》（*Coalfield Progress*），它是"一份进步的报纸，自从 1911 年以来就致力于为山区读者服务"。这份报纸上宣布，弗吉尼亚州作家莎林·麦克拉布（Sharyn McCrumb）即将做一个讲座，名为《传说的保护者》，这个标题很合适，因为保护传奇本身就是麦克拉布赖以为生的工作。她出生在北卡罗来纳州，最早是写一些以英格兰为背景的喜剧色彩的神话故事，后来又写了《歌谣之书》（The Ballad Books）系列，这是一套以阿巴拉契亚高地为背景的，严肃而复杂的神话故事集，每篇的标题都来自一首在群山之间悠久流传的谋杀歌谣。这些书异常痛苦，历史色彩模糊不明，传说中的人物被赋予了血肉，而现代的男女则丢失了人格中的层面，成了神话中的符号，最典型

　　　　　　　　　　　　　　　地下鲍勃·迪伦与老美国

的是系列的第三部《她走过群山》（She Walks These Hills）。
这个名字来自 1959 年乡村歌手莱富蒂·弗莱泽尔（Lefty
Frizzell）的乡村金曲《长长的黑面纱》中的一句歌词，后
来"乐队"在他们 1968 年的第一张专辑《来自"大粉"的
音乐》（*Music from Big Pink*）当中也翻唱过这首歌。"它是
一首直接的民谣歌曲，"这首歌的作曲人之一丹尼·迪尔
（Danny Dill）曾经这样评价道，它的曲调听上去也不老。
《她走过群山》讲的是山区的女人们杀掉自己孩子的故事，
时间跨度从 1993 年直到 1779 年。这本书于 1994 年秋天出
版，正巧在那个时候，发生了苏珊·史密斯溺死两个亲生
儿子的事件，议会少数党领袖纽特·金里奇宣称，正是糟
糕的社会福利和民主党的统治，才导致这个国家沦落到如
此地步，有如此耸人听闻的犯罪事件发生，他宣称唯一能
改变这种暴力的"只有投共和党的票"，而麦克拉布于这个
时候发表的故事则正好为这个国家对史密斯事件的伪善狂
欢照上了一道平凡的光束。读过麦克拉布的小说就会发现，
《长长的黑面纱》这个故事与她笔下的人物其实是阐明了这
样的事实：史密斯与美国每年都在发生的杀害亲子案件中
的凶手的不同之处在于，她有那种把自己戏剧化的愿
望——她在认罪之前，在一份迅速在公众中传开的辩护词
中声言：她的孩子们曾被一个神秘的黑衣陌生人从她怀抱

中抢走。她所希望的——至少是在片刻之间——正是成为一个古老歌谣里面所描绘的神秘人物。

《如果我回来，漂亮的佩吉-欧》（*If Ever I Return, Pretty Peggy-O*）是麦克拉布的第一本山区神秘故事系列，书中一个民谣歌手对警长谈起一首古老的歌谣，《诺克斯维尔姑娘》（Knoxville Girl），这首歌是当时的一桩犯罪案件的重要线索。"这首歌是英国民谣《维克斯福特姑娘》的本地版本，"麦克拉布在书中写道。

> 这首歌可以追溯到 1700 年左右，但人们总是用本地新近发生的犯罪事件来修改它的歌词。比如《牛津姑娘》、《残酷的磨坊主》之类。总有一个新近死去的姑娘可唱。总是要死一个姑娘……在美国的版本里面，他们一般不点明那个男人为什么杀死了那个女人，这很有意思。当然，她怀孕了……有好多歌曲都是这个题材。《奥米·怀斯》（Omie Wise）、《可怜的艾伦·史密斯》（Poor Ellen Smith）……有好多被谋杀的姑娘，她们都怀了孕，都那么轻信。

博格斯曾经演唱过的《漂亮波丽》也是这样一个姑娘：这个故事讲述一个年轻的流浪汉威利，在一个晚上领着漂

　　　　　　　　　　　　　地下鲍勃·迪伦与老美国

亮波丽来到已经为她掘好的坟墓。这种歌曲可能是同类歌曲中最古老的一种，可能也是麦克拉布的那些故事的基础脚本；在英国版本里，波丽的怀孕也被讲述出来了。然而在美国，这个情节却被剥离，添加了一些别的情节，或许鲍勃·迪伦坚持的，神秘故事"必须是一桩事实，一桩传统中的事实"，在这里发挥了作用。故事中原本的事实被移除了，新的故事带着新的希望与恐惧取而代之；它们成了新的事实，与此同时，故事中的角色或许进行了一场伟大的移民，去往心灵的各个角落。

《漂亮波丽》的原型来自《戈斯波特悲剧》(The Gosport Tragedy) 或《残忍轮船上的木匠》(The Cruel Ship's Carpenter)，在这些歌曲里，波丽在死后仍然以幽灵的身份出现，怀里还抱着她的孩子；当歌曲中的轮船到达新世界的时候，威利的名字开始不时在波丽的主题和布谷鸟的主题当中出现。几个世纪以来，这首歌在南方变换了无数形式，到了20世纪50至60年代，《漂亮波丽》在北方城市的民谣歌手聚居地中传唱。1961年，鲍勃·迪伦在明尼阿波利斯唱过这首歌，两年后的纽约，他把这首歌的旋律用在了《霍利斯·布朗的歌谣》(Ballad of Hollis Brown) 当中，它是根据报纸上报道的南达科他州的一起大规模谋杀案改编的，在这里威利改名换姓，娶了波丽，成了农夫，生了五个孩子，农场破产后他开枪杀死全家，然后饮弹自杀。1991 年，《波丽》（Polly）出现在"涅槃"（Nirvana）乐队的专辑《别在意》（*Nevermind*）当中，被杀的女孩与被杀的妻子合二为一，被强暴，被折磨后仍然挣扎求生。"波丽想要块饼干，"科特·柯本（Kurt Cobain）冷笑着，仿佛自己也是强奸犯之中的一个。这个强奸犯冷笑着，与此同时，在某种集体无意识的传统深处，所有歌谣中的受害者们正策划着她们的报复，这个强奸犯就是在这里封印了自己的罪行。他懒洋洋地唱着，他已经打开窗子，让那些交谈的鸟儿们看到屋内发生的景象，它们自从《亨利·李》的年代就目睹过所有罪行——1993 年，迪伦曾经录制过这首歌，并更名为《亲爱的亨利》。"快呀，快呀，我的鹦鹉，她叫道，"迪伦所唱的这只鸟儿在很多地方也被叫做"漂亮波丽"，"不要告诉我什么消息——"

飞下来，飞下来，漂亮的鹦鹉，她叫道

轻轻落在我的右膝上

你的笼门会被嵌上黄金

笼子挂在一棵大柳树上

我不会飞下来，我不能飞下来

不会落在你的右膝上

一个能够杀死自己爱人的姑娘

也会杀死我这样的一只小鸟儿

总是会有姑娘不断死去，歌曲中总是能容纳这样的姑娘。1995 年，艺名"妮妮"（Ninnie）的乡村歌手辛蒂·诺顿（Cindy Norton）发现自己童年玩伴的兄弟的名字出现在晚报上，他杀死了自己的妻子，人们发现他的时候，他正抱着自己的孩子，一遍又一遍地哼唱道："我不是故意的。"因此，妮妮版本的《漂亮波丽》成了一首缓慢的挽歌，每字每句都仿佛摩擦着地面——在这里，威利的名字变成了格雷，他的怀里抱着的不是婴儿，不是那个在歌曲的开头被波丽所抱着的婴儿，而是波丽本人："我不是故意的，波丽/这就是他的全部哀悼/这就是他的全部哀悼/这就是他的全部哀悼。"

尽管有了这一切，多克·博格斯 1927 年的《漂亮波丽》的特殊氛围中并没有任何传承的感觉，甚至他在 1963 年录制的那一版里也没有。人们从中听到的一桩神话中的事件，不管怎么说，也是一桩事件：两个人出现在你面前，其中一个杀了另外一个，这是任何神话也不能改变的谋杀。歌曲中有一丝超自然的气息，在博格斯的表演中浮现出来，尽管他没有说出或暗示任何并非来自尘世的东西；当博格斯讲述这个故事的时候，地狱硫黄的气味在歌中升起，歌曲中似乎没有意志，只有命运或是仪式。

砰、砰、砰，歌曲开始了，每一声都是那么清晰，班卓琴仿佛鸣响钟声，一切都娓娓道来；随着歌曲的行进，博格斯拖长声音强调着韵母，这一次仿佛是把它们用一个平平的盘子端出来。讲故事的男人不慌不忙，并不急于结束它；他知道每一句的末尾都会有什么样的东西在等待。没有惊讶，不可能有惊讶。这就是表演中最残忍的地方。

博格斯的《漂亮波丽》是杀手的自白，破坏了歌曲的叙事者。"我曾经是个流浪汉，我在镇上到处逛，我曾经是个流浪汉，我在这镇上到处逛，"歌手开始用第一人称唱起来，而他本人则消失在故事背后，到了歌曲的第四段，第三人称又出现了，他每向波丽的坟墓上盖一铲土，距离自己的罪行就愈发遥远一些。这个罪行的去除中暗示着，在美国注重实际的企业精神与表面的命运之下，还掩藏着若干带有乌托邦和病态色彩的秘密档案。班卓琴弹奏出细小、循环的曲式，追溯着这个流浪者故事的每一个细微气息，深入寻觅着 19 世纪一种原型的韵律。这回音来自震颤派教徒（Shakers）的那首伟大颂歌，《来吧生活，震颤者的生活》（Come Life，Shaker Life）。

震颤派教徒有些像某一首古老的英国歌谣在生活中现形，同时寻求着死亡——追求着拯救。他们是 1769 年出现在曼彻斯特的一个小小的异见宗教团体，与中世纪欧洲的自由精神兄弟会（Brethren of the Free Spirit）和英格兰 17 世纪中期的"激进者"（Ranters）教派有着隐约的渊源。1774 年，震颤派教徒在年轻而富于领袖魅力的安·李嬷嬷（Mother Ann Lee）领导下来到美国，之后他们仍然时常受到来自官方与公众的残酷迫害——"不止一次，"历史学家史蒂芬·J. 斯坦（Stephen J. Stein）写道，"安·李被人从床上拖起来，被暴徒侮辱，被人检视身体，看她究竟是男人、女人还是巫婆"——但在独立革命后，他们开始繁荣昌盛起来了。在美国的所有完美主义者当中，他们可算是最苛刻的了。一个教徒记得安·李曾经用艾米莉·迪金森般的诗意语言说道，心灵"像一个笼子，里面囚禁着一群不洁净的鸟儿"；对于这些震颤派教徒们来说，世界是邪恶的，天堂中的上帝在等待着真正的觉悟者们来终结这个世界。最后审判日不过是历史降下的最终帷幕，其实审判随时都在进行。为了上帝的工作得以完成，腐败堕落的人类终将必须结束自身。所以震颤派教徒们聚集在一起，清心寡欲，等待着自己离开尘世的日子最终来临。他们相信，自己的教派会吸引愈来愈多的上帝的造物加入进来，人类的数量将会缩减，直到那个时刻的到来，正如霍桑笔下的一位震颤派长者所言："安嬷嬷的使命终将彻底实现——到那时，孩子们不会被生下来，当然没有孩子死去，人类最后的幸存者将是一些像我这样年老体弱的人，他们将目睹太阳最后的落山，它将永远不再照耀一片充满罪恶与悲苦的土地。"

《漂亮波丽》之中有着同样纯净的死亡，博格斯唱道："漂亮波丽，漂亮波丽，过来和我散散步/漂亮波丽，漂亮波丽，过来和我散散步"——它简直可以同震颤派教徒们的恳求相比，那急迫的恳求由震颤派的姊妹们以女高音歌唱出来，在空中回旋，颤抖着上升：

来吧生活，震颤者的生活

来到永恒的生活

震颤，震颤着我

把一切肉欲驱赶出去

但是在震颤派的颂歌之中有一种完整性，令这首歌熠熠生辉，这种完整性一直把最后王牌的实现扣留在对它的渴望之中；而在《漂亮波丽》抑扬顿挫的歌唱中，每一个词句或旋律、人声或节奏都在与下一句相对抗。它们形成了一种没有理性、无法解决的对立关系，这种对立正是整首歌的前提。

歌曲中叙事者的视线非常清晰，而听众们却和波丽一样，面前只有一片模糊。波丽怀孕的事实从美国版本的歌曲中被取消了，可以想象，这不是因为清教徒在性方面的拘谨，而是因为对心灵中那些不应被触及的地方与无法被解释或辩解的愿望的清教徒式秘密认识——可以想象，怀孕的主题从这首歌中被删去，这首歌反而显得更恐怖。或者，歌手的先见之明与受害者的轻信之间，他的洞察一切与她的盲目之间，形成了一种张力，犹如一道鸿沟，只有死亡才能逾越，这种张力所造成的神秘感难道正是这首歌的真正主题吗？博格斯歌喉中的那种邪恶，那精神失常一般的动力，远远超过了任何有明确目的的作恶；听者可以相信，它唯一的动机正是宣示它的存在本身，这种揭示是它所能获得的唯一奖赏。**"爱与创造！爱与创造！""毁灭！毁灭！毁灭！"**博格斯的歌向听众们发问：如果有机会进行毁灭，谁会拒绝接受这个机会呢？

博格斯的戏剧在其停顿处显得尤为残忍——就像一个男人，恋人在肯塔基大街的尽头等他，他走过镇上的商店，欣赏一下自己在橱窗中映出的倒影，叙述者就这样从自己的故事中走出来，突然间孤芳自赏一下。这是命中注定的；

这正是其中的美感。他将把女人带到山间最深的山谷中去。他会牵着她的手穿过森林，一直走进河畔，给她看她的坟墓。但是在此之前他要先停顿一下，然后看着这个故事重新开始。"啊，漂亮波丽到哪儿去了？"他问道，好像他真的不知道答案，好像他的手上已经没有血迹，他搓着手，好像不是为了擦去污渍，而是因为满心期待："啊，她就站在那儿呢。"

面具源自这个新世界的驱动力，不管它实际的用途如何，在人们上床睡觉之时也一直被戴在脸上，清教徒也好，拓荒者也罢，或者是任何身上有他们影子的美国人，他们的面孔上都戴着这样的面具。这是一个新国家的面具，在这个新国家里，一切人都被假定为可以自由地创造自己，使自己从无到有；并且带着他们那些未曾说出口的愿望与未完成的行为，共同构成这个国家。这是一个信条，美国女人，美国黑人，等等等等，不管有多少人曾经多少次不被允许说出这个信念，这个信念迟早都会塑造他们，他们迟早都能大声地说出这个信念，不管是作为一种祝福或诅咒：这种自我创造的假设正是白手起家，从无到有的假设，正是关于人人平等的假设。为说服自己相信这个信条，你在内心同自己进行的争论远比同别人进行的争论多得多，因为没有人会公开宣告自己不相信这个信条："我们生而平等，我们在宪法保护之下，享有同样的机会"，"黑人和其他人一样，都是美国人"。综合美国评论家阿尔伯特·穆雷（Albert Murray）[①] 1995 年在接受托尼·舍曼（Tony Scherman）采访时说，"他们期待的是同样的东西。""但是——这个——在意识形态的平等与现实的平等之间有着很大的矛盾啊。"舍曼说。"这矛盾不像你想的那么重要，"穆雷说，"我们过去可曾对黑人实施种族隔离吗？这并不重要，重要的是他们根本不应当被隔离。他们有没有被隔离并不是最重要的，如果他们被隔离为另一个社会，但人们都觉得习以为常，这才严重。你明白了吗？"

那个由建设者、清教徒、拓荒者与立法者们建立的老美国一直都在那里，穆雷说，它完全是关乎一种"自由企业的进取精神。不要把它仅仅理解为经济的层面；我是指一种自由冒险的精神：一种实验的态度，随时可以即兴发挥。是那种像拓荒者那样开拓生命的姿态，这样，虔诚就不会拖你的后腿，你就不会对即成的规范过于敬畏；你就可以尝试穿越肯塔基的荒野"。——重点不是说"如果某些事情不是为所有人服务的，它就是没有用的。重点是，那

[①] 文化评论家，布鲁斯与爵士乐乐评人，其代表作为 *The Omni-American*，主张正视黑人文化在美国文化中的核心地位，认为美国文化种族混杂，是一种黑白混血文化。后文"哈莱姆的爵士理论家"也是指他。——译注

官方的承诺存在着：'所有人生而平等。'这样你就不是求助无门的"。

这是来自哈莱姆的爵士理论家与来自阿巴拉契亚的班卓琴手都能平等享有的美国；这个理想是二者都享有的天赋权利。与此同时，这个理想也带来陷阱，特别是为这样的人所设：那些有话想说的人，那些艺术家们，所有那些总是用平凡的语言说出不合时宜话语的人们。这些人就居住在自己的乡亲们中间，居住在自己的镇上——在史密斯村、杀魔山或是弗吉尼亚的诺顿，所有的地方，穆雷的镇子与博格斯的镇子是一样的——在这些镇子里，关于人人平等的假定会僵化为"所有人都是一样的"这样的假定，因为镇上的人们用同一个角度看待美德，他们都因为相同的原因而期待同样的事情。因为这不可能是真的，这种"所有人都是一样的"的假定最终变成了一种需要：要求每个独特的个体都需要在表面上表现得与其他人没什么两样——不管是克莱克镇上主张杰斐逊主义的黑人知识分子，还是弗吉尼亚歌唱死亡反抗生命之诱惑的白人矿工。平等的面具掩盖了主观性，戴着面具的声音也随之而生，人们的声音一律平静理性，语调波澜不惊，还把与此不同的声音都打入另册，贴上"疯子"的标签；所以，一旦有一天这理性的人真的成了一个疯子，开始大声咆哮，杀死了全家然后自杀，或走进工作的场合，看到所有那些让自己的生活变得如此痛苦的人们，然后举枪把他们全都杀死，之后他说出的东西也就可以不被当作真相。他只是把自己从社区中除名了；他说出了没有任何意义的讲演，做出了没有意义的事情，他根本就算不上是一个完整的人。

这个使得"他者"变成疯子的面具正是多克·博格斯在唱着《漂亮波丽》的时候剥下来的面具，他仿佛一边歌唱，一边感受着这首歌在溶解。在这个"老美国"里，"什么也不能保护你，"史蒂夫·埃里克森写道，"秘密的身份、假肢、无名的坟墓抑或假死都不行。"所有这些都在博格斯那些最为深沉的歌曲中呈现出来了——《乡村布鲁斯》、《丹维尔姑娘》（Danville Girl）、《蜜糖宝贝》，还有《漂亮波丽》都不过是一些假死。但是这些假死并不是为了提供保护之用——它们是狂暴罪犯的假死，是不情愿的谋杀者的假死，是坚定的苦修者的假死，是聪明狡猾的浪荡子的假死，阿瑟·丁梅斯代尔[①]与苏珊·史密斯齐心合力，把这种假死放在忏悔者们的街区，用一种哥特式的混乱声音说出了他们仍然恐惧说出的话语。

---

① 霍桑小说《红字》的男主人公。——译注

驱车在诺顿附近兜圈子的时候，人们可能会注意到一些文化战争的痕迹，就是《乡村布鲁斯》之类歌曲，与不时浮现的教堂，以及写着"耶稣就是答案"，"耶稣在等待你"的标牌之间的战争。这种文化战争也发生在一座空空荡荡、不大不小、某种程度上满怀敌意，上面挂着"祈祷者之家"牌子的白色房子里。人们从博格斯的音乐中可以听出鲜明而又诡异的欲望——独自逃遁的希望、狂饮滥醉的欲望以及公开摘掉面具，露出一张无人愿意看到的面孔的隐秘传奇——教堂则承诺这样一个世界：一群备受轻视，只有他们自己和上帝本人才能认出的圣徒们集合在一起，人人都揭下面具，袒露在上帝面前：这是对这个虚无主义歌手的最后诱惑，召唤他放弃自己的抗拒。博格斯最终接受了这个诱惑，把音乐抛在了身后。在1942年，他皈依了妻子所属的正统老浸信会（Old Regular Baptists）教派，这个教派有15 000多名信众，他们自称为"特殊的人"，分布在弗兰克·哈奇森所在的西弗吉尼亚一带到博格斯一家所在的肯塔基到弗吉尼亚的交界处①。博格斯成了社区

---

① "惟有你们是被拣选的族类，是有君尊的祭司，是圣洁的国度，是属神的子民，要叫你们宣扬那召你们出黑暗入奇妙光明者的美德。"（《圣经·新约·彼得前书》2：9）……"他为我们舍了自己，要赎我们脱离一切罪恶，又洁净我们，特作自己的子民，热心为善。"（《圣经·新约·提多书》2：14）——原注

中的一员。在最坏的天气里，在最糟糕的时代，他和所有人一道，为那些一无所有的人们收集食物与衣服，在他们死去的夜晚背着他们走过泥泞的道路；当谈起这些的时候，博格斯为自己所服务过的那些人的苦难而痛哭失声。多年后，博格斯又重新回到音乐的道路，他的教堂——盖斯特河的自由五旬节神圣教堂——给他送来了若干不具名的信件，指责他背教脱节。

"他说，他就快清醒过来了。"1969 年 12 月，博格斯大醉一场，然后不停倾诉的那个夜晚的翌日，莎拉·博格斯说道，"我得让他重新回到教堂去，"她对迈克·西格说，"下次见到他，你就会发现他已经成为一个完全不同的人了。""我才不会成为完全不同的人呢，"博格斯说，"一旦你成了一个正直、诚实、公平、公道的人，那你还能成为什么呢？"然后他就开始攻击起那些伪先知们，这些布道者从人们那里拿走金钱，却从不肯直视人们的面孔。"越来越糟糕了，那些布道的家伙们，他们比乐手还糟糕，"他说，"乐手为了挣钱还要辛辛苦苦地演奏呢。"

"我想让自己同上帝达到和解，"博格斯说，"这是我最想做的事情，我不想昭告天下，说我是多好的一个基督徒，或者诸如此类的事情，但是我让人们都能看到我心中有阳光，我想过这样的生活。我的意思是，听着。我不愿过着居住在壳子里的生活，不愿过着虚伪的生活。"为了谋生，他在 1969 年仍在唱着《蜜糖宝贝》与《漂亮波丽》，尽管这些歌曲的外面没有壳子，内里也绝无虚伪，但也没有一丝阳光从它们之中透出。在那之后的 25 年里，诺顿的广播电台中再也没有放过这样一首歌曲，梦想着开出一张基督也无法兑现的支票。

山巅之城

在杀魔山，符号同隐喻互相碰撞；在这里，人们都只是各顾自己的事情。到了星期日，街上很是繁忙。亨利夫人的寄宿公寓门前挂着的"空房"被"无空房"所取代。土豆泥搅拌器在她的门口留下痕迹。一年开放一次的万圣节用品店有新面具到货，正在橱窗展览：最畅销的面具包括巴斯特·基顿（Buster Keaton）①、约拿森·爱德华兹、凯文·柯立芝（Calvin Coolidge）②、芭芭拉·斯坦威克（Barbara Stanwyck）③——有《淑女伊芙》（*The Lady Eve*）里面的纸牌老手面具，也有《双重赔偿》（*Double Indemnity*）里的护士面具、黑色皮肤版吉米·罗杰斯的面具、一面是纳蒂·班波（Natty Bumppo）④、一面是"千家谷"（Chingachgook）的面具、拉尔夫·埃里森（Ralph Ellison）⑤笔下的"无形人"（The Invisible Man）、电影《人体异形》中的男女主角达纳·温特（Dana Wynter）和山姆·佩金法（Sam Peckinpah），另外也少不了《西部往事》（*Upon a Time in the West*）中的三位主演：查尔斯·布朗森（Charles Bronson）、亨利·方达（Henry Fonda）与克劳迪亚·卡汀娜（Claudia Cardinale）——莱翁内（Leone）这部电影的五小时初剪版在这里试映了好几个星期。一个赌博发牌员像男士婚前聚会上想引人注意的滑稽演员一样，慢慢地叫道："真舒服啊/真舒服啊/在我这儿舒服一下。"

　　沿着街巷走下去，可以看见不少人靠在墙上，坐在路边，站在门口。一个女人自言自语着很久以前某人在河边对她许下的谎言；一个男人对自己嘟囔着那些丢失的缎带与失去的机会；一个枯瘦的女人身上裹着褪色的蓝白相间的衣服，大步流星地走过，嘴上罩着围巾，头上还戴着遮阳帽，帽檐压得很低，没有人能看清她的脸，只能看到她那怒气冲冲的尖鼻子、苍白的脸色和灰白的头发。"如果女人是松鼠，肯定也长着漂亮丰满的尾巴，"一个红色眼睛、

---

① 默片时代著名喜剧电影演员。——译注
② 1923 年至 1929 年任美国总统。——译注
③ 好莱坞女星，以塑造聪明果敢的女性形象著称。——译注
④ 美国作家詹姆斯·库珀小说《皮袜子故事集》中的主人公，是一名西部开拓英雄，小说即是讲述他的冒险故事，"千家谷"是库珀小说中的印第安酋长，即"最后的莫希干人"。——译注
⑤ 美国小说家，《无形人》是他 1952 年的处女作，讲述一个黑人在美国城市倍受歧视忽略的遭遇。——译注

红色头发的无业游民哼唱道，声音中有一丝无能为力的漠然，一种吃了鸦片般的轻松自在，是那种余生都将在毫无价值的反省中度过的男人才有的轻松自在，"怎么，我要用矿盐和钉子填满我的鸟枪。"

在镇子的主要大街上，一个疯子拿着一把生锈的剑，穿着一件当初肯定价格不菲的绿色华丽长袍，人们可以看到上面奇异的搭扣，周围绣着青蛙的形状，系在他的大肚子上。他说自己是马提亚（Matthias），犹太人上帝的先知，他说自己是法国国王、是伯沙撒、是丹尼尔，他可以在墙上读写文字。他吸引了一些路过的看客，这些人又迅速地转到了一扇监狱的小窗下，加入了另一小群人。十几个男人和女人专心致志地站在那里，庄严的哀歌《我将获得解放》从狱中响起。歌词飘浮在空气之中，之后又消散不见；一阵坚毅的、仿佛无所不知的吉他独奏超越了词句可能表达的任何含义。"他听上去有点像艾瑞莎·富兰克林（Aretha Franklin）[①]，"一个女人这样评价那个看不见的主唱，她感到奇怪，为什么歌词中明明没有宽恕的意思，他的嗓音却传达出宽恕的信息。"我觉得那些事确实是他们干的，"一个男人说，"但是因为他们可以这样演奏，我们应该

---

① 被誉为"灵歌皇后"的美国著名歌手。——译注

把他们放出来。"“他们又不是‘铅肚皮’（Lead Belly）①,"
另一个男人说。"他们也不是‘监狱人’（Prisonaires）②,"
第一个男人说。"不过他们是这里最好的乐队了。"人群按
照镇上的传统习惯，从铁窗的栏杆里给囚犯们塞进书籍代
替硬币，因为囚犯们是不许摇晃杯子讨要报酬的，他们塞
的都是破破烂烂的平装书，有《佩顿镇》，还有詹姆斯·鲍
德温（James Baldwin）③ 的《另一个国家》（Another
Country）；"经典漫画"（Classic Comics）出版社推出的漫
画版《押沙龙，押沙龙!》（*Absalom，Absalom!*）④，还有
迈克尔·威格尔斯沃思（Michael Wigglesworth）⑤ 最初于
1662 年发表的《上帝与新英格兰的争辩》（*God's
Controversy with New-England*），这本书刚被抛进去，里面
的人就开始叫喊着诵念起诗中的句子。

　　但是，上天，请听听吧！大地也目瞪口呆地矗立；

---

① 1885—1949，美国著名布鲁斯吉他手，一生曾 4 次因谋杀或谋杀
　　未遂入狱，并在狱中被前文提到的民谣收集者约翰·洛马克斯和
　　他的儿子艾伦·洛马克斯发掘出来。——译注
② 50 年代的美国黑人 doo-wop 团体，领队 Johnny Bragg 曾在 17 岁
　　时入狱。——译注
③ 1924—1987，美国黑人作家，《另一个国家》是其 1962 年的畅销
　　小说，涉及种族歧视与性爱等。——译注
④ 福克纳的悲剧小说。——译注
⑤ 1631—1705，美国清教徒诗人。——译注

群山融化，峰峦倒塌：

让恐怖蔓延海洋与陆地；

让自然的力量落入一个小镇。

我繁衍、养育，支持着那些孩子们，

他们却背叛这温和的父亲。

　　在大街的西头，可以听到一个弦乐队在和谐地演奏着。小提琴和班卓琴带来完美协调的音乐，一种阳光明媚的轻快，来自娴熟和默契，就是家庭里的那些声音，小小的房间，有着开放的氛围。"云朵飘得太快，所以不会下雨，"乐队唱道，直到人群唱起了古老的副歌，"呜——喂，带我到高处。"① 声音中有一种摇摆，仿佛片刻之间，整个镇子就要像汪洋中的船一样摇晃起来。

　　在大街的东头，从史密斯村赶来讨生活的"兔子"布朗和弗兰克·哈奇森唱起了二重唱《泰坦尼克》，但是没什么人注意他们，就连"兔子"布朗的古怪模样也没法吸引人们的眼光——尽管布鲁斯在杀魔山相当于第二思想，但在这里却看不到多少黑人。"明天是个大日子，我的新娘要来到，"整个镇子都在随着那支弦乐队歌唱，把这两个布鲁

――――――――

① 这里和下面的"明天是个大日子"，都是《地下室录音带》中"You Ain't Going Nowhere"的歌词。——译注

斯歌手抛在一边，但是这首《泰坦尼克》的主歌段一旦唱完，歌曲也就结束了，船尾那些不幸的旅客们听到了《上帝，我向你走近》(Nearer My God to Thee)①——没有人知道这首《泰坦尼克》究竟有多少段。"上——帝——我——向——你——走近，"布朗用沙哑的声音唱着，以一种魔鬼般的欢快扭曲着旋律，鳄鱼纷纷从他眼睛里爬出来，冷酷的报复正在降临——1912年，美国黑人像其他人一样，也知道被誉为"永不沉没"的泰坦尼克将进行处女航的事情，但是从头等舱到末等舱，从船长到最低级的擦船工，他们都是白人。"史密斯船长，你的机器怎么样？"弗兰克·哈奇森简直像新闻记者一样单刀直入。"没问题。"船长回答道；"你的罗盘怎么样？""直指着纽约的方向。"

这首歌一下改变了全镇的情绪。当这首歌终于结束的时候，那支弦乐队用拖车拉来了一台管风琴，沿街唱起了挽歌，仿佛不堪重负一般。尽管吹着轻柔的号角，他们行进的步伐还是更像一队苦修者，而不是新奥尔良送葬的人群。人们望着他们，但与他们保持距离；这阴冷的，令人生畏的曲调仿佛是来自镇子之外，你可以听见布谷鸟的歌

---

① 19世纪基督教赞美诗，是泰坦尼克号沉船时船上乐队为乘客演奏的曲子。——译注

声。"它永远，不会叫咕咕，直到……"有人本能地唱出了口，其他人自动地跟着他一起唱完了这一句。

"妈妈，"一个小女孩问道，"'7月4日'是什么日子呀?"

杀魔山并不像史密斯村那么危险。镇子上更加欢愉戏谑。有失落，也有犯罪，但是最后都没什么大不了的——这和史密斯村正好相反，在史密斯村里，一切看上去似乎未完结的事情仿佛都是命中注定的。

音乐就给人这样的感觉——在那个地下室的夏天，八月和九月里确定下来的一批歌曲开始有所变化。它们变得缓慢，带着哭腔。迪伦的声音变得高亢，经常扭曲，并非被节奏所驱动，而是在歌唱中渐渐发现歌曲真正的形状。理查德·曼努埃尔和里克·丹科的声音也变高了，变得更加外露。对于地下室的每一个成员来说，他们赤裸的面孔与《去往阿卡普尔科》、《太多无所事事》、《火焰之轮》、《我将获得解放》这些隐秘歌曲中的无形公众之间，就只剩下唯一的面具，那就是知识、才华与技艺。

在这段时期的地下室录音中，有两首歌从其他作品中脱颖而出，比史密斯村中的歌曲还要危险。它们是《愤怒之泪》和《我不在那里》，在这两首歌当中，你可以感受到某种无法在史密斯村找到的东西，除非是在肯·梅纳德的《孤星轨迹》那种迫切的渴望与彻底的放弃之中，这是非常富于悲剧色彩的。被歌唱与表演的罪恶化身漂浮在争辩与证据的表面，但它们又是如此不可动摇，铁面无私的裁判，非常有分量：罪行被犯下了，也许根本就没有目的，它就是要让世界乱作一团，这样的罪恶将在时空深处激起无人能够遏制的回响。对于这样的事情，你要用什么样的语言才能描述出来呢？

你要使用鲍勃·迪伦在那年秋天使用的语言，就是他同纳什维尔的乐手们录制《约翰·韦斯利·哈汀》时所采用的语言，那种毫不虚伪的语言。想要做到这一点，就需要尽可能地去深入歌曲。当鲍勃·迪伦扪心自问，自己究竟能够进入歌曲多深的层面？当写在纸上或是被记在脑子里的歌词与旋律所说出的东西都近乎虚无，在空气中构建出一个自足的世界时，多克·博格斯总是会给出答案：就是这么深，可能无法更深了。

60年代中期，迪伦曾经在书稿中写过这样几句话，这本书后来于1971年出版，名叫《狼蛛》（*Tarantula*），人们不难感觉到，多克·博格斯可能也会这么写，或者说也会希望这样，"在我现在住的地方，唯一能够保证地区运转的，只有传统的力量——如你所见，它的力量也不算大——我周围的一切都在腐坏……我不知道这样有多久了，但是如果它就这样延续下去，很快我就会成为一个老人——我只有 15 岁，在这儿，唯一的工作机会就是挖煤——但是，上帝啊，谁愿意当一个矿工呢……我不愿意成为这样浅薄的死亡的一部分。"

鲍勃·迪伦比大多数人都要了解博格斯音乐中的死亡，那是比歌手为"漂亮波丽"挖掘的坟墓更加深邃的死亡。"我花了昨夜的三分之二时间挖你的坟墓。"博格斯歌中的威利这样告诉波丽，他厚颜无耻，醉意醺然，自豪无比地领着她走向那神圣的地点，那是在他们之前被无数清教徒的恋人们奉为神圣的阴暗坟场。博格斯对迈克·西格讲起自己生平的时候，总是会交代事件的背景，一种氛围，但他故事中的紧张感完全是由于他不愿削弱自己营造的氛围，不愿同别人混淆起来。

博格斯歌曲中制造的死亡并不肤浅，但却是虚假的，因为它是艺术，而不是生活。作为一首民谣歌曲，《乡村布鲁斯》是博格斯多年来描绘的一幅温和的、农村风味的日常生活图景，是对某些选择的欢庆，并以戏剧化的姿态拒绝收回它们。而《漂亮波丽》这首歌谣比任何家族的传奇都要古老，它是博格斯内心神话式的渴望，那种为自己的全部生命都归于虚无进行报复的渴望，在这里汇聚成一种带有神秘解释的东西。在那种博格斯自身也是其中一部分的文化里，歌曲就应当扮演这样的角色——只要你能够在它们之上崛起，或是超越它们。博格斯就能做到，没有人能像他那样唱出那些歌曲，或是像他那样，把那些歌发展到那种程度。作为一个原始现代主义者，他接受了它们的邀请，要把平凡变成独特的情感事件，而表演者要拿出自身的一切——拿出自己的本质，也拿出自己对未来境遇的恐惧——并在这首歌与其中包含的过去的生命之中，衡量自己的一切。其结果并不是歌手对真实生活的反思，同样也不是听者的反思，一切更多是一种幻象，一种对可能生活的**观看，看啊**！这可能是歌手与听者面前展现出来的生活，它可以被了解，也可以被失去，也可能已经被抛在他们身后，因为歌手唱出了这首歌而免遭遗忘。

这就是《乡村布鲁斯》与《漂亮波丽》当中的疆域，这就是迪伦的《愤怒之泪》与《我不在那里》中的疆域。它们之间的区别就在于，在迪伦的歌曲中，曲调和歌词看上去平凡简单，仿佛是被借来的，被移植而来的，仿佛是寓居在一种一直存在的氛围之中，而不是在一个全国都在燃烧而五个男人在地下室里消磨时间的夏天里，被凭空创作出来的。

地下鲍勃·迪伦与老美国

"这就是迪伦现在的声音，"1995 年，布鲁斯·斯普林斯汀（Bruce Sprinsteen）[1] 第一次听到多克·博格斯的歌曲之后这样评价道。斯普林斯汀指的是迪伦在 90 年代初发行的两张向老式音乐归复的专辑，《对你一如既往的好》和《世界乱套了》。斯普林斯汀所听到的，究竟是那种声音，还是那种氛围呢？如果说是声音，那可能是那种音调和语气，那种不稳定的平静，那种号叫般的声音——其实在迪伦 1965 年录制的《像一块滚石》中有更多博格斯的影子，比他在 1992 年录制的《小麦琪》和 1993 年录制的《达莉娅》（Delia）中还要多。至于说氛围，可能是指那种强烈的缺席感，一种消逝的文化带来的强烈感觉，正如黑白照片变成了彩色照片，任何照片冲印店的抽屉里都有老美国在颤抖。丹尼斯·约翰逊（Denis Johnson）[2] 在小说《耶稣之子》（Jesus's Son）中叫道："这个世界！这些日子以来，一切全都被抹杀，他们把一切都席卷起来，全部带走。是的，我可以用我的手指触摸到它，但它在哪儿呢？"

　　1993 年，也就是在布鲁斯·斯普林斯汀从多克·博格斯当中听出了迪伦的前两年，迪伦曾经在演出中表演过

---

① 美国著名摇滚歌手。——译注
② 当代德裔美国作家，《耶稣之子》是其代表作，曾被改编为电影，其灵感来自 Lou Reed 的歌曲 "Heroin"。——译注

《对你—如既往的好》和《世界乱套了》中的曲目：如阿巴拉契亚的民歌标准曲《杰克·瑞伊》（Jack-a-Roe）、布鲁斯歌曲《褴褛与肮脏》（Ragged and Dirty）、孟菲斯街头歌曲《我眼中的鲜血》（Blood in My Eye）等。评论家戴夫·马什（Dave Marsh）在鲍勃·迪伦的歌声中听出了布鲁斯·斯普林斯汀的影子，一场演出后，他问迪伦对斯普林斯汀怎么看，斯普林斯汀当时的音乐生涯停滞不前，他的固定的听众群可以令他的金曲精选集大卖，不了解他的听众却觉得他没什么好说的，他对这些人也没什么要说的。

迪伦说：像斯普林斯汀这样的人错过了一些东西，斯普林斯汀只比迪伦小八岁，但是他还是出生太晚了。"他们没能赶上那个时代，看到传统者们的终结，但是我都看到了。"他是指什么呢？可能是在说 1963 年，他站在新港音乐节的舞台之下，观看博格斯、"密西西比"约翰·亨特、"跳跃"詹姆斯、克莱伦斯·阿什利、布尔·卡齐、莎拉与梅贝尔·卡特（Maybelle Carter）① 等这些"传统者们"演出的时候。迪伦的话含混而完美，他既是指这些人本身，也是在说神话民谣的美国分支——他从中学到了传承与发扬的艺术。也许他只是在说出某些更简单也更艰难的东西：

---

① "卡特家族"成员。——译注

地下鲍勃·迪伦与老美国

我看到了一种消失。他在这里目睹着灭绝，看到这一音乐种类中最后的一批人渐渐消失。要由他来诉说，当那些"传统者们"离开舞台的时候，究竟是什么离开了这个世界。

地下室录音中所包含的那些"过去"都是与这些问题有关，而不是关于风格与方法在表演者个体之间的直接传递。在地下室录音中，一个未完成的世界模糊地从"过去"之中被建立起来，从史密斯的《民谣音乐选》以及诸如此类的音乐当中被建立起来，从鲍勃·迪伦、迈克·西格，以及那么多的歌手们对这种音乐做出的回应之中建立起来，这种音乐之中有着许多故事，暗示着一个小小的世界，俨然是另一个国度。地下室录音中的这个未完成的世界是一个奇妙的开始：一个由真实的人们重新创作出来的世界，模糊难辨的身影从民谣复兴的魔壶中浮现出来，化为血肉之躯，传递着出人意料的讯息。他们所体现的这个消失的世界是一种历史，一系列事实与朦朦胧胧的罗曼蒂克；一系列人工之物，一件艺术品，它完完整整，已经结束——它即将死亡，而你将是那最后的见证者。通过你自身的表演，通过它们的成功与失败，你将把自己的名字签署在它的死亡证书上，不管这表演是发生在 1963 年、1965 年，或是 1966 年、1967 年，又或是 1992 年、1993 年。你将确认，的确有一族人从这个世界上消失，与此同时也确认了他们真的曾经自由自在地在这个世界上生活过。同时，你的见证还导致了这样一个结果：这些人遗留在身后的踪迹将会在你身上寄居。

它也有可能突然提出自己的问题。当你离开这个世界的时候，你又能带走些什么呢？这种失落感和终结感，通向《愤怒之泪》和《我不在那里》中的悲剧感情。牵引着这些歌曲的正是这样的过去。

杀魔山那种欢谑的气氛，以及比起史密斯村来说较小的危险性是这场悲剧唯一的背景：一个悲剧可以被发现，却并不要求整个人生的舞台。这悲剧将使人的余生充满解脱：只有悲剧能够使得有着这样名字的地方成为正当，只有悲剧能带给它快乐的回忆，让它在酩酊大醉中沉沉入睡。

史密斯村肯定已经安定下来，在史密斯村里没有悲剧，因为那里根本就没有罪愆。宿命论笼罩着村里的一切。而在杀魔山，一切都没有结束，它只是瞬时存在的。有的时候，它与其说是一个镇子，倒不如说是一个仓库，一个中转站，就像很多早期的美国小镇一样——不是 17 世纪那种乌托邦式的清教徒社区，那里充斥着那么多的面具，人们用它们来掩饰自己无法像口头上说的那样追随上帝，也不是 18 世纪末到 19 世纪初那种零星散布、成倍增加的完美主义定居点——它是一个边疆上的小镇。正如那些乌托邦理想者们和完美主义者们的镇子里充满罪恶与怀疑的气氛，这里充满商人、伪艺术家与杀手们自由自在的强取豪夺，他们大摇大摆地行走在街头，面具只是他们全部行头中的一件。在这里，对于那些胆大妄为、铤而走险的人们来说，宿命根本就算不了什么。一切似乎都是开放的，随时随刻都可以向任何方向拐弯——至少直到死路之前为止是这样，没有任何面具、没有任何秘密的身份可以保护你，改名换姓、装扮易容也不行，有那么一个时刻，似乎所有面具都被摘下来了。

在全部地下室歌曲当中，乃至鲍勃·迪伦的整个歌唱生涯里，《我不在那里》这首歌是无与伦比的，加斯·哈德森当年写地下室录音的歌名时，本来写成《我不在那里，我走了》，后来又重新命名为《我不在那里（1956）》。它只被录制过一次；不像其他地下室歌曲一样，曾被迪伦重新录制，或是 30 年后在舞台上重新演绎，这首歌从未被再次歌唱。

这首歌是一种恍惚迷醉、一个清醒的梦境、一个涡流、一个"封闭的漩涡"，正如《白鲸》最后一页上写的："当我被吸到漩涡近前的时候，那漩涡已经越来越乏力，越来越慢。我旋来旋去，慢慢地接近着漩涡浮着黑色泡沫的那个致命轴心。"很快，听者就会这样被吸入音乐病态的怀抱，它那隐约可辨、尚未完全成型的歌词，以及其背后掩藏的，渐渐增加的悲哀与绝望席卷了听者。很快，听者会感觉这样特别的音乐好像没有理由结束，会感觉这音乐可能并不是真实存在的，它凝聚为焦点，然后又隐约消失不见；对于这种音乐来说，时间的概念仿佛显得太过庸俗。这是一首孟菲斯布鲁斯，有些像诺亚·刘易斯（Noah Lewis）① 1930 年演唱的《新明格伍德布鲁斯》（New Minglewood Blues），或"孟菲斯陶罐乐队"（Memphis Jug Band）② 1929 年的《K. C. 的呻吟》（K. C. Moan），在这种音乐中，节奏的精确性被掩藏在一种犹豫和下滑之中。这是一曲空洞黑暗的祈祷，正如布尔·卡齐 1929 年的《东弗吉尼亚》，这意味着它是一首情歌："我向一个年轻漂亮的姑娘献殷勤/我不知道她的名和姓。"

    她和自己见到的第一个胖男人开始攀谈。

---

① 布鲁斯歌手、口琴手，"加农炮陶罐爵士舞者"和"孟菲斯陶罐乐队"的重要成员。——译注
② 20 世纪 20 年代到 30 年代初期最著名的陶罐布鲁斯乐队，"K. C. Moan"是其代表作。——译注

"你是干什么的?"他把两片薯片扔进嘴巴。

她想,我来参加派对,难道只能和胖家伙们说话吗。

欧文还在家里写作。她想,如果自己只和没什么魅力的男人攀谈,也算是一种保持忠诚的方式。

她开始对这个胖男人谈起自己的工作。她谈起自动导航系统,渐渐却对自己的话开始心不在焉,她开始听起主人正放着的迪伦的音乐,她听出这是一张私录专辑,里面有一首歌名叫《我不在那里》,那是一首传奇式的歌曲,从未被发行,也从未被完成,来自迪伦的地下室录音。这首歌她只听过一次,那是在中学毕业后的夏天,后来她一直在寻找这首歌。正在她说话的时候,这首歌响起来了;比她记忆中还要飘忽渺茫。

她碰了碰那个胖男人的手腕,"这首歌,"她说,"可能是有史以来最好的歌了。"

这个说话的女人是布赖恩·莫顿(Brian Morton)1991 年的小说《迪伦分子》(*The Dylanist*)中的女主人公。她说得很好,很多人也是这么说的,但他们同时也发现,《我不在那里》这首歌几乎就像根本没有被写下来过。歌词在音乐的磕磕绊绊中飘浮着，这种磕绊似乎是为了证明音乐凌驾于歌词之上，要看看歌词究竟有多么无能为力。"我相信她会决定前来，"歌手唱道，仿佛穿过了自身痛苦的迷雾；你可以听到这种痛苦，就算歌词读起来好像没有什么意义，这也没什么关系。在这里，每一个句子都是一次机会，可以在其中找到一个关键的字眼，比如在这一句里，"相信"这个词就使得演说者摆脱了沉默的状态，当这首《我不在那里》抛出它的线团，沉默是你能指望的唯一选项。歌词中每个短句看起来仿佛是清晰的，"我为她的面纱而哭泣"，"我梦到那扇门"——但有太多东西会令你怀疑歌词表面之下潜藏的东西："诱惑渐渐减少/但她没有向我呼叫/但我不在那里/我已经走了。"伴随着音乐，可以听出歌词是那样不可挽回，正如消失的梦，歌名所暗示的那个带有必然性的时刻发生时仿佛无价之宝一般；接下来被一句如指间流水那般缥缈的句子所取代，这种必然性仿佛毫无价值。在这首歌曲构成的森林之中，面纱之后隐藏着你无法辨认的歌词，你能够辨认出的歌词也无法穿透这层面纱，不仅如此，这句你能够辨认的歌词所说出的东西根本无法与那些言外之意相比。这首歌仿佛就是生活本身，它衡量着语言，走向了其他地方。有时候，音乐如此强烈，词句或音符中最轻微的折转仿佛都能传达出歌曲所讲述的全部故事。"好吧，"迪伦唱出最后一段主歌的开始。你可以想见之后会出现什么样的内容——不是歌词，只是含糊的声音，填满了整个句子，直到下一句开始，然而已经没有必要再唱歌词了。在一片黑暗之中，迪伦在这声"好吧"之中注入了暗示与接受；在这个时刻，歌手已经开始回头审视那场灾难。

音乐会使你这样去倾听："他仿佛发现了一种语言，"作曲家迈克尔·皮塞罗（Michael Pisaro）说，"或者，更准确地说，他听到了一种语言：他听到了它的某些词汇，听到了它的语法与它的声音，在他理解这一切之前，就开始使用这些未成型的工具去叙述自己生活中最重要的事件。"

这首歌就这样在一片瘴气中坚持——这是最后审判日不变的、特有的天气——整首歌中没有变化起伏。旋律的行进平淡无奇而又坚不可摧，迪伦、里克·丹科、加斯·哈德森与理查德·曼努埃尔之间的默契达到了绝对的程度。迪伦穿过废弃词语的灌木丛，讲述自己的故事，语气中却没有犹豫，在这片灌木丛中，誓言被抛弃，成了根本不合逻辑的推论；在这里"她知道这个王国/沉甸甸地悬在她头上"，"我不敢去了解她"，这一段里的每一句都是分散的，它们不是线索，而是警告——至于这首歌的含义，根本就没有疑问。

歌曲的最后几句是最平静、最痛苦的，这五分钟的歌曲终于即将结束了，五分钟仿佛漫长无边，你简直不能相信，这么强烈的东西可以这样被说出口："我希望能够在那儿帮助她——但是我不在那里，我走了。"这首歌里面有一个歌手和一个女人；他没能在她身边，他不能在她身边，因为他不愿意。他们可能分开了数年，也可能只分开了几分钟，他们之间可能相隔一条马路，也可能相隔数千英里；在若干时刻，音乐变得那样轻盈，仿佛处于一个尚未到来的世界，歌曲中的人物仿佛变成了抽象的，他们是没有躯体的恋人："她就是我自身的永别。"

随着歌曲的行进，这种情绪愈发可怕。理查德·曼努埃尔的钢琴在迪伦的人声之后等待着，加斯·哈德森继续装点着曲调的循环，里克·丹科的贝斯在歌声中恳求你不要离去的每一声悲叹和呻吟之后凸显着力量，你听到的是一起罪行，无法被说出口，被描述出来，听者仿佛比歌手更觉得难以忍受，仿佛更像是你的悲剧，而不是他的悲剧。你可能想对歌手说：没有人能比你离开这个女人时更加孤独，没有人能像你抛弃她的时候那样自暴自弃——因为这明显不是一桩恋爱事件能解释得了的。当迪伦歌唱的时候，哈德森、曼努埃尔与丹科在他身周制造着北方阳光般明亮的声音，一个幽灵般的镇子在这个女人身周聚拢起来，而这首歌的歌词也像幽灵一般，一旦你理解了它，它就立即消散无形。

歌曲变得愈来愈绝望了。然而那句被封印起来的标题句之后，还有一些飘浮四散的句子在打转，同时变得更加坚忍，因为歌手并不是歌中唯一一个能够来到那个女人身边的人，他是最不可能来到她身边的人。整个镇子都抛弃了她；不管是出于公意或是她自己的意愿，她已经被排除在社会之外，遭到放逐、流放，成了自愿的哑巴、一个隐士——原因不得而知，但是她的命运已经无法再去质疑。歌手的声音中有强烈的耻辱感，是因为他知道，要想来到这个女人身边的唯一办法就是让自己脱离社会——但是正如基奇·威利（Geechie Wiley）① 那首神秘的《最后遗言布鲁斯》（Last Kind Words Blues）里唱的一样，这意味着没有人留下来为他而歌唱了，命运之环真的要闭合了。

威利是密西西比州纳奇兹人，这首歌是在 1930 年录制的，在同样歌唱"抛弃"的歌曲中，只有《我不在那里》能够与之相比。歌曲开头，她弹起吉他，使用沉重的小调和弦；然后围绕着这个主题轻轻打转，抛开了第一主题中

———————

① 神秘的布鲁斯女歌手，生卒年月不详，20 世纪 30 年代曾经录制三张唱片，《最后遗言布鲁斯》是其惊世骇俗的代表作。——译注

的阴郁，并不是否认它，但好像是在说：**时候还没到，别催我**。歌声不疾不徐：歌中的其他人都已经死了。她可能是地球上最后的一个人了：她每一次唱起"我"或"我的"这个字眼，总要延长一段时间，把它变成整句歌词的重心，把其他字眼都淹没在里面，好像歌手相信她再也没有机会说出其他字眼了一样。

这个故事以歌手的男人在参加大战赴死之前向她交代最后遗言开始——我们把这场大战叫做第一次世界大战，但是歌中的男人把它叫做"德国人的战争"，这意味着这首歌曲来到我们面前时带着自身历史的预言。威利的声音像歌曲开头的和弦一样沉重，拖沓，之后突然爆发，又迅速消失；那种拒绝被催促再次在她的歌词中盘旋，仿佛《一千零一夜》中的舍赫拉查德，她知道一旦故事讲完，自己的生命也就告终了。她让每一段的最后一个词都成为堕入井中的耳语，"如果我死了，如果我死了，"她的男人对她说道，在他将离去的时刻，他仿佛变回了少年，但如今十几年已经过去了。这些话她已经在心里对自己说过无数遍了。

如果我被杀死

如果我被杀死

请不要埋葬我的灵魂

> 我——
>
> 哭泣着离开我吧
> 让秃鹰吃掉我的身体

　　然后她用唯一适当的方式回答他的问题。她在自己的歌曲中变成了一个漫游者，正如肯·梅纳德在得克萨斯平原上一样孤单、一样惊慌，内心也是同样平静。她成了一个幻影，她所目睹的东西是那样强大，让她在歌唱的时候瑟瑟发抖，或者让你在倾听的时候发抖；你无法分辨究竟是谁在发抖。

> 密西西比河
> 你知道，它又深又宽
> 我——
> 会站在那里
> 从对岸看着自己的脸

　　《我不在那里》中的歌手和那个女人都做不到这样的事。而《我将获得解放》中的歌手就能够做得出来；所以同《我不在那里》相比，《我将获得解放》更像是一首伤感的客厅小调。基奇·威利可以在密西西比河的对岸看着自己的面孔，因为她自己的面孔是唯一的面孔，她所爱的一切都已经死了，她的歌中没有任何东西暗示社区或社会、镇子、同伴之类东西的存在。她歌中的国家只是一片荒原。而在《我不在那里》中，地下室录音中的其他所有角色仿佛都聚集在那个女人居住的屋子外面，然后他们就掉头走掉了。没有人会再同她说话了。抛弃就是这样的深刻，它提出的问题是：这究竟是什么样的罪行，在杀魔山都成为秘密。一个像《我不在那里》中这样彻底地抛弃了一个女人的镇子，它本身也必然是一种罪行。如果这个抛弃或驱逐像《我不在那里》中一样深刻，它就成了一种公民身份的死亡，或是所有人都在对她投掷看不见的石头——这里可能不是真实的镇子，只是一群莫名其妙地聚集在一起的乌合之众。这也可能是关于这个镇子的负担，是因为它的名字所带来的负担，一个从清教徒时期就从一个地方转向另一个地方，定义着这个国家的负担：如果你不能发现任何恶魔，那就杀死其他的什么人作为代替吧。用那个警长的话来说："这不仅仅是杀魔山镇的事，这是全美国的事件。"

"听着，"鲍勃·迪伦在唱《愤怒之泪》的三个录音版本当中的第一个之前这样说道，"要好好听！从帷幕后面浮现；它太戏剧化了；太有预示性了。它是一个承诺，下面这首歌完全展现出来了。"

如今，这首歌在《地下室录音带》，或者是"乐队"的专辑《来自"大粉"的音乐》中是这样开始的，一个著名的开头："我们拥抱着你/用我们的手臂/在独立日里。"歌声缓慢，让每一句歌词都推动着歌手，抵御自己的脆弱与悲哀，迪伦把"独立日"这个词唱得异常曲折，仿佛一个摇篮：

独

立

日

让它进入了一个关于遗忘，拒绝，背叛，以及再一次的抛弃的故事当中——他的步履谨慎，但毫不犹豫，因为没有其他故事真正值得一讲。

这首歌一开始就勾勒出了一个巨大黑暗的历史故事：一群老者在海滩上抱着一个孩子，举行一个命名仪式。当然，是一个女孩子；或许这一天也正是一个国家的命名日，是对这个国家的存在的再次确认，每当有新成员加入，这个国家就仿佛又重生了一次。但是在音乐中——罗比·罗伯逊那软弱的音符打着拍子，里克·丹科的贝斯异常沉重，只有加斯·哈德森的风琴和理查德·曼努埃尔的和声承载着迪伦走向最高处，进入副歌，在迪伦的歌唱中，那里是从胸膛深处涌现出来的痛苦，在第一版录音中，声音里满是关怀——这首歌一开始就是布道，是哀歌和珈底什赞美诗①。在音乐的记忆中，海滩上的这个仪式呈现出这首歌中所发生的全部事情——被女儿轻视的父亲，自这个国家建立之日起就被忽略的平凡教训，公正和正义的影响力被财富的诱惑所摧毁——这不是为这个孩子举行的葬礼，而是为这个国家举行的葬礼，它的诞生之日被如此悲苦地回忆着。

在歌曲的边界之内，曼努埃尔的钢琴弹出悲哀伤感的音符，罗伯逊吉他的旋律仿佛在后悔忽略了迪伦的恳求，独立日再也不会被庆祝。这个故事不能再讲下去了。《独立宣言》仿佛仅仅只是一个谣言，在那一天里，杰斐逊曾宣告过去与未来、宗主国与殖民地、父母与子女之间不可逆转的断裂，如今他的宣言仿佛凭空消失了，从《独立宣言》的最终稿上被凭空擦去了。"我们必须勇敢地忘记对他们曾经怀有的感情，"关于英格兰，关于那些即将被抛弃的亲

---

① 犹太教为死者祈祷时唱的赞美诗。——译注

人、朋友与祖先，杰斐逊曾经这样写道，"通向幸福与荣耀之路也会向我们敞开的。"

《愤怒之泪》中的女儿也正是走上了这样一条道路，一条由黄金铺成的道路，这个女儿的心中同样充满了黄金——"仿佛是一个钱包。"歌手痛苦地唱道，似乎被自己声音中的冷酷吓了一跳，一颗金子的心，这种古老的描述仿佛在他口中成为灰烬。歌手知道，这条通往幸福与荣耀的道路上行走的只有轻信的人与没有信仰的人；这条道路上只有一个故事：没有信仰的人诱捕轻信的人。父亲试图把这个道理告诉女儿，她却根本不听，她兴高采烈；她已经跨越过去了，她已经成了没有信仰者中的一员。在这首歌的第一个录音版本中，迪伦的歌声中充满羞耻与负罪感，歌手对自己毕竟无法逾越道德底线和忠诚心感到绝望。就像《满洲候选人》（*The Manchurian Candidate*）① 中林肯的面孔不断从青铜胸像中浮现出来，沉默而又悲哀，被迫见证着毁灭林肯所守护的这个国家的阴谋。

这首歌中的情感是那样深广，可以让你想起这个国家从旧世界脱胎出来，成为美利坚合众国时期的某种形式。

———————————

① 1962 年 John Frankenheimer 执导的惊悚电影，根据理查德·康顿所著的同名畅销小说改编，讲述苏联政府将美国战俘洗脑为政治杀手的故事，由歌手 Frank Sinatra 主演。——译注

1630 年，"阿尔贝拉号"正处于大西洋的中央，刚刚当选了马萨诸塞湾公司总督的约翰·温思罗普（John Winthrop）①对跟随他的清教徒们宣称，在新世界里，有什么样的东西在等待着他们。他把自己短短的布道命名为《基督之爱的典范》（A Model of Christian Charity），它可以同马丁·路德·金在向华盛顿进军运动中的讲演以及林肯的第二次就职演讲相媲美。正如上述两个著名演说一样，温思罗普的讲演是关于国家获救的预言与整个国家受到惩罚的警告——尽管这些清教徒们觉得自己离开英格兰，所要创建的地方并不是一个国家，只是一个小镇。温思罗普的讲演带着宁静、烧灼般的质问与使命感，它可以同美国文学史上最动人的船头演说相媲美——同《白鲸》中的亚哈船长发表的关于白鲸面具的演说相提并论。

温思罗普告诉身边的男人与女人们：他们以自由意志同上帝，也同他们自己缔结了誓约，他们即将根据上帝的法律创造一个新社会。在这种种法则之中，也有关于不平等，或关于差异的法则：上帝使得有些人地位高，有些人地位低，有些人伟大，有些人渺小，有些人富有，有些人贫穷，所以"每个人都需要其他人，所以所有人都息息相

———————————

① 早期美国殖民地著名政治、军事领袖，亦是历史学家。——译注

关，被兄弟之情紧密地结合在一起"。在这种息息相关之中，"在爱当中"，他们即将生活的镇子现出了雏形，在这里，个人只有作为整体的一员才能存在："因为没有任何建筑可以建立在公共场所的废墟之上，这是一条真正的法则。"危险显而易见，温思罗普对簇拥在自己身边的圣徒们说：在新世界的光明之中，他们将会忘记自己的使命，把同上帝的誓约丢在脑后。彻底堕落，之后"拥抱短暂的现世，沉迷肉欲，为我们自己和子孙后代谋取更多利益，上帝定会在对我们的愤怒中爆发，对这样厚颜无耻的人类进行报复，让我们知道，破坏同上帝的誓约将要付出什么样的代价"。

温思罗普说，唯一能够"避免这场沉船般的大灾难的办法"就是：

> 听从弥赛亚的忠告，公正地行事，表现出慈爱怜悯，谦卑地跟随我们的上帝，因为在这项工作里，我们必须团结如同一人，我们必须像兄弟一般彼此相爱，我们必须竭力避免奢侈，满足他人的需要，我们必须共同建立起一种熟人之间的贸易，它有着温和、文雅、耐心而自由的特性，我们必须悦乐彼此，让他人与我们同喜同悲，一起劳动，一起痛苦，永远在工作中守

护我们的使命和社区，因为我们的社区是由和我们同样的人组成的。

如果他们能够保持信念，温思罗普说，他们的努力就会在愈来愈多的人们当中口耳相传。当然，如果他们失败了，其结果也是一样。

　　因为我们必须想到：我们将成为山巅之城，全世界人民的眼光都在注视着我们；因此，如果我们在这一事业的过程中辜负了我们的上帝，致使上帝不再像今天这样帮助我们，那么，我们终将只给人们留下一个故事并成为全世界的笑柄，我们将留给敌人攻击我们的借口，用邪恶的话语来攻击上帝的道路与服从上帝的人们；我们将在众多上帝的仆人们面前感到羞愧，他们的祈祷将变成对我们的诅咒，直到我们不管走到哪里，都会被这片美好的土地驱逐。

"山巅之城"是罗纳德·里根在总统任期内经常提起的一个形象，作为美国必胜信念的一个符号；然而在三百年前，它却是作为警告而出现，是一个关于自我背叛的预言。这种可能出现的背叛，其深度与可能取得的成就的广度正好相当。温思罗普的讲演实际上是把希望与对乌托邦的渴求放进了美国故事之中，没有它就没有美国的历史。

清教徒消失了，他们的社区解散了，他们对上帝背过脸去，正如诗人迈克尔·威格尔斯沃思所描述的一样，他的话语和三百多年后的迪伦如此接近，但是关于一个受祝福的正当社会的观念却永远不会消失。社会活动者凯西·海登（Casey Hayden）1988 年的回忆录《运动》（The Movement）生动地表现了这种观念如何完整地持续下来，她仿佛以自己的形式重述了温思罗普对一个团结社区的召唤，她认为有一个短暂的时期，这个理念曾经成真，真的有人曾经在这样的社区生存。

海登的书描述自己在南方担任民权运动工作者的生活，1963 年之后一两年的时间里，她在学生非暴力协调委员会（Student Nonviolent Coordinating Committee）工作，当时这个组织在大学中以他们的首字母缩写"SNCC"闻名，也读做"Snick"。海登是当时无数白人与黑人学生中的一员，他们团结起来，"同运动中成千上万名贫穷的南方黑人站在一起……当我们到来的时候，他们就在那里，当我们离去的时候，他们还在那里。他们当中很多人都不能读写，几乎都不能说英语。他们永远也看不到我写下的这些文字"。

这样刺耳而又坦白的话语显然不可能有假，海登描述了他们当年试图改变种族隔离制度以及公众的虚伪的种种努力，当时很多人都觉得这一切永远也无法改变，试图主张自己公民权利的黑人惨遭杀害，试图对他们施以援手的白人也被杀死。然而，正如评论家阿尔伯特·穆雷与多克·博格斯曾经主张过的，这些权利是受到保证，它们被写在《独立宣言》和宪法之中，它们是人们之所以一年一度庆祝7月4日国庆节的理由，追求完美的平等主义者们响应着清教徒不平等的完美主义，让美国的黑人与白人们团结在一起。

我们的正义感保护着我们。整个国家都已经陷入谎言。我们被告知以平等，但我们发现平等根本就不存在。只有我们这些人在说真话，至少就我们目光所及之处是如此。我们很少感到害怕。我们完全沉浸在这件事情之中。部分是因为我们的天真，使我们跃入了这种自由的境界，这种完全正义的行动带来的自由。

我觉得我们是美国人当中仅有的，能够体验到一体化的人。我们是一个被深爱的团体，有我们的烦恼也有快乐，就好像我们已经死了，已经上了天堂，在那里成为一个整体。我们完全抛弃了种族的观念，这样的事情再也不会发生了。在那些炎热的小小农村黑人教堂里，我们投身音乐，纵情歌唱，所有人都受到欢迎，可以进入到这个完美的地方来。

"一体化"这个字眼是那样古老，使得这个词在海登的叙述中格外显眼，它近乎背叛了她那温和而又激烈的主张，认为没有了那种超越任何契约，乃至超越了塑造他们的普遍信仰的种族意识，美国的黑人与白人再也不可能团结。"在历史中很短暂的一个时期，在我们的生命中，"海登写道，"艺术，信仰与政治是同一的。"

　　我们不仅想把一切都上下颠倒过来，还想把一切都从里到外翻过来。这可不是温和平静的工作。如今这再也不时髦了。我们相信，在"披头士"之前的年代里，爱就已经成为答案。爱是答案，而不是权力。一切关于非暴利，直接行动以及选举登记的讨论——

　　——行文至此，海登也许应该补充一句，美国白人是否也能待在 SNCC 中呢？到了 1966 年，白人们被驱逐出去了——

　　——这些讨论在我的心目中，正是关于最终的答案究竟是爱还是权力的问题。在组织内部，我们也的确彼此深深相爱。我们生活在一个如此真诚的社区，我们所希望的就是把所有人都组织到这里来，让整个世界都和我们一样被爱。

"运动的早期，"海登说，"是伟大壮观的景象，它不惧怕任何谴责，也不摆出任何虚伪的姿态。那是神圣的时刻。当然，这只是我个人的体验。"这种态度意味着：**谴责我们吧，美国，你难道能够吗？**"我们丢失了立场，但我们是正确的。等级制度不能代替圆圈舞。"**我的美国，真实的美国，只有在那个时刻才真正存在，就像洞穴中被擦亮的火柴，谴责着你。**

在《愤怒之泪》当中，未来谴责着过去，世俗的财富谴责着自由的财富，而《独立宣言》所召唤的，并在独立日，也就是那个命名日中被庆祝的，正是这种自由的财富。这首歌中有着深深的失落感，但是，歌中看到一个完整的，对自己真诚的国家。在这完整的形象之中，歌曲质问着美国是否真正存在，美国人民的概念，或者说任何人民，由"同样的人"组成的人民——也就是海登和温思罗普谈起的人民——他们是否真正存在，而不是疯狂或者淫乱的乌合之众。

地下鲍勃·迪伦与老美国

就在《愤怒之泪》提出这个问题的三十年后，同样的问题再度出现了。1995 年，最高法院审理了美国任期限制诉桑顿（U. S. Term Limits v. Thornton）一案，最高法院制止了各州为国会议员制定任期限制。约翰·保罗·史蒂文斯（John Paul Stevens）大法官就此案这样写道："法律的制定者们在心中设想一套单一的国家系统，而不是把这个国家当作由各个州组成的，他们创造出一套系统，将国家政府与美国民众直接联系起来……在这样的国家政府中，议员们并不是效忠于各州的人民，而是效忠整个国家的人民。"在 1995 年，这句话被载入公民教科书中。这个案件引发了真正的全国大讨论，当时全国各地，从少数族裔活动者到多元文化学者，从议会多数党共和党成员，到种族主义者，再到军事集团活动者，都支持克莱伦斯·托马斯（Clarence Thomas）法官的反对意见，他仅以一票之差落败。克莱伦斯引用雨果·布莱克（Hugo Black）① 法官的话，写道："美国完全是宪法的造物。它的全部权力与权威没有其他任何源泉。"但布莱克肯定不会同意克莱伦斯·托马斯下面的这句奇怪而又充满轻蔑的结论："宪法的权威性的最终源泉是各州人民的同意，不是国家整体之下无差别

① 富兰克林·罗斯福任命的最高法院大法官，任内推行新经济政策，主张自由主义。——译注

人民的同意。"

如果全国人民是无差别的，那么人们就要给自己制造差别。北卡罗来纳大学教授大卫·E. 维斯南特（David E. Whisnant）曾用克莱伦斯·托马斯式的语言描写过乡村音乐，他危言耸听地描述乡村音乐中的概念："所谓'全国性的体验'，"他说，这个概念"被政治实体中不同地域、性别、种族、阶级与职业阐释过，早已没有用处"。这可不是温思罗普的实体。如果没有全国性的体验，也就没有国家的声音。多克·博格斯、克莱伦斯·阿什利、基奇·威利或者在地下室录音中某些时刻的鲍勃·迪伦所唱出的，是这个国家渴望与失败的轮廓，它根据这些不同个人的希望而成型，还有对那些终极的共同希望是否能够产生的怀疑，如果全国性体验是无用的，这些东西就不可能被听到。如果这种体验是无用的，那么多克·博格斯的声音中也许没有什么国家可言；人们从中只能听到一个弗吉尼亚白人男矿工的声音。如果这种体验是无用的，马丁·路德·金在华盛顿行军中的讲演虽然援引了这个国家的偶像、地标与歌曲，它也不是什么美国的声音，只是一种虚情假意罢了。

克莱伦斯·托马斯的语言同白人至上主义者们的语言本质上没有什么不同，他们在他所写的东西里面找到了自己统治的国家。他们的语言是天生真实的，他们是"有组织"的美国人：是白人，男性，受到南北战争之前的原始宪法保护，不像那些"假美国人"，是被南北战争之后的宪法修正案赋予了虚假的权利，这些假美国人是联邦政府的所有物，是联邦政府的财产。而"真美国人"是由上帝所创造的，是天生的真正基督徒，不像那些黑人、亚洲人、犹太人，以及诸如此类由撒旦创造的人，上帝会把那些撒旦创造的人像细菌一样消灭——他们使用的是一种行动的语言。1996年，一个自命为"自由人"（Freemen）的组织使用的也是这种语言，他们心目中的美国正是由上述信念所构成，他们把自己的国土称为"犹士都之城"（Justus Township）① ——位于蒙大拿州约丹市附近的一片农场，是一片被取消了抵押赎回权的土地。他们会说，他们是清教徒，他们的事业是为上帝服务，是被上帝所保佑的。他们的大笔政府津贴被取消后，也像拓荒者一样顽强地坚持着。因为他们的武装对国家构成威胁，联邦调查局几个月来都在包围着他们。他们还面临着种种指控，从逃税到造

① Freemen多被称为Montana Freemen，是20世纪90年代一个反政府基督教组织，相信个人自治，宣布不受政府管辖。1996年，被联邦调查局包围数月后，他们向政府投降。Justus是第四任坎特伯雷大主教，于公元7世纪从罗马来到英格兰，任务是让信奉当地异教的盎格鲁-撒克逊人皈依基督教。——译注

假，再到暴力威胁撤销他们政府津贴的国家官员，但他们还是像拓荒者那样，不顾一切厄运，也要保卫自己的土地。他们意识到，唯一的神就是耶和华，唯一的统治就是他的统治。在那年的 5 月 1 日，一个中间人宣告："耶和华将看不见的屏障放在他们的圣所周围，那里没有外来的敌人。"——所谓外来的敌人，是指那些来自另一个虚假国家的使者。这或许会让人觉得它是最终极的美国面具了，又或许只是让人回想起 50 年代的牙膏广告，它承诺为牙齿提供"看不见的防护"，抵御细菌的侵袭。

"为什么我总要当个贼?"迪伦在《愤怒之泪》中唱道，在音乐中，失落与疏远的感觉压倒了一切。在第一遍录音里，唱副歌时他的声音一直都在颤抖，震撼着词句，音乐如同平静的海洋，围绕在他身边。他就是那个贼，因为其他人都不再愿意做贼，他被抓住了；因此被逐出一个已经不复存在的社会。在他的声音中，"独立日"这个词仍然辉煌，但没有人知道他究竟在说什么。最后一段副歌中，词句孤独地矗立着，每个词中都包含着否定："愤怒"、"悲伤"、"孤独"。

在这首歌的画面之中，这个由它，以及地下室录音中的其他歌曲共同构成的镇子背叛了自身。这里没有需要居民们彼此转述的故事。所有的联系都被松开，只剩下冷漠、全无关系的个体：他们彼此没有共性，没有共同的节日来庆贺这个镇子的诞生，每个成员的名字都是一样的，而且面无表情，无法看出他们的喜悦或是悲伤。《愤怒之泪》中的那个男人看着面前这一切，只是发现这些人关心的其实只有他们自己。对于歌手来说，这些人好像是行尸走肉一样地行走，他们和歌手喜欢的那些人不一样，就是那些曾与死亡交谈，而后带着生命的信息归来的人，而眼前这些人只是没有灵魂的躯体。歌手四下张望，内心的悲哀吞噬了他，同时他又觉得这个镇子不应当是这样的，要不就是他自己搞错了。他知道，或早或晚，对单一社会共同体的追求会走到尽头——以单独的个体身份在山巅上杀死恶魔，这样的追求也会走到尽头，到时候人们终会自相残杀，甚至杀害自己的亲生孩子。当然不是在此时此刻，但他知道那样的时刻迟早会到来的。

《基督之爱的典范》也许此时还在这里的图书馆中——毕竟，就连迈克尔·威格尔斯沃思的《上帝与新英格兰的争辩》都能被发掘出来。而在史密斯村，如果这个男人没有记错，是根本没有图书馆的——但这并不要紧。罪恶潜伏在镇子的噪音与匆忙人群之中，这桩罪恶就是这个镇子已经杀死了自己；弦乐队还在沿着大街行进歌唱，歌手结束了歌唱。

在杀魔山，星期日的狂欢渐渐走向尾声。泰坦尼克已在海底沉睡，"兔子"布朗与弗兰克·哈奇森已经走了，回到他们所来的地方，弦乐队散了，街头的人们慢慢回到家中，路上一言不发。"她在战斗中沉没，"正如劳伦斯在《裴廓德号》（Pequod）① 中写的，"我们都在海面上漂浮……裴廓德号带着船上所有的灵魂沉没了，但是他们的身体再度浮现，掌控着无数货船与远洋轮船。"现在镇上的感觉就是这样。

然而，还有一个瘦高的小伙子仍然矗立在岸边，弹拨着自动竖琴，希望凭借《把我的坟墓打扫干净》这样的歌曲，能让一些听众的脸上露出些许亮色，能让自己得到一些投来的硬币。歌手溜回到椅子上，靠着电线杆前后摇晃，好像亨利·方达在《侠骨柔情》（*My Darling Clementine*）里面的架势，他的节奏中有一种轻快，歌曲的旋律变得松弛，他轻松而温暖地歌唱着，好像是叔叔在侄子的五岁生日派对上唱歌，和最好的朋友跳了一整夜的舞。曲调和已经去世的盲眼"柠檬"·杰弗逊在 1928 年对这首歌曲的演绎几乎没有相同之处，和迪伦在 1962 年自己的首张专辑中那个刺耳、自毁的版本也并不相同。但你越是凝神细

---

① 《白鲸》中主人公乘坐的捕鲸船的名字，这里是劳伦斯为《白鲸》所写的文学批评。——译注

　　　　　　　　　　　　地下鲍勃·迪伦与老美国

听——如果你正好是那为数不多的几个愿意驻足聆听者中的一员——你就会发现音乐中的笑容似乎变得更加深邃。这不是死亡将至时的微笑，而是一个知道自己度过了美好的一生，可以愉快地直视死亡面容的人的微笑。

一个有着长长金发和高鼻梁的帅小伙仿佛不愿美好的一天就这样结束，他站在后门的台阶上，身边有一个弹电吉他的人，带着一个小小的音箱，此外还有三个家伙们，向听众们散发各种传单，同时在那个金发男人唱副歌的时候帮他唱和声。这个金发男人在做什么，目前尚不明朗。但他是个伪艺术家，这一点是确凿无疑的。他的脸上还挂着该死的微笑，他的声音慵懒、满足、无忧无虑，他的声音很美，如果你喜欢上他的声音，那么你只需驻足片刻，他就能让你在这儿留一个小时。他的声音是在推销某种东西，但是他不会让人轻易猜到自己在推销什么，他的把戏好像就是让人猜来猜去——他是在卖印花布？印第安人的神秘药酒？苦酒？还是铝合板？直销安利？丰胸？壮阳？还是自由人的手册？

他一边吟唱，一边从台阶上走下来，手里还拿着扩音器，就像鲁迪·瓦里（Rudy Vallee）① 一样，多么平凡温

---

① 1901—1986，美国著名流行歌手，有一张很著名的手拿巨大扩音器的照片。——译注

和的民谣小调，只是讲述着农民担负着过高的燃料价格，他们都买不起了，他们连储料垛都买不起——对了，他就是一个卖储料垛的！然后他又唱起了猪背刮刀——一种方便无比的现代厨房设施，还有一个硬币就能买下的汽车，不过这些好像都只是……**隐喻**……也许他是个牧师吧。然后这个小贩换了另一个故事，语气却没有改变，他的话语从煽动变成了哲学：

> 但是限制导致毁灭
>
> 毁灭导致欲望①

这或许是另一种煽动：放轻松，别害怕，别退缩！当他唱到调子最低的地方时，声音变得狂野，其他的小贩子都站到了他的身边，全心全意地同他一起合唱，他们清澈的声音清晰地表明：他们所要贩卖的其实正是美国，因为在美国，关于这个国家的传奇可以把一切都推销出去，而一切被贩卖的东西反过来又在推销这个国家。

> 你所要

_____

① 这里和下面的"地鸟"等歌词都来自地下室录音中的"All You Have To Do Is Dream"。——译注

做的一切

只是

梦想！

　　他们的声音还在空中飘浮，小小的人群中已经有人加入了合唱，全然不顾死亡的味道在他们口中萦绕，吉他手若有所思地开始了弹奏，从布鲁斯乐句中寻找，平衡着队友们疯狂的乐观主义，之后没有预兆地一头栽倒在狂乱鼓掌或无动于衷的人群中，这是他的副歌：为什么不？这个小贩、歌手、传道士、哲学家，不管他是什么人，他已经在为自己的下一个故事而狂喜了，那是一个关于美好的年轻女子的故事，怎么才能得到她呢？哪怕只有一次也好，他说。还有，他即将离去，如同被他称作"地鸟"（floorbird）的动物一样。但现在他和其他人继续歌唱，希望与快乐摆脱了本来的功能，即获取金钱。现在最重要的只有地鸟，它们就像这里的精神一样，光荣而自由，这地鸟：

它飞翔

从黄昏

飞向黄昏

歌手控制着自己的声音，好像男高音卡鲁索一般。其他人在他身后起舞，之后他的声音变得好像吉恩·文森特（Gene Vicent），恳求着仁慈与爱，那个时候他们满怀激情，仿佛已经陷入疯狂，他们把自己的词句抛掷到前方，不管它们能够往前走多久，他们都能在半途捕捉住它们：

看那只老地鸟

飞啊

从黄昏

飞向黄——昏——

看那疯狂的地鸟，他只是

飞啊

从黄昏

飞向黄——昏——

多好的地鸟，他只是——

他们还没有唱完，但是围观的人们大笑着走开了。他们的步履更加轻快，但脑子里都多了一个问题："什么地鸟？"

回到世界

这是世界上最精彩的故事之一，是这个国家秘密的、非官方的音乐生活。它似乎与信仰的异见密不可分。它包含了那么多对美国官方与欧洲官方的异议。它是建立在每个人都有权利用自己选择的歌曲赞美上帝，或是用自己选择的歌曲向少女献殷勤的基础之上。两百年来，它在文化上拒绝受制度化的调解，也拒绝通过制度化调解得到拯救的必要性。于是，我们有了这些英国民间歌曲，它们从教堂、各州与学校的重重扼杀中得以幸存下来。

——维吉尔·托马森（Virgil Thomson）[1]

《美国音乐自治》（*America's Musical Autonomy*），

1944 年

几乎没有任何表演者能像鲍勃·迪伦那样，在登上 20

世纪的舞台时携带了如此之多的面具：一开始，他是一个民谣歌手，假装自己并非来自明尼苏达北部殷实的犹太人家庭，而是一个不知父母生死的流浪者；后来他又成了一个时髦小伙，当他转投流行乐怀抱引发争议之时，他却说自己对民谣的投入从一开始就是假的，有时候，人们说他每次出现时都会是一个完全不同的人物。作为艺术家，他风趣、粗暴、带有预言色彩、充满攻击性、可怕、难以捉摸；而深入这些特质，你可以听到谨慎、狡猾、沉思，以及保持领先一步，保持控制的愿望。

但当 1965 年秋，他开始同"雄鹰"合作的时候，特别是 1966 年春，这群人在英国演出的时候，他们的演出日益触犯众怒，愈发挑衅大胆，鲍勃·迪伦发现自己在人群面前失去了面具。人们的抗拒与责难逼迫他直面自己的观众们。他必须动用一切力量才能跟上他们，更别说还要比他们领先一步。任何形式的交流仿佛再也不能掩盖任何东西——无论是唱歌、对观众做出回答，还是与不时感觉好像迷路的巡逻队一样的乐队在一起演奏。他必须挣扎着进入一首歌曲，只为能让它开始，他必须让这首歌被表达出来，他知道自己所追求的更伟大的声音就在那儿。他那

---

① 美国古典音乐作曲家、评论家。——译注

"小流浪汉"（Little Tramp）式的天真，他那唯美主义者般的古怪凝视，他那正义布道者式的沉默谴责——到现在全部一点用处也没有了。为了被人听见，言辞必须被推向极端，在那些演出的高潮时刻中不再有策略、盘算与面具。而是一张没有遮掩、赤裸裸的面孔，正准备说出必须说出的一切，把这一切变成下一首歌曲。不出意料，全部巡演中最充满灵感、最狂乱的表演发生在 1966 年 5 月 14 日的利物浦，演唱《如同"大拇指"的布鲁斯》的时候，这首歌以一场扑克牌游戏结束，在这场游戏里，面无表情的扑克脸是赢不了的，房间空空荡荡，"这里没有人说我虚张声势"。

演出一年后的地下室录音则是一场随意开始的游戏，这一次是在熟悉和信任的环境中开始的游戏，再次做回一个人的本行，大家都穿着得体，戴着舒服的面具。危险都被视作平常，保护不再被视为理所应当。迪伦、罗比·罗伯逊、加斯·哈德森、理查德·曼努埃尔、里克·丹科与利文·赫尔姆在流行乐的世界消失了，戴上了由距离和消失制成的面具，这再次证明，只有这样的面具能够让你开口，给你自由，让你可以从容地说出自己的意思，而不必说每个字都冒着生命危险。地下室录音中的很多歌曲都是最纯粹的自由演讲，只是自由演讲，普普通通的自由演讲，无意义的自由演讲，而不是英雄式的自由演讲。它们是神秘的自由演讲，就是被作家雷蒙德·钱德勒（Raymond Chandler）描述为"美国的声音"的那种东西：它"平静，单调而疲惫"，就是《晾衣绳传奇》和《看啊!》当中的语气，在隐秘中，一个声音似乎可以说出一切，但好像什么都没有说，音乐被创作出来的时候似乎假定没有任何听众，但它的演奏者，或许还有它的先驱们却假定了一个隐秘的公众。

最后，对于一个听从艺术指引的艺术家来说，这样的演说，其意义也就仅止于此。一种紧张感在音乐的欢愉中浮现，在最滑稽可笑的歌曲中也有着棱角；面具松脱了，然后开始磨损、撕裂。古老音乐的悖论在地下室录音中如此鲜明地浮现出来，成了新音乐的基石。这个悖论就出现在克莱伦斯·阿什利、法里·刘易斯、弗兰克·哈奇森、"孟菲斯陶罐乐队"、基奇·威利、巴斯肯·拉玛·兰斯福特、"兔子"布朗与多克·博格斯那种原始现代主义之中，这个典型的、独一无二的民主艺术家鲍勃·迪伦的悖论就在地下室录音之中：平淡中的热情、恐惧中的坚忍、面无表情中包含的懊悔。面具仿佛成了展露真实面容的前提，而这张真实的面容并不邀请别人来看，也无法经得住长久的注视。那些作为不朽传统的叛徒而离开舞台的人们其实

地下鲍勃·迪伦与老美国

发现了更加深刻的传统，在一间没有镜子的房间里重塑着传统。那些传统的人们仍然活着，只是带着新的面孔休息和劳作。布谷鸟化身的鸟飞回来了。

地下室录音这段时期结束之后，鲍勃·迪伦创作了一张真正的专辑，回到乐坛之中，"雄鹰"则更名"乐队"，也开始了自己的演艺生涯。这一切都是 30 年前的事情了——但是这些录音的成果却从漫长时间的重负之下逃逸而出。大多数地下室录音如今仍在最初的逃亡之路上漫游；每一首歌都成为地图的一个部分，同其他众多歌曲一样，描绘出一片至今无穷无尽的广袤疆域。

引用作品

　　除了在书中提到的采访者，采访引言都是根据受访者的名字列出的，同一人接受的采访按照在书中出现的次序排列。书中提到的新闻故事根据标题或宣传词列出。

　　巴尔丁，约翰·富兰克林。《无情的佩尔什马》（1947）。收录于《约翰·富兰克林·巴尔丁选集》（*The John Franklin Bardin Omnibus*）。哈蒙兹沃思出版社（Harmondsworth），英国，以及巴尔的摩，马里兰州：企鹅出版社（Penguin），1976。

　　布鲁姆菲尔德，迈克尔。《迪伦插电了》。收录于《60年代》（*The Sixties*），编辑：琳达·奥布斯特（Lynda Obst）。纽约：兰登书屋（Random House）/滚石出版社（Rolling Stone Press），1977。

　　波伊斯，乔治纳。《想象的村庄：文化，意识形态与英格兰民谣复兴》(*The Imagined Village: Culture，Ideology and the English Folk Revival*)。曼彻斯特，英国与纽约：曼彻斯特大学（University of Manchester）/圣马丁出版社（St. Martin's），1993。一份毫不留情，颇具启示意义的研究。

布朗森，弗莱德。《"公告牌"头名金曲之书》(*The Billboard Book of Number One Hits*)，第 3 版。纽约：公告牌（Billboard），1992。参见《献给比利·乔的歌》条目。

巴克-莫斯，苏珊。《本雅明的〈拱廊计划〉：为革命赎回大众文化》(Benjamin's *Passagen-Werk:* Redeeming Mass Culture for the Revolution)。《新德国评论》(*New German Critique*) 29 期（1983）。

坎迪达·史密斯，理查德。《乌托邦与异议：加利福尼亚的艺术，诗歌与政治》(*Utopia and Dissent: Art，Poetry and Politics in California*)，伯克利：加利福尼亚大学出版社（University of California Press），1995。深刻而清醒地探索了个人如何追寻一个充满悖论与正义感的社区。

肯特威尔，罗伯特。《民族拟态：民间生活与文化的呈现》(*Ethnomimesis: Folklife and the Representation of Culture*)。教堂山，北卡罗来纳州：北卡罗来纳大学出版社（University of North Carolina Press），1993 年。

同上。《〈我在暗中倾听〉：理解民谣之路的〈民谣音乐选〉》（"Darkling I Listen'"：Making Sense of the Folkways *Anthology*），收录于肯特威尔的《如果比尔街会说话：音乐、社区、文化》（*If Beale Street Could Talk：Music，Community，Culture*）。香槟区，伊利诺伊州：伊利诺伊大学（University of Illinois），2008。另收录于《哈里·史密斯：美国民间风格先驱》（*Harry Smith：The Avant-Garde in the American Vernacular*），编辑：安德鲁·珀查克（*Andrew Perchuk*）与拉尼·辛格（Rani Singh）。洛杉矶：格蒂研究所（Getty Research Institute），2010。

同上。《史密斯的记忆之剧院：民谣之路版〈美国民谣音乐选〉》（Smith's Memory Theater：*The Folkways Anthology of American Folk Music*）。《新英格兰评论》（*New England Review*）（春夏季刊，1991）。我刚开始研究史密斯的《民谣音乐选》时就读到了这篇充满幻想的文章，我尽了最大的努力去忘记它，我知道，如果我忘不了它，我就没法真正继续把我的作品当成我自己的。我的努力是否成功——是否避免了亦步亦趋地模仿肯特威尔——这要留给他人评判，但是这里我要再次充满感激地承认他是一位开路者、向导和朋友。

同上。《当我们还很好的时候：民谣复兴中的品味与文化》(When We Were Good: Class and Culture in the Folk Revival)（1993）。罗森伯格。

同上。《当我们还很好的时候：民谣复兴》（*When We Were Good: The Folk Revival*）。剑桥，马萨诸塞州：哈佛大学出版社（Harvard University Press），1996。

科迪尔，哈里。《夜色来到坎伯兰：一个沮丧之地的传记》（*Night Comes to the Cumberlands: A Biography of a Depressed Area*）。波士顿：《亚特兰大月刊》出版社（Atlantic Monthly Press）/利特尔，布朗（Little，Brown），1962，1963。另参见科迪尔的《大山、矿工与上帝》（*The Mountain, the Miner and the Lord*），莱克星顿，肯塔基州：肯塔基大学出版社（University Press of Kentucky），1980，一本充满趣闻轶事的历史，讲述多克·博格斯的家乡：肯塔基州莱彻郡与弗吉尼亚州怀斯郡。感谢莫莉·布莱维斯（Molly Breivis）。

科恩，约翰。《对哈里·史密斯的罕有采访》（A Rare Interview with Harry Smith）。《唱出来！》（*Sing Out!*）（1969年4/5月刊，6/7月刊）。来自这次采访的其他史密斯引言不再另外指出。再次发表于《美国魔术家：哈里·史密斯——一个现代炼金师》（*American Magus: Harry Smith—A Modern Alchemist*），编辑：宝拉·伊廖里（Paula

Igliori）。纽约：伊纳诺特出版社（Inanout Press），1996。

同上。与哈里·史密斯对谈（圣马可教堂诗歌项目，
1995 年 11 月 10 日）。感谢拉尼·辛格/哈里·史密斯档案
（Harry Smith Archives）提供录音。

科纳尔，布鲁斯。与格雷尔·马库斯交谈，1991，
1995。

科斯特洛，艾尔维斯。接受菲利普·沃森（Philip
Watson）采访，《看不见的点唱机》（Invisible Jukebox）（盲
品歌曲栏目）。《电线》（*The Wire*）（伦敦，1994 年 3 月号）。

科特，乔纳森（Cott，Jonathan），编辑。《鲍勃·迪伦
访谈精选》（*Bob Dylan: The Essential Interviews*）。纽约：
温纳图书（Wenner Books），2006 年。

迪金森，吉姆。为"嚎狼"写的评注，见《孟菲斯岁
月——终极精选，第二辑》（*Memphis Days—The Definitive
Edition，Vol. 2*）〔太阳/熊家族（Sun/Bear Family），德
国，1990〕。"我听山姆·菲利普斯（Sam Phillips）说，他
发现'嚎狼'比发现艾尔维斯·普莱斯利还要重要。'嚎
狼'是唯一一个和罗伯特·约翰逊一样，拥有那种超现实
黑暗色彩的艺人，他令他的乐队产生一种整体对位法，在
布鲁斯当中是前所未有的。他的声音听上去仿佛悬浮在空
中，令整个屋子充满回音。他的歌唱那样有力，以至于在

人声的每个句子之间，单声道录音用的压限器仿佛把鼓和口琴的声音吸入音频混音的空洞之中。音符混合在一起，形成一句句旋律，它们不是由某种乐器'演奏'出来的。'嚎狼'没有局限在三和弦布鲁斯的模式当中，似乎经常抹去西部音乐之间的界限。他是个原始现代主义者，使用那些源于非洲母亲和奴隶时代黑暗仪式上的吟唱与模态和声，并通过电音箱把它们传播出来。"

多根，霍华德（Dorgan，Howard）。《阿巴拉契亚山区中部的正统老浸信会：满怀希望的兄弟姊妹们》(*The Old Regular Baptists of Central Appalachia: Brothers and Sisters in Hope*)。诺克斯维尔：田纳西州：田纳西大学出版社（Tennessee University Press），1989。另见《正统老浸信会歌曲：肯塔基东南部的重要赞美诗》(*Songs of the Old Regular Baptists: Lined-Out Hymnody from Southeastern Kentucky*)，由杰夫·托德·蒂东（Jeff Todd Titon）于1992年至1993年录制（Smithsonian，1997）。

迪伦，鲍勃。《狼蛛》。纽约：麦克米伦出版社（Macmillan），1971。

同上。"你最近是怎么找刺激的"。纳特·亨托夫（Nat Hentoff），《〈花花公子〉访谈》(The Playboy Interview)。《花花公子》杂志（1966年3月）。一段1965年的谈话，经迪伦重写后变得如同文学练习而不是采访。科特。

同上。"迪伦质疑……相提并论"。大卫·弗里克（David Fricke），《迪伦的困境》（Dylan's Dilemma）。《滚石》杂志（1985 年 12 月 5 日）。

同上。"你是否感到惊讶"。《鲍勃·迪伦：〈滚石〉访谈》（Bob Dylan：The Rolling Stone Interview）（新闻发布会纪录稿，旧金山，1965 年 12 月 2 日）。《滚石》杂志（1968 年 1 月 20 日）。另参《鲍勃·迪伦：1965 年访谈》（*Bob Dylan: The 1965 Interview*）[巴克塔巴克采访（Backtabak Interview）光盘]。科特。

同上。"把它当作历史传统"。接受罗伯特·谢尔顿采访，1966 年 3 月。收录于谢尔顿的《没有回家的方向：鲍勃·迪伦的生活与音乐》（*No Direction Home: the Life and Music of Bob Dylan*）（1986）。纽约：达·卡波出版社（Da Capo），1997。科特。

同上。"民谣音乐是"。来自得克萨斯州奥斯汀的新闻发布会，1965 年 9 月 24 日。被拉尔夫·J. 格里森的《孩子们的圣战》（The Childen's Crusade）引用。《城墙》（*Ramparts*）杂志（1966 年 3 月）。麦戈雷格。

同上。"你怎么知道"。约翰·科恩与哈皮·特劳姆（Happy Traum），《〈唱出来！〉访谈》。《唱出来！》杂志

（1968 年 10 月/11 月）。科特

同上。"所有……权威人士"。诺拉·埃夫隆（Nora Ephron）与苏珊·埃德米斯顿（Susan Edmiston），《确实有联系的梦》（Positively Tie Dream）。《纽约邮报》（*New York Post*）（1965 年 9 月 26 日）。科特。

"我必须把所有这些……当作"。与亨托夫，《〈花花公子〉访谈》，同上。

埃里克森，史密斯。《失忆之境》。纽约：亨利·霍尔特出版社（Henry Holt），1996。

詹特里，波比。谈《献给比利·乔的歌》。参见布朗森条目。

加拉尼克，彼得。《就像回家的感觉》（*Feel Like Going Home*）（1972）。波士顿：后湾图书（Back Bay Books），1999。

格瑟里，伍迪。谈桑尼·特里。引自罗恩·拉多什（Ron Radosh），《商业主义与民谣歌曲运动》（Commercialism and the Folksong Movement）。《唱出来！》杂志（1959）。收录于《美国民谣景观：民谣歌曲复兴的维度》（*The American Folk Scene: Dimensions of the Folksong Revival*），编辑：大卫·A. 德特克（David A. DeTurk）与小 A. 普林（A. Poulin Jr.）。纽约：戴尔出版社（Dell），1967。感谢戴夫·马什。

汉普顿，霍华德。《关于遗忘的档案》（Archives of

Oblivion），［评论克林顿·海林（Clinton Heylin），《伟大的白色奇观：摇滚私录史》（*The Great White Wonders: A History of Rock Bootlegs*）］。《洛杉矶周刊》（*LA Weekly*）（1995 年 7 月 14—20 日）。

同上。《依然是彻底失败》（Stillborn Again）［评论鲍勃·迪伦，《哦，仁慈》（*Oh Mercy*）］。《洛杉矶周刊》（1989 年 10 月 13—19 日）。

霍桑，纳撒尼尔。《震颤派的婚礼》，来自《重讲一遍的故事》（1837）。

海登，凯西。《运动》。《见证》（*Witness*）杂志（1988 年夏秋刊）。

海林，克林顿。《鲍勃·迪伦：录音过程（1960—1994）》［*Bob Dylan: The Recording Sessions（1960‑1994）*］。纽约与伦敦［英国书名为《在关闭的门之内》（*Behind Closed Doors*）］：维京出版社（Viking），1995。

"公路斩首"（HIGHWAY BEHEADING）。《今日美国》（*USA Today*）（1995 年 7 月 24 日）。

伊廖里，宝拉，编辑。《美国魔术家：哈里·史密斯》。纽约：伊纳诺特出版社，1996。收录了许多与史密斯有关者的回忆录和访谈，特别是利昂内尔·齐普林的访谈，还重新刊发了约翰·科恩与哈皮·特劳姆 1969 年在《唱出来!》上发表的访谈，另收录大量照片。

杰斐逊，托马斯。从《独立宣言》中删掉的章节（杰斐逊第一次把它拿给富兰克林时可能称之为《草稿》），引自卡尔·L. 贝克尔（Carl L. Becker），《独立宣言：政治观念史研究》（*The Declaration of Independence: A Study in the History of Political Ideas*）（1922，1942）。纽约：文蒂奇出版社（Vintage），1958。

约翰逊，丹尼斯。《紧急事件》（Emergency），见《耶稣之子》，纽约：法勒，斯特劳斯与吉鲁出版社（Farrar, Straus and Giroux），1992。

琼斯，洛亚尔（Jones, Loyal）。《阿巴拉契亚的吟游诗人：巴斯肯·拉玛·兰斯福特的故事》（*Ministrel of the Appalachians: The Story of Bascom Lamar Lunsford*），布恩，北卡罗来纳州：阿巴拉契亚共同体出版社（Appalachian Consortium Press），1984。

兰道，乔，《约翰·韦斯利·哈汀》，《龙虾!》（*Crawdaddy!*）杂志（1968年5月）。麦戈雷格。

劳伦斯，D. H.。《美国经典文学研究》（1923）。纽约：维京出版社，1964。

兰斯福特，巴斯肯·拉玛。《我自己》（Mine Own）。《南方报道》（*Southern Exposure*）杂志（1986年1月/2月

刊）。谈内奥米·怀斯。感谢洛亚尔·琼斯。

梅勒，诺曼。《白色黑鬼》（The White Negor）。《异见》（Dissent）（1957）收录于梅勒的《为我自己打的广告》（Advertisements for Myself）（1959）。剑桥，马萨诸塞州：哈佛大学出版社，1992。

马库斯，格雷尔。《第一次加诸这个国家》（When First Unto This Country）〔2001 年以《美国民谣音乐》（American Folk Music）为名，发表于《格兰塔》（Granta）杂志〕。收录于《格雷尔·马库斯笔下的鲍勃·迪伦，1968 至 2010》（Bob Dylan by Greil Marcus，Writings 1968—2010）。纽约：公共事务出版社（Public Affairs），2010。另以《大卫·马肯叔叔：撒旦的使者?》（Uncle Dave Macon：Agent of Satan?）为名，收录于《哈里·史密斯：美国民间风格先驱》，编辑：安德鲁·珀查克与拉尼·辛格。洛杉矶：格蒂研究所，2010。

麦克拉布，莎林。《如果我回来，漂亮的佩吉-欧》。纽约：斯克里布纳出版社（Scribner's），1990。

同上。《她走过群山》。纽约：斯克里布纳出版社，1994。

麦戈雷格，克雷格（McGregor，Craig），编辑。《鲍勃·迪伦：回顾》（Bob Dylan: A Retrospective）。纽约：莫

罗出版社（Morrow），1972。再版为《鲍勃·迪伦：早年岁月——回顾》（*Bob Dylan: The Early Years—A Retrospective*）。纽约：达·卡波出版社，1990。

迈勒斯，维尔夫利德。《更深的苍白阴影：鲍勃·迪伦的背景》（*A Darker Shade of Pale: A Backdrop to Bob Dylan*）。纽约与伦敦：牛津大学出版社（Oxford University Press），1985。

莫里斯，马克。《美国研究》。纽约：霍顿·米夫林出版社（Houghton Mifflin），1994。

迈尔斯，埃玛·贝尔。《大山的精神》（1905）。诺克斯维尔，田纳西州：田纳西大学出版社，1975。

米勒，佩里。《乔纳森·爱德华兹》（*Jonathan Edwards*）（1949）。纽约：默里迪恩出版社（Meridian），1963。

同上。《乔纳森·爱德华兹与大觉醒运动》（Jonathan Edwards and the Great Awakening）〔1949，作为"美国对危机的回应"（American Response to Crisis）讲座的一部分，最初发表于 1952 年〕。收录于米勒的《进入荒野的使命》（*Errand into the Wilderness*）（1956）。纽约：哈珀火炬书（Harper Torchbooks），1964。

莫顿，布赖恩。《迪伦分子》。纽约：哈珀柯林斯出版社（HarperCollins），1991。

穆雷，阿尔伯特。见舍曼词条。

尼尔森，保罗。《新港民谣节，1965》（Newport Folk Festival，1965）。《唱出来》（1965 年 9 月）。麦戈雷格。

纽曼·兰迪。谈"酷"。见史蒂芬·霍尔登（Stephen Holden），《流行作曲家能帮助百老汇吗?》（Can a Pop Composer Help Out Broadway?）《纽约时报》（1995 年 9 月 24 日）。

奥克斯，菲尔。接受《抨击》（*Broadside*）杂志采访（1965 年 10 月刊）。被克林顿·海林在《迪伦：阴影之后》（*Dylan: Behind the Shades*）中引用。纽约：维京出版社，1991.

皮塞罗，迈克尔。与格雷尔·马库斯交谈，1996。

雷克思罗斯，肯尼斯。评论《卡尔·桑德堡书信集》（Letters of Carl Sandburg）。《纽约时报书评》（New York Times Book Review）（1965 年 9 月 28 日）。被肯特威尔在《当我们还很好的时候》中引用。感谢罗伯特·肯特威尔提供引言。

鲁尼，吉姆。谈新港民谣节，1965。引言见尼尔森词条。

罗森伯格，尼尔·V.（Rosenberg, Neil V.）编辑。《改变传统：民谣音乐复兴审视》（*Transforming Tradition:*

Folk Music Revivals Examined）。厄巴纳，伊利诺伊州：伊利诺伊大学出版社，1993。

鲁尔克，康斯坦丝。《美国式幽默：民族性格研究》（1931）。纽约：纽约评论图书（New York Review Books），2004。由格雷尔·马库斯撰写前言。

同上。《美国文化的根》（*The Roots of American Culture*）。纽约：哈考特－布雷斯世界出版社（Harcourt, Brace & World），1942。

萨维奇，郎。《大山惊雷：西弗吉尼亚矿山战争，1920—1921》（*Thunder in the Mountains: The West Virginia Mine War, 1920-1921*）（1985）。匹兹堡，宾夕法尼亚州：比兹堡大学出版社（University of Pittsburgh Press），1990。讽刺的是，因为 1987 年约翰·塞尔斯（John Sayles）的电影《怒火战线》（*Matewan*）受到影评人赞美，这本书也得以再版，该片完全是幼稚的拙劣模仿，尽管大卫·斯特雷泽恩（David Strathairn）饰演的西德·哈特菲尔德还不错。此外，以下两本书也值得一读，分别是：罗伯特·肖根（Robert Shogan）的《布莱尔山战役：美国最大的劳工起义背后的故事》（*The Battle of Blair Mountain: The Story of America's Largest Labor Uprising*），纽约：基本图书（Basic Books），2006，以及威廉姆·C. 布利泽德（William C.

Blizzard）出色的作品《矿工行军时：西弗吉尼亚矿工故事》（*When Miners March: The Story of Coal Miners in West Virginia*），盖伊，西弗吉尼亚州：阿巴拉契亚社区服务，2004。布利泽德是劳工领袖与布莱尔山老兵比利·布利泽德（Billy Blizzard）的儿子，他的书主要集中于20世纪50年代；他估计交战双方都开了超过50万枪，还有，矿主R. S. 海耶斯（R. S. Hayes）雇来的飞行员供认，他向矿工军队投掷了炸弹和毒气弹。

关于这一战争的最新研究进展，参见迈克尔·雅诺夫斯基（Michael Janofsky）在西弗吉尼亚州布莱尔采写的报道，《人们担心采矿机会毁灭他们的生活》（Fears That a Coal Machine Could Rip Up Lives），（《纽约时报》，1998年5月7日），该报道是关于布莱尔山区的山顶搬迁计划（在一项煤矿开采计划中，若干山顶要被削平）。过了一年，即1999年10月20日，联邦地区法官查尔斯·哈登二世（Charles Haden Ⅱ）发布一条命令，禁止将山顶移除的废弃物投入西弗吉尼亚州的河流，这实质上等于叫停了这项工作。共和党州长塞西尔·H. 安德伍德（Cecil H. Underwood）是前任煤矿高管，他要求议会采取行动，修改全国净水法案（Clean Water Act），以便允许倾倒废弃物，让工程进行下去；法案很快被提出。2000年，安德伍德在竞选连任时遭到名叫山党（Mountain Party）的小党派领袖迪尼斯·贾尔迪纳（Denise Giardina）阻击，他是一位牧师，一个大学教授，也是一个小说家〔著有《暴雨天堂》(*Storming Heaven*)一书，从四个人的角度讲述那场矿工战争；纽约：诺顿出版社（Norton），1987〕。"西弗吉尼亚有没有什么特别的山，现在有被夷为平地的危险呢?"在1998年3月/4月号的《牛津美国人》(Oxford American)中，丽莎·迪克森（Lisa Dixon）问贾尔迪纳。"最著名的就是布莱尔山，它有一部分已经被铲平了，其他地方也面临威胁，"贾尔迪纳说。"它有名，是因为布莱尔山战役就是在那里发生的，那是一场煤矿工人为组建工会以及（煤矿建设）而进行的战斗，最后美国军队介入了。大多数山都不是因为这样而出名的；它们只是山，但是它们都很特别。"那年11月，安德伍德被民主党候选人鲍勃·怀斯（Bob Wise）击败；海登法官的命令在2001年被臭名昭著的支持商业的第四巡回上诉法庭推翻。

关于布莱尔山之战在如今的版本，可以参看1997年史蒂文·西格（Steven Seagal）主演的电影《枪口向下》(*Fire Down Below*)。西格饰演电影史上第一个，也是最后一个由环保局特工来充当的动作片主角。这部片子讲述的故事后来成真了，爆发为一场全国性丑闻，西弗吉尼亚州马西能源公司的老板堂·布兰肯希普（Don Blankenship）直接为布伦特·本杰明（Brent Benjamin）竞选西弗吉尼亚州最高上诉法庭法官提供资金，本杰明却拒绝在涉及马西公司的诉讼中避嫌，这些诉讼明显都涉及煤矿安全与山顶迁移（2009年，美国最高法庭判决他违反了正当法律程序）。西格在《枪口向下》中要面对西弗吉尼亚一个大煤矿公司的土地污染与污水排放阴谋，这个公司是由克里斯·克里斯托弗森（Kris Kristofferson）饰演的"大先生"（Mr. Big）领导的，"大先生"说："这个州是我的，有什么问题吗？"利文·赫尔姆在片中饰演妥协但正直的古达尔牧师（Reverend Goodall），他渐渐被西格尔说服，但却在自己的教堂中被烧死。"联邦官员在考虑是否要否决在一座名叫皮基昂鲁斯特谷的阿巴拉契亚小山谷进行山顶煤矿开采，这一步骤可能会成为美国最富于争议的环保分歧之一的转折点，"埃里克·埃克霍尔姆（Eric Eckholm）在布莱尔山写下《项目的命运可能预测矿业的未来》（Project's Fate May Predict the Futrue of Mining）一文（《纽约时报》，2010年7月14日），文章报道了奥巴马政府有可能否决乔治·W.布什政府往往予以批准的山顶移除方案。这篇文章中有一则引言来自环保组织工作者玛丽娅·冈诺（Maria Gunnoe）。"'我们不能一直通过炸掉大山让光明照射下来，'居住在附近布恩郡的冈诺女士说，她最近遭到多起死亡威胁，外出随身带着 9 毫米口径的枪。"2011 年，国家环境保护局撤销了对布莱尔山脉一座名叫斯普鲁斯 1 号（Spruce 1）山峰的移除许可——这是该局历史上第一次这样的行动。

舍曼，托尼。《综合美国人》（The Omni-American）（与阿尔伯特·穆雷的采访）。《美国传统》（*American Heritage*）。

西格，迈克。对多克·博格斯的采访，1963—1969。使用经迈克·西格与史密斯之音民谣之路档案（Smithsonian Folkways Archives）许可，得到杰夫·普雷斯（Jeff Place）帮助。保留一切权利。另参唱片目录。

谢尔顿，罗伯特。《民谣音乐的面孔》（*The Face of Folk Music*）。纽约：城堡出版社，1968。图片配文由大卫·加尔（David Gahr）撰写。收入了关于迪伦的涂鸦之争。感谢戴夫·马什。

辛格，拉尼，编辑。《想想自言自语：哈里·史密斯——采访选集》（*Think of the Self Speaking: Harry Smith—Selected Interviews*）。西雅图：埃尔博/城市出版社（Elbow/Cityful Press），1999。

史密斯，哈里。《美国民谣音乐选》手册。参见唱片目录。

同上。《天空与大地的魔力：第 12 号电影》（*Heaven and Earth Magic: Film No. 12*）（1957—62）。神秘之火录像，P. O. Box 1201，蒙托克，纽约州 11954。此处及下文的史密斯采访均感谢拉尼·辛格/哈里·史密斯档案提供。

同上。"我什么都学"。唐·科里克塔斯（Dawn Koliktas），《电影与神秘学：采访哈里·史密斯》（Film and the Occult：An Interview with Harry Smith）。未出版（1988 年 7 月）。

同上。"每隔三四个月"。玛丽·希尔（Mary Hill），《哈里·史密斯访谈》（Harry Smith Interviewed）（1972）。《电影文化》（*Film Culture*）（1992 年 6 月）。辛格。

同上。"我曾经……发现"。P. 亚当斯·西特尼（P. Adams Sitney），《哈里·史密斯访谈》。《电影文化》（1965 年夏季刊）。辛格。

同上。"愤怒困扰"。克林特·弗拉克（Clint Fraker），《采访哈里·史密斯》。《一劳永逸的年鉴》（*Once and for All Almanac*）。博尔德，科罗拉多州：1989。

同上。"吉米·罗杰斯走到哪里"。A. J. 梅里塔（A. J. Melita）采访哈里·史密斯。被辛格收录之前未出版（1976）。

同上。"我可以真的相信"。保罗·尼尔森告诉格雷尔·马库斯。

同上。"当我年轻一些的时候"。梅里塔采访。

史密斯，李。《恶魔之梦》（1992）。纽约：企鹅出版社，2011。

斯坦，史蒂芬·J.。《震颤派在美国的经历》（*The Shaker Experience in America*）。纽黑文，康涅狄格州：耶鲁大学出版社，1992。

斯戴克特，艾伦。《都市民谣复兴中的美分与胡说》（Cents and Nonsense in the Urban Folk Revival）（1966）。罗森伯格。

"苏珊·史密斯曾遭继父性骚扰"。美联社/《旧金山纪事报》（1995 年 2 月 21 日）。

托马森，维吉尔。《美国音乐自治》（1944）。收录于《维吉尔·托马森读本》（*A Virgil ThomsonReader*），编辑：维吉尔·托马森与约翰·洛克威尔（John Rockwell）。波士顿：霍顿·米夫林出版社，1981。感谢朗·托马森（Lang Thompson）。

"三名儿童惨遭杀害，全镇为之震惊"。美联社/《旧金山纪事报》（1995 年 2 月 21 日）。

美国任期限制讼桑顿案。约翰·保罗·史蒂文斯法官与克莱伦斯·托马斯法官的意见。《纽约时报》（1995 年 5 月 23 日）。

莫维,彼得·范·德。《流行风格的起源:20 世纪流行音乐的祖先》(*Origins of the Popular Style: The Antecedents of Twentieth-Centruy Popular Music*)。纽约与伦敦:牛津大学出版社,1989。

范·容克,戴夫。为《戴夫·范·容克:民谣之路录音》(*Dave Van Ronk: The Folkways Recordings*)(史密斯之音,民谣之路,1991)所做的评注。

冯·施密特,埃里克与吉姆·鲁尼。《宝贝让我一直跟着你:剑桥民谣岁月绘图史》(*Baby Let Me Follow You Down: The Illustrated History of the Cambridge Folk Years*)(1979)。波士顿:马萨诸塞大学出版社,1994。

沃维尔,莎拉。《开着收音机:聆听者日记》(*Radio On: A Listener's Diary*)(1995 年 1 月 1 日条目)。纽约:圣马丁出版社,1997。

维斯南特,大卫·E.。《消失的乡村:乡村音乐写作中的高度孤独与政治》(Gone Country:High Lonesome and the Politics of Writing About Country Music)。《乡村音乐期刊》(*Journal of Country Music*)(1995 年春季刊)。

威格尔斯沃思,迈克尔。《上帝与新英格兰的争辩——写作于大旱的公元 1662 年(上帝反对痛苦的新英格兰)》〔God's Controversy with New-England—Written in the

Time of the Great Drought Anno 1662 （God Speaks Against the Languishing State of New England）］。来自《清教徒：他们写作的原始资料，第二卷》（*Puritans: A Sourcebook of Their Writings*，*Volume 2*），编辑：佩里·米勒与托马斯·H. 约翰逊（Thomas H. Johnson）（1938）。纽约：哈珀火炬图书，1963。

威伦茨，肖恩。关于鲍勃·迪伦在 2002 年 8 月 5 日重返新港民谣节，告诉格雷尔·马库斯："我最大的感受是，简直太诡异了——他们都已经去世了。1965 年或者之前，所有那些年轻的民谣歌手喜欢的那些人；他们都去世了。乔夫·马尔多（Geoff Muldaur）很风趣：他问以前谁来过新港；他还问，谁是在 1965 年出生的。大概有一半人是。他讲了一个关于密西西比约翰·亨特的故事：'他用手指弹了几下——我们就都不行了。'那里有很多鬼魂萦绕着。与此同时，这种传统在有意识地向着某些新的东西传递——就那些年长的民谣歌手来说是这样的。迪伦非常有意地这样做。他唱了那些他 1965 年唱过的歌，还有那些能让人想起那种传统的歌。

"音乐节上有一个根源歌曲舞台——（但是），人们对（旧时代的）音乐的兴趣太大，那个舞台显得太小了。大多数音乐都是个人化的歌曲故事。有意思的是，因为有了

《逃狱三王》（*O Brother，Where Art Thou?*），（还有）艾莉森·克劳斯（Alison Krauss），这个音乐节显得比现在的民谣音乐要落后。它主要是技艺精湛的自我放纵，沉浸在青春期的焦虑之中。就像是肖恩·科尔文（Shawn Colvin）。

"迪伦走上台来，他留着鬓角，梳着马尾辫，还戴着假的山羊胡。他看上去好像一个坐大巴去往皇冠高地却又迷路的人。从另一个角度看上去又看不清山羊胡，他好像是在一个女子组合里唱歌似的——他真应该跟'香格里拉'（Shangri-Las）一起唱。他看上去也有点像耶稣基督。他开始演出，他仿佛戴上了面具——因为他是一个吟游诗人。一个犹太吟游诗人。也是一个美国吟游诗人。

"有那么一刻，他本可以说点什么——当他介绍乐队的时候。那时候我紧盯着他——但他只是微笑着。他有点颤抖。然后他就唱起了最后一首歌，《豹皮药箱帽子》。唱完他下了台，然后又回来，唱了一首热情洋溢的巴迪·霍利（Buddy Holly）的《没有消失》（Not Fade Away），配乐是'感恩之死'（Grateful Dead）的配版本。再一次，幽魂出现了。那就是鲍勃·迪伦。他就是整个传统。这是他一个人的音乐节。"另见威伦茨的《鲍勃·迪伦在美国》（*Bob Dylan in America*）。纽约：道布尔迪出版社（Doubleday），2010。

威尔逊，埃德蒙（Wilson，Edmund）。《弗兰克·基尼的挖煤工》（Frank Keeney's Coal Diggers）（1931）。收录于威尔逊的《美国地震》（*The American Earthquake*）。纽约：法勒，斯特劳斯与吉鲁出版社，1979。

温思罗普，约翰。《基督之爱的典范》（1931）。收录于《美国布道：通往小马丁·路德·金的朝圣之旅》（*American Sermons: The Pilgrims to Martin Luther King，Jr.*），编辑：迈克尔·华纳（Michael Warner）。纽约：美国图书馆（Library of America），1999。

怀特，劳伦斯。《在新世界里》。纽约：诺夫出版社（Knopf），1987。

"耶和华将看不见的屏障……"来自《格里兹放弃"自由人"》（GRITZ GIVES UP ON FREEMEN）。《旧金山纪事报》（1995 年 5 月 2 日）。

于恩，卡罗尔·基萨克（Yoon，Carol Kaesuck）。《凶狠的布谷鸟用力量制造孵蛋骗局》（Thuggish Cuckoos Use Muscle to Run Egg Protection Racket）。《纽约时报》（1995 年 11 月 14 日）。另见于恩的《小布谷鸟的把戏被揭穿》（Baby Cuckoo's Tricks Are Unmasked），《纽约时报》（1998 年 11 月 10 日）。"几十年来，研究者为这样一个问题大惑不解：布谷鸟在其他鸟类的巢中下蛋，孵化后的小布谷鸟是如何让养父母不仅给它喂食，而且给它的食物还比给它们的亲生子女多，"于恩写道。"根据今年年初发表在《皇家学会报告》（Proceeding s of the Royal Society）中的一篇论文，小布谷鸟有个把戏，它可以假扮成一整窝的小鸟，非常逼真，让宿主把它当作四只小鸟来喂……对于生物学家来说，要解释这种鸟如何成功地依靠欺骗其他种类的鸟儿谋生，依然非常具有挑战性。'非常特别，不同寻常，'于恩引用特拉维夫大学的行为生态学家亚伦·洛特姆（Arnon Lotem）博士的话。'这是个破坏了一切规则的玩家。'"

唱片目录

所有唱片除非特别指出，都是指 CD 光
盘形式。"选集"（anthology）是指不同表演
者的录音集锦。

鲍勃·迪伦
1961—1966

《漂亮波丽》（Pretty Polly）。1961 年 5 月录制于明尼阿波利斯。收录于《明尼苏达录音》（*The Minnesota Tapes*）［被通缉者（Wanted Man）私录］。

《鲍勃·迪伦》（*Bob Dylan*）专辑（哥伦比亚唱片公司，1962）。

《再没有拍卖会》（No More Auction Block）。1962 年 10 月录制于煤气灯咖啡屋，纽约市，收录于《私录系列，第 1—3 辑（罕见与未发行歌曲）1961—1991》［*the bootleg series，volumes 1 - 3（rare & unreleased）1961 - 1991*］（哥伦比亚唱片公司，1991）。另见《煤气灯现场 1962》（*Live at the Gaslight 1962*）专辑（索尼唱片公司，2005，内页评注由肖恩·威伦茨撰写）。

《我将获得自由》（I Shall Be Free）与《暴雨将至》（A Hard Rain's A-Gonna Fall）。收录于《放任自流的鲍勃·迪伦》（*The Freewheelin' Bob Dylan*）（哥伦比亚，1963）。

《说说约翰·伯奇妄想狂布鲁斯》（Talkin' John Birch Paranoid Blues）。来自错误发行版本的《放任自留的鲍勃·迪伦》。收录于《"放任自流"未收录曲目》（*The Freewheelin' Outtakes*）（Vigotone 私录）。

《迈德加·伊文思之歌》（The Ballad of Medgar Evers）。以片段的形式收录于《我们终将取得胜利》（*We Shall Overcome*）专辑（民谣之路，黑胶，1964），录音纪录来自 1963 年 8 月 28 日"为工作与自由向华盛顿进军"。那次表演的完整演唱以《在他们的游戏中只充当小角色》（Only a Pawn in Their Game）为名收录在《鲍勃·迪伦：抨击》（*Bob Dylan: Broadside*）专辑中〔枪烟（Gunsmoke）私录〕。

《上帝在我们这边》（With God on Our Side）和《时代改变了》（The Times They Are A-Changin'）。收录于《时代改变了》专辑（哥伦比亚，1964）。这张专辑中还收录了更名为《在他们的游戏中只充当小角色》的《迈德加·伊文思之歌》。

《席卷而归》（*Bringing It All Back Home*）专辑（哥伦比亚，1965）。

《鲍勃·迪伦：1965 年新港现场》（*Bob Dylan—Live in Newport 1965*）专辑（Document 私录）。录制于 1965 年 7 月 25 日。鲍勃·迪伦：节奏吉他、口琴；迈克尔·布鲁姆菲尔德：主音吉他；艾尔·库珀：风琴；杰里米·阿诺德：

贝斯；萨姆·雷：鼓手；巴里·戈德堡：钢琴。《麦琪的农场》惊人的演出录像可以在《摇滚乐的历史：插电》（The History of Rock'n'Roll：Plugging In）中看到，导演：苏珊·斯坦伯特（Susan Steinberg）（Time-Life Video，1995）。

森林山演唱会（Forest Hills Concert），1965 年 8 月 28 日。鲍勃·迪伦：原声吉他、口琴、节奏吉他、钢琴；罗比·罗伯逊：主音吉他；艾尔·库珀：电钢琴；哈维·布鲁克斯：贝斯；利文·赫尔姆：鼓。质量很差的观众录音收录在《迪伦：1965 编年史》（Dylan：1965 Chronicles）中（Vigotone 私录），这是一套奇异的 14CD 唱片集，显然由 1965 年各种迪伦的非官方录音构成。

《重访 61 号公路》（*Highway 61 Revisited*）专辑（哥伦比亚，1965）。

《我们已经了解一头狮子》（*We Had Known a Lion*）专辑（Vigotone 私录）。好莱坞露天剧场，洛杉矶，加利福尼亚州，1965 年 9 月 3 日。收入迪伦木吉他演唱环节的七首歌（其中包括《荒凉小巷》，迪伦和观众们都很开心），接下来是在森林山演出的乐队阵容伴奏下的八首歌曲，此外，专辑插页是评论家雪莉·波斯顿（Shirley Poston）充满完美乐感的评论，来自消失已久、备受怀念的加利福尼亚州音乐杂志《节拍》（*The Beat*）。这个乐手组合的表现令人震惊的是，他们很快陷入当时排行榜前 40 名式的风格当中去了。只有《麦琪的农场》和《来自别克 6》除外，列文在其中打出强劲的节拍，罗比让旋律像蛇一样摇曳，音乐被库珀、布鲁克斯与迪伦本人拉回来。迪伦的声音听上去没有色彩也没有形状，仿佛他不是他自己，只是一个来自郊区的模仿者（"迪伦既没摇也没有滚，"波斯顿写道）。在《瘦子之歌》里，迪伦有片刻时间取得了控制权；在最后一首歌《像一块滚石》里，库珀的风琴很像《这个钻石戒指》（This Diamond Ring），把迪伦的声音衬托得格外鲜明。在洛杉矶有人中途离场，有人发出嘘声，这场演出之后库珀和布鲁克斯就离开了，"雄鹰"的其他乐手接替了他们的位子。

《远程操作者》（*Long Distance Operator*）专辑（被通缉者私录）。观众录音，录制于伯克利社区剧院，伯克利，加利福尼亚，1965 年 12 月 4 日。鲍勃·迪伦：节奏吉他、口琴、钢琴；罗比·罗伯逊：主音吉他；理查德·曼努埃尔：钢琴；加斯·哈德森：风琴；里克·丹科：贝斯；鲍比·格雷格（Bobby Gregg）：鼓。标题曲《远程操作者》由迪伦创作，在这里由迪伦演唱，出现在鲍勃·迪伦与"乐队"，《地下室录音带》（Columbia，1975）中；"乐队"

演绎的版本出现在 2000 年"乐队"发行的，颇受争议的《来自"大粉"的音乐》［国会唱片公司（Capitol）］当中。

　　《我仍在怀念某人》（I Still Miss Someone）。录制于威尔士卡迪夫后台，1966 年 5 月 11 日，与约翰尼·卡什。D. A. 潘尼贝克拍摄的电影片段出现在《吃掉纪录》（*Eat the Document*）中，导演：迪伦与霍华德·阿尔克（Howard Alk）；在演唱潘尼贝克没有录完，也没有发行过的歌曲《你知道有些事正在发生》（You Know Something Is Happening）时，两人彻底崩溃了。迪伦的片子是 1967 年为 ABC 台制作的，但是被 ABC 台拒绝了，这部片子几乎没有外传，直到 1998 年在纽约和洛杉矶的电视与广播博物馆（Museum of Television and Radio）特别放映，它是一团混乱而充满创意的镜头和情景，有时候把无数英国演出的录像组合起来，重现了某一首歌的演出；最终，乐手们与观众之间的的战争以全面和解告终。潘尼贝克的影片价值在于长时间的、有时候是完整的现场演出录像，但是没有主题——《吃掉纪录》里，迪伦和卡什之间没有必要发生什么有特别的事情［三年后，也就是 1969 年，迪伦和卡什在录音室里录制了《我仍在怀念某人》的二重唱；参见迪伦/卡什录音条目，斯潘克（Spank）私录］

　　《如同"大拇指"的布鲁斯》（Just Like Tom Thumb's

Blue）。录制于 1966 年 5 月 14 日，利物浦。单曲《我要你》（I Want You）（哥伦比亚）的 B 面歌曲。于 1966 年 6 月发行，在迪伦的《大师杰作》（*Masterpieces*）（CBS/索尼，日本，1978）中重发。这是这场漫长巡演中最好的录音了：最优雅，也最极端。鲍勃·迪伦：节奏吉他、口琴；罗比·罗伯逊：主音吉他；理查德·曼努埃尔：钢琴；加斯·哈德森：风琴；里克·丹科：贝斯；米奇·琼斯：鼓（下文现场录音中都是同一乐队阵容，除非特别列出）。

《手鼓先生》（Mr. Tambourine Man）。观众录音，录制于 1966 年 5 月 15 日，莱斯特。收录于《莱斯特 66》（*Leicester 66*）（私录）。鲍勃·迪伦：木吉他和口琴。声音如同包裹在云雾中，直到九分钟后才云开雾散。一系列情景，有点像托德·海因斯 2007 年的电影《我不在那里》。

《无数金发女郎》（*Blonde on Blonde*）专辑（哥伦比亚，1996）。发行于 1966 年 5 月 16 日。

《私录系列，第四辑：鲍勃·迪伦现场 1996——"皇家艾伯特大厅"演唱会》（*The Bootleg Series Vol. 4: Bob Dylan Live 1966—The "Royal Albert Hall" Concert*）［哥伦比亚传奇（Columbia Legacy），1998］。录制于曼彻斯特自由贸易大厅（Manchester Free Trade Hall），1966 年 5 月 17 日。专辑内页评注由托尼·格洛弗（Tony Glover）

撰写，是一套双张CD唱片，迪伦/"雄鹰"的木吉他与电声乐队演出两个环节都被私录下来，30年来一直以"皇家艾伯特大厅"为名传播——所以专辑才开玩笑地以此为名。直到奏响《女王》（Queen）时，观众开始退场。剧院的历史与作为历史一部分的剧院都令人生畏。另见C. P. 李（C. P. Lee）的《如同这个夜晚：鲍勃·迪伦与通往曼彻斯特自由贸易大厅之路》（like the night：Bob Dylan and the road to the Mancherster Free Trade Hall）（伦敦：Helter Skelter 出版社，1998），照片由保罗·凯利（Paul Kelly）拍摄。李和保罗都去了那次曼彻斯特演唱会，听到了那声"犹大!"响起，这本书的宣传活动引出了一位名叫基思·巴特勒（Keith Butler）的人，他在多次采访中宣布，是他在那个时刻本能地喊出了那个臭名昭著的词（"我完全被情绪所控制，一种混乱的情绪。我感到失望和愤怒"）。他没有提到自己当天离开剧场时，还说了更多关于迪伦的话，被拍进《吃掉纪录》里面："他想哗众取宠，他是个叛徒。"巴特勒于2001年去世，尽管没有理由质疑他，在他之后，仍然有许多人站出来，说自己才是那个说"犹大"的人，这一幕也被收入马丁·斯科塞斯（Martin Scorsese）1996年5月关于迪伦事业生涯的那部激烈深沉的纪录片《没有回家的方向》（No Direction Home）〔喷火影业（Spitfire Pictures）

DVD，2005]，永远难以磨灭。

《生命中的一周》（*A Week in the Life*）专辑（私录）。素材取自 5 月 12 日伯明翰的演出到曼彻斯特的演出。

《鲍勃·迪伦和"雄鹰"的声音真他妈的大！》（Bob Dylan and the Hawks Play Fucking Loud!）专辑（私录）。同《生命中的一周》，选取更好，声音也更好。真是惊人！

《冲击之前，第二辑》（*Before the Crash Vol. 2*）专辑［有爱的音乐（Music with Love）私录］。收录了在伦敦皇家艾伯特大厅的录音，1966 年 5 月 26 日。

《唱得全身是电》（*Sings the Body Electric*）［鹦鹉（Parrot）私录］。收录了从 1966 年 5 月 20 日爱丁堡（有一首无与伦比的《像一块滚石》）到 1966 年 5 月 26 日至 27 日皇家艾伯特大厅的曲目。

《真正现场 1966》（*Genuine Live 1966*）专辑［真正私录系列（Genuine Bootleg series）私录］。8CD 唱片套装，收录了 4 月 13 日悉尼的演出；4 月 20 日墨尔本的演出；4 月 22 日的采访，在采访中迪伦否认了公认的，伍迪·格瑟里对他的影响（两场澳大利亚的演出都毫无重点，非常混乱）；1966 年 5 月 1 日哥本哈根的演出（《瘦子之歌》）；5 月 5 日都柏林的演出（木吉他独奏）；5 月 12 日伯明翰的演出（《瘦子之歌》——"没有人表现出任何**敬意**，"）；5 月

14 日利物浦的演出（节奏非常强烈的《一个平凡的早上》以及越来越长的《瘦子之歌》）5 月 16 日谢菲尔德的演出（有人喊"来呀，鲍勃，唱啊"）；5 月 17 日曼彻斯特的演出（木吉他）；5 月 20 日爱丁堡的演出（《像一块滚石》中有混乱的声音）；5 月 26 日伦敦的演出（《瘦子之歌》——"你确定吗?"），以及 5 月 27 日伦敦的演出（木吉他）；此外还有 5 月 19 日格拉斯哥酒店里排练《这是什么样的朋友?》（What Kind of Friend Is This?），《我不能离开她》（I Can't Leave Her Behind）和《她需要我吗（在一个下雨的下午）》［Does She Need Me（On a Rainy Afternoon）］；以及 1 月 19 日在纽约接受 WBAI 调频电台的长时间访谈。

《像一块滚石》（Like a Rolling Stone）。皇家艾伯特大厅，伦敦，1966 年 5 月 27 日。最后一晚的最后一首歌，有乐队介绍（"他们都是诗人"）。收录于《真正私录系列，第二版》（The Genuine Bootleg Series, Take 2）（私录）。

《地下室录音带》

鲍勃·迪伦：木吉他、节奏吉他、钢琴、口琴、自动竖琴；里克·丹科：贝斯、小提琴、木吉他、长号；加斯·哈德森（录音师/制作人）：风琴、钢琴、单簧管、长号、萨克斯、上低音号；理查德·曼努埃尔：钢琴、风琴、鼓、膝上夏威夷吉他；罗比·罗伯逊：主音吉他、木吉他、鼓、自动竖琴；利文·赫尔姆（后期录音中）：鼓、口琴①。

　　接下来是一份以《地下室录音带》为名的录音之旅的日志，它的第一首歌是《典型美国男孩》，最后一首是《你又赢了》。没有一个共同回忆，更别提纪录，可以提供鲍勃·迪伦与前"雄鹰"乐队成员们具体是在什么日期开始见面，试着录一些老歌，或者这些老歌是从什么时候爆发为一大堆充满嘲弄和新奇的歌曲（"鲍勃会唱一些老歌，"罗比·罗伯逊说，"然后他说，'也许来一首新歌吧。'"）在迪伦伍德斯托克那栋房子的"红房间"，他们肯定是先开始演奏，然后偶尔录下成果。专辑中那些普通的歌，或者翻唱歌曲，那些最不完整，最不确定的歌曲大都来自这段时间的录音，从 1967 年夏初开始，从"伊恩与西尔维亚"的金曲到《约翰尼·托德》，从约翰尼·卡什的经典到《冷水》。里克·丹科、加斯·哈德森和理查德·曼努埃尔在西沙泽地租下的那栋房子名叫"大粉"，它的地下室更像是一

----

① 里克·丹科："地下室里还有一个别人送鲍勃的踏板夏威夷吉他。所有人都弹过一阵子。"罗比·罗伯逊："所有人都试着弹。"——原注

个逃避与隐匿之所。整个夏天，他们都在这里录音，之后录音变得断断续续，一直持续到1968年年初。最早的几个月里诞生了地下室原创歌曲中最有名的几首歌，还有一系列戏仿歌曲和支离破碎的歌曲，从《图珀洛》到《我有一种情绪》再到《再见呀，艾伦·金斯堡》。后来（尽管也有可能早得多）很可能就是那些未完成的、充满幻想的歌曲，有着让人戒心全无的名字，如《我是你的傻瓜》和《宝贝，你愿不愿做我的宝贝？》或许还有那些离题、零散的歌：比如《法国国王》（The King of France）和《墨西哥之山》。关于最后一轮录音的录制地点没有一致的说法，这批录音是与利文·赫尔姆一起录制的，包括《再给我一条波本街》（Gimme Another Bourbon Street）、《原始森林之花》（Wildwood Flower）、《机密》（Confidential）、《来到大山》（Coming Round the Mountain）、《大黄蜂之战》（Fight of the Bumblebee）、《把我的坟墓打扫干净》和《你所要做的一切只是梦想》。哈德森和丹科记得他们是在离开大粉之后搬入的新房子里录这些歌的，那房子位于伍德斯托克的海尔山（Hale Mountain），由受人敬爱的本地艺术家克莱伦斯·施密特（Clarence Schmidt）兴建；罗伯逊则说，它们肯定有地下室里的感觉。不管怎样，它们都像是一个真正的结论，双方握手，准备各奔前程的感觉。"有趣的是没有人记起的东西，"罗伯逊说。"事实并不总是最有趣的。"

　　地下室录音以很多种形式出现，最早的《地下室录音带》（*Basement Tape*）是 1968 年矮人音乐（Dwarf Music）发行的含 14 首歌的醋酸酯唱片版权小样（publishing demos），用来拿给其他艺人试听；1975 年哥伦比亚唱片公司正式发行了鲍勃·迪伦与"乐队"的《地下室录音带》（当时是双张黑胶唱片，现在是双张 CD，二者都是伪单声道，包括若干事后叠录的音轨）；也有一些被收录于哥伦比亚正式出品的迪伦回顾专辑中；此外，截止到写下这段话的时候，经历了 30 多年各种零散的私录传播，从声音和表演方面，最终的一套专辑就是四 CD 套装的《有根的树：真正地下室录音重制母带/真正地下室录音重访》（*A Tree with Roots: The Genine Basement Tape Remasters/The Genuine Basement Tapes Revisited*）［野狼（Wild Wolf）私录，2001］，它收录了所有市面上流通的，由迪伦担任主唱的地下室歌曲。

　　下面的条目指出了每首歌出现在什么地方，此外还有录音时长，歌曲作者①或来源，以及其他似乎有关的细节。由鲍勃·迪伦创作的歌曲不再另行标注，没有评论的歌曲

---

① 对于那些戏仿歌曲，这里也给出了原作者，就算只有结构是模仿原曲（比如帕森斯和兰斯福特的《典型美国男孩》）。

可参见本书正文。

《典型美国男孩》（All American Boy）［"比尔·帕森斯"与奥维尔·兰斯福特（Orville Lunsford）］。3 分 47 秒。在一系列欢快高亢的地下室歌曲中，有很多都是来自同一次录音，只除了《我是个少年祈祷者》和《图珀洛》再加这首越南时期版本的鲍比·贝尔（Bobby Bare）对艾尔维斯·普莱斯利的滑稽模仿［贝尔的原唱可以在合集《1959：摇滚时代》（1959：The Rock' n' Roll Era）（Time-Life 音乐）当中找到，乔伊·塞夫提（Joe Safty）为这张专辑所做的内页评注中写道，贝尔的《典型美国男孩》是"给他的朋友比尔·帕森斯录制的一份小样，如果帕森斯开一个唱片厂牌，就拿这首歌充当一首 B 面歌曲……兄弟会唱片公司（Fraternity Records）发行了这首歌，错误地把它标为帕森斯演唱，这首歌上升到排行榜第 2 名"］。贝尔在歌中欢快地装出面无表情的样子，使用第一人称，仿佛"我就是艾尔维斯"，唱出这个孟菲斯明星是怎么被经纪人帕克上校（Col. Parker）和军队捕捉到；迪伦显得更加面无表情，与旁边理查德·曼努埃尔的咯咯笑声呼应着，迂回地讲述着贝尔的故事（在和征兵有关的那段故事里，曼努埃尔在旁边帮忙唱道"撕碎了征兵卡"，这段故事线索不是迪伦挑起的），同时又凭空编出新的段落。"让姑娘们**咯咯笑**，"曼努埃尔讲出这个流行歌星的任务。"没错，"迪伦答道，这位摇滚老兵英雄现在对想要效仿他的人给出明智的建议，"你得让这几个小妞儿咯咯笑"——但是最让他觉得有意思的是经纪人也来到了这首歌里。现在好像出现了一个人物，要把这个年轻歌手带回家，见他的妻子，而这个无辜的人得和他们两人做爱。

《你所要做的一切只是梦想》（All You Have to Do Is Dream）第一遍。3分44秒。利文·赫尔姆打鼓，没精打采地过了一遍，有点像平·克劳斯比（Bing Crosby）。

《你所要做的一切只是梦想》第二遍，3分45秒。这一遍步调快了，尽管节奏没有加快，歌中的地鸟飞向了天空。

《小苹果树》（Apple Suckling Tree）第一遍。2分37秒。罗比·罗伯逊打鼓，但是没打准节拍。再一次，加斯·哈德森的风琴贯穿旋律——这旋律是古老民歌《青蛙献殷勤》的旋律，迪伦用一种平淡、神秘的声音唱着，就像他在1992年的《像我对你那样好》里的声音——这可能是地下室录音里最自由的声音了。

《小苹果树》第二遍。《地下室录音带》。2 分 47 秒。罗伯逊打准了节拍，令它摇摆起来，钢琴也很摇摆，风琴则安静下去，人声变得更冷，然后变得更加坚硬，眨眼之间，情绪从喧闹可笑变成不祥的预感。"一切感觉都非常自然，"1996 年，丹科说，当时距离他去世还有三年。"我们不排练。从纸上的概念到结束，只录一两次，我们知道这种事永远不会再次发生。"

《宝贝这不好吗》（Baby Ain't that Fine）［达拉斯·弗雷泽（Dallas Frazier）］。2 分钟。一首 1966 年的乡村二重唱，演唱者是摇滚乐里的焦虑大师基恩·皮特尼（Gene Pitney）和乡村小提琴手与吉他手梅尔巴·蒙哥马利（Melba Montgomery）［参见皮特尼的《伟大录音》（*The Great Recordings*），Tomato 唱片］。在他们的原唱里，这首歌是灵魂乐歌手乔伊·泰克斯（Joe Tex）那种缓慢深沉的分割，而泰克斯本人的歌曲也一直有点像乡村乐。弗雷泽本人录制的版本也是这种风格——弗雷泽的时尚敏感性令他写出了许多独特的歌曲，比如霍利伍德·阿盖尔（Hollywood Argyles）1960 年的《阿莱呜》（Alley-Ooop）；

查理·里奇（Charlie Rich）1965 年的《莫海尔·山姆》（Mohair Sam）以及比利·"冲撞"·克拉多克（Billy "Crash" Craddock）1972 年的《什么都没摇晃（只有树上的叶子）》[Ain't Nothing Shakin' (But the Leaves on the Trees)]。仅仅一年之后，迪伦和乐队就拿来了这首歌，罗伯逊的吉他温柔和谐地鸣响，哈德森的风琴潜伏在歌唱之后，这首歌成了一首心满意足的幻想——某种古老而沧桑的东西，仿佛它不是一首几个月前的新歌，而是已经几十年前的歌曲，是克莱伦斯·阿什利或者"卡罗来纳柏油脚跟"在 1929 年录制出来的，或者是他们 1929 年忘记录出来的。

《宝贝，你愿不愿做我的宝贝》（Baby, Won't You Be My Baby）。2 分 47 秒。

《当心你扔出去的石头》（Be Care of Stones that You Throw）[邦尼·多德（Bonnie Dodd）]。3 分 15 秒。1949 年第一次由乡村歌手小吉米·迪肯斯（Little Jimmie Dickens）录制，之后于 1952 年由汉克·威廉姆斯录制，并用他的化名"流浪者卢克"（Luke the Drifter）发行，地下室录音中翻唱了两首威廉姆斯的歌，这是其中之一 [另一首是《你又赢了》，原唱也是威廉姆斯在 1952 年的那次录音中录制的；两首歌都可以在他的《我不再回家了：1952年6月至1952年9月》（*I Won't Be Home No More: June 1952—September 1952*），宝丽多（Polydor）中找到］。在地下室录音中，几人一开始弹错了，迪伦轻松地进入了说出歌词的部分，半带狡黠地说出他的布道，却又因为这段话过于明显而感到厌倦，厌倦于有些人就是永远也没法吸取这样的教训。当他们唱出标题那句"当心你扔出去的石头"，或其他人在迪伦的声音之后嘟囔出这个句子时，歌曲变得紧张，仿佛他们也早就见识过这种事：这个小镇的闲言碎语让孤僻的邻居变成了醉鬼、妓女、巫婆，尽管最后证明，她其实有着比任何人都纯洁的心灵，但你等你发现这一点的时候——已经太晚了。

《伯沙撒》（Belshazar）第一遍，第二遍（约翰尼·卡什）。3分19秒。最初录制于1957年；参见约翰尼·卡什与"田纳西二人组"，《太阳唱片单曲全集》（*The Complete Sun Singles*）（Varese Sarabande唱片）。"这里没有人可以理解/那只神秘的手写了什么。"

《拉姆尼钟声》（The Bells of Rhymney）［伊德里斯·戴维斯（Idris Davis）与皮特·西格］。3分09秒。最初由

皮特·西格于 1965 年录制〔见《皮特·西格精选》(The Essential Pete Seeger) 先锋唱片 (Vanguard)〕，但是最让人难忘的是同年"飞鸟"在他们那张深受迪伦影响的首张专辑中的演绎（参见《手鼓先生》，哥伦比亚传奇）。"迪伦用那个翻唱教我们一些东西，"罗伯逊说，"当时对于我们来说，整个民谣那套东西仍然很成问题——它不是我们坐的火车。迪伦一唱那些皮特·西格的歌，我就说，'我的上帝呀……'后来，它可能就成了那种你知道你不喜欢的音乐，他会唱《皇家运河》(Royal Canal) 之类的，我就说，'很美！这种表达！'他不太明白。但是他记得那么多东西，也记得很多歌。他到'大粉'来，或者到任何地方找我们，拿出那些老歌——是他准备的。他练习一下，然后就出来唱给我们听。"

"但是《拉姆尼钟声》、《900 英里》，皮特·西格——总让我觉得有点呆子气。它们太他妈的像白人的东西。太过时、太学院派。我们在大学里演过很多场，和罗尼·霍金斯一起——但只是在南方。是那种人们会撒野，会胡闹的地方。好像每到一个地方，都是汉克·巴拉德 (Hank Ballard) 和'午夜人'(Midnighters) 刚走，我们就来了。我们得跟着他们，他们有一套惯常的路线，为了多拿 1 000 美元他们可以裸体表演。可能得穿个金护裆之类的。我们得跟着他们。我们在大学里就是这么干的——但是当迪伦要弹这种东西，他拿出《拉姆尼钟声》，听上去一点都不过时。我就不再这么想了。"

《大狗你回家好吗》（Big Dog Won't You Please Come Home）。乐队全力咆哮，有点像滑稽的布鲁斯："大狗大狗！你去哪儿你去哪儿?"

《大河》（Big River）第一遍和第二遍（约翰尼·卡什）。3分10秒。最初于1958由卡什为太阳唱片公司录制，但是地下室录音中的版本可能是来自"他最好的一张专辑《我循规蹈矩》（I Walk the Line）"（丹科）。这是1964年，卡什为哥伦比亚录制的第一张专辑，这张黑胶唱片中还收录了《福尔松监狱布鲁斯》和《仍在镇上》（Still in Town）这两首在地下室录音中被翻唱的歌曲，"这是我们那年夏天对约翰尼·卡什的致敬"（丹科）。在这里，乐队几乎有一分钟的时间沉浸在音乐里，之后放手让它离开；之后又用一秒钟时间试图封印它。1969年，迪伦和卡什还录制了这首歌的二重唱（见迪伦/卡什录音条目，Spank私录）。

《邦妮号钻石船》（Bonnie Ship the Diamond）（传统歌

曲）。3 分 20 秒。一首民谣复兴时期常见的海上船工号子——尤恩·麦科尔（Ewan MacColl）与佩吉·西格（Pegy Seeger）、朱迪·柯林斯（Judy Collins）、"金斯顿三人组"等几十人都唱过——歌中的故事仿佛就发生在你眼前。迪伦用木吉他奠定主题，这艘船的绳索再一次在甲板上拉紧，仿佛这艘船是自愿离开；罗伯逊的吉他加入进来，绳索被放松了，但是这艘船的回返则是不可想象的。在副歌中，旋律带着宿命的预言，沉重地压在歌词的每个字句之上："当它升起之时／我的孩子们／你们的心／不要停止跳动／让邦妮号钻石船／去打那头鲸鱼。"

《把它带回家》（Bring It on Home）。2 分 55 秒。弹"雷"（Rays）的《剪影》（Silhouettes）失败后有了这首歌，是一首很硬的布鲁斯，迪伦要求，"理查德，弹一段主歌。""这是什么歌？""就弹一段主歌"。它可能应该是波·迪德雷（Bo Diddley）的《把它带给杰里米》（Bring It to Jerome）［来自 1958 年迪德雷的首张专辑《波·迪德雷》，切斯（Chess）／沃格（Vogue）］——是迪德雷向他的沙锤手致敬的作品（"他曾在里面加入哔-哔的声音，"罗伯逊亲切地回忆）。但"家"这个字一唱出来，所有人都回避它，噼噼啪啪地弹奏着，这个节奏本身就是它自己的终结。

《晾衣绳传奇》（Clothesline Saga）［《对"献歌"的回应》（Answer to 'Ode'）］。《地下室录音带》。3 分 20 秒。鲍比·詹特里的《献给比利·乔的歌》的最佳版本收录于《最佳悲剧》（*Best of Tragedy*）（DCC 唱片），这张合集把阿巴拉契亚的谋杀歌谣同 60 年代初许多朦胧的青少年死亡歌曲联系在一起——比如马克·代宁（Mark Dinning）1960 年的《少年天使》（Teen Angel）［它是"底价滞销书"（Rock Bottom Remainders）[①] 90 年代初的保留曲目，由史蒂芬·金（Stephen King）和戴夫·马什主唱，马什演唱时穿着血红色的校服裙子，假装成那个死去的女友］、J. 弗兰克·威尔逊（J. Frank Wilson）与"绅士"（Cavaliers）1964 年的《最后一吻》（Last Kiss），还有雷·彼得森（Ray Peterson）1960 年那首难以形容的《告诉劳拉我爱她》（Tell Laura I Love Her）。在这一组歌曲里，1967 年的《献给比利·乔的歌》很接近"金斯顿三人组"1958 年的《汤姆·杜利》，以及"香格里拉"1964 年的《团伙头目》（Leader of the Pack），虽然和这两首歌相比，《晾衣绳传奇》还是更接近弗兰克·哈奇森的《加农炮弹布鲁斯》。

[①] 作家史蒂芬·金和本书作者等十余名作家组成的业余乐队。——译注

《你们这些美丽温柔的女士们都来吧》（Come All Ye
Fair and Tender Ladies）（传统歌曲）。2 分 04 秒。这又是
一首民谣复兴标准曲：是对那些没有信念的男人的警告，
但是比起大多数歌曲来说威胁性要小一些（歌里没有人
死）。带着哭腔的人声［背景处有蒂尼·蒂姆（Tiny Tim）
的声音］在一个遥远的地方开始，并且留在那里。

《来到大山》（Coming Round the Mountain）（传统歌
曲）。1 分 37 秒。一首古老的西部铁路歌曲［1923 年由斯
潘塞·威廉姆斯（Spencer Williams）注册版权］，到了 20
世纪 50 年代，它成了一首夏令营合唱曲。赫尔姆吹口琴，
罗伯逊弹自动竖琴，这首歌可能也参考了欧内斯特·斯通
曼（Ernest Stoneman）的《她会来到大山》（She'll Be
Coming Round the Mountain）［收录于《自动竖琴演奏的
山区音乐》（*Mountain Music Played on the Autoharp*），民
谣之路，黑胶，1965，由迈克·西格录制］，尽管也有可能
是参考了大卫·马肯叔叔以及任何电影和电视剧里的牛仔。
这首歌很放松，是那种习惯了等待的人们的声音，或者是
那种不在乎火车能不能来到这座大山的人的声音。正如在
《把我的坟墓打扫干净》之中一样，这首歌里也有白马，它
们是不是同一匹马呢，那又是另一个问题了。

《机密》(Confidential)［多琳达·摩根（Dorinda Morgan）］。1 分 32 秒。这首歌是 1956 年由桑尼·奈特（Sonny Knight）唱红的金曲，他是个来自洛杉矶的摇滚歌手，现在则是以《音乐死去的那一天》(*The Day the Music Died*) 一书［纽约：格罗夫（Grove）出版社，1981］的作者闻名——出书时用的是他的真名约瑟夫·C. 史密斯（Joseph C. Smith），这本生动的小说是关于种族主义与摇滚乐的起源，地下室录音中的这首歌则是对原唱不那么确定的解读。史密斯于 1998 年去世，享年 64 岁；《机密》一直如同一块试金石。迪伦一直都在演唱这首歌；他第一次录制这首歌是在 1956 年的圣诞前夜，在明尼苏达州圣保罗的特兰音乐公司（Terline Music），那儿有一个投币式录音机，25 美分就可以录制 30 秒钟的东西。当时的罗伯特·齐默曼弹着钢琴，圣保罗的朋友拉里·基根（Larry Kegan）和霍华德·拉特曼［Howard Rutman，他的父亲后来娶了孀居的比蒂·齐默曼（Beatty Zimmerman），成了迪伦的继父］和他一起，仓促地演奏了《机密》、雪莉与李（Shirley and Lee）的《让好时代继续》(Let the Good Times Roll)、劳埃德·普莱斯（Lloyd Price）的《上帝呀，克劳迪小姐》(Lawdy, Miss Clawdy)、卡尔·珀金斯（Carl Perkins）的《跳起布鲁斯》(Boppin' the Blues)、弗兰基·利蒙（Frankie Lymon）与"青少年"（Teenagers）的《我想让你当我的女孩》（I Want You to Be My Girl）以及小理查德（Littl Richard）的《准备好了泰迪》（Ready Teddy）。听上去很像个催眠派对。感谢保罗·麦斯塔（Paul Mesta）和卡罗尔·克鲁格（Carol Krueger）。

《冷水》（Cool Water）〔鲍勃·诺兰（Bob Nolan）〕。2分57秒。一首牛仔之歌，从伯尔·艾夫斯（Burl Ives）到沃尔特·布伦南（Walter Brennan），再到"先锋之子"（Sons of Pioneers）都唱过，最好的版本或许是马蒂·罗宾斯（Marty Robbins）在他的《枪手歌谣与追踪之歌》（*Gunfighter Ballards and Trail Sons*）专辑（哥伦比亚，1959）当中的演绎——仿佛是直接从好莱坞的西部片里出来的，这个充满探索与沉思的版本无与伦比，歌中的篝火仿佛也被点亮了。

《河堤崩溃（冲进洪水）》〔Crash on the Levee（Down in the Flood）〕第一遍。2分06秒。刺耳而又失去平衡——不是由于灾难可能带来的恐慌，只是因为第一次唱这首歌。

《河堤崩溃（冲进洪水）》第二遍。2分钟。醋酸酯唱片；《地下室录音带》。2分02秒。风琴的声音出现，歌手绝对自信；他相信，随着房子、树木、汽车和人群，洪水也会把真相带回来。这里快活的"哦——妈妈"听上去好像关键的一句——1995年，迪伦在舞台上演出这首歌时，如同漫游、充满激情的演绎无与伦比，歌中的洪水不像发生在美国的任何地方，倒像是发生在《创世记》6—7里。1971年迪伦演唱，由哈皮·特劳姆伴奏的版本收录在《鲍勃·迪伦最佳金曲，第二辑》（*Bob Dylan's Greatest Hits，Vol. II*）（哥伦比亚，1971）。

《你不告诉亨利吗》（Don't Ya Tell Henry）。2分23秒。"乐队"在《地下室录音带》里的演奏本身就非常精彩，同样精彩的是迪伦的主唱，在断断续续的管乐间奏之中带着鼓励喊着，歌声很疯狂（"我非常遥远！"），然后变得冷静、疏远：到妓院里去找你的女朋友，你还能用什么语气？丹科："我总是觉得这些东西都是碎片。我本以为我们要返回去演奏它们，但迪伦就是会结束他想结束的歌。"对于利文·赫尔姆来说，这首歌直到2000年都没结束，当时他刚从癌症中恢复过来，因为放疗声音嘶哑，头发稀薄到近乎没有，眼窝深陷，手里拿着曼陀林，出现在A＆E台的纪录片《鲍勃·迪伦：美国民谣歌手》（*Bob Dylan:*

The American Troubador）里，再一次进入这首歌欢快的无底深井，他是那样快乐，以至于根本没有去费心掩饰声音中的颤抖。

《你不试试看吗》（Don't You Try Me Now）。3 分 08 秒。一首粗糙、充满指责的布鲁斯，除了开头都非常愤怒，歌手拉紧了这首歌，而不是抓住它。在中间八小节里，一切都爆发了："好吧，在桌上试试看，我尖叫得像条狗/试试离开我，你知道我会像空心木头一样放弃"——如果你可以感受到那声尖叫，那么你就无法相信任何人能够离开歌手，因为她会担心自己回来时将要发现什么。

《倒向我》（Down on Me）（传统歌曲）35 秒。这长度足够了。

《大黄蜂的飞行》（Flight of the Bumble Bee）［里姆斯基-科萨科夫（Rimsky-Korsakov）］。2 分 17 秒。马友友曾经与鲍比·麦克费林（Bobby McFerrin）合作演绎过这首歌，"冒险"（Ventures）乐队在日本演唱过这首歌，无数学音乐的学生都学过这首歌——但是这里的版本和其他地方都不一样，充满哲学的怅惘，仿佛这是一个 1956 年旧金山爵士俱乐部里的诗歌之夜。

《福尔松监狱布鲁斯》（Folsom Prison Blues）（约翰尼·卡什）。2 分 41 秒。迪伦唱得有点快，唱主歌时显得满不在乎，到了副歌部分，在乐队的帮助下，他的声音提高了，仿佛在一秒钟的时间里，他真的可以翻过墙壁。1956 年，卡什为太阳唱片公司首次录制了它，地下室录音制作的一年后，这首歌又被收入《约翰尼·卡什在福尔松监狱》（*Johnny Cash at Folsom Prison*）专辑（哥伦比亚），从而成为传奇。

《四阵强风》（Four Strong Winds）〔伊恩·泰森（Ian Tyson）〕。3 分 36 秒。磕磕绊绊的鼓声，以呻吟般的声音演唱了"伊恩与西尔维亚"的这首名曲〔收录于他俩的《最佳金曲！》（*Greatest Hits!*）专辑，先锋唱片，以及他们其他在地下室录音中被翻唱的歌曲，另有他们翻唱的《火焰之轮》和《爱斯基摩人奎恩》〕。他们温和，他们平静，尽管迪伦可能喜欢这对加拿大二人组的很多歌曲，这些歌里没多少是可以让他来唱的——就像捕风。"'伊恩与西尔维娅'算得上迪伦的部分背景，"罗伯逊说——他们和迪伦共用一个经纪人，而且他们经常说，是迪伦启发他们自己写歌。"但是我们对'伊恩与西尔维娅'一无所知。哦,我们知道《四阵强风》,所有人都知道,加拿大就是这样,但是《西班牙语是爱的语言》——唱它的时候,就是那种'这到底是从哪儿来的'的感觉。'伊恩与西尔维娅'、琼尼·米歇尔(Joni Mitchell)、尼尔·杨(Neil Young):那帮约克维尔的家伙们"(也就是在约克维尔的咖啡屋演唱的那些人)。"我们只有工作之余才去约克维尔,那时候他们都已经走了。我们去约克维尔也不是去听音乐的。不过有一次,我们在那边有一栋房子——我们和我妈妈一起住在多伦多,但是太疯狂了,所有人在她面前都很尴尬。所以里克、理查德和利文就到约克维尔租了一个房子——约克维尔在多伦多比较开放的那部分。这让我很不安。那栋房子附近的几条街到处都是鬼鬼祟祟的人。还有匪帮,业余时间充当毒品头子。据说还有那些靠演奏攒够了去伦敦的钱,最后彻底陷入海洛因毒瘾的爵士乐手们。"

《法国女孩》(The French Girl)(伊恩·泰森)。5分32秒。和"伊恩与西尔维亚"1966年的录音比起来,地下室录音里这个压抑的、分为两部分的版本听上去太正经了,原唱充满弦乐,非常自负,完全像是洛德·麦昆(Rod McKuen),如果用更近期的人来打比方,那就是很像迈克尔·波顿（Michael Bolton）。地下室的版本听上去仍然显得很假，除非你相信自怜能决定灵魂的深度。

《把你的石头拿开》（Get Your Rocks Off）。3 分 42 秒。始于那几句古老的民谣歌词，"有两个老姑娘躺在床上"，然后懒洋洋地蜿蜒进入这几句歌词能够让人联想起的那些歌曲，直到标题句"把你的石头拿开"，它可以充当所有问题的答案，半是淫荡的含义，半是"别踩到我"的意思。

《再给我一条波本街》（Gimme Another Bourbon Street）。2 分 24 秒。丹科领奏长号，如同一群新奥尔良街头的乐手在凌晨四点踉踉跄跄走过街头，拥抱色情俱乐部的揽客者、路灯杆子，或者路上那些和他们一样狂热的醉鬼。这个晚上没有硬币给这些男孩子们了：他们已经超越了不省人事的境地，进入了一无所知的完美之境。

《走下道路》（Going Down the Road）（传统歌曲）。3 分 14 秒。开始是一声喊叫，支离破碎地叙述着一次不通往任何地方的漫长行走：这条道路其实是通往遗忘的，但是低沉的节奏令歌手们抬起脚来，在那一瞬间他们仿佛成了一支不可战胜的流浪汉军队，身后跟着一个国家。这并不是这首歌于 1923 年最初被录制时的精神，当时弗吉尼亚州的亨利·惠蒂尔（Henry Whittier）把这首歌演绎为一首黑暗的哀歌，并以《孤独之路布鲁斯》（Lonesome Road Blues）为名重新录制了一遍，它成了最早的乡村乐唱片之一。但在大萧条时代，这首歌又有了积极的精神，贫困的俄克拉何马州人和阿肯色州人把它变成了他们的歌。到了 1940 年，这首歌曾在约翰·福特改编自约翰·斯坦贝克（John Steinbeck）同名小说的电影《愤怒的葡萄》（*The Grapes of Wrath*）里出现，伍迪·格瑟里起先以《冲下这条路》（Blowin' Down this Road）为名录制过这首歌，后来又在"民谣之路"与西斯科·霍斯顿（Cisco Houston）一起录制了这首歌，名为《走下道路》（Goin' Down the Road）［收录于选集《音乐永不停止："感恩之死"的根源》（*The Music Never Stopped: The Roots of the Grateful Dead*），Shanachie 唱片］。从迪伦最早的民谣岁月开始，这首歌一直都在他的保留曲目之中，但是他从没有像在地下室录音里这样唱过：钢琴伴奏如同手摇风琴（hurdy-gurdy），还有哈德森狂欢般的风琴。"我不会再被这样对待，"歌手叫道，但是在这一刻，大地上并没有更好的道路。

《去往阿卡普尔科》（Goin' to Acapulco）。《地下室录音带》。5 分 28 秒。那条路是否通往这里，通往奢侈，抑或是最深沉的遗忘呢？这首歌是那年夏末秋初在地下室录制的那批歌曲之一，人声都很绝望，配乐都很精致，每个音符都是一次不同的选择。歌中的痛苦情感有些像《愤怒之泪》，在歌手提高声音唱到副歌时，音乐克制而艰难，那句"要找点乐子"可以被翻译成"爬进洞里然后死掉"。这不是演唱这首歌的唯一方法，正如 1997 年"面包皮兄弟"（Crust Brothers）在西雅图的"鳄鱼咖啡"演唱这首歌时所证明的。"面包皮兄弟"是由"人行道"（Pavement）的主唱史蒂芬·莫尔克马斯（Stephen Malkmus）和蒙大拿朋克三人组"蚕"（Silkworm）组成的乐队，他们演唱的这首歌更像是有线电视台里叫喊的广告，收录于他们的专辑《大帐篷记号》（*Marquee Mark*）（Telemomo 唱片，1998 年）当中，这张专辑的前六首歌中有五首都是翻唱地下室录音里的歌曲。"我们现在就去阿卡普尔科，"乐队里有人宣布。"你们都被邀请了。天生就吵吵闹闹，"他补充说，因为接下来他们开始弹"克里斯登清水复兴"（Creedence Clearwater Revival）在《生于河口》（Born on the Bayou）中首次带来的盛大吵闹中的连复段。当你开始表演翻唱歌曲的时候就会是这样。所有歌曲都不再像是它们自己，而是成为一种机会，得以进入摇滚乐历史的统一体，带着最深的满足感纵容自己把原来的歌曲彻底拆掉——"不，这不是真的，"舞台上的另一个声音说，"今天晚上我们可不唱什么该死的'壁花'（Wallflowers）① 的歌"——与此同时，又把这首歌送进你的心里。于是这支乐队把《去往阿卡普尔科》从里到外拆掉了。他们的翻唱仿佛忘掉了迪伦的版本，忘掉了他在毒品渗透皮肤后的冥河之游；现在这首歌变得匆忙、使用切分节奏、人声粗糙而热情。唱歌的人与讲述迪伦的故事的人完全不同：他很绝望，但他仍然在相信。仿佛"面包皮兄弟"根本就没有听过迪伦的原唱一样。但这首歌还只是他们的开头呢。

托德·海因斯 2007 年的电影《我不在那里》是一部关于迪伦的电影，由六七个人来充当迪伦，这部片子中最惊人的一刻发生在"谜团镇"，由理查·基尔（Richard Gere）饰演的迪伦/"比利小子"（Billy the Kid）就隐居在那个镇上。为了修建一条有六个车道的公路，这个镇子就要被摧毁，这里自杀开始流行：一整套生活方式就要消亡。其中一个自杀者是个 12 岁的男孩，名叫克拉莱斯·亨利（Clarice Henry）。有一幕是一场公开的葬礼，是直接从迈

① 鲍勃·迪伦之子 Jakob Dylan 的乐队。——译注

克尔·莱西（Michael Lesy）1973 年的影片《威斯康星的死亡之旅》（*Wisconsin Death Trip*）中学来：葬礼上，死去的女孩身上点缀着白色蕾丝，头发上插着花朵，脸上带着古怪的死亡表情。她被放进支起来的棺材里，供全镇观看，旁边有一支身穿军乐队制服的乐队，吹着军乐号角，乐队前面站着一个歌手，由吉姆·詹姆斯饰演。这个歌手脸上涂成白色，留着黑色胡子，黑色的眼睛仿佛要变成燃烧般的红色，他唱着去往阿卡普尔科——"谜团镇"是一个想象出来的 19 世纪末、20 世纪初的小镇，在影片其他地方，有人透露它位于密苏里，在这样一个小镇里，没有什么比这更合适了，甚至从地理角度上来说都很合适，然而，与此同时，这首歌或许是鲍勃·迪伦的歌曲中最不可能被海因斯选上的一首。在《我不在那里》首映的特柳赖德电影节上，我问海因斯为什么要选这首歌，而不是其他更像挽歌、更直截了当的歌曲。

"你知道吗，"他说。"我觉得是因为它的旋律。我觉得音乐让我同它发生共鸣，总是这样，甚至对于（迪伦）这样一个歌词写得如此出色的人来说也是如此，有人甚至认为迪伦对音乐的旋律性传统所作出的贡献没有他对歌词做出的贡献那么大——这并不是真的。我一直对这首歌怀有一种奇异的爱……我就是喜欢这首歌。它有一种美，甚至像是蕴含着一部情节剧，还包含着自相矛盾的荒诞，这一切结合起来显得非常哀伤。我觉得它非常接近你笔下那个'杀魔山'的核心。确实有某些东西处于危险的境地，好像童谣会被彻底颠覆，投下深沉的阴影。

"这一幕是这部影片最早开拍的场景。背景音轨是由'卡莱克西科'（Calexico）乐队录制的，我们还需要一个歌手，不管让谁来唱，这个歌手都必须在影片中出现，我们花了两个星期来找这个人。我们先是想到威尔·奥尔德姆（Will Oldham），但他碰巧去世了。后来我们又找了汉克·威廉姆斯三世（Hank Williams Ⅲ），他很棒，但是有点太疯狂了。我们得让他准时来录音室录这首歌，然后准时去蒙特利尔，这是不可能的。"最后，海因斯的音乐总监兰德尔·波斯特（Randall Poster）推荐了"我的清晨外套"（My Morning Jacket）乐队的吉姆·詹姆斯，海因斯并不认识他："我很恐慌，我们就要开始拍这部巨片了，却是从这部片子里最难拍的部分之一开始，在谜团镇讲述比利的故事。然后我就听说，《去往阿卡普尔科》也是吉姆·詹姆斯最喜欢的歌曲之一。"他的演唱可以在《我不在那里——电影原声集》（哥伦比亚，2007）当中听到，但它其实是为了被观看而制作出来的。

《就要抓到你了》(Gonna Get You Now)。1 分 26 秒。
歌中的男人对着太阳喊叫，布鲁斯与边远的乡村一同到来，
民谣歌词中的自由让歌词可以玩文字游戏："我在星期天做
白日梦/星期一都是这样。"

《墨西哥之山》(Hills of Mexico)(传统歌曲)。2 分 51
秒。"它在格里芬镇上/就在 1965 年……"曼努埃尔的鼓静
静地累积起压力，罗伯逊的吉他加强了这种感觉，迪伦弹
着木吉他，唱起这首牛仔的歌谣，1961 年，他在新泽西一
个朋友的起居室里也唱过这首歌，这两次演唱都充满预言
色彩；然而，1991 年，在威斯康星州麦迪逊的舞台上，他
显得满腹狐疑。这首歌是由约翰・洛马克斯与卡尔・桑德
堡收集整理的，是伍迪・格瑟里和皮特・西格的重要保留
曲目，他们用的歌名是《赶水牛的人》(Buffalo Skinners)，
这个名字更加常见〔伍迪・格瑟里的版本可见于《早期大
师》(*Early Masters*)，Tradition/Rykodisc，或《挣扎》
(Struggle)(史密斯之音民谣之路)〕；如果这首歌唱的是西
部，那就是约翰・休斯顿(John Huston) 1948 年的电影
《碧血金沙》(*The Treasure of the Sierra Madre*) 中的景象，
情节发展到某个阶段，所有人睡觉时都得拿着枪。罗斯
科・霍尔库姆(Roscoe Holcomb) 演唱的《墨西哥之山》非

常精彩，与迪伦的版本很接近，是 1959 年由约翰·科恩录制的［见《肯塔基山区音乐》(*Mountain Music of Kentucky*)，史密斯之音民谣之路］。贝克（Beck）的《墨西哥》(Mexico)［收录于 1994 年的选集《罕见广播：现场表演，第一辑》(*Rare on Air: Live Performances，Vol . 1*)，猛犸唱片（Mammoth）］在音乐上同它很接近，唱的是歌手打工的麦当劳遭到抢劫，歌手也被解雇了，于是就召集了一群朋友打劫了解雇他的麦当劳，用这笔钱去了蒂华纳，最后在墨西哥的麦当劳找到了工作，整首歌里没有一丝微笑。汉克·威廉姆斯 1949 年录制的《孤独且被放逐》(Alone and Forsaken) 是用木吉他伴奏，在他去世后才发行，迪伦在这首歌中的演绎非常像威廉姆斯这首歌，痛苦的感觉和地下室录音中的氛围很搭调。"你不用把这个录下来，加斯，"迪伦在歌曲的 1/3 处停下来说，"纯属浪费带子。"他知道这个故事该怎么结束。

《我是个少年祈祷者》(I Am a Teenage Prayer)。3 分 46 秒。

《我不能带着一颗破碎的心进来》(I Can't Come in with a Broken Heart)。2 分 19 秒。喧闹粗糙的律动，不过只是个草稿。

《我不能独自做到》（I Can't Make It Alone）。3 分 25
秒。另一个草稿——距离合作成为"第二本能"还有很长
一段距离——可能是《火焰之轮》的草稿。

《我不再痛苦》（I Don't Hurt Anymore）[堂·罗伯逊
（Don Robertson）-杰克·罗林斯（Jack Rollins）]。2 分
25 秒。这是一首精彩的翻唱歌曲，原唱是汉克·斯诺
（Hank Snow）1954 年的排行榜头名乡村金曲[见专辑
《斯诺乡村歌曲》（Snow Country），Pair/RCA]，斯诺甜美
的原唱带有缓慢的小提琴伴奏，如果说它是关于轻松的自
知之明——他确实不再痛苦了——迪伦的版本有点像蒂
米·约若（Timi Yuro）1962 年精彩的复仇歌曲《怎么了
宝贝（如果这让你痛苦）》[What's a Matter Baby（Is It
Hurting You）]，特别是在咆哮的结尾部分。"我们之所以
想起这首歌，"罗伯逊说，"只可能是因为我提的建议。我
的表亲赫布·米克（Herb Myke）唱过这首歌——他是第
一个教我弹吉他的人。人们总是让他唱《我不再痛苦》，他
不喜欢唱这首歌——它让他感到悲伤。'吉他弹得好会让人
有点寂寞，'他说，'这很悲伤，是一种悲伤的药。'"

《我忘了记住要忘记》（I Forgot to Remember to Forget）〔斯坦·凯斯勒（Stan Kesler）–查理·费瑟（Charlie Feathers）〕。3分15秒。和艾尔维斯·普莱斯利1955年为太阳公司录制的原唱〔见他的专辑《日出》（*Sunrise*），RCA〕一点都不像，但是温柔、深沉，仿佛一次长长的回眸——它非常乡村，充满静思，预示着《十字架上的牌子》里那种质问一切意义的声音。正如艾尔维斯·科斯特罗试着形容的，"我曾经感到恶心，但现在我尽力感到愉快"。迪伦1970年在录制专辑《新清晨》（*New Morning*）期间再次录制了这首歌。

《我是你的傻瓜》（I'm a Fool for You）。3分53秒。

《我很好》（I'm Alright）。54秒。一段连复段。

《爱你让我愧疚》（I'm Guilty of Loving You）。1分05秒。一个碎片，磁带断掉了，太可惜了，这首歌很好。它或许是随意参考了吉姆·里夫斯（Jim Reeves）1963年的《愧疚》，迪伦完全沉浸在这首歌里，从第一个音符开始就非常痛苦，仿佛陷入困境；罗伯逊猛烈地弹着柯蒂斯·梅菲尔德（Curtis Mayfield）风格的吉他。

《我有一种情绪》（I'm in the Mood）（约翰·李·胡克）。1分51秒。迪伦把歌词尽量拉长——"我有一种情——绪去爱"——这样其他人就有了机会给他打气："他有那种情绪！""对，没错！""他有那种情绪，他有那种情绪！"（他们到底看了吗？）1951年的那首原唱收录于专辑《约翰·李·胡克精选》（*The Best of John Lee Hooker*）（MCA）；1965年，丹科和罗伯逊与小约翰·哈蒙德（John Hammond，Jr.）一起录制了这首歌，收录于后者1965年的专辑《我敢说》（*I Can Tell*）（大西洋唱片）里。

《我不在那里（1956）》［I'm Not There（1956）］。5分04秒。在《真正私录系列，第二版》里，对这首歌声音的重新制作堪称完美。迈克尔·皮萨罗（Michael Pisaro）："这首歌真正让人难受的就是他的镇静。他就在这儿，即兴演唱着歌词，调整着声音的长度，并不传达任何真正的意义，接连五段主歌和一段副歌，他的声音里都没有一丝裂缝。他不仅仅是严肃，他是根本不知道还能用别的方式来讲述。"丹科弹琴时的感觉仿佛知道，终自己一生，这首歌都在等待他去完成，而他只被给予这一次机会；哈德森和曼努埃尔演奏的感觉仿佛是来迟了，但是他们有自信，知道如果没有他们出席，葬礼就不会开始。"我们在一起演奏有好几年了；我们几乎可以预见到我们下一步会干什么，"
丹科谈到"乐队"时这样说。"我们和鲍勃也达到了这种境
界。""我觉得，这首歌需要**完成**，"罗伯逊说。"这是个**好
点子**，它在《行星波浪》（*Planet Waves*）专辑里的《去吧，
去吧，逝去》（Going，Going，Gone）里再一次冒出来。"
或许可以追溯到沃伦·史密斯（Warren Smith）1957 年的
《再见，我走了》（So Long I'm Gone）。

就我所知，没有人有勇气试图翻唱这首歌，直到这首
歌被录制下来的 40 年后，纽约歌手与乐队领队霍华德·菲
什曼（Howard Fishman）才做了一次完全错位、漂浮的演
绎，它非常有说服力，你简直可以想象，这首歌制造了这
个歌手，而不是歌手制造了这首歌〔见《霍华德·菲什曼
在乔伊酒吧现场表演鲍勃·迪伦和"乐队"的〈地下室录
音带〉》（*Howard Fishman Performs Bob Dylan & The
Band's 'Basement Tapes' Live at Joe's Pub*），猴子农场唱片
（Monkey Farm），2007〕。原唱最终在托德·海因斯的电影
《我不在那里》的原声辑（哥伦比亚，2007）当中发行，其
中还有一个"音速青年"（Sonic Youth）的版本，是在片
尾字幕时播放的："一首未完成的，几乎是未出生的歌曲，"
海因斯说。"任何翻唱它的人都意味着他们得做民谣歌曲经
常做的事，就是要再现它，并且注入他们自己的视角和观

点，在这些难以破译的音节中注入其他一些可以被破译的东西。瑟斯顿·摩尔（Thurston Moore）把这首歌变成了他自己的，但是它仍然延续着这种'别人用过的二手音乐'的过程，只不过是以一种不同的形式，我不知道你会把这首歌叫作什么形式，它的结构——它没有副歌，只有主歌，最后以'我不在那里'这个叠句作为结束，但是这很美。"对这首歌最轻盈的演绎是在 2010 年由"燃烧的火炉"（Fiery Furnaces）带来的，尽管只是在舞台上，没有被录制下来，它仿佛漂浮在歌中"假如威士忌流成河"式的深沉之上，甚至飘忽地潜入其中。"不要推出其他版本，我觉得这蕴含在这首歌的精神里，或者说蕴含在这首歌的历史的精神里，""火炉"的马修·弗里德伯格（Matthew Friedberger）被问到他和他的妹妹埃莉诺·弗里德伯格（Eleanor Friedberger）会不会录制这首歌的时候这样说过。"唱起这首歌，我就好像实现了自己的幻想，变成了《最后的华尔兹》（*The Last Waltz*）里的范·莫里森（Van Morrison），"2010 年 12 月 5 日，埃莉诺·弗里德伯格在纽约的"红鱼"（Le Poisson Rough）演唱这首歌之前说，她小心地踏入这首歌，仿佛它是一片森林。

《我将获得解放》（I Shall Be Released）。醋酸酯唱片；

收录于迪伦的《私录系列，第 1—3 辑（罕见与未发行歌曲）1961—1991》（哥伦比亚）。3 分 42 秒。这是地下室录音中最著名的一首歌，迄今也是被翻唱最多的，通常都带着让人难以忍受的虔诚——就像在"乐队"1976 年的告别演出"最后的华尔兹"里那样，迪伦和曼努埃尔领着一大群人唱起这首歌，包括尼尔·杨、琼尼·米歇尔、罗尼·霍金斯、尼尔·迪亚蒙德（Neil Diamond）、范·莫里森、鲍比·查尔斯（Bobby Charles）——他的艺名是罗伯特·吉德里（Robert Guidry），是《再见呀，鳄鱼》的作者——埃里克·克莱普顿（Eric Clapton）……见《最后的华尔兹》，华纳兄弟（Warner Bros.）/犀牛唱片（Rhino）套装，2002。原唱保持着一种距离感，但是最清晰地说出了这首歌的语言的人还要算是艾尔维斯·普莱斯利——1971 年的某一天，在录音室里，他在不到一分钟之内，勉强地唱了这首歌的副歌。"迪伦，"他的乐队刚刚开始跟上他，他就说了这么一句，结束了演唱；在那一刻，他的生命仿佛同这首歌所承诺的一样闪闪发光〔见《艾尔维斯：穿着我的鞋走一英里——70 年代大师精选》（*Elvis: Walk a Mile in My Shoes—The Essential 70's Masters*），RCA〕。迪伦与哈皮·特劳姆录制的版本收录于他的《最佳金曲，第二辑》（*Greatest Hits*，Vol. Ⅱ）中。

《约翰尼·托德》(Johnny Todd)（传统歌曲）。1分59秒。一首快乐的海上小调，最为人熟知的版本或许是民谣复兴运动期间，20世纪50年代初鲍勃·罗伯茨（Bob Roberts）演绎的版本。［见选集《海上歌曲与小调——来自航行的最末几天》(*Sea Songs and Shanties—from the last days of sail*)，Saydisc］。

《约书亚去了巴巴多斯》(Joshua Gone Barbados)（埃里克·冯·施密特）。2分42秒。施密特1963年录制它的时候，它是一首非常详细的抗议歌曲［见选集《声望/民间创作的岁月：第一辑》(*The Prestige/Folklore Years: Vol. 1*)，声望/民间创作唱片］，但是迪伦演唱的版本像是一个传奇。"约书亚是他的姓氏，"施密特解释说。"当我带着妻子和女儿一起来到圣文森特时，盖尔斯·约书亚刚刚当选那个小小岛国的首相。这首歌里描述了这件事，是通过甘蔗工人和他们的家人的视角来看的，悲哀地反映了我们自己的生活。这首歌是关于短暂的希望，汹涌而来的失望，以及拾起碎片的任务……"又或者如迪伦在宣告暂停录音时说的："够了。这是一首很长的歌。"施密特（1931—2007）于1971年再次录制了这首歌，是为了一张纪念伍德斯托克的唱片，伴奏阵容包括加斯·哈德森、里克·丹科、

保罗·巴塔菲尔德和鲍比·查尔斯；见专辑《活在路上》
（*Living on the Trail*），［西红柿唱片（Tomato），2002］。

《法国国王》（The King of France）。3 分 20 秒。一首
奇怪的歌（罗伯逊："我不确定它是不是一首歌"）有着极
大的气势与活力，加上《哈克贝利·芬历险记》（Adventures
of Huckleberry Finn）中杜克与多芬（Duke and Dauphin）
的模糊回响，甚至还有柴尔德歌谣第 164 首《亨利五世征
服法兰西》（King Henry V's Conquest of France）的影子
（提到了查尔斯六世未兑现的献礼：他送去了台球，而不是
黄金）。但是现在法国国王全身穿着绿衣，来到美国，因为
"他知道这一切是怎么回事"——因为"他真的有些话要
说"。人们永远不知道那是什么，但是听上去仿佛地下室的
五个人将在码头等待。

《看啊！》（Lo and Behold!）第一遍。2 分 47 秒。

《看啊！》第二遍。醋酸酯唱片；《地下室录音带》。2
分 43 秒。

《锁上你的门》（Lock Your Door）。V1，17 秒。19

秒。一个喊叫的碎片。

《强大的奎恩（爱斯基摩人奎恩）》［The Mighty Quinn (Quinn the Eskimo)］第一遍。醋酸酯唱片。1 分 52 秒。有哈德森那段著名的响亮短曲，这是一首关于从北部解脱出来的名曲，关于一个英雄如何战胜无聊。很多人都录制过这首歌——拉姆齐·刘易斯（Ramsey Lewis）、"1910 水果口香糖公司"（1910 Fruitgum Company）——1968 年，曼弗雷德·曼恩的版本登上了排行榜第 10 名，它是地下室录音中首批公之于众的歌曲之一。1969 年，迪伦与"乐队"在怀特岛音乐节上合作的版本被收录在迪伦 1970 年的专辑《自画像》（*Self Portrait*）（哥伦比亚）里，此外也出现在《鲍勃·迪伦最佳金曲，第二辑》里。

《强大的奎恩（爱斯基摩人奎恩）》第二遍。收录于迪伦的《留声机》（*Biograph*）里（哥伦比亚，1985）。2 分 11 秒。是一个更直接的版本，现在听起来有些枯燥。它拥有一段历史。很久以前，迪伦歌迷们认为这首歌的灵感是 1960 年尼古拉斯·雷（Nicholas Ray）的电影《雪海冰上人》（*The Savage Innocents*）中的主演爱斯基摩人安东尼·奎恩（Anthony Quinn），用莱昂纳德·马尔廷（Leonard

Maltin）的话说，奎恩挑起了"爱斯基摩人简单的生活方式"与"文明"之间的对抗。不过，卡尔·谢恩克尔（Carl Schenkel）1989 年的影片《强大的奎恩》①也是以这首歌为名，丹泽尔·华盛顿（Denzel Washington）主演一个顽固的加勒比警官。电影原声辑（A & M）中收录了这首歌，由雪莉·李·拉尔夫（Sheryl Lee Ralph）、赛德拉·马利（Cedella Marley）与莎伦·马利·普伦德加斯特（Sharon Marley Prendergast）演唱，把它处理成流行雷鬼风格，增加了新的主歌段落。"阳光洒在所有人身上"，她们唱道，这一点谁能反驳呢？

《百万美元狂欢》（Million Dollar Bash）第一遍。2 分32 秒（其中有 20 秒是贝斯手弹的结束段）。迪伦领奏口琴，唱着很多傻话。

《百万美元狂欢》第二遍。醋酸酯唱片；《地下室录音带》。2 分 29 秒。这一遍完全不一样了；在某种程度上，你可以感觉到歌手已经赶到那个派对上，他已经度过了那一天，这一天完全没有惊讶，而且这么好的一天——谁不愿

———————————
① 一译《终极特警》。——译注

意再过一遍呢？

《下一次上路》（Next Time on the Highway）。2 分 15
秒。精彩的切分节奏民谣抒情顿足舞，乐器间奏时迪伦用
色情笑话捉弄曼努埃尔。"下次上路是在/19 和 10/他们像
他们平时那样对待那个女人/对待那个男人"，这样的歌词
好像是从任何老式连环匪帮歌曲里拿出来的一样——特别
是"铅肚皮"的《布拉索斯河没有更多甘蔗》（Ain't No
More Cane on the Brazos）：1962 年，迪伦在煤气灯酒吧唱
过这首歌［见《第二份煤气灯录音》（The Second Gaslight
Tape），野狼私录］，《地下室录音带》中收录了 1967 年
"乐队"的版本，它是主题和风格的基本声明——但是在这
里，一切感觉都很好。

《900 英里》（900 Miles）（传统歌曲）。42 秒。迪伦第
一次录制这首伍迪·格瑟里的标准曲是 1960 年，在圣保罗
某人家的起居室里，一年后他渡过河去，来到明尼阿波利
斯，重新以《我离开家时还很年轻》（I Was Young When I
Left Home）为名录制了这首歌，但是在地下室录音这粗
糙、愈来愈紧张的几秒钟里，并没有准备好进行悲哀的忏
悔。这首歌最早的录音似乎是 1924 年小提琴约翰·卡森

（Fiddlin' John Carson）的《我离家 900 英里》，可能是源自更古老的一首歌《鲁本，啊，鲁本》（Reuben, Oh Reuben）；格瑟里和皮特·西格 1940 年为它编写过配乐，1944 年格瑟里录制过一个器乐版［格瑟里拉小提琴，西斯科·霍斯顿和贝丝·洛马克斯（Bess Lomax）弹吉他：见选集《民谣歌曲：旧时代的乡村音乐/美国/1926—1944》（Folksongs：Old Time Country Music/USA/1926 - 1944），Frémeaux & Associés，法国］，以及一个人声版；1953 年，西斯科·霍斯顿为"民谣之路"录制过一个直接而又一本正经的版本，仿佛来自民谣音乐中那种身穿长裙，弹起竖琴的风格。但是 1967 年地下室里的这首歌和这些版本都没有关系，更像是 1823 年，迈克·芬克（Mike Fink）在黄石的最后航行。

《什么也没送出》（Nothing Was Delivered）第一遍。30 秒。一个碎片；快节奏和沉重的鼓声。作为配乐来说是错误。

《什么也没送出》第二遍。醋酸酯唱片。《地下室录音带》。4 分 15 秒。我在这首歌里从来没能听出什么弦外之意：就是几个诚实的消费者认为一个交易商拿了他们的钱，却没有把商品送来。[约翰·尼文（John Niven）写了一本令人难忘的小说《来自"大粉"的音乐》（*Music from Big Pink*），纽约与伦敦：Continuum/33 1/3，2005，里面讲述了这首歌背后一个破坏性的故事]。随着歌曲缓慢、刻意的拍子，迪伦用冷静的，牛仔般的声音歌唱，钢琴上升高的旋律是对胖子多米诺（Fats Domino）的《蓝莓山》（Blueberry Hill）最精彩的改编。

《什么也没送出》第三遍。3 分 36 秒。带有失去平衡的节拍，可怕的鼓击，以及混乱的人声，这首歌非常痛苦——除了迪伦半途插进来的疯狂演说，仿佛这里真正的挑战不是得到东西，而是逃开鼓手："你必须这么做！是的你必须！""'乐队'曾经陷在一成不变的生活里，"丹科说，他是指他们还是"雄鹰"的时候。"每周有六七天都在夜店，我们只能干这个。和鲍勃在一起，我们打破了这一套。我们有了无所事事的时间。去考虑我们的事业生涯可以是什么样子。我们有了一个漫长的假期。然后我们整天待在一起——一周六七天，持续了七个月，从中午 12 点到下午四五点——感觉很棒。有很多欢笑，像个**俱乐部**。简直太棒了。"

《（时不时就有）像我这样的傻子》[（Now and Then

There's) A Fool Such as I〕〔比尔·特雷达（Bill Trader）〕。
2分42秒。汉克·斯诺1953年的一首乡村金曲，1959年
被艾尔维斯·普莱斯利翻唱，登上流行榜第二名：地下室
的版本结合了斯诺的慵懒方式与艾尔维斯的口白穿插，但
是二者都没有预料到歌中出现的那个狡黠角色。他可以在
教堂里作证，或是在酒吧里勾引你，但是正如在《十字架
上的牌子》里一样，完美的时机超越了一切不确定性：在
那个时刻，那男人已经和你脱离了关系，你才是那个傻子。
这很让人难忘；一个1969年录制的版本最后被收录在1973
年草率推出的专辑《迪伦》里。〔迪伦曾经暂时跳到避难所
唱片公司（Asylum），老东家哥伦比亚为了惩罚他，便翻
箱倒柜，找出能找到的最糟糕的东西攒成了这张合集。〕

《杂七杂八》（Odds and Ends）第一遍。1分46秒。山
地摇滚。

《杂七杂八》第二遍。《地下室录音带》。1分45秒。
更好的山地摇滚。

《举起琴弓》（Ol' Roisin the Beau）（传统歌曲）。4分
47秒。迪伦吹口琴，哈德森弹电声击弦钢琴（clavinette），

其他人跟着他哼唱，他们漂浮在这首民谣复兴标准曲的旋律之上——这旋律度过了整个 19 世纪，被其他许多歌曲所借用，很多都是朗朗上口的政治歌曲。歌曲来回摇摆，缅怀一个因为酗酒而死的朋友，这里其实没有什么可说，根本不需要歌词了，所以结尾罗伯逊的吉他独奏宣告它结束了。范·戴克·帕克斯曾经发掘出这首歌真正的深度，在他为沃尔特·希尔（Walter Hill）1995 年的影片《西域枪神》（Wild Bill）所创作的原声辑里面，把这首歌作为贯穿始终的主题曲，片中"抬起琴弓"这个角色由詹姆斯·巴特勒·希科克（James Butler Hickok）饰演，如果不是反之亦然。

《下雨的下午》（On a Rainy Afternoon）。2 分 46 秒。很乏味。

《一杯为我的宝贝（再来一杯为了上路）》［One for My Baby（And One More for the Road）］。4 分 41 秒。受到约翰尼·默瑟（Johnny Mercer）-哈罗德·阿伦（Harold Arlen）经典歌曲的启发——借鉴了弗兰克·辛纳屈（Frank Sinatra）的版本，借鉴了弗莱德·阿斯泰尔（Fred Astaire）的版本——但是还不止如此。从最初几个小节开始，它就非常接近一首绝望的布鲁斯，只是一声哭泣——歌中这个男人不再期望任何东西。钢琴声音很大，吉他则非常微妙，这首歌并不急迫，只是自然地发展，仿佛乐队终于有一次是在努力编写配乐，而不是用一支占卜杖去探寻它。

《一个人所失去的（总会是另一个人的所得）》［One Man's Loss（Always Is Another Man's Gain）］。3分36秒。叫喊的人声完全被淹没在吉他、鼓和钢琴的声音之下，钢琴好像是迪伦自己弹的；和许多地下室的歌曲一样，这首歌似乎其实唱的是拒绝仓促行事。如果你所说的是真理，就没有必要草草了事。这首歌的基础可能大致是迪克·托马斯（Dick Thomas）1950年演唱的，颇具汉克·威廉姆斯风格的歌曲《一个人的所失是另一个人的所得》（One Man's Loss Is Another Man's Gain）。

《一条河》（One Single River）［伊恩·泰森–西尔维娅·弗里克（Sylvia Fricker）］。4分05秒。这里的版本好像是史蒂芬·福斯特（Stephen Foster）[1] 写的。

----

① 美国19世纪中期词曲作家，被誉为"美国音乐之父"。——译注

《开门，霍默》(Open the Door Homer) 第一遍。醋酸酯唱片；《地下室录音带》。2 分 41 秒。一首有趣的歌，这里是一个轻松活泼的版本，唱的似乎是维持友谊有多么困难。它回溯了 1947 年的金曲《开门，理查德》(Open the Door，Richard)，这首歌的副歌段第一句也是"开门，理查德"(丹科："鲍勃改了歌名；虽然**在那个地方**也唱到了理查德，这有点明显")，但是"……所有人肯定总是涌进他的房子/如果他不希望房子里有这么多人"可能算是地下室录音里最调皮的一句话了，这句话并不是从《开门，理查德》里来的。

　　《开门，霍默》第二遍。54 秒。非常乡村，非常悲哀，好像是用一个老人的声音说出来的，副歌唱得高亢，悲哀——这一遍在中间停下来了，真是糟糕。如果继续唱下去，所有的教训可能都会改变了。

　　《开门，霍默》第三遍。3 分 12 秒。太慢了——他们推动着它，到了副歌的时候，它仿佛已经被自己的抱怨压倒了。"'开门，理查德'，我以前听过这句话，"迪伦带着轻松的快乐这样唱道，"但是我再也不会听到这话了。"以迪伦的年纪，他肯定还记得 1947 年，这首破碎、古怪的歌盛行一时的情形，它就是那个时代的《窗前那只小狗多少钱?》(How Much Is that Doggie in the Window?)，它登上了各大榜单——以及流行乐榜单，贝西伯爵（Count Basie）的版本获得排行榜第一名，夜店三人组"三团火焰"(Three Flames)的版本获得第一名，杂耍歌舞演员"灰尘"弗莱彻（"Dusty" Fletcher）的版本，以及莱昂内尔·汉普顿（Lionel Hampton）的前任萨克斯手杰克·麦克维（Jack McVea）的版本分获第三名，人声组合"驾车者"(Charioteers)的版本与跳跃布鲁斯乐队路易斯·乔丹（Louis Jordan）和他的"鼓声五号"(Tympany Five)乐队的版本分获第 6 名，由乔·斯塔夫特（Jo Stafford）担任领唱的"成堆风笛手"(Pied Pipers)的版本获得第 8 名——你简直躲不开它，你也忘不了它。

《人们准备好了》(People Get Ready)〔柯蒂斯·梅菲尔德（Curtis Mayfield）〕。3 分 18 秒。以呻吟般的声音翻唱这首"印象"(Impressions)1965 年的夜店福音金曲〔见"印象"的《人们准备好了：21 首最佳金曲》(*People Get Ready: 21 Greatest Hits*)专辑，Remember 唱片，2008〕。迪伦还曾经为他的电影《雷纳尔多与克拉拉》(*Renaldo & Clara*)录制过这首歌〔收录于 1978 年 CBS 台的促销唱片《〈雷纳尔多与克拉拉〉中的四首歌》（*4 Songs from Renaldo & Clara*）]，此外还被用在电影《细说从头》（*Flashback*）的原声辑中，在这部影片里，丹尼斯·霍珀（Dennis Hopper）饰演一个前不久被捕的 60 年代政治逃亡者，20 年来，他一直都逃过了扰乱斯皮罗·阿格纽（Spiro Agnew）[①] 集会的罪名。

《拜托了亨利夫人》（Please Mrs Henry）。醋酸酯唱片；《地下室录音带》。2 分 30 秒。这首歌轻盈地在钢琴键上起舞，对一位女地主或一位夫人详细地解释（如果不是抱怨）醉到走不动路是什么感觉。这是地下室歌曲中被翻唱最多的歌曲之一，1969 年，在录制《随它去》（*Let It Be*）期间，保罗·麦卡特尼（Paul McCartney）曾试图说服"披头士"翻唱这首歌。

《可怜的拉撒路》（Po'Lazarus）（传统歌曲）。56 秒。尽管它几乎还没开始就结束了，但它是一首歌的完整配乐，建立在巴克利爵爷（Lord Buckley）的独奏基础上，1961 年，迪伦经常唱它：这首歌是关于一个黑人男子因为不肯

---

① 理查德·尼克松任内的美国副总统。——译注

屈服而被杀死的故事。歌中的感觉突然变得戏剧化，甚至是迷人的，背景和声很强烈，悲剧的感觉压倒一切。这首歌是一首职业歌曲，一首连环匪帮歌曲，布鲁斯歌手大比尔·布鲁恩奇（Big Bill Broonzy）和"苗条孟菲斯"（Memphis Slim）1947年聊天时总结了这首歌的力量，被民谣收集者艾伦·洛马克斯录制下来。

布鲁恩奇："……那个黑鬼要和白人作战，他们说他疯了，他们不说他坏，你看，因为，关键就在这儿，他们说他脑子不正常了。白人会说黑鬼是坏种……就是你用来播种的种子……"

"苗条孟菲斯"："对，他宁愿毁掉其他的黑人……你明白我的意思。他想让很多黑人睁开眼睛，告诉他们一些，这个，他们不知道的事情。而且他是个聪明的黑人。"［来自珍贵的《密西西比之夜的布鲁斯》（*Blues in the Mississippi Night*），Rykodisc］。

《石头、盐与钉子》（Rock Salt and Nails）［布鲁斯·"U. 犹他"·菲利普斯（Bruce "U. Utah" Phillips）］。4分17秒。充满沉思与破坏力地朗读，很像古老歌谣的感觉——任何安静的，以"在一条河的河岸边"为开头的歌曲，都可以召唤出无数与它相关的歌，在美国歌谣里，就是在河岸边，诺言被许下、谎言被说出、河水中浸泡着怀孕的女孩的身体——也很像迪伦自己写下的歌。这首歌最初由罗莎莉·索雷尔（Rosalie Sorrells）于 1965 年录制，那个版本不怎么令人愉快（这并不让人吃惊，因为最后几句歌词唱的是女人好像松鼠一样），收录在《罗莎莉歌曲集》（*Rosalie's Songbag*）专辑（声望国际 LP 唱片）当中，但是同年就被资深蓝草二人组"弗拉特与斯克鲁格斯"（Flatt and Scruggs）唱红了［见《多才多艺的"弗拉特与斯克鲁格斯"》（The Versatile Flatt and Scruggs），哥伦比亚 LP 唱片］。索雷尔又和作者菲利普斯（1935—2008）本人一起录制了这首歌，收录在《罗莎莉和朋友们——我的最后拜访》（*Rosalie and Friends—My Last Go Round*）专辑当中［红房子唱片（Red House），2004］。

《皇家运河》（The Royal Canal）［布伦丹·贝汉（Brendan Behan）］。5 分 41 秒。这首充满渴望与绝望的囚犯之歌是贝汉的第一部音乐剧《怪异伙伴》（The Quare Fellow）的开始曲，并且是后面情节的框架；演出时在舞台之外的地方演唱（1954 年，该剧最早在都柏林上演时是贝汉自己唱的），感觉就像是从锁着的牢房里传来的。这部音乐剧是关于"合法绞死"——也就是死刑——灵感来自贝汉本人从

1942 年到 1946 年因建国活动在蒙乔伊监狱服刑的经历；这首歌是关于每天重复的日程，每一天都是一模一样的，它唱出了监狱是如何摧毁时间，因此也就摧毁了历史感。迪伦的声音似乎深不见底，完全不含有任何欲望。"叮当，叮当"，每天早上，三角铁发出声音，叫犯人起床（哈德森用他的电声击弦钢琴制造出了这种声音）——这首歌有时也被叫作《老铁三角》（The Old Triangle），仿佛歌手承认，这个受人憎恨的乐器就在自己面前，直到他已经不在了，它还在这里。乐队拾起这个主题，不慌不忙，慢慢让它充实起来，仿佛迷失在这首歌里，迷失在它的瘴气之中——但是，每一天的细节都在重复，永远没有什么新的想法，没有激情的火花，所以这是《我将获得解放》的另一个版本，只不过没有对自由的希望。这是 60 年代初格林尼治村经常唱到的一首歌，唱得最好的是连姆·克兰西（Lianm Clancy）。（见《连姆·克兰西》，先锋唱片，1965）。

《圣塔菲》（Santa Fe）。收录于迪伦的《私录系列，第 1—3 辑（罕见与未发行歌曲）1961—1991》（哥伦比亚）。2 分 01 秒。一个连复段。

《把我的坟墓打扫干净》（See that My Grave Is Kept

Clean)（传统歌曲/盲眼"柠檬"·杰弗逊）。3 分 36 秒。

一个 20 岁的民谣歌手能找到自己的方式，演唱这样深沉的一首歌，真是不可思议，《美国民谣音乐选》中收录了杰弗逊于 1928 年录制的这首歌，迪伦也是从这张专辑里学到的它，并且在自己的第一张专辑里成功演绎了它。而且他做得更好：他为这首歌带来了紧张感，几乎要把它摧毁，直到杰弗逊对死亡的挑战变成某种邀请，一种近乎歇斯底里的挑战。

这首歌历史悠久，可以追溯到南北战争刚刚结束的时候，用来安抚这个新添了几十万座新坟墓的国家——许许多多的坟墓，没有标记的坟墓。当时这首歌还叫《让我的坟墓绿荫长存》（See that My Grave Is Kept Green），它很伤感，朗朗上口，因为祝福了死亡中的尊严而贴近天堂。1927 年，贝拉·拉姆（Bela Lam）以及由班卓琴手赞德冯·奥比利亚·拉姆（Zandervon Obelia Lam）领衔的"他的格林尼郡歌手"（His Greene County Singers）录制了这首歌，歌中的请求还同几代人之前一模一样：抽象、非个人化、欢乐地为所有人祈祷，歌手们知道，它会获得回应。就算你所爱的人们不能为你安息之地的小草浇水，上帝也会送来雨露。[见《弗吉尼亚州的乡村弦乐乐队》（*Rural String Bands of Virginia*），County]。

后来这首歌变成了巡回黑人歌手们的保留曲目，不仅加入了新的歌词与新的想象，完全改变了它（歌词中的白马和丧钟），而且还有了新的曲调。它变得粗糙冷酷，歌中也不再有伙伴情谊。如今它只是对死亡的孤独抗议，而死亡则是对生命的异议。它不再彬彬有礼地要求一个绿树成荫的坟墓：只是让它保持干净就可以了，杰弗逊说。〔在剑桥的 47 俱乐部，歌手杰夫·马尔道尔（Geoff Muldaur）会宣称他要去找到杰弗逊的坟墓，并把它打扫干净；几十年后，他录制了《要找到盲眼"柠檬"，第一部》（Got to Find Blind Lemond Part One），收录于《秘密握手》（*The Seacret Handshake*），高音唱片（Hightone），1998，还有《第二部》，收录于《密码》（*Password*），高音唱片，2000。这两首歌本身都配不上歌名中包含的热情或创意。〕死亡在这首歌里充当了神的位置；只要死亡愿意清扫他的坟墓，杰弗逊或许可以放弃自己的身体。死亡显然同意了；杰弗逊的演唱不到一半的时候，你可以感觉到，是死亡在歌唱，而不是杰弗逊在歌唱。那个嗓音如此确定。〔见杰弗逊的《乡村布鲁斯之王》（*King of the Country Blues*），亚祖唱片（Yazoo），或者是他的《录音作品全辑，按时间顺序排列，第三辑》（*Complete Recorded Works in Chronological Order*，*Vol. 3*），1928 年，纪录（Document），奥地利。〕

在地下室，这首精彩的歌是于 1967 年底或 1968 年初定下来的，地下室录音也快走到尾声，这首歌似乎深深吸取了它的两个传统。歌词是杰弗逊的，它们依然可以刺痛皮肤，但是音乐中的宿命感是一种接受的感觉，是一种欢乐。迪伦的歌唱仿佛来自远方，那是岁月与经历带来的距离；歌中这个人并不满意，但他知道，他不可能比现在更满意了。赫尔姆吹奏着摇摆的布鲁斯口琴，丹科的贝斯为歌曲的每一处都增添了力量，罗伯逊的自动竖琴把一切置于一个平面，歌手似乎找到了完美的伴奏，直到他唱完，其他人把这首歌带到了别处，成为一段复杂的短期旅行，其中充满拒绝和暴力，每一个音符都清晰而强硬，最后的弹拨悬在空中，你可以想象，直到哈德森等不及它自然而然地消逝，关掉了录音机。

《再见呀，艾伦·金斯堡》（See You Later, Allen Ginsberg）（罗伯特·吉德里）。3 分 32 秒。他们以《再见呀，鳄鱼》起头，迪伦扭曲"鳄鱼"的发音，但是当迪伦唱到标题那一句时，边上有一个声音和他一起唱，把迪伦逗笑了；这首歌就停了下来，然后他们录第二遍的时候就从第一遍被打断的地方开始，仿佛这都是安排好的。这首歌在金斯堡的办公室里走红了好长一段时间。

《十字架上的牌子》（Sign on the Cross）。7分18秒。这是地下室录音里最长的一首歌，它是那么奇怪：是一个朝圣者的怀疑；一次你无法反驳的布道；也是不信者的嘲笑，直到最后，一切都合而为一，仿佛"滚石"（Rolling Stones）的《遥远的眼睛》（Far Away Eyes）里那个为了自己的祈祷能在广播里播放，就给电台牧师送钱的傻子变成了漂流者卢克（Luke the Drifter）[①]。

《寂静的周末》（Silent Weekend）。2分56秒。更多像是困惑而不是孤独（她要到周一才回来）。唱到"寂静的周末"这句时有种山地摇滚的感觉，要不然就像是1962年迪伦录制的一个精致的版权发行小样［迪昂唱片（Dion）本应是最佳选择］；这几次录音都有着难以置信的直接和优美。

《剪影》（Silhouettes）［小弗兰克·C.斯莱（Frank C. Slay, Jr.）-鲍勃·克鲁（Bob Crewe）］。22秒。这么长的时间足够捕捉到歌中的欢乐，1957年，这首"雷"组合演唱的嘟-喔普（doo-wop）经典歌曲登上排行榜第三的位

---

① 汉克·威廉姆斯的艺名。——译注

置，唱的是郊区里的房子都一模一样：歌手下班回家，看到阴影里一对对接吻情侣的剪影，发觉妻子出轨了——然后他"走错了街区"。小伙子们唱起嘟-喔普歌曲来，就好像资深的嘟-喔普歌手一样——他们用这个来互相逗趣，甚至哈德森也想起他50年代在安大略组的那个摇滚乐队就叫"剪影"。

《西班牙语是爱的语言》(Spanish Is the Loving Tongue)〔查尔斯·巴杰·克拉克（Charles Badger Clark）-J. 威廉姆斯（J. Williams）〕。3 分 52 秒。又一首伊恩与西尔维娅的最爱，比起几年之后的版本还要糟糕——1971 年，迪伦又录了一版这首歌，作为单曲《看着河水流淌》(Watching the River Flow)（哥伦比亚）的 B 面歌曲，也被收录在 1973 年的尴尬专辑《迪伦》当中。不过，每当迪伦唱起这首歌，他仿佛总在寻找什么：可能是什么边境小镇的侦探故事吧。

《西班牙歌曲》(The Spanish Song) 第一遍与第二遍。2 分 55 秒，2 分 06 秒。这首歌以各种不同的名字流传——《阿美利塔》(Amelita)、《路易莎》(Luisa)、《卡梅莉塔》(Carmelita)——但是这没有关系。重要的是，在地下室的冒险一直指向的方向当中，这些后来的录音似乎是最疯狂的：彻底的痴呆，有导演萨姆·派金帕（Sam Peckinpah）电影中那种鞭子在空中甩得劈啪作响的感觉。还记得电影《日落黄沙》（*The Wild Bunch*）里一场枪战之前，那个充满男性气概的角色挥舞皮鞭的景象吗？他们的演唱也很疯狂，而且省略了枪战。"你想把这个录下来吗？"迪伦在录音间隙问哈德森。"没问题。""好吧。"迪伦几乎受不了了，"我们就这么弹。但是主歌要轻松一点。好吧，准备好了吗？"然后他们就跃下了悬崖。

《仍在镇上》(Still in Town)［H. 科克伦（H. Cochran）- H. 霍华德（H. Howard）］。2分59秒。也是来自专辑《我循规蹈矩》。这是一个关于被遗弃恋人的故事，卡什的演绎很平淡，迪伦的版本非常纤细，你可以感觉到歌中这个男人的双手在颤抖。男人在桥上转过身去，在卡什的版本里，他可能是抵制了自杀的念头；在迪伦的版本里，他转身可能什么都不为。

《愤怒之泪》(Tears of Rage)（迪伦/曼努埃尔）第一遍。3分55秒。"听！"迪伦说；然后是极微弱的几声吉他，罗伯逊引导他进入这首歌中。

《愤怒之泪》（迪伦/曼努埃尔）第二遍。2分28秒。糟糕的一版，中途停止了。"应该是摇滚的强拍，"有人说。

《愤怒之泪》（迪伦/曼努埃尔）第三遍。醋酸酯唱片；《地下室录音带》。4分09秒。有一个不太有把握的开头和一个最深沉的结尾。

《火焰之轮》（This Wheel's on Fire）（迪伦/丹科）。醋酸酯唱片；《地下室录音带》。3分37秒。无法形容的戏剧性，地下室录音中最能马上打动人的一首，一再出现令人难以忍受的紧张调子。这首歌经常被翻唱，但没有什么值得记住的版本，或许只有90年代初BBC情景喜剧《荒唐阿姨》里的一幕，这部剧集讲的是两个人到中年的60年代式人物，埃迪娜（Edina）和帕特西（Patsy）的倒霉遭遇，她们生活在自我放纵的混乱里，整日酗酒还自以为是："我在那儿，伙计，"她们似乎每时每刻都会对埃迪娜那个可怕的青春期女儿莎弗隆（Saffron）这样说。埃迪娜的40岁生日派对成了一场灾难，之后，两个老朋友喝酒喝到神志不清，爬到桌上，像唱卡拉OK一样高唱那些60年代老歌；《火焰之轮》也在其中，紧随"滚石"的《满足》（Satisfaction）之后。

《小蒙哥马利》（Tiny Montgomery）。醋酸酯唱片；《地下室录音带》。2分50秒。一度有谣言说，这首歌是以一个改装赛车手的名字命名的：一个男人冲进镇子，留下对所有人的致意，整个镇子好像异口同声地回答了一声最动人的"你好"。"我们给朋友们演了一些地下室里的歌，"丹科说。"我记得唱到《小蒙哥马利》，大家都笑话我们。"

《太多无所事事》（Too Much of Nothing）第一遍。《地下室录音带》。2分40秒。"在遗忘之水上，"迪伦用哭泣般的声音唱道，但是这首歌并没有到达那种地步。第一遍像是没有节奏的闹剧，一个毁灭性的组合。

《太多无所事事》第二遍。醋酸酯唱片。2分43秒。更加流畅生动。"彼得，保罗与玛丽"1967年的翻唱进入了排行榜前40名：这是第一首被用于商业录音的地下室歌曲（这很公平，因为地下室的原唱就是用"彼得，保罗与玛丽"的设备录出来的），翻唱平添了一丝精致的感觉；见《"彼得，保罗与玛丽"精选集》（*The Very Best of Peter Paul & Mary*）（犀牛唱片／WEA，2005），这张专辑中还收入了1963年版的《答案在风中飘》和《别多想了，一切都挺好》（Don't Think Twice, It's All Right）。

《试试看》(Try Me)。1 分 30 秒。精彩的假声演练。

《图珀洛》(Tupelo)（约翰·李·胡克）。2 分 16 秒。最初由胡克于 1959 年录制［见《约翰·李·胡克精选集》(*The Best of John Lee Hooker*)，GNP 新月唱片（GNP Crescendo）］。

《受到控制》(Under Control)。2 分 47 秒。

《与罪共舞》(Waltzing with Sin)［海耶斯（Hayes）-伯恩斯（Burns）］第一遍，第二遍。1 分 58 秒，1 分 16 秒。一首晦涩的乡村歌谣，最初由莱德·索文（Red Sovine）于 1963 年录制，只是比 1965 年发行的"牛仔科帕斯"(Cowboy Copas) 的遗作稍微出名一点［"牛仔科帕斯"于 1963 年死于飞机失事，帕特西·克莱恩（Patsy Cline）亦在那场事故中身亡］。在地下室，乐队模仿的是科帕斯的版本；一个错误的开头之后，迪伦的人声里的沉重消失了，成为梦幻般的情绪，那段关于邪恶女人的老一套歌词（"你是撒旦的造物/有着完美的伪装"）制造出一种不适感，一种脆弱，几乎像《皇家运河》一样惨。与歌手共舞的罪恶最初人格化为一个背叛了他的女人，但很快就解体了；你可以想象这个歌手走进一个挤满了成双成对的舞伴们的酒吧，也跳起舞来，他的怀抱里空空如也，只有烟雾。

《原始森林之花》（Wildwood Flower）。（A. P. 卡特）。2 分 17 秒。"这是我们录过的最流行的一首歌了，""卡特家族"的梅贝尔·卡特说。"我妈妈唱这首歌，她的妈妈也唱这首歌。年复一年，它被传承下来。"这是一首客厅歌曲，至少可以追溯到 1859 年莫德·欧文（Maud Irving）的《我要缠绕在卷发里》（I'll Twine Midst the Ringlets）；音乐史学家查尔斯·伍尔夫（Charles Wolfe）觉得这首歌里也有《苍白的孤挺花》（The Pale Amaryllis）的影子。"卡特家族"录制的这首《原始森林之花》由自动竖琴手莎拉·卡特主唱，于 1928 年登上全国排行榜第三名［收录于他们的《停泊在爱里：他们在维克托的录音全集》（*Anchored in Love: Their Complete Victor Recordings*），1927 - 1928，Rounder］；在地下室，赫尔姆吹口琴，罗伯逊弹自动竖琴，让这首歌的旋律摇摆起来，以至于一支曳步慢舞或许是最好的回答。这是一首日落之歌，迪伦松弛但坚决的声音容纳了整首歌的一致性，它承诺在家庭与社区的高贵氛围之内，还会有另一个词带来公正，承诺着风景会像你家大门一样向你敞开。

《你不能再踢我的狗》（You Gotta Quit Kickin' My Dog Aroun'）〔韦伯·M. 欧斯特（Webb M. Oungst）－赛·珀金斯（Cy Perkins）〕。1912 年，密苏里的钱普·克拉克（Champ Clark）担任美国众议院的发言人；他选了这首歌作为 1912 年竞选民主党总统提名人的主题歌，他在竞选中差点获胜了〔击败他的是伍德罗·威尔逊（Woodrow Wilson），在这首歌播放的时候，他很有可能让它继续播放下去〕。这首歌是 1916 年由拜伦·J. 哈伦（Byron J. Harlan）与"美国四重奏"（American Quartet）在维克托公司首次录制的〔名为《他们不能再踢我的狗》（They Gotta Quit Kickin' My Dog Around）〕，1926 年由"吉德·塔纳和他的舔锅人"在哥伦比亚录制并成为金曲〔见"舔锅人"的《录音作品全辑，按时间顺序排列，第一辑：1926—27》（*Complete Recorded Works in Chronological Order*, *Vol. 1*：*1926 - 27*），纪录，奥地利〕。

《呀！沉沉的一瓶子面包》（Yea! Heavy and a Bottle of Bread）第一遍。2 分 04 秒。这首歌中充满了谜团，来自迪伦的处理方式，他用严肃、悲哀的方式唱出显然很荒唐的歌词——还有哈德森隐匿的风琴，非常精彩，坚持着有些庞大的东西处于危险之中。这里只是略微有些偏离平衡。

《呀！沉沉的一瓶子面包》第二遍。醋酸酯唱片；《地下室录音带》。2分11秒。在某种程度上堪称是终极的地下室歌曲：一首小小的随意之作，仿佛凭空而来，却是不可或缺的。

《你哪儿也不去》（You Ain't Goin' Nowhere）第一遍。2分41秒。由于这里的主歌部分是拖沓的即兴之作，唱的是找人喂猫的必要性——痛苦的副歌段显得好像是地下室录音中最动人的一段曲子了，它和这首歌的最终版是一样的——很难想象这首歌是怎么完成的。直到它即将完成，只不过还没录下来的时候，这只猫才显示出细微的差别。

《你哪儿也不去》第二遍。醋酸酯唱片；地下室录音。2分29秒。这旋律太甜美了，迪伦唱道，"呜——喂，带我到高处，"他可能是完全跟着自己的音乐在唱。这首歌的众多翻唱者当中，没有人能够再现这种精彩的期待之感，它承诺你在预见生活发生变化之前，一定能学到人生最宝贵的课程——就连迪伦本人1971年与哈皮·特劳姆再次录制，并收录于他的《最佳金曲，第二辑》的那个版本也无法超越这一版。

《年轻但每天都在成长》（Young But Daily Growing）（传统歌曲）。5分30秒。又名《漫长的成长》（Lang A-Growin'）或《父亲啊父亲》（Father Oh Father），这支古老的歌曲（经常被描述为"弗朗西斯·柴尔德错过的少数几首柴尔德歌谣之一"）用一个年轻女子的口吻讲述，她发现父亲把她嫁给了一个富翁的儿子：一个孩子。当她听到学校里的男孩子们玩耍，她的丈夫也在其中的时候，有一种说不出的怪异。然而她没想到，她很快就受不了生活里没有这种声音："16岁那年，他成了/一个已婚男人/17岁那年/他成了一个儿子的父亲/18岁那年/他坟上的草已经长高。"歌曲结束时，这女人走过田野，感受着春天，想着夏天和她的小儿子；那是无法超越的伤感，听歌的时候，你可以感觉到阳光灿烂地照在自己身上。

迪伦唱这首歌的时候感觉就是这样的。任何时候都是如此——1961年5月在明尼阿波利斯，他在一个朋友家里录制了这首歌〔当天晚上还录了《漂亮波丽》；"兔子"布朗的《詹姆斯小巷布鲁斯》（James Alley Blues），以及亨利·托马斯的《钓鱼布鲁斯》〕；同年 11 月，他在纽约的卡耐基大厅自己的第一次演唱会上也唱了这首歌；在地下室录音中他也唱了这首歌——他把自己的一切都放进了这个故事。他的处理方式从来没变过。就像 1961 年一样孤独，抑或被丹科深沉的贝斯以及曼努埃尔的膝上夏威夷吉他所围绕，曼努埃尔的木吉他几乎无法引导音乐——这首歌太慢了，几乎无法被引导；旋律退却着，抗拒着歌手——他在这首歌面前放弃了，消失在这首歌之中，成为这首歌中所有的演员，对歌中的父亲、女儿、丈夫和儿子都怀着同样的同情。

《你又赢了》（You Win Again）（汉克·威廉姆斯）。2分 36 秒。不是建立在威廉姆斯 1952 年的原唱之上，而是根据杰里·李·刘易斯的《大火球》（Great Balls of Fire）的 B 面歌曲改编，1957 年年底，这首歌成了位居排行榜第二的乡村乐金曲，排名第一的则是《大火球》迪伦的版本更加可信。以它自己的标准而言，《你又赢了》是一首布鲁斯歌曲，不管刘易斯是个什么样的歌手，他从来都不是一个布鲁斯歌手。威廉姆斯可以驾驭多种风格，同时也是一个布鲁斯歌手，迪伦也是如此，他可以驾驭多种风格，同时也是布鲁斯歌手。

1968 年

《约翰·韦斯利·哈汀》(*John Wesley Harding*)（哥伦比亚）。它以 1968 年最初的噩运之声被倾听和体验，是 1967 年 10 月和 11 月，地下室录音的间隙在纳什维尔录制的（"这是死者的声音"，一个朋友谈起我描述地下室录音使用的隐喻，以及《约翰·韦斯利·哈汀》在 1968 年听起来得感觉时这样说，到那一年为止，鲍勃·迪伦已经接近一年半的时间杳无音信，不可思议地从哪个时代的流行文化算式里消失了。）专辑中使用了大量《圣经》，歌曲都没有副歌段，可以说是整个地下室录音计划的一个简朴、多疑、讥讽的版本，如果说地下室录音是一部棕褐色调的电影或褪了色的彩色电影，《约翰·韦斯利·哈汀》就是一部黑白电影，它是地下室录音的"第二思想"。

1992—1993

《像我对你一样好》(*Good as I Been to You*)（哥伦比亚，1992）。这张合集收录了若干老民谣歌曲［《吉姆·琼斯》(Jim Jones)、《黑杰克戴维》(Blackjack Davey)、《加拿大人》］，以及一些普通的老歌［史蒂芬·福斯特的《艰难时世》(Hard Times)〕,由他独自演奏;起先主要是一份简单的快乐,过了片刻,音乐开始显现出更坚硬的形状。这些歌曲被一个经受考验的人物的声音以及吉他旋律中的宿命感联系在一起,融汇在同一个故事之中:它们都是同一个故事的变体,讲述无知的人将要开始漫长的旅行,进入未知之中,当他们抵达宿命的终点时,却发现可怕的背叛。不过,一个歌手是怎么做到在一个准确的时刻里,把这样的一个故事讲述为一种美国传统,在一个对未来充满期待的季节里,把这个故事变为一种怀疑的姿态呢?这张专辑于1992年11月3日发行,就是比尔·克林顿(Bill Clinton)当选为美国总统的那一天。后来鲍勃·迪伦还在他的就职典礼上献唱,克林顿就坐在几英尺开外,面带笑容,仿佛他知道,让这个男人为自己献上一首歌意味着什么,即便这个男人不发一言,但如果迪伦为他献上的是一首歌,那么也不是这些歌。

《世界乱套了》(*World Gone Wrong*)(哥伦比亚,1993)。迪伦再一次独自演奏古老的民谣歌曲——《两个士兵》(Two Soldiers)、《杰克·瑞伊》、《孤独的朝圣者》(Lone Pilgrim);此外还有古老的布鲁斯歌曲,伴有娴熟的吉他伴奏——《世界乱套了》、《我眼中的鲜血》、《达莉娅》。事实上，这些歌没有种族之分，是史密斯村的歌曲，再一次为一个遗失的世界绘制了地图，这个世界总是秘密地出现，为自己祈求时间，它早就做出了警告，它总是包含着关于事情必然如何发展的知识。这音乐是关于欲望与挫败；如果你从不知道前者何时出现，你总会知道后者永远不会消失。"迪伦沉浸在音乐盲目的宿命主义之中，以及它在灾难与绝望面前无穷无尽的自我更新能力之中，"霍华德·汉普顿（Howard Hampton）在1993年12月7日的《村声》上发表文章写道。"这些歌曲颠覆了行业智慧的惯例：他们让他在最近10到20年里的作品听上去像是希望被人接受的绝望怀旧，而不是其他方式。那些矫揉造作限制着他的声音、磨钝了他的本能，现在它们都被丢到一边，取而代之的是重力，是深黑的幽默，是膨胀的常识。"上一张专辑里没有说明那些歌曲都是什么样的歌，都是从哪里来的；在这张专辑里，迪伦为每首歌都写了长长的、混乱的文章，里面充满谢意，并且跳跃到对这些歌曲的阐释，这样的阐释是其他人绝对没有勇气做的，挑战是在从这些歌曲中听到哪怕一点歌手所听出的东西。对于每首歌，迪伦都简单追溯了它的过去，然后转向对现状的评论——现状当中的匮乏是过去的迪伦曾经揭露过的，而这个现状也成了一个开放的问题，尚未做出裁决。

1997

《被遗忘的时光》（*Time Out of Mind*）（哥伦比亚，1997）。在这张专辑里，所有老歌——从多克·博格斯的《丹维尔姑娘》到罗伯特·伯恩斯（Robert Burns）的《我的心在高原》（My Heart's in the Highlands），以及埋藏于二者之间的数十个回响——改头换面成了新歌，只有傻子才会争辩说这些老歌更属于过去而不是现在，因为如今这些老歌已经在新的基础上重建起来。但是，因为这里的"现在"是用旧材料制成的，布满了蠕虫和白蚁蛀出来的小洞，它仿佛落入灰尘；然后音乐重新开始，这一次听起来确实是崭新的。

直至威利的曲目

《美国民谣音乐选》（*Anthology of American Folk Music*）（民谣之路，1952）。由哈里·史密斯编纂。1997年由史密斯之音民谣之路重新发行了 6CD 套装，史密斯原版的封面艺术、插画和旁注都得到保留。此外还有新添的旁注，包括杰夫·普雷斯撰写的关于每首歌更加详细的介绍。以及由乔恩·潘凯克（Jon Pankake）和约翰·费伊

（John Fahey）撰写的文章。由于《民谣音乐选》重新发行而带来的额外关注，史密斯之音召开了一场研讨会，还在附近的场地"捕狼夹"（Wolf Trap）召开了若干演唱会，演唱现场被录制为《哈里·史密斯之联系》（*The Harry Smith Connection*）（史密斯之音民谣之路），其中最引人瞩目的是罗杰·麦吉恩（Roger McGuinn）与"照办"（Wilco）乐队的杰夫·特维迪（Jeff Tweedy）以及杰伊·本尼特（Jay Bennett）合作的《东弗吉尼亚布鲁斯》（East Virginia Blues）、《蜜糖宝贝》和《詹姆斯小巷布鲁斯》。

2000 年，史密斯长期被人遗忘的《民谣音乐选》"大地"卷发行了一套双张 CD 专辑（它被人遗忘是因为史密斯从来没能写完注释），名为《哈里·史密斯的美国民谣音乐选，第四辑》[归来者唱片（Revenant）]。它和前几张唱片一样，充满布鲁斯、福音歌曲、小提琴、歌谣和卡津（Cajun）① 文化传统，时间从 1928 年到 1940 年，史密斯很多惊人的选择［比如"门罗兄弟"（Monroe Brothers）的《九磅的锤子太重了》（Nine Pound Hammer Is Too Heavy）、"蓝天男孩"（Blue Sky Boys）的（走下俄亥俄河岸边）（Down on the Banks of Ohio）、罗伯特·约翰逊的

---

① 居住在路易斯安那州的法国人后裔。——译注

《最后的公平合约停止了》(Last Fair Deal Gone Down)]
都来自1936年，这是大萧条的核心之年，这些歌描绘了一
个处于虚无主义危机的社会。注释中包括迪克·斯波茨伍
德（Dick Spottswood）与格雷尔·马库斯写的唱片目录注
释，以及约翰·科恩和艾德·桑德斯（Ed Sanders）的备
忘录，另见罗伯特·肯特威尔《CD中的幽灵》(The Ghost
in the CD)，《村声》，2000年8月8日。

　　在2006年"叫喊！工厂"（Shout! Factory）厂牌发行
的《哈里·史密斯项目：重访美国民谣音乐选》(The Harry
Smith Project The Anthology of American Folk Music
Revisited）是一份双张CD、双张DVD的套装，收入了拉
尼·辛格的电影《奇异的老美国——哈里·史密斯的美国
民谣音乐选》(The Old Weird Amerrica—The Harry Smith
Anthology of American Folk Music）以及其他演唱会上录
制的演出，由霍尔·威尔纳（Hal Willner）制作，其中包
括"照办"的《詹姆斯小巷布鲁斯》、大卫·约翰森
（David Johansen）的《詹姆斯小巷布鲁斯》、贝丝·奥顿
（Beth Orton）的《弗兰基》(Frankie)、大卫·托马斯
（David Thomas）的《走下木板路》和《钓鱼布鲁斯》、罗
宾·霍尔科姆（Robin Holcomb）的《懒惰的农场男孩》
(A Lazy Farmer Boy)、乔夫·马尔多的《可怜男孩布鲁

斯》（Poor Boy Blues）、加斯与莫德·哈德森（Maud Hudson）的《天堂里没有大萧条》（No Depression in Heaven）、加文·弗雷迪（Gavin Friday）的《大船沉没之时》（When the Great Ship Went Down）（他演唱时弯曲膝盖，好像拉着手风琴）、鲍勃·纽沃思（Bob Neuwirth）和伊丽莎·卡西（Eliza Carth）的《我希望自己是地下的鼹鼠》（他们把"我希望我是春天里的蜥蜴"唱成了"我希望我是你春天里的蜥蜴"，整个世界都被这一字之差颠倒过来了），这些歌曲都有音频版和视频版，在电影里，还有卢·里德（Lou Reed）惊人的《把我的坟墓打扫干净》。

克莱伦斯·阿什利（Clarence Ashley）。《绿色美钞：克莱伦斯·"汤姆"·阿什利的音乐》（*Greenback Dollar: The Music of Clarence "Tom" Ashley*）（County）当中收录了阿什利从 1928 年到 1933 年录制的 20 首歌曲——除了使用他的本名，还有用"阿什利与福斯特"、"卡罗来纳柏油脚跟"、"伯德·摩尔和他的热弹"（Byrd Moore & His Hot Shots）为名录制的歌曲。其中包括《咕咕鸟》（1929）和《家庭木匠》，还有《闹鬼之路布鲁斯》（Haunted Road Blues）、《黑暗叫喊》（Dark Holler）（它是《东弗吉尼亚》的另一个版本），许多巡回艺人表演中的闲聊，还有那些细节特别丰富的真实罪案歌谣，包括《弗兰基·希尔韦斯》（Frankie Silvers）、《老约翰·哈迪》（Old John Hardy）和内奥米·怀斯（Naomi Wise），特别是一首恶毒的《小萨迪》（Little Sadie）。

阿什利在 20 世纪 60 年代的录音，包括《家庭木匠》、《小萨迪》和《咕咕鸟》，收录在选集《旧时代的音乐在新港》（*Old-Time Music at Newport*）（先锋 LP 唱片，1963 年）中，这张专辑中还收入了多克·博格斯的三首歌（见下文）；此外还有精选集《多克·沃特森和克莱伦斯·阿什利：民谣之路原始录音，1960—1962》（*Doc Watson and Clarence Ashley: The Original Folkways Recordings，1960 - 1962*）（史密斯之音民谣之路）。视频选集《旧时代音乐传奇》（*Legends of Old Time Music*）（Vestapol/Rounder）收录了阿什利表演的《布谷》（Cuckoo），令人难忘，伴奏的是小提琴手弗莱迪·普莱斯和吉他手克林特·霍华德（Clint Howard）和泰克斯·艾斯利（Tex Isley），之前还有一段民谣收集者 D. K. 威尔格斯（D. K. Wilgus）对阿什利进行的采访。阿什利说《咕咕鸟》是一首"糖浆歌曲"——就是那种人们一边做糖浆一边唱的歌——他第一次录这首歌的时候，纽约唱片公司的人想要的正是这种歌曲。威尔格斯："你录唱片的时候，那些做唱片的人对这种音乐究竟懂得多少?"阿什利:"他们对这种音乐懂多少?""没错。""他们什么也不懂。""这个,那他们怎么知道要录什么呢?""他们就是在找一些东西,希望自己能够找到。换句话说,他们不是音乐家;他们没有天分,他们也没有那种**感觉**——他们不知道你到底跑没跑调。"又或者像埃玛·贝尔·迈尔斯在她的《大山的精神》(1905)一书中的《一些真正的美国音乐》(Some Real American Music)里写道的:

> ……母亲边工作边哼唱,有些古老的歌谣带着奇异的悲伤,那种不经意的微小结局带来无法形容的魅力,这是她从小就从祖母那里学到的,而祖母又是从她来自爱尔兰或苏格兰的祖母那里学到的。她俯在织布机上来回穿梭,声音变得柔和下来,不时在木板条上敲击着:

> 布谷鸟是一只漂亮的鸟儿,她歌唱,她飞翔……

> 织布机就放在门廊里,被藤草和忍冬掩映着,阳光下,这个女人的身姿被笼罩在清凉的阴影里。砰——砰——砰!关于老爷和太太们,关于布谷鸟和

夜莺，她究竟知道什么？这些只不过是山里人的词句；如果被要求给陌生人唱歌，他们经常停下来道歉，因为他们不太知道这些歌词的"意义"；但他们不敢改动一个音节；这首歌在太古老的年代就被接受了。

米尔德里德·巴克姊妹（Sister Mildred Barker）与埃塞尔·皮科克姊妹（Sister Ethel Peacock）、埃尔茜·迈克库尔（Elsie McCool）、德拉·哈斯科尔（Della Haskell）、玛丽·伯吉斯（Marie Burgess）、弗朗西斯·卡尔（Frances Carr），以及其他缅因州萨巴斯代震颤派联合社团的成员们。《来吧生活，震颤者的生活》于 1835 年由老伊萨卡·贝茨（Elder Issachar Bates）作曲。收录在《早期震颤派圣歌》（*Early Shaker Spirituals*）当中，1963 年录制（Rounder）。丹尼尔·W. 帕特森（Daniel W. Patterson）为专辑撰写了全面的注释。

多克·博格斯（Dock Boggs）。博格斯的原始录音收录在他的《乡村布鲁斯：早期录音全集 1927—1929》（*Country Blues: Complete Early Recording 1927 - 1929*）（归来者唱片），其中包括"孤独王牌"厂牌没有收录的几首〔外加四首有点像早期比尔·门罗（Bill Monroe）风格的歌，由博格斯的肯塔基同龄人比尔与海耶斯·谢泼德（Bill and Hayes Shepherd）分别录制］；博格斯一些歌曲的早期翻唱版本列举如下：罗萨·亨德森（Rosa Henderson）翻唱的《南方布鲁斯》，收录于她的《录音作品全辑，按时间顺序排列，第一辑：1923》(*Complete Recorded Works in Chronological Order，Vol. 1: 1923*)（纪录，奥地利）；莎拉·马丁（Sara Marin）的《蜜糖宝贝》，收录于她的《录音作品全辑，按时间顺序排列，第一辑：1922—23》(*Complete Recorded Works in Chronological Order，Vol. 1: 1922 - 23*)（纪录，奥地利）。在专辑《大山那边的回声——节日选集，来自弗吉尼亚州大石隙大山帝国社区学校家庭才艺日》(*Echoes from the Mountainside—A Festival Anthology from Home Crafts Days at Mountain Empire Community College，Big Stone Gap，Virginia*)（June Appal，1993）当中，可以听到博格斯的乐队成员斯科特·波特怀特在20世纪20年代的录音。博格斯在20年代的录音可以在一个特别哥特的选集《地狱的祈祷：白人福音与罪人布鲁斯，1927—1940》(*Prayers from Hell: White Gospel and Sinner Blues，1927 - 1940*)（Trikont，德国）当中听到，这是一个精彩的选集，收录了"北卡罗来纳流浪者"、"门罗兄弟"以及弗兰克·哈奇森［《通往地狱的火车》(Hell

Bound Train）〕和多克·博格斯的《新囚徒之歌》（New Prisoner's Song）、《乡村布鲁斯》和《漂亮波丽》。艾伦·洛（Allen Lowe）勇敢的 9CD 选集《美国流行乐：声音史——从吟游诗人到魔法师：录音，1893—1946》（*Ameircan Pop: An Audio History—From Minstrel to Mojo: On Record，1893 - 1946*）（West Hill，1998）当中，也收录了博格斯 20 年代的录音，以及杰里·罗尔·莫顿（Jelly Roll Morton）的《黑底顿足舞》（Black Bottom Stomp）、卡尔·布鲁尔（Kahle Brewer）的《垂着耳朵的驴》（Flop Eared Mule）、佩格·莱格·霍维尔（Peg Leg Howell）的《新杰里·罗尔布鲁斯》（New Jelly Roll Bulues）和苏菲·塔克（Sophie Tucker）的《你离去之后》（After You're Gone）及《乡村布鲁斯》。

博格斯后来的录音都由迈克·西格制作，于 1963 年和 1970 年在民谣之路最初发行（其中包括博格斯在 1963 年首次录制的《啊，死亡》），被收录于博格斯的《他的民谣之路岁月》（*His Folkways Years*）（史密斯之音民谣之路，1998），由西格和巴里·奥康奈尔（Barry O'Connell）做注；《多克·博格斯采访节选》（*Excerpts from Intervies with Dock Boggs*），于 1963 年录制（民谣之路 LP，1964），可以特别订购 CD 版，此外，民谣之路厂牌在 1947 年到

1987 年推出的 2 200 张专辑都可以通过华盛顿哥伦比亚特区，民谣生活计划中心，史密斯之音民谣之路特别订购 CD 版。选集《旧时代的音乐在新港》（*Old-Time Music at Newport*）（先锋 LP 唱片，1963 年）收录了博格斯表演的《啊死亡》、《酒鬼孤独的孩子》（*Drunkard's Lone Chile*）和《蜜糖宝贝》（由约翰·科恩伴奏）。《"新失落城市漫步者"与朋友们》（*New Lost City Ramblers and Friends*）专辑（先锋唱片）收录了博格斯在新港表演的另一版《啊死亡》（由迈克·西格伴奏）；《佐治亚海岛歌手》（Georgia Sea Island Singers）专辑［新世界唱片（New World）］收录了《啊，死亡》的人声清唱福音版，由贝西·琼斯（Bessie Jones）演唱，于 1960 年由艾伦·洛马克斯录制。

摄影师露辛达·巴南（Lucida Bunnen）和维吉尼亚·沃伦·史密斯（Virginia Warren Smith）完全不了解博格斯，来到怀斯郡后，她们拍摄了他的墓地，收入她们的《天堂谱曲：美国阳光带州的坟墓与公墓艺术》（*Scoring in Heaven: Gravestones and Cemetery Art of the American Sunbelt States*）一书，纽约：光圈出版社（Aperture），1991。

理查德·"兔子"布朗（Richard "Rabbit" Brown）。他的《詹姆斯小巷布鲁斯》，及《别让同一只蜜蜂蜇你两次》（Never Let the Same Bee Sting You Twice）、《我没有嫉妒》（I'm Not Jealous）、《邓巴孩子之谜》（Mystery of the Dunbar Child）和《泰坦尼克的沉没》（Sinking of the Titanic）（均录制于1927年），可见于选集《最伟大的歌唱家：录音作品全集：1927—1929》（*The Greatest Songsters: Complete Recorded Works：1927 - 1929*）（纪录，奥地利）。

威廉·巴勒斯（William Burroughs）。《裸体午餐》中的《买家布拉德利》（Bradley the Buyer）可见于《叫我巴勒斯》（Call Me Burroughs）（Rhino Word Beat），这张专辑最初由巴黎的英语书店出版社（English Bookshop）于1965年发行，1966年由ESP-Disk唱片在美国发行，并于1995年重新发行。

J. M. 盖茨牧师大人（Reverend J. M. Gates）。《啊！死亡，你刺在何处?》，以及避讳神圣之名，没有歌词的《必然重生》（Must Be Born Again）都收录于盖茨的《录音作品全辑，按时间顺序排列，第一辑：1926》（*Complete Recorded Works in Chronological Order，Vol. 1: 1926*）（纪录，奥地利）。

波比·詹特里（Bobbie Gentry）。《献给比利·乔的歌》（国会唱片，1967）可见于很多选集，最精彩的一版是在《最佳悲剧》（DCC 唱片）之中。来自密西西比州图珀洛的霍伊特·"弗洛伊德"·明（Hoyt "Floyd" Ming）和"他的活力马达"（His Pep-Steppers）乐队 1928 年的《印第安战争呐喊》（Indian War Whoop）被哈里·史密斯收入在《美国民谣音乐选》当中，随着民谣收集者们努力寻找史密斯收录的乐队，这支乐队也于 1957 年重组；《献给比利·乔的歌》于 1976 年被拍成电影（片中女性叙事者把她的娃娃玩具扔下了塔拉哈奇桥，它象征着她和比利·乔之间的相互吸引，后来比利·乔从桥上跳下去，是因为他与一个男人发生了性关系，因而无法同叙事者发生性关系），霍伊特·"弗洛伊德"·明 和 "他的活力马达"在片中出现，是几个聪明、瘦削的老头，在社交舞会上演奏，他们的音乐起先是欢闹的乡村舞，然后又深化和衬托影片中一个令人毛骨悚然的时刻。

弗兰克·哈奇森（Frank Hutchison）。弗兰克·哈奇森的全部作品，包括西绪弗斯式的最初版《担忧者布鲁斯》，收录在他的《录音作品全辑，按时间顺序排列，第一辑：1926—1029》（*Complete Recorded Works in Chronological Order*，*Vol*.1：1926-1029）（纪录，奥地利）以及《来自西弗吉尼亚的旧时代音乐——威廉姆森兄弟和卡利：1927，"正义迪克"：1929，弗兰克·哈奇森：1929，录音作品全辑，按时间顺序排列》（*Old-Time Music from West Virginia—Williamosn Brothers and Curry: 1927，Dick Justic: 1929，Frank Hutchison: 1929，Complete Recorded Works in Chronological Order*）（都由纪录唱片，奥地利发行）。这些专辑中收录了之前从未发行过的各种器乐曲目，包括一个《猛汉老李》的版本，以及歌舞杂耍风格的《合约》（The Deal）和《波士顿夜贼》（The Boston Burglar）。

小马丁·路德·金（Martin Luther King, Jr.），1963年8月28日（被错误标为8月18日）在"为工作与自由向华盛顿进军"上发表的讲话被收录于《MLK：小马丁·路德·金录音》（*MLK：The Martin Luther King Jr. Tapes*）（Jerden）当中。这个伟大演讲的开头其实很糟，有勉强的隐喻和刻意设计的笑点，是传统政客的讲演。直到接近末尾，金的词语成了音乐，他如同预言家一般走向前来。［见泰勒·布兰奇（Taylor Branch），《分开水面：美国在金的时代，1954—63》（*Parting the Waters: America in the King Years 1954—63*），纽约：西蒙与舒斯特，1988。］

"金斯顿三人组"（The Kingston Trio）。《汤姆·杜利》（1958）最佳版本收录于他们精彩的《国会唱片岁月》（The Capitol Years）［国会唱片 4CD 套装，参见本人的《双重麻烦：比尔·克林顿与艾尔维斯·普莱斯利在一个没有其他选择的国土》（*Double Trouble: Bill Clinton and Elvis Presley in a Land of No Alternatives*），纽约：皮卡多美国出版社（Picador USA），1991，一书中的《怀旧》（Nostalgia）一文］，另见选集《最佳悲剧》（DDC）。

巴斯肯·拉玛·兰斯福特（Bascom Lamar Lunsford）。《我希望自己是地下的鼹鼠》与其他四首 1928 年的商业录音，再加 14 首 1949 年的档案录音，被收录于兰斯福特的《来自西北卡罗来纳的歌谣、班卓曲与圣歌》（*Ballads, Banjo Tunes, and Sacred Songs of Western North Carolina*）（史密斯之音民谣之路）。另见大卫·霍夫曼（David Hoffman）1966 年的纪录片《蓝山的音乐创作者》（*Music Makers of the Blue Ride*），精彩地描绘了当地音乐文化，其中有兰斯福特像个一本正经的邻居那样，给这位民谣收集者演奏的镜头。［NET/变化的方向（Varied Directions）；重新发行时名为《蓝草根源》（*Bluegrass Roots*），大师歌曲 DVD（Mastersong DVD），2006］。霍夫曼的《巴斯肯·

拉玛·兰斯福特的完整故事》(*The Complete Bascom Lamar Lunsford Story*),最早是 PBS 台"美国大师"(American Master)系列纪录片之一,由"变化的方向"于 2003 年发行。

肯·梅纳德(Ken Maynard)。梅纳德(1895—1973)在 1923 年到 1945 年间拍摄了 91 部电影,是第一个开口唱歌的好莱坞牛仔。或许是因为他高亢的嗓音,他只在 1930 年录过 8 首歌。图片精美,注释详尽的《肯·梅纳德演唱〈孤星轨迹〉》(*Ken Maynard Sings The Lne Star Trail*)(熊家族),收录了《孤星轨迹》(哈里·史密斯说它是:"对生命的热情描述"——这应该是史密斯在《民谣音乐选》里说过的最恭维人的一句话了)、《牧场上的家》(Home on the Range)、《牛仔的悲歌》(The Cowboy's Lament),以及初次发行的《来自派克的可爱贝特西》(Sweet Betsy from Pike)、《范妮·摩尔》(Fannie Moore)、《今年秋天赶牛完成的时候》(When the Roundup's Done this Fall)、《杰西·詹姆斯》(Jesse James)和《终身囚禁者》(A Prisoner for Life),不止一首令人难忘。

"妮妮"(Ninnie)(原名辛蒂·诺顿)。《漂亮波丽》,

收录于《棉花糖乡村乐》(Connton Candy Country)（"妮妮"，1467 S. 密歇根大街，3 楼，芝加哥，IL60605，1995)。感谢莎拉·沃维尔提供。一次由托比·坎普斯(Toby Kamps)策展的展览目录名为《奇异的老美国——当代艺术中的民间主题》(*The Old，Weird America—Folk Themes in Contemporary Art*)（休斯敦当代艺术馆，2008)，其中收入了诺顿的《四步舞》(*Dancing Squared*)——这是一件装置艺术，使用了一个隐藏的发动机，让一个用四步舞的舞裙拼装起来的装置打转，它不像四步舞舞者，倒像是震颤派教徒。

"涅槃"(Nirvana)。《波丽》，收录于《别在意》(*Nevermind*)（DGC，1991)。

艾尔维斯·普莱斯利(Elvis Presley)。于 1970 年发行（但在这里仍然遭受审查）过一个排练版的《回到故乡的陌生人》，收录在《艾尔维斯：穿着我的鞋子走一英里——70 年代大师精选》(RCA)。非常感谢戴夫·马什提供。或许可以在 megaupload. com/?d＝6ML4WQ4R 下载。

震颤派教徒(Shakers)。参见米尔德里德·巴克姊妹。

罗塞塔·萨普（Rosetta Tharpe）。《奇怪的事每天都在发生》，收录于她的《录音作品全辑，按时间顺序排列，第二辑：1942—1944》（*Complete Recorded Works in Chronological Order*，*Vol. 2: 1942–1944*）（纪录，奥地利）。录制于1944年9月22日；1945年4月30日成为节奏布鲁斯榜头名金曲。

亨利·托马斯（Henry Thomas）。《钓鱼布鲁斯》只是托马斯漫长人生中在南方地图上留下的一站，收录于他的《得克萨斯忧虑布鲁斯》（*Texas Worried Blues*）（Yazoo）。

"哀悼者"（Wailers）。《滚石》（1967），收录于鲍勃·马利（Bob Marley）和"哀悼者"的《一号录音室的同一个爱》（*One Love at Studio One*）[心跳（Heartbeat）]。主唱是本尼·维勒（Bunny Wailer），唱到后面，他把调子改成了《舞池》（Ballroom Floor）的调子。

基奇·威利（Geechie Wiley）。选集《美国原始音乐第二辑：战前的归来者（1897—1939）》[*American Primitive Vol. II: Pre-War Revenants*（*1897–1939*）] [归来者唱片，2005，由迪恩·布莱克伍德（Dean Blackwood）编

辑〕当中收录了若干销声匿迹的重磅人物的歌曲，比如霍默·史密斯（Homer Smith）的《我希望耶稣和我谈谈》（I Want Jesus to Talk with Me），1926；以及马蒂·梅·托马斯（Mattie May Thomas）的《危险布鲁斯》（Dangerous Blues），1939；其中也收入了威利的《最后遗言布鲁斯》和《瘦腿布鲁斯》（Skinny Leg Blues）（均录制于 1930 年），此外还有威利的《把可怜的罗宾弄干净》（Pick Poor Robin Clean），人声伴奏是埃尔维·托马斯（Elvie Thomas）；专辑还收录了他们的二重唱《到我的房子来》（Over to My House）；以及托马斯的《没有母亲的孩子布鲁斯》（Motherless Child Blues）和《一半的鹰》（Eagles on a Half）（均录制于 1931 年），威利在这两首歌中的吉他伴奏仿佛能令时间停止。"如果基奇·威利不存在，那就不可能把她发明出来，"堂·肯特（Don Kent）在他为《密西西比大师：早期美国布鲁斯经典 1927—1935》（*Mississippi Masters: Early American Blues Classic 1927‑1935*）（Yazoo）的唱片内页评注中这样写道。我在《牛津美国人》（*Oxford American*）1999 年夏季刊发表的《基奇·威利是谁？》（Who Was Geechie Wiley?）中也持这个观点，不过约翰·杰里米亚·苏利文（John Jeremiah Sullivan）在他的《不为人知的吟游诗人：布鲁斯变为透明》（Unknown Bards：

The Blues Becomes Transparent About Itself） ［《哈珀》
(Harper's)，2008 年 11 月］一文当中走得更远，文章收录
于《2009 年最佳音乐写作》(Best Music Writing 2009)，编
辑：格雷尔·马库斯（纽约：达·卡波出版社）。《最后遗言
布鲁斯》或许最好在电影《克鲁伯》(Crumb) 里收听，这
是泰利·茨威戈夫（Terry Zwigoff）1995 年的影片，讲述
厌恶人类的漫画家罗伯特·克鲁伯的故事。片中克鲁伯来
到一个房间，里面摆着一排装满 78 转黑胶唱片的书架；他
拿起一张唱片，在留声机上播放，然后躺在一张沙发上，
沉浸在威利的歌声中。"听着这些老歌，"威利演唱时，克
鲁伯的声音在画外音中响起，"我会少有地觉得，我其实，
呃，是有点爱人类的。你听到一个普通人灵魂中最美好的
部分，他们表达自己与永恒之间的联系的方式，或者和其
他什么东西的联系，不管你把它叫什么。"迈克尔·皮萨罗
(Michael Pisaro) 说："他们把地球上的什么东西装进太空
舱送进太空？贝多芬？查克·贝里？比莉·霍莉戴（Billie
Holiday)？我们得到的就是这种东西。"